中日诗学研究

祁晓明　著

对外经济贸易大学出版社
中国·北京

图书在版编目（CIP）数据

中日诗学研究 / 祁晓明著. —北京：对外经济贸易大学出版社，2016.6
（当代社会科学文库）
ISBN 978-7-5663-1594-6

Ⅰ. ①中… Ⅱ. ①祁… Ⅲ. ①诗学–研究–中国②诗学–研究–日本 Ⅳ. ①I207.2②I313.072

中国版本图书馆 CIP 数据核字（2016）第 107561 号

中日诗学研究

祁晓明 **著**
责任编辑： 阮珍珍

对 外 经 济 贸 易 大 学 出 版 社
北京市朝阳区惠新东街 10 号 邮政编码：100029
邮购电话：010 – 64492338 发行部电话：010 – 64492342
网址：http://www.uibep.com E-mail：uibep@126.com

北京九州迅驰传媒文化有限公司印装 新华书店北京发行所发行
成品尺寸：170mm×240mm 14.25 印张 263 千字
2016 年 6 月北京第 1 版 2016 年 6 月第 1 次印刷

ISBN 978-7-5663-1594-6
定价：39.00 元

目　次

中日诗学相互关系研究及其可能性（代序）

本研究使用的“诗学”这一概念，其含义是指：中日有关汉诗、和歌、俳句等的理论、鉴赏和评论。

世界各国之中，其本土诗歌、诗论与中国关系至大、渊源至深者，非日本莫属。对此，中日学者都有过专门论述①。不过，也有人主张和歌与汉诗根本就是性质不同的东西，两者是互不相融的，因此在和汉文学之间作比较没有意义。江户时代的儒者太宰春台在其《斥非》中说：“夫和歌者，倭语也；诗者，中国之语也。如之何相通？可谓违理也。”现代学者中西进在其《和歌的抒情与汉诗的世界》中也说：“我国历史上采用汉字来记述语言，于是人们就自然而然地觉得，日本语言与汉字这一异国语言及其表现之间存在着根深蒂固的联系，日本人也可以借助汉诗这一异国诗歌形式来表现事物。于是尝试着将汉诗与和歌的固有表现样式相互融合。然而，我考虑，完全异质的二者的融合是不可能的。例如，《歌经标式》曾经从中国引进了诗病理论，结果却并没有产生多么显著的成果这一事实，就是很好的例证。”作为二者不可能融合的另一个例证，中西进将白居易《长恨歌》与《伊势集》、《大武高远集》、《源氏物语》中与《长恨歌》相关的和歌加以比较，得出的结论是：和歌与汉诗之间具有“不可侵入的关系”。

然而，历史上汉诗人与歌人的关系，汉诗与和歌在理论与实践层面的关联是如此密切，因此要想完全从和歌、歌论中排除汉诗、诗论的影响，是十分困难的。芳贺矢一《日本汉文学史》特意强调了汉文、汉诗对于日本国文学的影响，并指出，日本文学史如果将汉文学除外的话将难以成立。中西进本人在《万叶集与中国文学》一文中，以柿本人麻吕的“从驾应召歌”为例指出，雄略天

① 例如小西甚一《〈古今集〉表现的成立》指出，《古今和歌集》受到六朝梁陈诗风及唐代诗论中“依傍”手法的深刻影响。严绍璗《中日古代文学关系史稿》指出：“和歌形态发展中的韵律化和短歌的定型，在很大程度上是模拟了中国歌骚体及乐府体歌诗中内含的节奏韵律”。又其《日本古代短歌诗型中的汉文学形态》一文，也是有关和歌在诗型方面如何受到汉诗影响的研究。而王晓平《〈万叶集〉对〈诗经〉的借鉴》、《〈万叶集〉研究中的中国话语》、《“大海浪中分国界，扶桑树底是天涯”—从〈万叶集〉看我国文学对日本和歌的影响》等文，是国内学者探讨《万叶集》和歌与中国文学关系的系列论文。其《中日诗歌意象的融通喻合—〈夜航余话〉的中日诗歌比谈》一文，则探讨了日本人如何体味、消化、移用中国诗歌、意象、理论的过程。

皇强大的王权形成后，并不能自然促成以赞美天子为主要内容的“从驾应召歌”的产生。其原因最终不能不追溯到具有先进性的中国文学的影响。而柿本人麻吕“从驾应召歌”与中国六朝时代的《文选》中大量存在的“从驾应召诗”之间的密切联系，恰好证明了汉诗与和歌的融合是可能的，二者之间并非“不可侵入的关系”。

事实上，汉诗与和歌在实践和理论上相互借鉴的实例不胜枚举。

在实践方面，日本人写作和歌、俳句，受到汉诗启发的事实所在多有，无须赘叙。与此同时，汉诗也难免受到和歌、俳句的影响。例如奈良时代《怀风藻》中文武天皇《咏月》“月舟移雾渚，枫楫泛霞浜”一联中的“月舟”，就来自《万叶集》的“月の船”（“天の海のに雲の波立ち月の船星の林に漕ぎ隠る見ゆ”。）平安时代藤原资基《杜鹃诗》颔联上句“莺子巢中春刷翅”即化用《万叶集》和歌“うぐいすの卵の中にほととぎすひとりう生れて”而来。江户汉诗继承了这一传统，在题材、主题、情趣、体裁、语言、用典及方法等方面，和歌的渗透随处可见。具体表现在：汉诗的内容和形式中融入了很多和歌的元素，即用传统和歌常见的歌题咏汉诗，以歌意为诗意，以歌趣为诗趣，以歌语为诗语，以歌法为诗法，诗中用和歌的典故等。例如菊池五山颇多以和歌题为题的七绝，如《雨中萩》、《残莺》、《告天子》等。“萩”、“莺”是和歌中的传统题材，“告天子”几乎就是和歌所专有的歌题。小山田与清《松屋丛话》说，以《告天子》为题的和歌不胜枚举，而中国汉诗中却很少见。（富士川英郎《江户后期的诗人们》）。又如斋藤拙堂游吉野山的七绝：“静女长留千载名，遗芳又见满山樱。飞花仿佛羽衣舞，更想源郎踏雪行。”这里的“源郎”指的是源义经。“更想源郎踏雪行”是暗用源义经和歌“よし野山みねのしら雪ふみわけていりにし人のあとぞこひしき”之意。

在日本，“次韵”不仅流行于汉诗之间，还频繁地运用于汉诗与和歌。例如江户大儒林道春曾经有《奉呈中院内府》诗“槐堂怀远历山川，风送小儿官马前。武野忽疑为分野，台星寒影海东天”。于是内府（通村）以和歌和之：“かげ高き星の位やおろかなる身にはうかべる雲の半天。”这首和歌句尾的“天”字不仅用林诗原来的韵，而且还用的是原字。又如林道春为答内府和歌而作的汉诗云：“千岁倭歌山柿风，鼎材新制百僚中。清华水涨禁池外，江汉朝宗流向东。”于是内府和歌云：“出る日の影なびくにもあふぐなり光あまねき関の東を。”歌尾的“东”字不仅用林诗原来的韵，而且还用的是原字（土肥经平《风之栅》）。按照汉诗“次韵”不仅要用所和诗中的原韵和原字，且先后次序都必须相同的要求，林道春与中院内府的唱和，可以说是一种变通了的“次韵”，说它是日本人的创造也不为过。可见，尽管和歌与汉诗的用韵规则各异，但在具体运用上稍加变通，也还是可以“次韵”的。而且，唱和之作是可以和意不和韵的。所谓“古人酬和诗，必答其来意。非若今人为次韵所局也”。（洪迈《容斋随笔》卷十六）“凡作诗，和韵为难。古人赠答皆以不拘韵字”。（刘祁《归潜志》卷八）“古人赓和，答其来意而已，初不为韵所缚”。（徐师曾《文体明辨》）这种“答其来意”而不拘于用韵之作，更适合于和歌与汉诗之间的唱和。例如阳成帝有赐中院黄门通胜（道号也足轩）素然诗：“旅雁北飞残腊天，今宵话旧思信然。前身苏武去年否，一瞬居诸十九年。”也足轩以歌和之：“おもひきや雁の便をしたひにし雲井に帰る身をことしとは。”（土肥经平《风之栅》）虽然从严格的意义上说，两人的诗歌唱和不能算作是“和韵”，但所和诗意都用了苏武“雁足传书”的故事表达思念之情，是典型的“和意不和韵”。足见在和歌与汉诗之间，还是可以以某种形式相通的。

在理论方面，中世后期歌论深受严羽《沧浪诗话》影响。例如京极为兼在其《为兼卿和歌抄》中认为歌道与佛法相通，他说：“此道（歌道）似浅实深，似柔实刚，亦与佛法通。”这与《沧浪诗话》“论诗如论禅……大抵禅道唯在妙悟，诗道亦在妙悟”之间的共通性很明显。歌学理论深受《沧浪诗话》影响的还有耕云，其《七百番和歌序》说：“抑狂诗之体亦屡屡随时代而变化，而风雅之姿不显。故沧浪之诗法有除五俗之事，所谓俗体、俗意、句俗、字俗、韵俗也。三百篇之后经离骚汉魏迄建安黄初，元和永明盛唐，虽其体愈繁，而竟莫杂以俗意俗词。”这一段议论来自《沧浪诗话·诗体》“风雅颂既亡，一变而为离骚，再变而为西汉五言，三变而为歌行杂体，四变而为沈宋律诗……以时而论，则有建安体、黄初体、正始体、太康体、元嘉体、永明体”以及《沧浪诗话·诗法》“学诗先除五俗：一曰俗体，二曰俗意，三曰俗句，四曰俗字，五曰俗韵”。正彻的歌论也与《沧浪诗话》关系密切，其《正彻物语》说：“歌咏非由才觉，但能会得歌心，了然而解者可也。能会得歌心者，了悟之心也。能完全会得歌心者，长于歌者也。”议论从《沧浪诗话》“大抵禅道唯在妙悟，诗道亦在妙悟”和“诗有别才，非关书也，诗有别趣，非关理也”而来。又《正彻物语》说“至极好歌在理之外……非可以词闻说者也，但宜自然领悟也”，与《沧浪诗话》“不涉理路，不落言筌者上也”同。此外《正彻物语》在语句方面袭用《沧浪诗话》者尤多，如“向上一路”、“得其中道”、“水中月”等。

进入江户时代以来，沧浪诗论在汉诗论、和歌论、俳伦及画论中频繁地被征引援用，在歌学理论的构建过程中，也发挥着重要的影响。沧浪诗论适应了江户时代的文化思潮，其“工夫须从上做下，不可从下做上”的观点为近世诗、歌论所广泛接受。其“诗者吟咏性情”、反对“以议论为诗”的主张经过伊藤仁斋、荻生徂徕的改造，形成“道人情”和“排议论”说，并深刻影响了契冲、贺茂真渊及本居宣长的歌学理论。另一方面，诗论家每每援引歌论、俳论，并与汉诗论相互印证，相互发明，将和歌、汉诗作理论上的打通。例如“情以新为先，词以旧可用”，是藤原定家《咏歌大概》中著名的歌论，铃木松江在其《唐诗平侧考》的附录中就以此来论诗。他说：“余闻凡作诗歌，语宜古而意则宜新，此则为好诗。定家卿《和歌大概》亦云：‘情以新为先，辞则宜用古’。”又广濑淡窗《淡窗诗话》卷上指出，陶渊明诗之妙，在于“其辭を古にくして、其趣を新にするに在り（其辞用古，其趣则求新）”。显而易见，这个见解受到藤原定家“情以新为先，词以旧可用”之论的启发。又如赤泽一堂《诗律》以二条家和歌理论谈汉诗：“作诗不思者不可，苦思亦不可。思不思之间，油然以生者为妙，即是古人所谓水中月镜中花。二条家和歌者流之言曰：临题起思，应须仰看云之往来，作诗亦有此理。”津阪东阳《夜航诗话》还有意将藤原为家关于写作和歌的理论引入汉诗的实践，他说：“藤纳言为家诲学国雅者曰‘凡制歌，须如构重塔。言先营自下也。盖一篇精彩，全萃于落句，起手则点景耳。故倒行而逆施之也’。诗家作绝句，亦须依是法。”再如津阪东阳在其《夜航余话》的汉诗评中，就贯穿了“清寂”（サビ）的审美意识。他评宋林和靖《山园小梅》“幸有微吟可相狎，不须檀板共金樽”两句诗时说：“サビヲ賞翫シテ言ルナリ、俳諧ノ句二「三線モ小歌モノラズ梅の花」と云ル二同ジ（赏玩清寂之言也，与俳谐之句“不用三弦、小歌而自有韵调的梅花”同）。”

在东亚，汉诗是各国文化交流的产物。汉诗及汉诗论在向这些国家移植、传播的过程中，都不可避免地、不同程度地存在本土适应性的问题。而和歌、歌论在接受中国汉诗、诗论影响的同时，也对日本汉诗、诗论的本土化发挥着重要作用。汉诗与和歌的关系，并非局限于日本文学内部，它实际上反映的是中、日文学的关系。而无论是中国诗论、诗话之于日本诗论、诗话，还是日本的汉诗论之于和歌论，彼此之间都不同程度地存在着双向性的互动关系。

和歌、歌论体现出日本文化与生俱来的复合性特征。即一方面受到来自中国诗学的深刻影响，另一方面又呈现出日本诗学独有的本土化特征。日本汉诗的创作主体大都具有很深厚的和歌教养，而歌人、歌论家们也都自幼受到过汉诗文的熏陶。汉诗的接受对象所具有的和歌教育背景也不能忽视。而且他们对于外来的汉诗并非只是被动地接受，而是在理论和实践中努力探索使汉诗、诗论本土化的路径。中国汉诗传入日本后也受到本土诗歌形式和歌的影响，逐渐形成具有鲜明日本特色的汉诗。和歌理论向来就有以中国诗论构建其理论体系的传统，自镰仓、室町时代即已出现、至江户时代更蔚为大观的日本诗话，更受到歌论的多方面影响。例如江户时代后期，津阪东阳的《夜航余话》已经从单纯谈论汉诗演变成为兼论汉诗、和歌、俳句的综合性诗话。

上述事实充分表明，在汉诗、和歌、俳句理论之间进行某种打通破除和汉诗学的既有壁垒，进而探讨中日诗学的相互关系不仅是完全可行的，而且还可以使我们有所发现，将研究引向深入。

《沧浪诗话》与日本镰仓、室町时代歌论[①]

南宋严羽的《沧浪诗话》不仅在中国是影响广泛、体系完备、纲领鲜明、议论精彩的一部诗歌理论著作，同时也是在东亚地区影响极大的一部中国诗话。仅以日本而论，近世（江户时代）数量庞大的诗话著作自不必说，就是中世（镰仓、室町时代）以来的众多歌论书中，沧浪诗论的影响亦十分显著。在这方面，传到日本的中国文艺理论著作中，只有钟嵘的《诗品》可与之比肩。

作为汉诗理论的《沧浪诗话》，理应先影响到日本人的汉诗创作，而实际情况却并非如此。《沧浪诗话》传入的镰仓、室町时代（五山文学时代），禅僧们的诗文基本上是学宋诗的，这当然与标榜盛唐的沧浪诗论异趣。沧浪不满以文字、才学、议论为诗的苏轼、黄庭坚，而五山禅僧们却十分欣赏苏、黄的诗[②]。注意到沧浪诗论的，似乎只有虎关师炼（1278-1346）《济北诗话》而已。《沧浪诗话》真正为日本诗论家所重视，是进入近世以后的事情[③]。

与此形成对照的是，中世歌学理论著作，如二条良基（1320-1388）与顿阿（1289-1372）的《愚问贤注》、花山院长亲（耕云，？-1429）《耕云口传》及《七百番歌合序》、正彻（1381-1459）《正彻物语》、心敬（1406-1475）《心敬私语》（又作《细语》、《ささめごと》）等对于《沧浪诗话》却颇多征引。至于近世契冲（1640-1701）《代匠记》、《河社》、贺茂真渊（1697-1769）《歌意考》、《续万叶集论序》、本居宣长（1730-1801）《玉胜间》等著名歌学理论著作中，

---

① 此文刊载于《暨南学报（哲学社会科学版）》2011 年第 4 期。

② 五山文学时期仅苏诗注本就有瑞溪《脞说》、大岳《翰苑遗芳》、万里《天下白》、一韩《蕉雨余滴》、木蚆《天马玉沫》等，黄诗注本则有万里《张中香》、一韩《山谷诗抄》、月舟《山谷行云集》等，可见苏、黄受五山禅僧们欢迎的程度。

③ 近世初期释元政《草山集》、石川丈山《北山纪闻》、《诗法正义》、松永尺五为石川丈山《覆酱集》作的序、伊藤仁斋《古学先生文集》以及贝原益轩《初学诗法》中都有对《沧浪诗话》的引述。

也都有沧浪诗论的显著影响。较之诗论家、歌论家更能理解其诗论的精神[①]。沧浪主张诗歌“吟咏性情”，反对“以文字为诗，以才学为诗，以议论为诗”；主张“意兴”、“兴趣”，反对“尚词而病于理”、“尚理而病于意兴”；主张“论诗如论禅”，“大抵禅道在妙悟，诗道亦在妙悟”，以“汉魏晋与盛唐之诗”为“第一义”；主张“学诗先除五俗”、“工夫须从上仿下，不可从下仿上”等诗学观点，屡屡为歌论著作所征引。诚如太田青丘所说，镰仓、室町时代歌学与中国诗学的交涉，远比人们想象的要深刻得多[②]。

本文拟从《沧浪诗话》传入日本的时间，其在当时和歌论著中被引用的情况，以及歌论接受沧浪诗论的原因等方面，探讨《沧浪诗话》与镰仓、室町时代和歌论的影响关系。

一、《沧浪诗话》传入日本的时间

《沧浪诗话》究竟何时传入日本？虽然还不能断言单行本的确切传入时间，但南宋魏庆之的诗话汇编《诗人玉屑》全载了《沧浪诗话》，因此《诗人玉屑》与《沧浪诗话》应该是同时传入日本。

据市古贞次说，《诗人玉屑》在“日本南北朝时代之前就已经渡来，当时的和刻刊本‘五山版’中就有无跋本和正中元年（1324）跋本（可能是朝鲜刊本）二种。此外，室町时代尚有写本流传”[③]。这里提到的正中元年“五山版”《诗人玉屑》的跋文。据太田青丘说，是担任过后醍醐天皇（1288-1339）侍读的玄惠法印（1269-1350）在给《诗人玉屑》“批点句读”时所作。其跋文曰：“兹书一部批点读毕。胸臆之决，错谬为焉，后学之君子望正之耳。正中改元，臈月下瀚，洗心子玄惠志。”太田认为：“虽然不能据此就说，玄惠跋本刊行于正中元年。但从版本的体裁、纸质来看，应该是不会太晚于正中元年的刊本。”[④]太田见到的“五山版”玄惠跋本现藏岩崎文库，其所著《日本歌学和中国诗学》扉页附有该版本的照片[⑤]。

---

① 太田青丘《日本歌学和中国诗学》说：“所谓诗话，虽然其大部分不过是有关诗的因缘来历的逸事琐话之类而已，然而我国歌人却视之为珍玉并特地以之为反照自身之光。此种见识值得敬佩。镰仓、室町时代赋诗、论诗的禅僧固然很多，仅以现存的诗文集、诗话类而论，其中可以与像耕云、正彻、心敬等那样真正学到《沧浪诗话》精神的歌论相比肩的，并不多见。”

② 太田青丘：《日本歌学和中国诗学》，东京：弘文堂，1958 年，第 129 页。

③ 市古贞次：《日本古典文学大辞典》第 2 卷，东京：岩波书店，1984 年，第 192-193 页。

④ 太田青丘：《日本歌学和中国诗学》，第 161 页。（凡引文出版单位，均见文后“文献目录”）

⑤ 太田青丘：《日本歌学和中国诗学》，封 2。

这方面的文献还有《花园天皇宸记》。这是一部花园天皇（1297-1348）自己写的日记，时间为延庆3年（1310）至元弘2年（1332）。据大曾根章介说，正中元年跋本传入后的第二年，《花园天皇宸记》的“12月28日”条中也提到《诗人玉屑》。其文云：“近代有新渡书，号《诗人玉屑》诗之脑髓也。”[①]花园天皇正中2年就是公元1325年，距离《诗人玉屑》成书的宋淳祐甲辰（1244）约80余年。可见，正中初年，日本起码有两种版本的《诗人玉屑》存在，其一为和刻的“五山版”，其一为舶来的唐本。

此外，镰仓、室町时代的歌人、连歌的集大成者二条良基与顿阿的《愚问贤注》中的“羚羊挂角”、“吟咏性情”、“汉魏盛唐，各别是一体”之语，均出自《沧浪诗话》。另外，二条良基《僻连抄》中说：“才学虽说并非必要，但完全忽视才学，亦不能称连歌高手。”[②]这显然来自沧浪“诗有别才，非关书也，诗有别趣，非关理也。然非多读书，多穷理则不能极其至”之论。永和元年（1375）良基曾经将玄惠所著《圣德太子宪法抄》赠送给足立义满，可见其对玄惠著述并不陌生。考虑到良基与玄惠的这层关系，他读到的《沧浪诗话》很可能是这个时期业已存在的《诗人玉屑》玄惠跋本[③]。

《沧浪诗话》开始为日本诗论所引述，也是在中世的镰仓、室町时代。虎关师炼在其《济北诗话》中引用过《诗人玉屑》：“《玉屑集》：‘句毫畔理者，以石敏若冰柱悬檐一千丈……’。”[④]这里的《玉屑集》当指《诗人玉屑》而言，因为同样的内容亦见于《诗人玉屑》。虎关很可能是借助该书而接触到严羽诗论的。其论诗，多与严羽同。受到沧浪区分“盛唐”、“大历以还”、“晚唐”的启发，《济北诗话》也以“唐初、盛唐之诗人”与“晚唐诗人”相提并论[⑤]。而最有力的证据是他谈及和韵时说：“和韵者，《诗话》曰‘始于元、白’。”这里的《诗话》，当指《沧浪诗话》。因为《沧浪诗话》有“和韵最害人诗，古人酬唱不次韵。此风始盛于元、白、皮、陆”的话。因此虎关读过《沧浪诗话》当无疑义。《济北诗话》原为20卷《济北集》中的一卷，该书是花园天皇正和3年（1314）虎关居于京都白川济北庵时所作，时间上略早于正中初年，则虎关

① 大曾根章介：《日本古典文学大事典》“诗人玉屑”条：“早在镰仓末期就已渡来我国，正中元年（1324）二月下旬玄惠法印施以‘批点句读’者（五山版扉页），即渡来后不久的次年记载于《花园天皇宸记》‘12月28日’条中‘近代有新渡书，号《诗人玉屑》诗之脑髓也’的。”东京：明德出版社，1999年。

② 伊地知铁男、表章、栗山理一：《连歌论集能乐集俳论集》，东京：小学馆，1980年，第20页。

③ 增田欣《良基连歌论与〈诗人玉屑〉—以字眼说为中心》（文学·语言1956）指出良基连歌论与《诗人玉屑》存在影响关系。

④ 池田四郎次郎：《日本诗话丛书》，卷6，东京：文会堂店，1920-1922年，第298页。

⑤ 《济北诗话》：“唐初、盛唐之诗人有赠答，只和意而已，不和韵矣……和韵者，《诗话》曰‘始于元、白’。方今元、白之集，和韵多焉，晚唐诗人多效之，至赵宋，天下雷同，凡有赠寄，无不和韵矣……予熟思之，盛唐诗人已有和韵，至元、白而益繁耳矣。”

所见《诗人玉屑》可能是正中初年刊本以外的写本。

至于传播的途径，与镰仓、室町时代禅宗流行于日本有关。《沧浪诗话》附录的《答出继叔临安吴景仙书》说："妙喜自谓'参禅精了'，仆亦自谓'参诗精了'。"这句话中提到的妙喜，是曾被南宋孝宗赐与"大慧"之号的禅宗七宗之一的杨岐宗的重要人物，可知严羽与杨岐宗关系密切。日本杨岐宗的开祖俊芿（1166-1227）曾入宋受学于蒙菴元聪门下，建历元年（1211）回国传杨岐宗一派禅宗。影响所及，后鸟羽上皇及公卿贵族、武家将军多从其学禅法。日本禅宗二十四流中，有二十流源自杨岐宗。据宇井伯寿《支那佛教史》所说："渡来日本并居住在京都、镰仓一带的杨岐宗一派之人非常之多。"因此可以推断，本来就对沧浪诗论抱有极大关心的渡日杨岐宗门人将《沧浪诗话》传来的可能性极大[①]。

综上所述，在日本，《沧浪诗话》最初是以诗话汇编本的形式传播的。其传入的时间在禅宗盛行的镰仓、室町时代，传播的途径是通过中土禅宗僧侣的赴日本弘道，或日本禅僧的入宋求法。

二、中世歌论对于的《沧浪诗话》引用

中世歌论受到沧浪诗论显著影响的，首推二条良基、顿阿。良基不仅身为公卿，权倾一时，地位显赫，同时也是连歌的集大成者。其连歌论有《筑波问答》、《九州问答》、《十问最秘抄》、《僻连抄》等，和歌论有《近来风体》、《愚问贤注》等。他还曾为敕撰和歌集《新后拾遗和歌集》作过序。顿阿俗名二阶堂贞忠，为镰仓时代后期的僧侣。和歌师事二条为世（1250-1338），为二条派[②]中兴之祖。晚年继二条为明之后撰成《新拾遗和歌集》，其和歌论有《井蛙抄》与《愚问贤注》。

《愚问贤注》作于贞治2年（1363），书成后曾赠送给后光严天皇（1338-1374）和足立义诠（1330-1367）。该书是二条派歌人顿阿回答良基有关歌道问题的对话集，其歌论从沧浪诗论借鉴之处甚多。

例如，沧浪论"妙悟"而主"兴趣"，认为这就像"羚羊挂角，无迹可求"。

① 太田青丘：《日本歌学和中国诗学》，第162页。

② 镰仓、室町时代歌论分裂为以御子左家嫡传的当家人二条为世（1250-1338）为首的"二条家"，和以同属藤原氏御子左家的京极为兼（1254-1332）为首的"京极家"。前者著《和歌庭训抄》，歌风主平淡、有余情。后者著《为兼卿和歌抄》，重实感、歌风纤细。伏见天皇正应6年（1293）为兼拟撰《敕撰集》，永仁3年（1295）为世著《野守镜》对为兼进行攻击，后伏见天皇正安3年（1301）为世撰《新后撰集》。花园天皇正和6年（1317）为兼撰《玉叶和歌集》，于是为世撰《歌苑连署事书》对其加以攻击。

并说："汉魏之诗，词、理、意、兴，无迹可求。"良基论"日本和歌之道"也说"羚羊挂角，飞鸟过目，古贤之趣旨无迹可趁，风雅之遗言无处可求"[①]。

又如良基说："《万叶》之古语，《三代集》之艳言，皆宜广而学之，以去俗言、俗态也。"[②]又说："虽说歌以心为主，初学者应临题沉思，然若选词不慎则风情自不能致。即偶尔咏出，亦皆近于俗而无幽玄之趣。"[③]这些主张和歌应"去俗"的观点显然来自沧浪。《沧浪诗话·诗法》云："学诗先除五俗，一曰俗体，二曰俗意，三曰俗句，四曰俗字，五曰俗韵。"

良基概论当时歌坛的现状说："日本和歌之道，似尽人皆知而实未知，似举世可咏而实不能咏。差可赏玩者数量虽多，而攀桂林一枝者迄今未有。出于家传秘授者虽多，而能拾昆山片玉者则未有。"[④]这与沧浪批评"近代诸公"之诗"读之反复终篇，不知著到何在"同一论调。

沧浪论诗，特重辨别诗歌的风格体制，并以其中的一种作为诗学的标准和典范。他说，"汉、魏、晋与盛唐之诗，则第一义也；大历以还之诗，小乘禅也，已落第二义矣；晚唐之诗，则声闻辟支果也"，"以汉、魏、晋、盛唐为师，不作开元、天宝以下人物"。顿阿上述"辨歌体"的提法以及良基"诗者汉、魏、盛唐，各别是一体"的观点都来自沧浪的辨诗体之论。良基说："和歌亦自《万叶》、《三代集》以来时有撰集，或因时褒贬，或由人好恶，而为一代吟赏之姿。今日之歌，以何体为正路而宜摹写之乎？"[⑤]仅从提问题的方式就明显留有沧浪辨体论的影响痕迹。此外，顿阿说："宽平、延喜之际可见此道中兴，而《古今集》尚不能惬贯之之心，于是撰《新撰》三百六十首，载《古今》歌二百八十首之《今撰》，已可谓玄之又玄也。何况其后之撰集，皆难为一代楷模。"[⑥]以《古今集》、《新撰集》以后之和歌集"皆难为一代楷模"，即沧浪"以汉、魏、晋、盛唐为师，不作开元、天宝以下人物"之意。

良基、顿阿主要表达的是二条派家传秘授的歌学立场，这本身就决定了其与沧浪诗论存在抵触。例如当时的和歌论中有人主张和歌"舍触物而感，吟咏性情之外无他。《万叶》、《三代集》以下皆圣人之糟糠也。只须对风云草木而将眼前风景，依原样咏出，自可有发明之期，而不必专借古语，学旧典"，"应该将胸中生发的真实新鲜的风情，原封不动地咏出"[⑦]。这是对沧浪诗应"吟

① 佐佐木信纲：《日本歌学大系》第5卷，东京：风间书房，1989年，第123页。

② 佐佐木信纲：《日本歌学大系》第5卷，第124页。

③ 佐佐木信纲：《日本歌学大系》第5卷，第126页。

④ 佐佐木信纲：《日本歌学大系》第5卷，第123页。

⑤ 佐佐木信纲：《日本歌学大系》第5卷，第124-125页。

⑥ 佐佐木信纲：《日本歌学大系》第5卷，第124-125页。

⑦ 佐佐木信纲：《日本歌学大系》第5卷，第123页。

咏性情”，反对“多务使事，不问兴致。用字必有来历，押韵必有出处”之论的运用。对此良基与顿阿表达了反对的意见，他们认为在“和歌盛兴而歌论中六义、十体始定，其后歌学如果仍固守上古淳朴之体，反而是一种偏见。敕撰始于《万叶》之后，歌合盛于宽平以还，而皆能据此明歌道之好坏，辨和歌之优劣。加之浜成之《式》，应光仁天皇之诏敕，《孙姬式》遗圣庙之制，皆能除歌病，辨歌体，谁人可不从之者？”①从这一段论述来看，良基与顿阿墨守的是藤原浜成（724-790）《歌经标式》、孙姬《孙姬式》以来以探讨歌病、体制、修辞为主歌论传统，尚未脱离形式主义的束缚，与主张“妙悟”，反对“以文字为诗”、“尚词而病于理”、“尚理而病于意兴”的沧浪诗论在精神上不能同日而语。

花山院长亲（？-1429）的歌学理论也深受《沧浪诗话》影响。他是南北朝、室町时代的公卿、歌人，后为临济禅僧侣，法号耕云明魏，字子晋，曾协助宗良亲王（1311-1385）编撰《新叶和歌集》，著有《耕云千首》、《耕云口传》等。后者是耕云作于庆永 10 年（1403）的歌论书，其中暗引宋代诗话处颇多。例如说黄庭坚《黔南十绝》“取白乐天之诗，或改三四字，或改一二字”，此事见于葛立方《韵语阳秋》②。而“后学批判之云：‘乐天长于比喻，山谷长于剪裁’”云云，又是引曾慥《诗选》③语。耕云在为《七百番歌合》所作的序中还提到过《沧浪诗话》：“抑古诗之体亦屡屡随时代而变化，而风雅之姿不显。故沧浪之诗法有除五俗之事，所谓俗体、俗意、句俗、字俗、韵俗也。”④而《耕云口传》中亦多引沧浪诗论。

例如沧浪说：“诗有别才，非关书也。诗有别趣，非关理也。然非多读书多穷理，则不能极其至。”《耕云口传》也说：“抑连缀三十一字者，有堪能与不能。堪能者与生俱来，理正而语优柔。不堪则心不动而词不达意。然期于堪能，则不读书明理，则终难臻于秀逸矣。”⑤又如沧浪以禅喻诗云：“大抵禅道在妙悟，诗道亦在妙悟。”耕云评西行等人歌云：“虽朦胧难读，实为具幽玄高妙之真体。非知音不能悟此义。”⑥

《耕云口传》说，体悟歌道之真谛，须依靠澄静内心的直观把握，而非其

---

① 佐佐木信纲：《日本歌学大系》第 5 卷，第 124 页。

② 葛立方《韵语阳秋》：“近观山谷黔南十绝七篇，全用乐天《花下对酒》、《渭川旧居》、《东海寻春》、《西楼委顺》、《竹窗》等诗，余三篇用其诗略点化而已。”

③ 任渊《山谷诗集注》解题引曾慥《诗选》：“山谷十绝诗尽用乐天，大篇裁为绝句。盖乐天长于敷衍，而山谷巧于剪裁。”耕云不过改“比喻”为“敷衍”而已。

④ 太田青丘：《日本歌学和中国诗学》，第 167 页。

⑤ 佐佐木信纲：《日本歌学大系》第 5 卷，第 155 页。

⑥ 佐佐木信纲：《日本歌学大系》第 5 卷，第 163 页。

他："其上，此道之秘事，别无所在，不过出于我心而心有所悟而已。悟则体得大方和歌之趣向，关键只在数寄之心志一事而已。"[①]耕云所谓"すき"（好き、数寄）是指作歌时的清澄心境[②]，即"忘却寝食，忘却万事，闻朝夕之风声而内心澄澈，凝视浮云之色而心不为尘间仇事所乱"[③]。这与沧浪的"大抵禅道在妙悟，诗道亦在妙悟"，"诗有别才，非关书也，诗有别趣，非关理也"之论精神相通。

沧浪以"汉、魏、晋与盛唐之诗"为"第一义"；以"大历以还之诗"为"小乘禅也，已落第二义矣"。《耕云口传》也说："天地之间所有技艺，岂与此歌道相离耶？谓吟咏之间当怜花哀露，已落言筌，歌之第二义门也，非歌之真体。故古人云'和歌乃日本之陀罗尼也'。又神明、佛陀、菩萨、圣众，歌志得之于此，歌之深理亦在此。"[④]

《耕云口传》论"本歌取样"之事云："古无此事，乃中古以来之事也。《古今集》中虽有与《万叶集》歌同者，然与本歌分离，不过将《万叶集》之雄健柔软化，以便于听闻，并无丝毫省略之处。"[⑤]只要拿这段话与沧浪"和韵最害人诗，古人酬唱不次韵。此风始盛于元、白、皮、陆、本朝诸贤乃以以此斗工，至往复有八九和者"相对照，就可看出，虽然二者讨论的话题不同，但耕云是以沧浪看待"和韵"的观点来论"本歌取样"的。

《耕云口传》而外，耕云为《七百番歌合》所作的序中说："三百篇之后经离骚、汉魏、迄建安、黄初、元和、永明、盛唐，虽其体愈繁，而竟莫杂以俗意、俗词。"[⑥]这一段关于汉诗史的议论来自《沧浪诗话·诗体》："风、雅、颂既亡，一变而为离骚，再变而为西汉五言，三变而为歌行杂体，四变而为沈宋律诗……以时而论，则有建安体、黄初体、元嘉体、永明体。"而这里的"俗意、俗词"即沧浪所谓"俗意、俗句、俗字"。

较之良基和顿阿，花山院长亲的歌论更注重和歌内在的本质（"体悟歌道之真谛"），探讨和歌普遍的"深理"，并且认为"幽玄高妙"的歌道通过佛教的"悟入"才能够体得。而这些，也都是沧浪诗学的精髓。花山院长亲之后的正彻、心敬等人对于《沧浪诗话》的摄取，也都是遵照这样的路径。

将沧浪诗学引入歌论的还有室町前期的临济宗的僧侣兼歌人正彻（1381-1459）。正彻字清岩，庵号招月，出家后法号正彻，曾为室町幕府八代

---

① 佐佐木信纲：《日本歌学大系》第 5 卷，第 164 页。

② 久松潜一：《和歌史歌论史》，东京：樱枫社，1969 年，第 271 页。

③ 佐佐木信纲：《日本歌学大系》第 5 卷，第 156 页。

④ 佐佐木信纲：《日本歌学大系》第 5 卷，第 155 页。

⑤ 佐佐木信纲：《日本歌学大系》第 5 卷，第 158-159 页。

⑥ 太田青丘：《日本歌学和中国诗学》，第 160 页。

将军足利义政（1436-1490）讲解过《源氏物语》。其论歌尊藤原定家（1162-1241），歌风贵妖艳缥缈而具幻象，其幽玄论受到托名藤原定家的《愚秘抄》、《三五记》的影响，二条派视之为异端，有纪行《なぐさめ草》。和歌论著有《正彻物语》（上卷为《彻书记物语》，下卷为《清岩茶话》）。

《正彻物语》袭用《沧浪诗话》之处颇多。例如：

《彻书记物语》说："正如所谓'向上一路'那样，有凡虑所不及者。虽曰末叶之风体，以掩目不视为宜。然以余所见，学歌之上道，仅得其中道。虽不及于上道，然瞩望于无上之处，必能得其中道也。"[①]这段话袭用沧浪"入门须正，立志须高"，"从顶额上做来，谓之向上一路"，"学其上，仅得其中。学其中，斯为下矣"，"工夫须从上做下，不可从下做上"之论。

《彻书记物语》说："歌咏非由才觉，但能会得歌心，了然而解者可也。能会得歌心者，了悟之心也。能完全会得歌心者，长于歌者也。"[②]此论即沧浪"大抵禅道唯在妙悟，诗道亦在妙悟"和"诗有别才，非关书也，诗有别趣，非关理也"之意。

《清岩茶话》说："依此随意咏习之可也。然则此歌乃至于极致而返于初学者，故而能写之也。取水中之月，取之似易而终不可得。此事虽非水中月可比，要亦难得之事也。"[③]这段话袭用沧浪"故其妙处，透彻玲珑，不可凑泊，如空中之音，相中之色，水中之月，镜中之象，言有尽而意无穷"之论。

《清岩茶话》说："细观此和歌，好歌常若无意于缀词而咏，吟咏而不陷于理窟，优柔而有幽玄之致。至极好歌在理之外，不可曲为之解者，又不可以词说之而使人知者也，唯自然领悟而已矣。"[④]又云："不涉凡虑，除了理外之玄妙，更似一无所为。将上下两句相隔甚远之意结合起来，即臻于自在歌境之工夫。"[⑤]此论即沧浪"不涉理路，不落言筌者上也"以及反对"尚词而病于理"、"尚理而病于意兴"之意。

正彻的歌论，旨在通过反对二条派将藤原定家凡庸化、平淡化而重新确立藤原定家歌学的正统地位，这种现实需要与反对宋人"以文字为诗，以才学为诗，以议论为诗"，以"汉魏晋与盛唐之诗"为诗之极致的观点十分契合。

歌论深受《沧浪诗话》启发的还有室町时代天台宗僧侣、连歌师心敬（1406-1475），又称连海、心惠、心教，和歌曾师事正彻。歌论主《新古今集》，以注重对象的凝视和主体的沉潜为特征。连歌论著作有《ささめごと》以及《老

① 佐佐木信纲：《日本歌学大系》第5卷，第220页。

② 佐佐木信纲：《日本歌学大系》第5卷，第225页。

③ 佐佐木信纲：《日本歌学大系》第5卷，第256页。

④ 佐佐木信纲：《日本歌学大系》第5卷，第246页。

⑤ 佐佐木信纲：《日本歌学大系》第5卷，第251页。

のくり言》、《ひとり言》等。《ささめごと》(《细语》)为心敬宽正4年(1463)回到家乡纪伊国之田井庄时，应当地人所问而作的问答体论著。内容包括连歌的学习方法、风格论等，其中大段论和歌与佛教的关系。佐佐木信纲《日本歌学大系》第5卷所收《心敬私语》在内容上与《ささめごと》大致相同而略有出入。

《心敬私语》与《沧浪诗话》相通之处颇多。例如：

《心敬私语》“然则无论过目多少圣教抄物，若无冷暖自知之体认，则修行至难也。西行上人亦教人云：歌道即禅定修行之道也。诚至此道者，可谓顿悟直路之法也”。①此论即袭沧浪“大抵禅道唯在妙悟，诗道亦在妙悟”以及“谓之向上一路，谓之直截根源，谓之顿门，谓之单刀直入”之语。

《心敬私语》评源信明、定家、正彻“不明体之歌”说：“此类秀逸乃真实法身之姿，堪称无师自悟者也。难以词、理说之。”②又说：“人丸、赤人之歌，只须视之为其人即可。至于道之人眼中，歌皆玄妙不可说者也。”③又如《ささめごと》说：“和歌论若不以空门大悟为指归，如何能脱却‘生死论’这样外在形式的束缚呢？”④此论即沧浪“大抵禅道唯在妙悟，诗道亦在妙悟”以及“不涉理路，不落言筌”之意。

又如《心敬私语》说：“往昔歌仙回答有人歌者当如何咏之问云：枯野之薄暮，有明之月色。此寄歌心于不可言说之处而悟‘冷寂’之法者也。”⑤心敬所谓“枯野之薄暮”、“有明之月色”即沧浪“空中之音，相中之色，水中之月，镜中之象，言有尽而意无穷”中之“相中之色，水中之月”。

再如《心敬私语》答“歌与连歌中凡俗之句其风姿若何”之问说：“凡俗者有姿之凡俗与心之凡俗之别。前者易辨，后者难懂。”⑥心敬所谓“俗姿”、“俗心”相当于沧浪“学诗先除五俗，一曰俗体，二曰俗意，三曰俗句，四曰俗字，五曰俗韵”中之“俗体”、“俗意”。

心敬是正彻的高足，较之正彻，心敬歌论更自觉地运用禅家心法，他论歌道而每言“顿悟”、“无师自悟”、“玄妙不可说”、“于不可言说之处而悟”云云，无不是沧浪“诗禅一致”说的运用。

综上所述，中世歌学理论著作对于《沧浪诗话》颇多征引，二条良基、顿阿仅取只言片语，尚不能领会沧浪诗学的真精神。而耕云、正彻和心敬之摄取

---

① 佐佐木信纲：《日本歌学大系》第5卷，第315页。

② 佐佐木信纲：《日本歌学大系》第5卷，第313-314页。

③ 佐佐木信纲：《日本歌学大系》第5卷，第293页。

④ 伊地知铁男、表章、栗山理一：《连歌论集·能乐集·俳论集》，第123页。

⑤ 佐佐木信纲：《日本歌学大系》第5卷，第314页。

⑥ 佐佐木信纲：《日本歌学大系》第5卷，第296页。

《沧浪诗话》，尤重从精神实质上领会沧浪诗论，他们从反二条派的墨守秘传家授的立场出发，在努力突破拘泥形迹的歌学传统束缚，开创新的理论天地方面找到了与《沧浪诗话》的共同点。

三、沧浪诗论为和歌论接受的原因

首先，中世文艺思想由于禅宗的流行[①]及宋代理学的传入而发生着深刻的变化，其总的特征是对于理论性思考的重视以及重内轻外、重精神轻形式、重抽象轻具象的价值取向。

一般来说，日本人的理论思辨少有能与其艺术能力相匹敌的成果，而镰仓新佛教（禅宗）中却可以见到即使列于中国、西洋哲学思想当中亦未必逊色的理论思考[②]，镰仓新佛教（禅宗）与京都佛教（6 世纪传入的天台宗、真言宗）主要研究经典、祈祷法令不同，禅宗主张见性成佛，探求本原、性相，是在不擅长理论思考的日本文化中罕有其类的思辨成果。从这个时期开始，理论性思考的尝试见于文化思想诸领域。例如王朝时代的历史著述不过记述史实而已，而镰仓、室町时代却出现了从思想批判的角度来论述历史现象的著作，带有明显的历史哲学的倾向[③]。又如神道教本来是没有教义和经典的咒术、仪式而已，而自镰仓、室町时代始神道教才有了自己的经典[④]。王朝时代的日记文学如《枕草子》不过记述作者的感觉、印象而已，缺乏对于人生、世界的理性思考。而镰仓、室町时代却出现了含有哲学思考的随笔，如鸭长明的《方丈记》（成书于 1212 年）及吉田兼好的《徒然草》（成书于 1330 年）。镰仓、室町时代传入的深受禅宗影响的宋代经学，突破了唐代以前以研究古注为正轨的传统，与以往汉、唐的注疏、文字之学相比，其抽象思辨色彩尤其突出。镰仓、室町时代的歌论也具有相同的倾向。尽管探讨和歌本质及技巧的歌论著述早在王朝时代就曾大量存在，例如藤原俊成的《古来风体抄》、藤原定家的《每月抄》、《咏

① 最先将禅宗传到日本的是荣西（1141-1215）。他入宋学禅，于建久 2 年（1191）回国，将临济宗传入日本。但荣本为密教僧侣，因此他传播的并非纯粹意义上的禅宗。将禅宗的真精神传入日本的是安贞元年（1227）回国的道元，他是日本曹洞宗的开山之祖。禅宗传入日本后受到贵族和武士双方的欢迎。北条时赖招请宋僧兰溪道隆，北条时宗招请元僧无学祖元在镰仓分别兴建了建长寺和圆觉寺。

② 日本曹洞宗的开祖道元著有《正法眼藏》，这部著作是以和文写成。家永三郎：《日本文化史》（东京：岩波书店 1959 年）说，这表明道元意识到，即使从中国移入禅宗，其哲学思辨也需要由日本人的独立思考来进行。

③ 慈圆的《愚管抄》（成书于 1220 年）就是论证了历史上武家政治出现的必然性。又如北畠亲房的《神皇正统记》（成书于 1339 年）也试图论证南朝天皇为正统天皇。

④ 伊势外宫的神官伪作《神道五部书》，自此神道教才有了自己的经典。

歌大概》等，但这些著述一般都不具备艺术论的性质。而镰仓、室町时代以后的歌论则提出了作为日本独自美学原理的“幽玄”概念①。京极为兼（1254-1332）《为兼卿和歌抄》中有“气性合于天理”之论②。花山院长亲自己年轻时曾经“度于理庭”③，而《耕云口传》中大谈“性理”为“万物之根源”，并认为和歌亦当“以此为准则”云云，都表明他们虽为和歌论者却也染指性理之学。④木宫泰彦说，虎关师炼是“日本最早钻研宋学者”⑤，其《济北集》中虽然痛驳朱熹非“醇儒”，但其《元亨释书》的《荣西传赞》中却盛赞周敦颐：“仲尼没而千秋有余载，缝掖之者几许乎？只周濂溪擅兴寄之美矣。”冈田正之说，虎关师炼对于道学之祖周濂溪的推赏一至于此，不可能不与其学说产生共鸣⑥。镰仓、室町时代传入的禅宗及宋代理学，使得日本文艺思想更趋理论化和思辨性。而据一条兼良（1402-1482）《尺素往来》可知，曾经给《诗人玉屑》作过“批点句读”的玄惠本人，也是大力倡导宋代理学的人物⑦。

禅宗及宋代理学注重内在的精神而非外在的形式。日本的禅宗寺院不重寺院、佛像的造型，而是将广大的自然压缩于狭小的空间，以象征的手法来表现即使渺如微尘，亦可见出宇宙生命这一泛神论哲学观念⑧。日本禅僧创作的水墨画，用单一的墨色，极度抽象化的线条和构图，从精神的角度来表现对象。这与前代以色彩为命脉的大和绘不同。这种重内轻外、重精神轻形式，重抽象轻具象的价值取向也给予这个时期的和、汉文学论以深刻影响。例如虎关师炼的《济北诗话》，论诗以“醇全”为宗旨，注重天然的气质和内在的精神，摒弃人为的雕饰，摆脱了《文镜秘府论》以来的偏重修辞及体裁的繁琐的形式主义诗学的束缚，从而完成了诗歌理论的由注重外在形式而重视内在思想的转变。而此时的歌论亦呈现出与前代迥异的时代特征，即脱离讨论“歌病”、“六义”，偏重形式、技巧的歌论，开始热衷于“幽玄”、“有心”等抽象的和歌内在本质的探讨。岩津资雄说，就歌“心”而论，古代歌论主要将其作为题材、“趣向”来考虑，而中世歌论则更多地将其作为表现内容（余情）来看待；就词“姿”而论，古代歌论主要是指单纯的修辞、技巧而言，而中世歌论则更注

① 家永三郎：《日本文化史》，东京：岩波书店，1959年，第130页。

② 佐佐木信纲：《日本歌学大系》第5卷，第109页。

③ 太田青丘：《日本歌学和中国诗学》，第160页。

④ 佐佐木信纲：《日本歌学大系》第5卷，第155页。

⑤ 木宫泰彦：《日中文化交流史》，胡锡年译，北京：商务印书馆，1980年，第413页。

⑥ 冈田正之：《日本汉文学史》，东京：吉川弘文馆，1997年，第312页。

⑦ 一条兼良《尺素往来》：“近代独清轩玄惠法印，宋朝濂、洛之义为正，开讲席于朝廷以来，程、朱二公之新释，可为肝心候也。”

⑧ 京都龙安寺庭院中除了白沙之上摆放着大小不等的十数个石块之外别无他物，以此象征着大海。又如大德寺庭院，在猫额那样狭小之地，通过石块的组合而呈现出深山幽谷川流奔腾的复杂景观。

重修辞、技巧背后的心理、态度，前引《耕云口传》强调作歌时的清澄心境“すき”（好き、数寄）即其一例。作歌态度论与余情共同构成了中世歌论的两大主题[①]。京极为兼《为兼卿和歌抄》提出了著名的直写心声的创作理念，所谓“心のままに詞の匂ひゆく”（随心所欲词自香）[②]。其歌论的内容，不同于以往的以歌语解说为主的歌论书，而是围绕和歌的本质，“心”与“词”的关系等根本性问题展开议论。他说，《万叶集》时代的和歌不过是说出“随心之所感”而已，“随心之所感而言所欲言”[③]。其歌论的内容，不同于以往的以歌语解说为主的歌论书，而是围绕和歌的本质，“心”与“词”的关系等根本性问题展开议论。

在这样的背景下，与大部分宋代诗话主要是诗、诗人的逸事琐话迥异，有着完备的诗论体系、鲜明的诗学纲领，好为形而上的高论，具有抽象思辨的色彩，且主张“妙悟”，反对“以文字为诗”、“尚词而病于理”、“尚理而病于意兴”的《沧浪诗话》之为日本人所接受，就决不是偶然的。它适应了日本中世文艺思想转向思辨性、抽象化、注重内在精神的变化趋势。

其次，和歌理论在镰仓、室町时代，其自身亦面临着深刻的变革。这个时期歌论分裂为以藤原氏御子左家嫡传的当家人二条为世为首的“二条家”，和以同属御子左家的京极为兼（1254-1332）为首的“京极家”，以及冷泉为相（1263-1328）为首的“冷泉家”。作为正统派的“二条家”墨守成规，坚持繁琐的形式主义的家传秘授的立场，“京极家”则努力突破拘泥形迹的歌学传统束缚。上述花山院长亲、正彻和心敬都不同程度地站在反对“二条家”的立场之上。例如《耕云口传》就否定歌道“秘传”的必要性：“此道之秘事，别无所在，不过出于我心而心有所悟而已”云云，表达了其努力摆脱二条派形式主义歌论传统束缚的倾向。而正彻的歌论，旨在对为二条派凡庸化、平淡化的藤原定家歌学注入新的生气，因而也被正统派“二条家”视为异端。这种反对墨守家传，陈陈相因的批判精神与宋代理学排斥汉、唐训诂主义，于人心性中发现普遍之理的态度又是相通的。而沧浪“非傍人篱墙，拾人涕唾”，“自家闭门凿破”的精神，在突破旧的传统束缚，创新歌学理论方面给予他们以深刻启发[④]。

复次，任何外来文化的成功移植，客观上都要求作为移植对象的地域、国度具备适宜的土壤。日本既有的歌论观点与《沧浪诗话》存在着许多相通之处，这为沧浪诗论的接受提供了条件。镰仓、室町时期的佛教与和歌关系密切，京

① 佐佐木信纲：《日本歌学大系》第5卷，第253页。

② 佐佐木信纲：《日本歌学大系》第5卷，第112页。

③ 佐佐木信纲：《日本歌学大系》第5卷，第110-111页。

④ 太田青丘《日本歌学和中国诗学》说，花山院长亲、正彻、心敬是真正能够学到沧浪诗论的真精神的。

极为兼深受法相宗唯识论影响，而顿阿、心敬是天台宗僧侣，花山院长亲、正彻是临济禅僧侣。一遍上人（1239-1289）所创的时宗信徒中颇多以和歌、连歌、谣曲著称者[①]。一遍上人主张唱念“南无阿弥陀佛”，这个主张亦以和歌表达[②]。在歌与佛（禅）的关系问题上，藤原俊成（1114-1204）的《古来风体抄》中论和歌与天台宗佛理的关系，就提出过“歌、佛共通论”[③]。对此，太宰春台（1680-1748）《独语》说：“俊成卿学天台之佛法，以一心三观之理为歌道之极意。”[④]而镰仓时代初期的歌人西行法师（1118-1190）也有“歌道即禅定修行之道也”的观点。在对和歌由外在形式转向内在本质的探究方面，藤原俊成强调和歌的本质在于“余情”，鸭长明（1155-1216）更以“余情”与“幽玄”并重[⑤]。这与沧浪以“妙悟”、“兴趣”言诗，反对“尚词而病于理”的精神相通。在歌与才学的关系问题上，藤原为家（1198-1275）的《八云口传》（《咏歌一体》）中就有“咏和歌之事，虽云不必由于才学，唯歌心之所感而已，然无修炼之功不能臻于巧者不取也”之论[⑥]。在藤原为家看来，咏和歌而能“不由于才学，唯歌心之所感”，只有他的祖父藤原俊成、父亲藤原定家这样的天才才能做到，如果用这样的高标准来要求后人，则必然使和歌无法走出贵族阶级闭锁的象牙之塔而后继乏人，日渐衰微。因此，藤原为家强调，即便像自己这样歌才凡庸之人，只要通过刻苦的修炼，亦能臻于上达[⑦]。这与沧浪“诗有别才，非关书也。诗有别趣，非关理也。然非多读书多穷理，则不能极其至”的说法虽然相近，但其持论的动机和背景却各不相同。可以想象，本来就熟悉藤原为家此论的歌人和歌论家们，读到《沧浪诗话》的相关论述，一定会有似曾相识的感觉。藤原俊成、鸭长明和西行法师的卒年均早于《诗人玉屑》成书的宋淳祐甲辰（1244），而藤原为家距离《沧浪诗话》传入的正中年间（1324）也早了至少50年。他们生前都没有接触过《沧浪诗话》，因而也不可能在其和歌论中引用沧浪诗论。这表明，歌以佛（禅）喻，歌有别才等观点，早在《沧浪诗话》传入之前就已经是歌人和歌论家们的共识，正是因为有了这样的共识，来自异域的沧浪诗论才更易于为歌论家所接受。

---

① 朱谦之：《日本哲学史》，北京：人民出版社，2002年，第22页。

② 铃木范久：《宗教与日本社会》：“一遍所达到的境界，也许可以通过这句和歌完全表达出来：‘唱念阿弥陀佛，即无佛无我，惟有南无阿弥陀佛之声。’”牛健科译，北京：中华书局，2005年。

③ 藤原俊成《古来风体抄》：“今天解说和歌的深奥道理，亦与空、假、中三谛近似，故和歌亦通于佛道……此和歌之妙，之不妙及探歌心之深奥，不可以言语明也，比之天台《止观》，则以二者等量齐观可也。”

④ 日本随笔大成编辑部：《日本随笔大成》第1期，第17，东京：吉川弘文馆，1975-1976年，第263页。

⑤ 佐佐木信纲：《日本歌学大系》第5卷，第256页。

⑥ 佐佐木信纲：《日本歌学大系》第5卷，第388页。

⑦ 佐佐木信纲：《日本歌学大系》第5卷，第70-71页。

《沧浪诗话》与日本江户时代歌论①

南宋严羽的《沧浪诗话》大约在中世（镰仓、室町时代）传入日本②。进入近世（江户时代）以来，沧浪诗论在汉诗论、和歌论、俳伦及画论③中频繁地被征引援用，在歌学理论的构建过程中，也发挥着重要的影响。

本文拟从《沧浪诗话》在近世的传播，《沧浪诗话》与契冲、贺茂真渊及本居宣长歌论的关系，以及其为近世歌论所接受的原因等几个方面，来探讨《沧浪诗话》对于近世歌论的影响。

一、《沧浪诗话》在近世的传播

在近世的相当长一段时期内，《沧浪诗话》并无单行本流传，日本人接触《沧浪诗话》的途径，主要是收载《沧浪诗话》的南宋魏庆之的《诗人玉屑》。此外，还有明代徐师曾的《文体明辨》及托名李攀龙的《唐诗训解》，这两部书也载有《沧浪诗话》的主要部分。

具有汉诗百科全书性质的《诗人玉屑》，在《沧浪诗话》的传播过程中发挥了很大的作用。人们通过它，可以接触到很多中国诗话、诗论，因而受到普遍欢迎④。例如新井白石（1657-1725）《新井白石全集》卷六《室新诗评》就说，对《诗人玉屑》应该“再三熟览”⑤。《诗人玉屑》流传至近世，已经不像中世那样，仅限于天皇宗室、公卿大臣以及与皇室关系密切的僧侣之间流传。隐居于京都深草的元政上人（1623-1668）的书信中曾提到友人向他借阅《诗人玉屑》之事⑥。可见，即便是与朝廷没有关系的民间人士，也藏有《诗人玉屑》。近世《诗人玉屑》和刻本，有宽永十六年（1639）刊本⑦。现藏于天理图

① 此文刊载于《暨南学报（哲学社会科学版）》2013 年第 5 期。

② 市古贞次：《日本古典文学大辞典》第 2 卷，东京：岩波书店，1984 年，第 192-193 页。

③ 近世中期的南画家、书法家中山高阳（1717-1780）的画论《画坛鸡肋》中曾提到“严沧浪诗话”。

④ 市古贞次：《日本文学全史》，东京：学灯社，1978 年，第 285 页。

⑤ 松下忠：《江户时代的诗风诗论》，东京：明治书院，1969 年，第 350 页。

⑥ 太田青丘：《日本歌学和中国诗学》，东京：弘文堂，1958 年，第 205-206 页。

⑦ 市古贞次：《日本古典文学大辞典》第 2 卷，第 192-193 页。

书馆的旧古义堂藏伊藤仁斋（1627-1705）的手泽本《诗人玉屑》，即为宽永本[①]。而在这之前的中世，则有正中元年（1324）玄惠法印（1269-1350）跋和刻本。真言宗僧侣印融（1435-1519）的《文笔问答抄》引用过的《诗人玉屑》，林罗山（1583-1657）《梅村载笔》地卷中所载汉籍目录，以及《林罗山先生文集》的附录卷一的信件中记载的罗山于庆长九年（1604）前读过的书目中的《诗人玉屑》[②]，很可能就是玄惠跋本。此外，德川幕府的《御文库目录》（1722）中记载《文体明辨》的入藏时间为宽永十九年（1642），同年，野间静轩尚刻有木活字版《文体明辨粹抄》二卷。而 1701 年刊行的《文林良材》中也著录过《文体明辨》。宽文元年（1660）和六年（1666）有和刻本《文体明辨》问世[③]。藤原惺窝（1561-1619）《文章达德纲领》亦曾引用过《文体明辨》。贝原益轩（1630-1714）《初学诗法》的“考用书目”中，不仅有《沧浪诗话》、《诗人玉屑》，还有托名李攀龙的《唐诗训解》和徐师曾的《文体明辨》[④]。至于《沧浪诗话》的和刻本，则直至近世中期才有享保本问世。享保十一年（1726），荻生徂徕（1666-1728）的门人石川清之将《沧浪诗话》与徐祯卿《谈艺录》、王世懋《艺圃撷馀》合刻而成《三家诗话》。

近世各个时期，《沧浪诗话》在儒学者们的著作中曾经被频繁引述。最早接触到《沧浪诗话》的是近世初期（1589-1646）儒学的开祖藤原惺窝。其《次韵梅菴由己并序》中就引用过沧浪“优游不迫”一语[⑤]。松永尺五（1592-1657）在其为石川丈山（1583-1672）《覆酱集》作的序中几乎全文引述了《沧浪诗话》“论诗如论禅”之论[⑥]。丈山《北山纪闻》和《诗法正义》中多处大段引述过《沧浪诗话》[⑦]。伊藤仁斋《四季倭歌选引》说：“唐诗尚意兴，宋诗主义理”，也来自沧浪诗论[⑧]。贝原益轩《初学诗法》直接引用沧浪诗论处更是不胜枚举，有时在引文后注明出自“沧浪诗话”，有时则作“严沧浪”或作“严氏”[⑨]。

近世中期（1649-1783），《沧浪诗话》的地位已经超过其他宋人诗话，与胡应麟《诗薮》一道，成为唐诗鼓吹者的诗学宝典[⑩]。木下顺庵（1621-1699）

---

① 太田青丘：《日本歌学和中国诗学》，第 205 页。

② 日本随笔大成编辑部：《日本随笔大成》第一期，东京：吉川弘文馆，1975-1976 年，第 33 页。

③ 太田青丘：《日本歌学和中国诗学》，第 205 页。

④ 池田四郎次郎：《日本诗话丛书》，卷 3，东京：文会堂店：1920-1922 年，第 175 页。

⑤ 山岸德平：《日本近世汉文学史》，东京：汲古书院，1966 年，第 53 页。

⑥ 太田青丘：《日本歌学和中国诗学》，第 210 页。

⑦ 池田四郎次郎：《日本诗话丛书》，卷 10，第 351 页。

⑧ 太田青丘：《日本歌学和中国诗学》，第 203 页。

⑨ 池田四郎次郎：《日本诗话丛书》，卷 3，第 228-229 页。

⑩ 中村幸彦：《近世文学论集》，东京：岩波书店，1966 年，第 10 页。

不仅在其《三体诗绝句跋》引用过沧浪“兴趣”之语[①]，而且据久保甫学《木石园诗话》说，“其所奉书，仅止于《沧浪诗话》、《品汇》、《正声》、《沧溟伪唐诗选》、胡氏《诗薮》而已”[②]。另据石川清之《三家诗话》的跋文说，荻生徂徕对来向自己请益有关作诗问题的人一定要称道《三家诗话》[③]。徂徕最得意的两个弟子太宰春台（1680-1747）和服部南郭（1683-1759）也都极推崇《沧浪诗话》。

近世后期(1787-1867),《沧浪诗话》的影响仍然很大。冢田大峰(1745-1832)说他年轻时“作诗者”依然“依严沧浪及明人之指挥”[④]。古贺侗庵（1788-1874）在斋藤拙堂（1797-1865）《拙堂文话》的序中说，历代诗话“可取者不过数种”，其中以《沧浪诗话》为“鸡中之鹤”[⑤]。受清初钱谦益的影响，沧浪诗论曾一度被当作复古诗学鼻祖而遭到性灵派的代表人物山本北山（1753-1812）的抵制[⑥]，然《沧浪诗话》对于诗坛的影响并没有因此而减弱。甚至性灵派诗人也并不一概拒绝沧浪诗论。例如蓧崎小竹（1781-1851）就在其《丹生樵歌总评》里引用过《沧浪诗话》[⑦]。其后，清代王士祯“神韵说”盛行于日本，而王士祯本人又是十分欣赏《沧浪诗话》的。因此，沧浪诗论仍然对神韵派如三浦梅园（1723-1789）、津阪东阳（1757-1825）、长野丰山（1738-1837）及广濑淡窗（1782-1856）诸人发挥着重要的影响，对于《沧浪诗话》的引用也频繁地见于他们的诗话当中[⑧]。

《沧浪诗话》的传播，并非仅限于汉诗领域，歌论中亦不乏对于沧浪诗论的征引。中院通茂（1631-1710）在当时的堂上歌人的歌论集《咏歌金玉论》（为范所辑）中曾说：“深刻体味古歌的内容、描绘的景致以及歌词写作技巧而烂熟于心……不知不觉中自成其趣。”[⑨]此论即来自《沧浪诗话》的“先须熟读《楚辞》，朝夕讽咏，以为之本……久之，自然悟入”。又如“秀歌之味，似淡如水，以此之故，浅尝辄止，则难知其真味”云云[⑩]，也是对《沧浪诗话》“盛唐之诗……故其妙处，透彻玲珑，不可凑泊，如……水中之月”的发挥。同集中飞鸟井雅

---

① 松下忠：《江户时代的诗风诗论》，第 326-327 页。

② 池田四郎次郎：《日本诗话丛书》，卷 7，第 518-519 页。

③ 中村幸彦：《近世文学论集》，第 305 页。

④ 池田四郎次郎：《日本诗话丛书》，卷 1，第 376-377 页。

⑤ 市野泽寅雄注：《沧浪诗话》，东京：明德出版社，1993 年，第 5 页。

⑥ 中村幸彦：《近世文学论集》，第 304 页。

⑦ 松下忠：《江户时代的诗风诗论》，第 638 页。

⑧ 池田四郎次郎：《日本诗话丛书》，卷 2，第 225-226 页，第 491 页，卷四，第 395 页。

⑨ 佐佐木信纲：《日本歌学史》，东京：本の友社，1949 年，第 202 页。

⑩ 佐佐木信纲：《日本歌学史》，东京：本の友社，1949 年，第 202 页。

章（1661-1667）也说："以和歌为才智之事者一病也。"[①]此即沧浪"诗有别才，非关书也"之论。又如契冲（1640-1701）《代匠记》卷一评柿本人麿（689-700）"可谓以李白飘逸之仙才而兼杜陵翁之沉郁。"卷五评山上忆良（660-733）"质素平淡，若准于诗则可谓似陶渊明"[②]，都出自《沧浪诗话·诗评》。贺茂真渊（1697-1769）《续万叶集论序》中说："而且即如唐国，亦有'诗有别才'之说"[③]，表明他是了解《沧浪诗话》的基本观点的。本居宣长（1730-1801）《玉胜间》卷十"唐人说诗之语一二"条中直接提到过"严沧浪诗话"，并引沧浪"诗之是非不必争，试以己诗置之古人诗中，与识者观之而不能辨，其真古人矣"之论指出："和歌亦然。"[④]

近世文艺理论对于《沧浪诗话》的摄取与中世不同。概而言之，中世侧重于沧浪的新变，近世则侧重于沧浪的复古。

中世文艺理论由于受到从中国传入的禅宗和理学的影响而更趋理论化和思辨性，体现出重内轻外、重精神轻形式、重抽象轻具象的价值取向。《沧浪诗话》受到中世诗、歌论的关注，也是由于其理论性及思辨色彩。特别是其《诗辨》，不仅与唐人侧重规矩、形式的《诗格》、《诗式》、《诗议》、《诗髓脑》等不同，而且在缺乏严谨的逻辑架构，大多为漫然无序的即兴随笔的宋人诗话中，也可谓独树一帜。沧浪以禅论诗，认为诗之妙在于"羚羊挂角，无迹可求"，"透彻玲珑，不可凑泊，如空中之音，相中之色，水中之月，镜中之象"。此论虽主要是针对"只知求诗于诗内，论其内容，以道德绳诗"而言，也有纠正"论其辞句，以规律衡诗"的用意[⑤]。而上世（奈良、平安时代）文艺理论，长期为《文镜秘府论》以来诗论偏重声韵、体势、对偶、诗病，歌论则主要讨论歌语、"七病"、"六义"等烦琐的形式主义所束缚。中世诗、歌论要纠正的，正是不知"求诗于诗内"的问题。而沧浪主张"入门须正"，否定江西诗派学前人专从句法入手，由字而句而篇的"悟入"之法。这正好适应了中世诗、歌论挣脱形式主义束缚的现实需要。花山院长亲（耕云，？-1429）《耕云口传》说："谓吟咏之间当怜花哀露，已落言筌，歌之第二义门也，非歌之真体"[⑥]，就是借沧浪以救和歌论偏重规矩、程式的痼疾。清代鲍鈖《稗勺》说："或问沧浪论诗'羚羊挂角，无迹可求'之义，答曰：不践起承转合之迹则近是矣。"[⑦]"践

① 佐佐木信纲：《日本歌学史》，东京：本の友社，1949 年，第 202 页。

② 太田青丘：《日本歌学和中国诗学》，第 210 页。

③ 太田青丘：《日本歌学和中国诗学》，第 260 页。

④ 吉川幸次郎、佐竹昭次、日野龙夫编：《本居宣长》，东京：岩波书店，1978 年，第 316 页。

⑤ 郭绍虞：《中国文学批评史》，上海：上海古籍出版社，1979 年，第 274 页。

⑥ 佐佐木信纲：《日本歌学大系》第 7 卷，东京：风间书房，1989 年，第 155 页。

⑦ 郭绍虞：《沧浪诗话校释》，北京：人民文学出版社，2005 年，第 46 页。

起承转合之迹”就是“以规律衡诗”，中世诗、歌论正是从这个意义上来理解沧浪“羚羊挂角，无迹可求”的。

尽管沧浪的着力点在于纠正“尚理而病于意兴”、“以议论为诗”，具有鲜明的反理学、反江西诗派的特征，但这并没有成为中世诗、歌论摄取沧浪诗论的障碍。因为在注重抽象的内在精神，摈弃具象的外在形式方面，沧浪与理学是共通的。沧浪本人也沾染了理学家好为高论的习气。他的“非傍人篱墙，拾人涕唾”，“自家闭门凿破”的精神，也很难说与宋儒的学贵自得以及江西诗人的崇尚自立无关。且沧浪也并非一概排斥学、理。他说：“然非多读书，多穷理，则不能极其至”①。诚如郭绍虞先生所说：“沧浪只言‘非关理’，没说不要理。”②沧浪既有“不要呆学泥理”的一面，也有“不要废学背理”的一面③。中世歌论更看中的是沧浪对于读书穷理的肯定。花山院长亲就说：“抑连缀三十一字者，有堪能与不能……然期于堪能，不读书明理，则终难臻于秀逸矣。”④在理学和禅宗甫传日本的中世时期，以禅论诗的沧浪诗学与理学及江西诗派并非水火不相容。事实上，沧浪“然非多读书，多穷理，则不能极其至”，也是江西诗派“三宗”之一的苏轼的主张。而中世欣赏沧浪诗学的，也都是与理学关系颇深的禅僧和歌人。理学家斥单纯追求形式美的文学为“害道”，这正好为中世诗、歌论矫正上世繁琐的形式主义提供了理论依据。因此宋儒的说理、议论，不仅未遭遇反对，反而还受到欢迎。例如虎关师炼（1278-1346）是“日本最早钻研宋学者”⑤，其论诗主张“合理”，“唯理之适而已”⑥。京极为兼（1254-1332）也有“气性合于天理”之论⑦。花山院长亲则大谈“性理”为“万物之根源”，并认为和歌亦当“以此为准则”⑧。甚至直到近世初期，诗坛、歌坛要纠正的，依然还是“论其辞句，以规律衡诗”的问题。贝原益轩反对“徒事于巧丽而无论道、记事之用”，“雕虫纂织、安排布置以求巧饰”⑨，认为“虽雕饰奇巧，然不足为法而已”⑩。中院通茂也说：“歌中修饰之词过于

① 郭绍虞：《沧浪诗话校释》，北京：人民文学出版社，1998年，第26页。

② 郭绍虞：《沧浪诗话校释》，北京：人民文学出版社，1998年，第38页。

③ 郭绍虞：《沧浪诗话校释》，北京：人民文学出版社，1998年，第46页。

④ 佐佐木信纲：《日本歌学大系》第7卷，第155页。

⑤ 木宫泰彦：《日中文化交流史》，胡锡年译，北京：商务印书馆，1980年，第413页。

⑥ 池田四郎次郎：《日本诗话丛书》，卷6，第294页。

⑦ 佐佐木信纲：《日本歌学大系》第7卷，第109页。

⑧ 佐佐木信纲：《日本歌学大系》第7卷，第155页。

⑨ 松下忠：《江户时代的诗风诗论》，第469-470页。

⑩ 太田青丘：《日本歌学和中国诗学》，第212页。

优美，以至忘却理，以不知诚之故也。”[①]益轩、通茂引用《沧浪诗话》，也是出于纠正“论其辞句，以规律衡诗”的目的。

这种情形，直到伊藤仁斋和荻生徂徕的出现，才发生了根本性的改变。近世初期，德川幕府大力提倡儒学，朱子学占据了意识形态的统治地位，形成了“诸儒咏言，率出于性理之续余”[②]的局面。为幕府定为官学的朱子学“以道德绳诗”，文学无法摆脱其道德附庸的地位。另一方面，由于近世社会商业的繁荣发展，市民阶层日益壮大。新兴的町人文化、市民文化蓬勃兴起。松尾芭蕉（1644-1694）的俳句、近松门左卫门（1653-1725）的净琉璃、井原西鹤（1642-1693）的小说等，反映町人、市民的生活和思想感情，充分肯定人情、人性和人欲的正当性。这种价值取向与程、朱理学禁欲主义的伦理观发生冲突。表现义理与人情的冲突，反对用义理来压抑人情，逐渐成为新时代的文艺思潮。而町人出身的仁斋古义学的兴起，特别是徂徕的古文辞学的风靡，则为新时代的文艺提供了思想武器。“伊（仁斋）、物（徂徕）之说盛而程、朱之学衰”（广濑淡窗《儒林评》），压抑自然人性的朱子学遂成为仁斋和徂徕批判的对象。仁斋主张，人性于气质之性（性）之外不存在什么本然之性（理），目欲视美色，耳欲听好音，口欲食美味以及父欲子善，子欲父寿等人的欲望，都是天然正当的[③]。徂徕则强调气质的不可变性，认为每个人的个性、气质与生俱来，不应该受到道德的强制，应顺其自然，就像米不可能变成豆，豆不可能变成米一样[④]。近世诗、歌论因应时代新思潮的变化，也开始回归日本文学固有的抒情传统，抨击宋儒的说理和议论。长期被忽略的沧浪诗学的复古、反理学、反议论的一面，又开始受到重视。

综上所述，《沧浪诗话》曾引起了近世各个时期儒者及歌论家的普遍关注，至近世中期，其受欢迎的程度达到了顶峰，并持续影响于近世后期的诗、歌坛。日本人对于《沧浪诗话》的接受，因时代文艺思潮的变化而有所侧重。中世诗、歌论摄取了沧浪的“非多读书，多穷理，则不能极其至”之论，以纠正上世文艺理论繁琐的形式主义的积弊；而近世诗、歌论则摄取了沧浪诗论复古、反理学、反议论的方面，以回归日本文学固有的抒情传统。

① 中村幸彦：《近世文学论集》，第 4 页。

② 清水茂、揖斐高、大谷雅夫：《日本诗史・五山堂诗话》，东京：岩波书店，1991 年，第 492 页。

③ 諏访春雄、日野龙夫：《江户文学与中国》，东京：每日新闻社，1977 年，第 215 页。

④ 諏访春雄、日野龙夫：《江户文学与中国》，第 222 页。

二、《沧浪诗话》与近世歌论

以契冲、贺茂真渊、本居宣长为代表的近世歌论深受仁斋、徂徕文学观的影响，因此，《沧浪诗话》与近世歌论的关系，也必须结合仁斋、徂徕来考察。沧浪诗论对于近世歌论的影响，主要有两个方面：其一，“入门须正，立志须高”之论；其二，“诗者吟咏性情”及反对“以议论为诗”之论。

《沧浪诗话》开宗明义：“学诗者以识为主，入门须正，立志须高。”表面上看，沧浪的“识”，是“以盛唐为法”，“以李、杜为准”。实则诗学盛唐，尊李、杜，并非沧浪的发明，朱熹、陆游、杨万里、刘克庄等人也都是主张学盛唐，尊李、杜的。据日本学者南山春树的考证，沧浪所谓“识”，即梵文“Vijnana”，即“‘了别’之意，指认识者从本根处把握认识对象”[①]。由此可见，沧浪说“以识为主”，其重点不在于学诗的对象，而在于学诗的路径。即“学者须从最上乘，具正法眼，悟第一义”，“工夫须从上做下，不可从下做上”，“谓之向上一路，谓之直截根源，谓之顿门，谓之单刀直入”。诚如郭绍虞先生所说：“这才是沧浪的特见。”[②]日本释南山《南屏燕语》解禅家“单刀直入”与诗文的关系时说：“本意为禅家之观心，诸教之修行，不措意于阶级，取一则公案对敌而发之喻。犹如于千万人阵中，抽一刀而一字向前，直刎敌首。文章亦以其一篇之主意为的，先须点破之。若初于文法，章法，句法，字法等绵密、周至处劳其心，反而精神拘迫，不流畅。疎则天真，自然之气象，烂漫华丽也。”[③]这一学诗路径，与江西诗派正相反。江西诗派学古人，讲究渐修而悟，如范温《潜溪诗眼》所说，“先悟得一处，乃可通其他妙处。”[④]即沧浪所谓“从下做上”，将中、晚唐、宋诗作为循序渐进的阶梯。如陈师道《后山诗话》所说：“学者先黄、韩，不由黄、韩而为左、杜，则失之拙易矣。”[⑤]而沧浪不大论及的，正是江西诗派“重在工力方面的一旦超悟”[⑥]。因为在沧浪看来，借由中、晚唐、宋诗以入盛唐，正是“路头一差，愈骛愈远”。沧浪的“识”，就是要取消这些中间过渡的阶梯而直追盛唐。

而这种“向上一路”的复古路径，正是沧浪诗学与仁斋、徂徕儒学方法论

① 船津富彦：《唐宋文学论》，东京：汲古书店，1924 年，第 282 页。

② 郭绍虞：《沧浪诗话校释》，北京：人民文学出版社，1998 年，第 275 页。

③ 日本随笔大成编辑部：《日本随笔大成》，第 2 期，第 18，第 254 页。

④ 郭绍虞：《宋诗话辑佚》，北京：中华书局，1980 年，第 328 页。

⑤ 何文焕：《历代诗话》上，北京：中华书局，1981 年，第 305 页。

⑥ 郭绍虞：《沧浪诗话校释》，北京：人民文学出版社，1998 年，第 275 页。

的契合点所在。沧浪是要越过中、晚唐、宋诗而直追盛唐。仁斋、徂徕则是要越过宋儒解经而直追“先王、孔子之旧”。仁斋《古学先生文集》卷五说：“孔孟之学，厄于注家久矣。汉晋之间，多以老、庄解之。宋元以来，又以禅学混之……余每教学者以文义既通之后，尽废宋儒注脚，特将《语》、《孟》正文，熟读玩味二三年，庶乎当有所自得焉。”[①]徂徕也抨击朱熹《诗集传》：“朱注‘和而不流，怨而不怒’，皆以语诗之德，而遗其事，非孔子时语义也。”[②]“后世说《诗》，必付之以道义者，儒家之说也，非先王孔子之旧也。”[③]春台《倭读要领·学戒》说：“宋儒理学之书不可读，性理之说非古圣人之意，违孔子之教而与佛、老同归。”[④]他主张学孔子之道要“以孔子之言为断”，反对说经“先注而后经”[⑤]。太田青丘指出：“与中世权威及神秘思想的传统对抗，举扬现世人性的精神，是近世初期的时代思潮，其呈现出否定中世回复上代的倾向，毋宁说是理所当然的。”[⑥]仁斋、徂徕、春台而外，益轩也欣赏沧浪“入门须正，立志须高”之论，其《初学诗法》“总论诗法第八”中对此几乎是全文引述[⑦]。其《慎思录》卷一说：“读书之序，须从上做下，不可从下做上；须从本到末，不可从末到本。盖从上做下者，先看古书而后及近世也；从本到末者，先治经传而后及史子也。”[⑧]可见沧浪的“工夫须从上做下，不可从下做上”，适应了近世儒者“与中世权威及神秘思想的传统对抗”的时代思潮。

这一时代思潮也体现于近世歌论，例如仁斋首先将沧浪诗论运用于和歌，其《四季倭歌选引》说：“唐诗尚意兴，宋诗主义理。此唐诗之所以庶几于三百篇而非宋人之所能仿佛也。其于倭歌亦然。若柿本大夫、纪贯之、壬生二品、镰仓右府是也。岂后世纤巧为妙，剽窃为工，用意凡近，务事穿凿者所能梦寐也哉。”[⑨]此论与仁斋尽废宋儒注脚，直追“先王、孔子之旧”的方法论如出一辙。又如户田茂睡（1629-1706）、下河边长流（1624-1686）等人不能满足于中世对古歌、古文的私家秘传式的注解。他们通过自己的独立研究，觉得像冷泉家、二条家有关和歌的规则没有任何价值，而镰仓以来的古语注解基本都是虚妄不实的。茂睡《宽文五年文词》，就是反对中世和歌的传授、禁词、制词的宣言[⑩]。他否定

① 太田青丘：《日本歌学和中国诗学》，第 219-220 页。
② 关仪一郎：《日本儒林丛书》，东京：凤出版社，1971 年，第 213 页。
③ 日本随笔大成编辑部：《日本随笔大成》第 1 期，第 7，第 16-17 页。
④ 山岸德平：《日本近世汉文学史》，第 187 页。
⑤ 池田四郎次郎：《日本诗话丛书》，卷 3，第 133 页，第 154 页。
⑥ 太田青丘：《日本歌学和中国诗学》，第 199 页。
⑦ 池田四郎次郎：《日本诗话丛书》，卷 3，第 228-229 页。
⑧ 太田青丘：《日本歌学和中国诗学》，第 287 页。
⑨ 太田青丘：《日本歌学和中国诗学》，第 213 页。
⑩ 太田青丘：《日本歌学和中国诗学》，第 200 页。

了藤原定家（1162-1241）设定的制词（禁制之词），指出其作为和歌用语的规制是毫无意义的[①]。而契冲则否定了中世由老师口传给弟子的那种歌道私授、秘传的方法，其《代匠记》运用以古证古的实证的文献学方法来研究和歌[②]。

而最能说明问题的，是真渊的《歌意考》。真渊“以《万叶》歌风的实践……超越了忠实继承中世歌学的堂上歌学，开创了诗性丰富的和歌新风”[③]。他主张越过《古今和歌集》而直接取法《万叶集》。其《〈万叶〉考》说：“尊古者必习古歌，习古歌者必先读《万叶》。能通《万叶》而得其解，则知古人之心见于辞者，诚朴无伪，既雄壮又风雅。知此则古代之事亦以明矣。”[④]其《歌意考》在谈及和歌的学习路径时说：“应当先于《万叶集》中得古人心之诚、高、雅，而后再下及《古今歌集》。然后世之人忘却此理，以《古今歌集》为学歌之本，而迄今未闻一人其咏歌能似《古今歌集》者，亦不闻有能深悟《古今歌集》精神者。”[⑤]他的理据是：“物若由下而向上观之，则如隔云霞而难睹全貌。若由此得向上之阶梯，登至高处尽览其风景，尔后再视其下可也。如前所述，由高山之顶而望其下，则一目而了然，世间万象可尽收眼底。人心亦然，处下之人难测居上人之心。而居上之人，则易知处下人之心。由此可知，学和歌亦以先古后今，由上而下为好。唐国之人说诗亦言此意。”[⑥]所谓“唐国之人”即指沧浪。显而易见，真渊越过《古今和歌集》而直接《万叶集》的理据，即来自沧浪的“工夫须从上做下，不可从下做上”。

此外，近世歌学的集大成者宣长的歌论，也体现出这一价值取向。其《排芦小船》主张不加掩饰地表现人的各种情感，他称之为“实情”。而“歌道”又是以风雅为本的：“好歌不仅在于歌词，歌心亦须从古学雅。”宣长的“实情”是指“三代集”所歌咏的平安朝的“雅”情，而非今人的野鄙之情，今人须借“三代集”的歌词作为追溯王朝歌人“雅”情的手段。这是因为，后世和歌，无论言语还是人情，都已变得污浊、轻薄，若照直咏出，则必然下劣丑恶[⑦]。宣长的这段论述，使人联想到沧浪的“若自退屈，即有下劣诗魔入其肺腑之间，由立志之不高也”[⑧]。

而沧浪“诗者吟咏性情”及反对“以议论为诗”之论，对于近世歌论的影

---

① 林达也：《读江户时代的和歌—近世和歌史试论》，东京：原人舍，2007年，第151页。

② 林达也：《读江户时代的和歌—近世和歌史试论》，第146页。

③ 中村幸彦：《近世文学论集》，第7页。

④ 朱谦之：《日本哲学史》，北京：人民出版社，2002年，第97页。

⑤ 中村幸彦：《近世文学论集》，第86页。

⑥ 中村幸彦：《近世文学论集》，第86页。

⑦ 林达也：《读江户时代的和歌—近世和歌史试论》，第234-235页。

⑧ 郭绍虞：《沧浪诗话校释》，1998年，第1页。

响则更为广泛。

“诗者吟咏性情”也不是沧浪的发明，自《诗大序》以来几成老生常谈，理学家吕祖谦也说过“诗者，人之性情而已”[①]的话。但沧浪此论与理学家不同，是针对江西诗派涉于理路，“以议论为诗”而言，强调的是诗歌固有的抒情性特征。沧浪是以击中江西诗派的要害自诩的：“说江西诗病，真取心肝刽子手。”[②]江西诗派的流弊正在于“尚理而病于意兴”，理与情相对，尚理则偏离了诗歌的抒情性。刘克庄《竹溪诗序》就批评江西诗派：“要皆经义策论之有韵者尔，非诗也。”[③]诗歌几同于经义策论，是江西诗病的具体表现。沧浪以楚骚的抒情传统与宋诗的经学取向相抗衡，他说：“先须熟读《楚辞》，朝夕讽咏以为之本”，要识《离骚》“真味”，“须歌之抑扬，涕洟满襟”[④]。“唐人好诗，多是征戍、迁谪、行旅、离别之作，往往能感动激发人意”[⑤]。郭绍虞先生指出：“沧浪只言熟读《楚辞》，不及三百篇，足知其论诗宗旨，虽主师古，而与儒家诗言志之说已有出入”。“盖沧浪论诗……与儒家论诗宗旨显有不同”[⑥]。沧浪“以汉魏晋盛唐为师”[⑦]，也是因为汉魏晋盛唐诗中充满了慷慨激烈、雄浑悲壮的豪情。而在德川幕府确立的士、农、工、商“四民”身份等级固定化了的封建秩序中，人们只能各安其分。地位卑微的的近世儒者、歌人无从施展抱负。而为幕府定为官学的程、朱理学，又是维护这一封建秩序的意识形态。近世儒者、歌人在现实中受到压抑的自我，借模仿充满浪漫激情的盛唐诗而得以高扬和扩张，以求得心理上的平衡[⑧]。正是在这个意义上，近世诗、歌论与沧浪的“诗者吟咏性情”及反对“以议论为诗”产生了共鸣。诚如中村幸彦所说，《沧浪诗话》等宋人诗话助长了徂徕、春台等人的“道人情”和“排议论”说[⑨]。

例如仁斋《童子问》下说：“盖古人之诗，皆发于咨嗟咏叹之余，而一无非事实者，所谓本于性情，是已。”[⑩]《蕉窗余吟序》说：“诗本性情，故贵真不贵伪。苟不能出自真情，则虽极巧殚奇，要不足观。”[⑪]在肯定人情的同时，

---

① 吕祖谦：《吕东莱文集》，北京：中华书局，1985年，第330页。

② 郭绍虞：《沧浪诗话校释》，北京：人民文学出版社，1998年，第251页。

③ 黄霖、蒋凡主编：《中国历代文论选新编》宋金元卷，上海：上海教育出版社，2007年，第159页。

④ 郭绍虞：《沧浪诗话校释》，北京：人民文学出版社，1998年，第184页。

⑤ 郭绍虞：《沧浪诗话校释》，北京：人民文学出版社，1998年，第198页。

⑥ 郭绍虞：《沧浪诗话校释》，北京：人民文学出版社，1998年，第4页。

⑦ 郭绍虞：《沧浪诗话校释》，北京：人民文学出版社，1998年，第1页。

⑧ 赖惟勤：《徂徕学派》，东京：岩波书店，1972年，第518-519页。

⑨ 中村幸彦：《近世文学论集》，第6页。

⑩ 家永三郎、清水茂等编：《近世思想家文集》，东京：岩波书店，1966年，第254页。

⑪ 诹访春雄、日野龙夫：《江户文学与中国》，东京：每日新闻社，1977年，第218页。

仁斋提出"排议论"说，认为宋儒的议论于道德无补[①]，其《仁斋日札》说："诗家最忌落于议论之关"[②]。徂徕认为《诗经》就是"古人诉其忧、乐，发其呻吟之辞"[③]，这与沧浪"唐人好诗多是征戍、迁谪、行旅、离别之作"何其相近。其《萱园六笔》说："诗道性情、主讽咏，触类而赋。"[④]徂徕也主张"排议论"，其《弁名》上说："夫古之诗，犹今之诗也，其言主人情，岂有义理之可言哉。后儒以为劝善惩恶之设者，皆不得其解者之言已。"[⑤]《与平子彬》中说："世儒醉理，而道德仁义，天理人欲，冲口以发。不佞每闻之，便生呕哕。"[⑥]徂徕的弟子春台《读朱氏〈诗传〉》说："夫诗者，人情之发也。岂可以心言哉。非徒不可以心言，亦不可以道言。"[⑦]《文训》说："诗者，出于人情之不能已者也"[⑧]。这与沧浪"须歌之抑扬，涕洟满襟"又是何其相近。又其《诗论》说："宋则诗衰甚，人皆学唐而不得唐，义理之学害之也。"[⑨]可见，仁斋、徂徕、春台是从排斥宋儒议论的意义上来理解沧浪"诗者吟咏性情"的。

契冲歌学承袭了仁斋的"道人情"说。他认为，诗歌的价值在于表现丰富复杂的人情，提出"歌ははかなくよむ"（歌乃感情的率真流露）[⑩]的著名歌论[⑪]。其《代匠记》（初稿本）说："感情的率真流露，歌之学也。诗歌总不离感情的流露，有感情斯有歌趣，歌中耽于议论则于情有害。"[⑫]契冲强调，和歌不应该让理性掩盖了率真情感的流露，即便它暴露了人性的软弱，也不必加以掩饰。其《势语臆断》中评论平安初期的歌人在原业平（825-880）临终歌（见《古今和歌集》）"人在不得不踏上死亡之路的最后关头，就算此前对死亡已经预先

---

① 例如仁斋《童子问》认为宋儒的"议论"与道德无补："是故道德盛则议论卑，道德衰则议论高。犹权衡之量物，随其轻重，互相低昂。道德一分衰则议论一分高；道德二分衰则议论二分高。道德愈衰则议论愈高，及乎议论愈高也，道德蔑如矣。佛老之废人伦，宋儒之失中行，是已。人皆知悦议论之高，而不知其实道德下衰故也。"

② 市古贞次：《日本文学全史》，东京：学灯社，1978 年，第 157 页。

③ 中野三敏：《日本的近世—文学和美术的成熟》，东京：中央公论社，1993 年，第 29 页。

④ 日本随笔大成编辑部：《日本随笔大成》，第 1 期，第 113 页。

⑤ 吉川幸次郎、丸山真男等编：《荻生徂徕》，东京：岩波书店，1973 年，第 222 页。

⑥ 赖惟勤：《徂徕学派》，第 503 页。

⑦ 太田青丘：《日本歌学和中国诗学》，第 256 页。

⑧ 太田青丘：《日本歌学和中国诗学》，第 258 页。

⑨ 池田四郎次郎：《日本诗话丛书》，卷 4，第 291 页。

⑩ 久松潜一编：《契冲全集》第 9 卷，东京：朝日新闻社，1927 年，第 2178 页。

⑪ 日语"はかなく"中的"はか"指借助理性判断可以预知的结果，"はかなく"即无法预知，无从依凭之意。"はかなくよむ"就是歌人真实情感的率直自然的流露，而这种无法用理性来判断的情感常常借助天真幼稚的想象、联想来表现。

⑫ 丸山真男：《日本政治思想史讲义录》第 1 册，东京：东京大学出版会，1948 年，第 156 页。

有所耳闻，但对于死亡马上就要来临还是没有精神准备”时说：“此以‘诚’教人之好歌也。后世之人，临死之际所咏之歌或过于夸张，或以‘朝闻道，夕死可矣’自慰，不知人情之‘诚’，可厌，可憎。惟有此以往所无，亦不复再有之际，杂以不合常理之语咏之，方可归心于‘诚’。在原业平一生之‘诚’皆于此歌见之。而后世之人则一生之伪至死不变。”①契冲认为，在原业平这首临终歌率直地表达了即将面对死亡的恐惧和不安，从他的感叹中可以看到没有任何伪饰的人情之“诚”。如果用道学的观点来衡量这首临终歌，似乎不够理性和从容，展示了人性的弱点。但契冲认为，这恰恰就是和歌的价值所在。

契冲的歌论，也是针对宋儒的“好议论”而发。其《河社》卷一评论菅原道真（845-903）的《劝吟诗》说：“此厌弃好议论之诗，劝人置心于诗者也……宋儒之诗远劣于唐诗者，其以议论为诗之故也。诚如藤原定家所教，和歌以感情自然流露而超越常理的‘情趣’为贵。”②其《源注拾遗》“大意”中说：“藤原定家语云‘须知歌即感情的非理性流露，舍此并无事可传而习之’。见于《古今密勘》。就歌道而言，此语实可诚心研习者也。”③契冲认为，和歌表现的是率直没有伪饰的人情，而这种人情又常常借助想象来传达。和歌所咏并非现实生活，而是幼稚、天真的想象，因此不能用常理来解释。而议论则往往依据现实的常理，如果用之于和歌，则会严重束缚想象，妨碍和歌的抒情。例如《万叶集》卷一中石上麻吕（640-717）的和歌“我妹子をいざ見の山を高みかも大和の見えぬ国遠みかも”（我随从持统天皇行幸来到伊势，无时无刻不在想念留在大和国的妻子。不知是高见山的山峰阻挡了我的视线，还是此行离开她太远的缘故，怎么也望不到她的身姿）。在这首歌中，歌者内心明知无法见到身处异地的妻子，但他仍然相信，只要没有山峰的阻隔，只要两人相距再近一些，凭着对妻子强烈的思念，就一定能见到她。对此，契冲认为，按照现实生活中的常理，身为朝廷大臣的石上麻吕本来不应该在歌中作如此幼稚天真的联想。然而唯有这种超越现实理性的执着，才最能传达出歌者对妻子的思念之情。

真渊主张和歌表现“率直的与所有人共通的真情”④。其《再奉答金吾君书》明确主张，和歌的本质是表现人情，不可以理及教诫来衡量：“歌是乃言人情者，与所有理相异”⑤。而“宋儒专以理说之，以劝善惩恶教人之故也。凡理者，天下之通理也。然仅以理终不能治天下。诗者，所以述人之诚者，人心之实情岂尽为理乎？理自为理，其人情之不堪于理，和语谓之情不自禁。例

---

① 久松潜一编：《契冲全集》第9卷，东京：朝日新闻社，1927年，第211页。

② 日本随笔大成编辑部：《日本随笔大成》，第1期，第13，第31页。

③ 丸山真男：《日本政治思想史讲义录》第1册，第159页。

④ 关仪一郎：《日本儒林丛书》，第10卷，东京：凤出版社，1971年，第171页。

⑤ 太田青丘：《日本歌学和中国诗学》，第251页。

如急切祈望花开，望月而生痛惜之际，犹尚情不自禁，而况关乎自身存亡之事乎？具此情不自禁之心，谁人能不心生哀怜而咏词温调雅之和歌哉。惟理之外则人情可感”[①]。中野三敏指出，真渊重视《万叶集》，完全就是将徂徕以《诗经》为“古人诉其忧、乐，发其呻吟之辞”解释移植于和歌[②]。

宣长提出其著名的“もののあわれを知る”（知物哀）的文学观，认为日本民族固有的精神就是“知物哀”，即真率、优柔之心。而自儒教、佛教传入后，知物哀之心渐次丧失，却在传统和歌中保存了下来。研究和歌的目的，就是要重新发现日本的民族精神。传统和歌的特点在于柔弱多情[③]，因此宣长认为，惟其柔弱，才是真情。和歌之道，就是要表现这种真情。其《排芦小船》说：“世人之情，喜乐厌苦，感到有趣就欣喜，觉得可悲就伤心。不违背这种自然的人情，就是和歌之道。”其《石上私淑言》在解释“知物哀”时说：“触世上所有各类之事……其所宜乐者乐之，其所宜奇者奇之，其所宜悲者悲之，其所宜恋者恋之。故于各类人情皆能感之者，知物哀者也。”[④]因为儒教、佛教有关道德的议论与知物哀相悖，因此他也排斥议论：“歌之道就是舍弃美恶的议论而知物哀。”[⑤]

宣长在《紫文要领》及《石上私淑言》中反复申说，一个知物哀的人，应该不加任何掩饰地去悲其所悲，爱其所爱。尽管这在旁人看来，有时难免有不理智和缺少丈夫气之嫌。但这恰恰反映了真实的人情，就算是给人以不理智、缺少丈夫气的印象也是没有办法的事。那种拘泥于道德说教，因为担心为人耻笑而将真实情感隐藏起来，在人前装出一副理智和丈夫气的样子，该悲的时候不敢悲，该恋的时候不敢恋之人，就不能算是知物哀。他们是中了伪善的儒教之毒[⑥]。宣长充分肯定“愚痴なるさま”（愚痴）和“女女しいさま”（柔弱）的价值，因为“もののあわれ”（物哀）即可从中感知。他甚至说，柔弱就是人的真情。宣长的“女女しいさま”，其实就是服部南郭所称的“痴愚的儿女子之态”。《南郭先生灯下书》说：“与朋友分别之时，想起与友人一生的情谊，想到别后的思念、忧愁，于是泪流满面，述说心中之悲戚，尽管这在宋以后理学看来，是痴愚的儿女子之态，而这恰恰就是风人之情。”[⑦]很明显，南郭此论

---

① 中村幸彦：《近世文学论集》，第409页。

② 中野三敏：《日本的近世—文学和美术的成熟》，第29页。

③ 广濑旭庄《途说》卷下：“和歌使人性柔弱多情”。又津阪东阳《夜航诗话》，卷2：“如学国字卅一之什，直是养成儿女子态耳。余亦尝染指以其易于诗，殆将为专家，既而嫌其无丈夫气，遂焚此笔砚矣”。

④ 日野龙夫：《本居宣长集》，东京：新潮社，1999年，第299页。

⑤ 太田青丘：《日本歌学和中国诗学》，第372页。

⑥ 日野龙夫：《本居宣长集》，第509页。

⑦ 池田四郎次郎：《日本诗话丛书》，卷1，第59页。

受到沧浪“唐人好诗多是征戍、迁谪、行旅、离别之作”的启发。南郭认为，不加掩饰地将柔弱、缠绵的“儿女子之态”表现出来，才是诗人的使命[①]。南郭、宣长通过其独特的阐释，为沧浪的“诗者吟咏性情”加上了一个日本式的注脚，并赋予仁斋、徂徕的“道人情”、“排议论”说以新的内容。

综上所述，近世歌论大家契冲、贺茂真渊与本居宣长等人受仁斋、徂徕文学观的深刻影响，这具体表现在他们对沧浪“工夫须从上做下，不可从下做上”之论的摄取，以及将沧浪“诗者吟咏性情”，反对“以议论为诗”之论运用于和歌理论。

三、《沧浪诗话》为近世歌论所接受的原因

近世歌论对沧浪诗论的评价、取舍，在很大程度上受到近世儒学思潮的左右。诚如太田青丘所说，近世汉诗与和歌，诗学与歌论关系之密切，远超出一般人的预料[②]。这种影响，主要表现在以下三个方面：

首先，近世歌论与《沧浪诗话》发生联系，与近世儒学者对沧浪诗论的热衷密切相关。

如上所述，仁斋是首先将沧浪诗论运用于和歌的，本文的论述表明，这对于契冲、真渊的歌论起了很好的示范作用。而徂徕的弟子春台、南郭对沧浪诗论推崇备至，也影响到真渊与宣长对沧浪诗论的摄取。例如春台《新选唐诗六体集序》说：“后之知诗者，莫如宋严仪卿……予窃谓，仪卿之论诗至美矣。”又《静馀选序》说：“严沧浪论诗，以禅为喻，真知言也。”[③]南郭《唐诗选国字解附言》也说：“及南宋严沧浪，豁然眼目，全象始见，虽有来者，不能间然。”[④]又《南郭先生灯下书》说：“宋末严羽《沧浪诗话》，是乃中兴诗论之好书无疑。”[⑤]凡此，都深刻影响了其门人对于《沧浪诗话》的评价。例如芥川丹丘（1710-1785）《丹丘诗话》卷下说：“古今诗话唯严仪卿《沧浪诗话》，断千古公案，仪卿自称，诚不诬也。”[⑥]又《丹丘诗话小引》说：“以吾观之，仪卿、祯卿，首辟众妙之门；元美、元瑞，继演大雅之风。精义透金石，高趣薄云天。

---

① 日野龙夫校注：《唐诗选国字解》，东京：平凡社，1982 年，第 16 页。

② 太田青丘：《日本歌学和中国诗学》，第 200 页。

③ 松下忠：《江户时代的诗风诗论》，第 437 页。

④ 日野龙夫校注：《唐诗选国字解》，第 50-51 页。

⑤ 池田四郎次郎：《日本诗话丛书》，卷 1，第 12 页。

⑥ 池田四郎次郎：《日本诗话丛书》，卷 2，第 606 页。

尚何所加拟议哉。”[①]徂徕的弟子山县周南（1687-1752）的门人林东溟（1708-1780）《丹丘诗话跋》说：“古今诗话何限也？其拙于自运而口唯善言之者，严（羽）、高（棅）二家是已。”[②]徂徕蘐园古文辞学派将沧浪诗论抬到如此之高的地位，形成了主流话语，这自然会左右曾经是徂徕再传弟子的真渊、宣长等人对于《沧浪诗话》的认识。

其次，近世儒者们与和歌的渊源，也使得沧浪诗论影响于歌论成为可能。近世儒者大都具有很深厚的和歌教养，很多人本身就兼有歌人、诗人的双重身份。例如仁斋是著名连歌师里村绍巴（1524？-1602？）之孙的外甥，与歌学者北村季吟（1625-1705）也有交往。其“古义堂”中还藏有正彻的歌集，他还著有《古学先生和歌集》、《二十一代四季和歌选》等。徂徕本人对和歌也曾给予极高评价，其《萱园二笔》说：“如伊势传在中将和歌，则作序以发明其意，岂问其事之有无，可谓窥《诗序》之意，胜朱子远甚……藤定家开和歌门庭，亦前王、李而得王、李奥矣。”[③]徂徕的弟子春台和南郭也都与和歌关系密切。春台《独语》也曾自述与和歌的渊源：“以父母都喜好和歌之故，我从八九岁始，便知连缀三十一字之术。自十岁至十二、三岁止，折腰咏和歌凡三四百首。”[④]南郭生长于和歌之家，其父元矩和歌师从歌学者、俳人北村季吟，连歌师从花之木里村家，并有作品存世。其母吟子是江户前期歌人木下长啸子门人山本春正（1610-1682）之女。南郭曾仕幕府第五代将军德川纲吉（1646-1709）的宠臣柳沢吉保（1658-1714），其主要任务也是作为歌人而出席歌会[⑤]。而这些与和歌渊源很深的儒者，都对《沧浪诗话》有着浓厚的兴趣。

再次，歌人、歌论家们的儒学教育背景，也使得近世歌论接受沧浪诗论成为可能。例如契冲与五井持轩（1641-1721）有密切交往，而持轩与仁斋保持着亲密关系，伊藤东涯（1670-1736）撰有《持轩先生五井君墓碑铭》。因此，契冲以持轩为媒介可以了解到仁斋的文学观[⑥]。而仁斋本人就十分欣赏沧浪诗论。如果将仁斋“唐诗尚意兴，宋诗主义理。此唐诗之所以庶几于三百篇而非宋人之能仿佛也”的表述与前引契冲“宋儒之诗远劣于唐诗者，其以议论为诗之故也”之论相比照，二者之间的师承关系显而易见。由此可见，契冲歌论与沧浪诗论发生联系，很难排除来自仁斋的影响。

又如真渊的汉学老师、浜松的儒医渡边蒙庵（1687-1775）是春台的学生，

① 池田四郎次郎：《日本诗话丛书》，卷 2，第 555 页。

② 池田四郎次郎：《日本诗话丛书》，卷 2，第 625 页。

③ 关仪一郎：《日本儒林丛书》，第 10 卷，第 171 页。

④ 日本随笔大成编辑部：《日本随笔大成》，第 1 期，第 17 部，第 261 页。

⑤ 吉川幸次郎、丸山真男等编：《荻生徂徕》，第 516-517 页。

⑥ 太田青丘：《日本歌学和中国诗学》，第 203 页。

曾为春台《朱氏诗传膏肓》写过序①。蒙庵从春台受徂徕古文辞学之后，“还浜松唱古学于东海数郡”，其古文辞学的学风，奠定了日后真渊学的基础②。据清水浜臣（1776-1824）《泊洦笔话》记载，真渊与服部南郭之间有过学问上的交流，他曾向南郭请教过汉诗，南郭则向他询问过国学问题③。因此，徂徕及其弟子春台和南郭对于《沧浪诗话》的推崇也会影响到真渊。

至于宣长，他曾师事广岛藩的儒医堀景山（1688-1757），而堀景山与徂徕、室鸠巢（1658-1734）都有密切交往。堀景山虽为朱子学者，但对徂徕古文辞学亦有浓厚兴趣。宣长通过堀景山，接受了徂徕古文辞学方法论的熏陶。例如他认为，好歌不仅在于歌词，歌心亦须从古学雅。凡此都是古文辞学派复古精神的体现。堀景山在其《不尽言》中说：“诗文依作者天生之别才而有巧拙之分。”④这证明堀景山是了解沧浪诗论的。而老师的言教，也自然会影响到宣长的歌论。

凡此种种，都提供了和歌论与汉诗论相互影响的有利条件，并使得诗学对歌论的渗透不可避免。在这样一个儒学深刻影响于歌学，诗论强势渗透于歌论的大背景下，歌学表现出对沧浪诗论的浓厚兴趣，也是顺理成章之事。近世儒者、汉诗人的和歌修养以及歌人、歌论家们的儒学教育背景，都不同程度地促成了《沧浪诗话》的传播，扩大了其影响。《沧浪诗话》在近世的流传，是以儒者与歌人，汉诗论与和歌论相互渗透为背景的。

总而言之，在日本的江户时代，《沧浪诗话》不仅引起了儒者们的广泛关注，而且还在歌论中频繁地被征引援用，在歌学理论的构建过程中，更发挥着重要的作用。沧浪诗论适应了江户时代的文化思潮，其“工夫须从上做下，不可从下做上”的观点为近世诗、歌论所广泛接受。其“诗者吟咏性情”、反对“以议论为诗”的主张经过仁斋、徂徕的改造，形成“道人情”和“排议论”说，并深刻影响了契冲、贺茂真渊及本居宣长的歌学理论。儒者对沧浪诗论的热衷，直接或间接地影响到歌学者对于沧浪诗论的取舍，而近世初期即已开始的儒学对歌学，汉诗论对于歌论的强势渗透，以及儒者本身具备的深厚和歌教养，他们与歌学者之间的密切交往，歌人、歌论家们的儒学教育背景，也是《沧浪诗话》对歌论产生影响的原因。

---

① 太田青丘：《日本歌学和中国诗学》，第 136 页。

② 太田青丘：《日本歌学和中国诗学》，第 336 页。

③ 日本随笔大成编辑部：《日本随笔大成》，第 1 期，第 7 部，第 235 页。

④ 太田青丘：《日本歌学和中国诗学》，第 137-138 页。

江户初期汉诗人对于《沧浪诗话》的拒斥

——以石川丈山《诗法正义》为例[①]

南宋严羽的《沧浪诗话》是对日本近世（江户时代）诗学、歌论影响最大的一部中国诗话。特别是近世中期（1647-1783），在荻生徂徕（1666-1728）萱园古文辞学派的强势推动之下，《沧浪诗话》甚至凌驾于其他宋人诗话之上，被奉为诗学宝典和必读诗论书，[②]沧浪诗论也被抬高到前所未有的地位。[③]直至近世后期（1784-1868），论诗者还是“依严沧浪之指挥”，其在诗话中“鸡中之鹤”的地位依然难以撼动。[④]不过，《沧浪诗话》在近世初期（1589-1646）的传播却并非一帆风顺，曾遭遇到坚守朱子学文学观及江西派诗学立场的汉诗人的抵制。著名汉诗人石川丈山（1583-1672）对于《沧浪诗话》的去取，就在这方面提供了一个典型的例证。

近世各个时期的儒学者们大都引述过《沧浪诗话》，[⑤]而引述最多的，是石

---

① 此文刊载于《文史哲》2014年第6期。

② 中村幸彦：《近世文学论集》，东京：岩波书店，1966年，第10页。日野龙夫校注：《唐诗选国字解》，东京：平凡社，1982年，第14页。

③ 参见太宰春台：《新选唐诗六体集序》、《静馀选序》，服部南郭：《唐诗选国字解附言》、《南郭先生灯下书》，芥川丹丘：《丹丘诗话》、《丹丘诗话小引》、《丹丘诗话跋》，林东溟：《诸体诗则》，冢田大峰：《作诗质的》等，松下忠：《江户时代的诗风诗论》，东京：明治书院，1969年，第437页。日野龙夫校注：《唐诗选国字解》，第50-51页。池田四郎次郎：《日本诗话丛书》，东京：文会堂店，1920-1922年，卷一，第12页，卷九，第317-319页，卷二，第625页，卷一，第376页。

④ 古贺侗庵在斋藤拙堂《拙堂文话》的序中说，历代诗话“可取者不过数种”，其中以《沧浪诗话》为“鸡中之鹤”。冢田大峰说他年轻时“作诗者”依然“依严沧浪及明人之指挥”。近世后期，三浦梅园、津阪东阳、长野丰山及广濑淡窗等人的诗话对《沧浪诗话》的引用颇多。市野泽寅雄注：《沧浪诗话》，东京：明德出版社，1993年，第5页。池田四郎次郎：《日本诗话丛书》，卷一，第376-377页，卷二，第225-226页，第491页，卷四，第395页。中村幸彦：《近世文学论集》，第401页，第365页，第369页。

⑤ 藤原惺窝《次韵梅菴由己并序》就引用过沧浪“优游不迫”一语。林罗山：《〈三体诗〉考》引用《沧浪诗话》“以时言之……则有唐初体、盛唐体……以人言之……则有沈宋体、陈拾遗体……”之论。松永尺五在为石川丈山《覆酱集》作的序中几乎全文引述了《沧浪诗话》“论诗如论禅”之论。伊藤仁斋《四季倭歌选引》中的“唐诗尚意兴，宋诗主义理，此唐人之所以庶几于三百篇而非宋人之所能仿佛也”，也出自《沧浪诗话》。贝原益轩《初学诗法》也有多处直接引用《沧浪诗话》。山岸德平：《日本近世汉文学史》，东京：汲古书院，1966年，第53页。林罗山：《罗山林先生文集》，东京：平安考古会，1918年，卷六十三，第341页。太田青丘：《日本歌学和中国诗学》，东京：弘文堂，1958年，第210页，第213页。池田四郎次郎：《日本诗话丛书》，卷3，第228-229页。

川丈山。他出身武士家庭，曾仕幕府第一代将军德川家康（1543-1616），大阪之役后退隐，入妙心寺修禅学。后经林罗山（1583-1657）介绍，投藤原惺窝（1561-1619）门下。宽永（1624-1643）之后，丈山隐居于京都睿山山麓，每日以读书作诗自娱。他善长作诗。荻生徂徕称他为“东方之诗杰”。[①]朝鲜通信使权伈（号菊轩）称他为“日东之李杜”。[②]清代俞樾《东瀛诗选》评他的诗“警句多”。丈山著有诗文集《新编覆酱集》二十卷，诗话《诗法正义》一卷等。

《诗法正义》刊于贞享元年（1684），为丈山应他人请教作诗之法而作。全书先分“规式、意匠、结构、指摘”四部分以示作诗之大体。次附“诗源总论”一目，列举汉诗平仄体式，并引古人相关论说，以明著题之法以及律诗、绝句、排律之格法，颇能提纲挈领，得诗学之体要。

《诗法正义》中引用沧浪诗论颇多，[③]因而历来有关该书的研究，多侧重于丈山对《沧浪诗话》的接受。例如松下忠说：“丈山的诗文论中明显存在《沧浪诗话》的影响”，“像丈山这样引用了如此多的沧浪诗论的例子还未曾见到”。[④]“在丈山的诗文论中留下过明显影响痕迹的，有严羽《沧浪诗话》……丈山的盛唐鼓吹论及以格调为中心的诗论中，存在着严羽《沧浪诗话》……的影响”。[⑤]太田青丘认为：“近世初期，石川丈山在宽永之际频繁地引述《沧浪诗话》并鼓吹唐诗，今举其最著者如……他对《沧浪诗话》精通的程度于斯可见。”[⑥]

但如果细读《诗法正义》文本就可以发现，上述结论是颇值得商榷的。丈山诗论与沧浪存在着根本性的差异，这导致了二者在许多问题上的看法相互对立。《诗法正义》对于沧浪的引用并没有改变其江西诗派的诗学立场。因此，《沧浪诗话》对丈山的影响并不像松下忠所说的那么“明显”。

---

① 荻生徂徕《题石丈山真》：“翁谓之吾东方之诗杰亦可耳。”又《跋石丈山书迹》：“国初时以诗鸣者，莫石丈山若也。”荻生徂徕：《徂徕集》，大阪：松村九兵卫刊本，刊年未详卷十八，第 11 页，第 14 页。

② 山岸德平：《近世汉文学史》，第 76 页。

③ 石川丈山：《诗法正义》：“日本之诗，古今之间，无雅俗穿凿之事，故大半以俗体诗为多。诗之瑕疵虽甚多，然第一可厌者，俗体也。《沧浪诗话》曰：‘学诗先除五俗。一曰俗体，二曰俗意，三曰俗句，四曰俗字，五曰俗韵。’如是类不敢可不知焉。”又：“梁沈休文所论诗家八病，虽过乎严，作者不必拘拘”，也是沿袭《沧浪诗话·诗体》的观点。又：“盛唐之诗法……则言兴趣也。”“兴趣”一语即来自《沧浪诗话·诗辩》。池田四郎次郎：《日本诗话丛书》，卷 10，第 351 页，第 72 页，第 351-352 页。

④ 松下忠：《江户时代的诗风诗论》，第 270-271 页。

⑤ 松下忠：《江户时代的诗风诗论》，第 276 页。

⑥ 太田青丘：《日本歌学和中国诗学》，第 208-209 页。

一、《诗法正义》与《沧浪诗话》的诗学立场

丈山诗论的基本观点是："作诗必须先立意。"其《诗法正义》"意匠总论"说："作诗必须先立意。""意之于诗，如马之驾车，将之御兵，心之运四体也。有一题，必有一定之意。惟诗之变化无方，而意之经营有主。"①

而重视命意及"以意为主"，是江西诗派的主张。"意"是指作者的观点、见解。在江西诗派看来，诗中有"意"才能称为佳作。被该派尊为"一祖"的杜甫就是"以意为主"②的。而"三宗"之一的苏轼也"工于命意"③，他还以命意为"作文之要"④。而"以意为主"与"以兴为主"正是宋诗与盛唐诗的分别所在。严羽嫌宋诗"不问兴致"，宋人变唐人之风正在于"始自出己意以为诗"⑤。王世贞说盛唐诗"意不尽工"，⑥就是注意到盛唐诗人并不在命意方面下功夫。谢榛指出："诗有辞前意，辞后意，唐人兼之，婉而有味，浑而无迹。宋人必先命意，涉于理路，殊无思致。""诗有不立意造句，以兴为主，漫然成篇，此诗之入化也。""宋人谓作诗贵先立意，李白斗酒百篇，岂先立许多意思而后措词哉？盖意随笔生，不假布置。"⑦换言之，盛唐诗之有兴致、思致，正缘于其不重立意。

"以意为主"原本是对文章的要求，如果作诗也以此为准，其结果就是"以文为诗"，"以文字为诗，以才学为诗，以议论为诗"。⑧"工于命意"的苏轼本人就是以"以文为诗"而著称的。清代赵翼指出："以文为诗，自昌黎始；至东坡益大放厥词，别开生面，成一代之大观。"⑨严羽是以击中江西诗派的要害自诩的："说江西诗病，真取心肝刽子手。"⑩而"以文为诗"，无疑是江西诗派

① 池田四郎次郎：《日本诗话丛书》，卷 10，第 339 页。

② 王世贞：《艺苑卮言》，卷 4："太白以气为主……子美以意为主。"丁福保辑：《历代诗话续编》下，北京：中华书局，1983 年，第 1005 页。

③ 范温：《潜溪诗眼》："东坡作文工于命意，必超然独立于众人之上。"［宋］魏庆之：《诗人玉屑》上，上海：上海古籍出版社，1978 年，第 133 页。

④ 葛立方：《韵语阳秋》卷三引苏轼语："天下之事，散在经子史之中，不可徒使，必得一物以摄之，然后为己用。所谓一物者，意是也。不得钱不可以取物，不得意不可以明事，此作文之要也。"［清］何文焕：《历代诗话》上，北京：中华书局，1981 年，第 509 页。

⑤ 郭绍虞：《沧浪诗话校释》，北京：人民文学出版社，2005 年，第 26 页。

⑥ 丁福保辑：《历代诗话续编》下，第 1007 页。

⑦ 丁福保辑：《历代诗话续编》下，第 1149 页，第 1152 页。

⑧ 郭绍虞：《沧浪诗话校释》，北京：人民文学出版社，1998 年，第 26 页。

⑨ 郭绍虞：《清诗话续编》上，上海：上海古籍出版社，1999 年版，第 1195 页。

⑩ 郭绍虞：《沧浪诗话校释》，北京：人民文学出版社，1998 年，第 251 页。

最大的“诗病”，因为它与“诗者吟咏性情”的原则格格不入。

“以文为诗”，则往往于字句的“锻炼”上下功夫，而江西诗派弊端也在于此。刘克庄指出：“元祐后，诗人迭起，一种则波澜富而句律疏；一种则锻炼精而性情远。要之，不出苏、黄二体而已。”①南宋持江西诗派立场的张表臣说：“诗以意为主，又须篇中炼句，句中炼字，乃得工耳。”②可见“以意为主”必然重视字句的“锻炼”。而严羽则认为盛唐诗的“兴趣”、“气象”是“无迹可求”的，不能从字句中见出。诗之妙在浑然天成，亦与锻炼无关。③

“以文为诗”，则往往强调“用字必有来历，押韵必有出处”。④江西诗派“三宗”之一的黄庭坚标榜“无一字无来历”，⑤其实质就是“以才学为诗”。这与严羽主张的“押韵不必有出处，用事不必拘来历”⑥正相反。严羽说：“诗有别材，非关书也”，针对的也是“以才学为诗”。苏轼嫌孟浩然读书不多，说他“韵高而才短，如造内法酒手而无材料尔”。⑦而严羽却持相反之论：“孟襄阳学力下韩退之远甚，而其诗独出退之之上者，一味妙悟而已。”并盛赞孟浩然诗：“讽咏之久，有金石宫商之声。”⑧在严羽看来，韩愈“以才学为诗”，正是他不及孟浩然的原因。⑨

“以文为诗”，则往往“涉于理路”、“尚理而病于意兴”，而江西诗派的流弊也在于此。黄庭坚强调文章“当以理为主，理得而辞顺，文章自然出类拔萃”。⑩江西诗派与理学本来就有很深的渊源，刘克庄就批评该派：“要皆经义策论之有韵者尔，非诗也。”⑪让诗歌也承担议论的职能，就会损害其抒情性。严羽说：“诗有别趣，非关理也”，⑫即强调诗歌本身所具有的抒情性。他说，要识《离

---

① 黄霖、蒋凡主编：《中国历代文论选新编》宋金元卷，上海：上海教育出版社，2007 年，第 162 页。

②［清］何文焕：《历代诗话》上，第 455 页。

③ 郭绍虞：《沧浪诗话校释》，北京：人民文学出版社，1998 年，第 151 页：“汉魏古诗，气象混沌，难以句摘”；第 158 页：“建安之作，全在气象，不可寻枝摘叶”；第 173 页：“太白天才豪逸语，多率然而成者。”

④ 郭绍虞：《沧浪诗话校释》，北京：人民文学出版社，1998 年，第 26 页。

⑤ 黄庭坚：《答洪驹父书》：“老杜作诗，退之作文，无一字无来处；盖后人读书少，故谓韩、杜自作此语耳。古之能为文章者，真能陶冶万物，虽取古人之陈言入于翰墨，如灵丹一粒，点铁成金也。”郭绍虞、王文生：《中国历代文论选》一卷本，上海：上海古籍出版社，1982 年，第 185 页。

⑥ 郭绍虞：《沧浪诗话校释》，北京：人民文学出版社，1998 年，第 116 页。

⑦［清］何文焕：《历代诗话》上，第 308 页。

⑧ 郭绍虞：《沧浪诗话校释》，北京：人民文学出版社，1998 年，第 12 页，第 195 页。

⑨ 郭绍虞指出，在严羽看来，孟浩然诗能在韩愈之上，“这就是妙悟的关系”。郭绍虞：《沧浪诗话校释》，北京：人民文学出版社，1998 年，第 22 页。

⑩ 黄霖、蒋凡主编：《中国历代文论选新编》宋金元卷，第 62 页。

⑪ 黄霖、蒋凡主编：《中国历代文论选新编》宋金元卷，第 159 页。

⑫ 郭绍虞：《沧浪诗话校释》，北京：人民文学出版社，1998 年，第 26 页。

骚》“真味”，“须歌之抑扬，涕洟满襟”。[①]诗歌几同于“经义策论”，是“江西诗病”的具体表现，所以戴复古说：“本朝诗出于经。”[②]而严羽则以楚骚的抒情传统与宋诗的经学取向相抗衡：“先须熟读《楚辞》”，“所论屈原《离骚》，则深得之，实前辈之所未发”。[③]这与理学家论诗宗旨已自不同。[④]

尽管丈山也说过“诗不似文为好，文不似诗为好。文与诗制法各别”的话，[⑤]但他的诗论从根本上说还是属于江西诗派的。他论诗以“规式”、“立意”、“锻炼”为要，承袭的是江西诗派“三宗”之一的陈师道的主张：“学诗之要，在乎立格、命意、用字而已……学者体其格，高其意，炼其字，则自然有合矣。”[⑥]由于丈山秉持的是江西诗派的立场，因而其诗论中颇多与沧浪不合之处。严羽反对“以文字为诗”，丈山则主张：“诗以工夫锻炼为肝要也，炼字、炼格、炼意、炼韵”，[⑦]“下字造语专要也”；[⑧]严羽反对“以才学为诗”，而丈山却说：“学诗者千条万绪，因有各种之事，文材不足，诗作不自由也”；[⑨]严羽以楚骚的传统否定宋诗的经学取向，[⑩]而丈山却对屈原绝口不提，并坚持作诗“必须先知六义”，[⑪]其诗论中经学的取向十分明显。

丈山江西诗派的立场，还体现于其对《三体诗》[⑫]的批判。《三体诗》主要论诗歌创作中“虚”与“实”的互相关系并以之为重要的原则。而丈山却认为：“盛唐之诗法，不分情景为二，亦不见所谓虚体、实体者也。裴季昌、周弼、天隐，此三子者，误以《三体诗》虚实二事演说之。”[⑬]他还驳斥了《三体诗》以情为虚的观点：“夫诗之道者，得性情之正，而思无邪。既有思，则不能无

---

① 郭绍虞：《沧浪诗话校释》，北京：人民文学出版社，1998年，第184页。

② ［清］翁方纲撰，陈迩冬点校：《石洲诗话》卷四：“石屏有《论诗十绝》，其论宋诗曰：‘本朝诗出于经’。此人所未识，而复古独心知之。”北京：人民文学出版社，1981年，第97页。

③ 郭绍虞：《沧浪诗话校释》，北京：人民文学出版社，1998年，第1页，第253页。

④ 郭绍虞：《沧浪诗话校释》，北京：人民文学出版社，1998年，第4页：“沧浪只言熟读《楚辞》，不及三百篇，足知其论诗宗旨，虽主师古，而与儒家诗言志之说已有出入。”“盖沧浪论诗，只从艺术上着眼，并不顾及内容，故只吸取时人学古之说，而与儒家论诗宗旨显有不同。”

⑤ 池田四郎次郎：《日本诗话丛书》，卷10，第354页。

⑥ ［清］何文焕：《历代诗话》上，第464页。

⑦ 池田四郎次郎：《日本诗话丛书》，卷10，第354页。

⑧ 池田四郎次郎：《日本诗话丛书》，卷10，第354页。

⑨ 池田四郎次郎：《日本诗话丛书》，卷10，第353页。

⑩ ［清］潘德舆：《养一斋诗话》卷一：“溯入门工夫，不自三百篇始，而始于《离骚》，恐尚非从顶䫲上做来。”郭绍虞：《清诗话续编》上，第2010页。

⑪ 池田四郎次郎：《日本诗话丛书》，卷10，第339页。

⑫《三体诗》原名《唐贤三体诗法》，又称《三体唐诗》，［南宋］周弼所编，元代有释元至（号天隐）和裴庾（字季昌）的注释本。

⑬ 池田四郎次郎：《日本诗话丛书》，卷10，第352页。

言。有言则咏歌，言其情也。是以情者实而景虚也。虽然，向所云如三子者，以情为虚，以景为实矣。自尔之后，吾邦缁白数百年间，讲习《三体诗》来，迄今不赀其譬，何也哉？”[①]《三体诗》论虚、实的关系，体现出对诗歌艺术性的重视，这本身就是对江西诗派“以才学为诗”的一种反动。且《三体诗》主要为唐代诗人绝句和律诗的选本，却不选为江西诗派尊为“一祖”的杜甫，显示出其鲜明的反江西诗派的诗学立场，而这也是《三体诗》招致丈山不满和批判的主要原因。

丈山江西诗派的立场，还体现于其对元代方回《瀛奎律髓》的认同。《诗法正义》“诗源总论”引用了《瀛奎律髓》“文之精者为诗，诗之精者为律”[②]一语。并特别赞赏其“诗先看格高，而意又到、语又工为上；意到语工而格不高，次之；无格无意又无语，下矣”[③]之论。丈山认同《瀛奎律髓》的观点，是因为方回不仅是“一祖三宗”说的首倡者，且选诗侧重宋代，尤其是江西派诗人，更在理论上总结了江西诗派的诗论。方回本人对严羽的评价并不高。他说：“严沧浪、姜白石评诗虽辨，所自为诗不甚佳。凡为诗不甚佳而好评诗者，率是非相半。”[④]松下忠将丈山引用《瀛奎律髓》的“诗先看格高”之论，作为其鼓吹盛唐，以格调为中心诗论的证据，并认为它来自《沧浪诗话》及明代李（攀龙）、王（世贞）的古文辞说的影响。[⑤]实则无论是李、王古文辞说还是遵奉李、王的徂徕蘐园学派，都是将《瀛奎律髓》视为江西诗派的诗论而极力排斥的。荻生徂徕《答问书》就以方回《瀛奎律髓》为“损友”，[⑥]徂徕的弟子山县周南（1687-1752）的门人林东溟（1708-1780）《诸体诗则》卷下亦以《瀛奎律髓》为“终身不读而可者”。[⑦]

综上所述，丈山的基本观点与沧浪存在着根本性差异，其所秉持的江西诗派的诗学立场，使得《诗法正义》与《沧浪诗话》不合之处甚多。因此，不能说丈山的诗论中“明显存在《沧浪诗话》的影响”。

① 池田四郎次郎：《日本诗话丛书》，卷 10，第 352 页。

② 池田四郎次郎：《日本诗话丛书》，卷 10，第 353 页。

③ 松下忠：《江户时代的诗风诗论》，第 265-266 页。

④ ［元］方回：《桐江集》卷七，［清］阮元：《宛委别藏》影印本，台北：台湾商务印书馆，1981 年，集部 105。

⑤ 松下忠：《江户时代的诗风诗论》，第 268 页，第 272 页。

⑥ 荻生徂徕：《答问书》下：“诗文中东坡、山谷、《三体诗》、《瀛奎律髓》之类……皆可被视为损友。”井上哲次郎、蟹江义丸共编：《日本伦理汇编》，卷六，东京：育成会，1901-1903 年，第 187 页。

⑦ 池田四郎次郎：《日本诗话丛书》，卷 9，第 317-318 页。

二、《诗法正义》与《沧浪诗话》的唐、宋诗观及李杜论

丈山还有一个基本观点，就是“以开元、大历为宗”，他说：“匪熟大历之诸作，晓少陵妙工，孰能可窥其阃奥哉。”[①]友野霞舟也说：“宽永年间，率踵五山禅衲之陋习，萎薾不振。独翁首唱唐诗，以开元、大历为宗，识亦卓矣。”[②]此外，石川克说：“我石先生首倡唐诗，开元、大历之体制，遂明于一时，皆其力也。”[③]可见，丈山之倡唐诗，不仅不排斥中唐，而且对“大历之诸作”推崇备至。

而沧浪则主张“不做开元天宝以下人物”。他看不上“大历以还之诗”，斥之为“小乘禅”，“已落第二义矣”，“学大历以还之诗者，曹洞下也”。[④]对于沧浪的这个观点，丈山并不完全赞同。在对待唐诗的问题上，他不愿意像沧浪那样持偏执极端之论。他在称赞“盛唐之诗法”的同时，也欣赏中唐“大历之诸作”；在承认“唐人著作，映照千秋”的同时，也指出唐人“尺璧微瑕不能相掩”。[⑤]可见，丈山对于沧浪的唐诗观是有所取舍的。[⑥]

丈山在宽永十四年（1637）曾与朝鲜通信使权偲进行过笔谈。笔谈中，权偲对丈山说过“大概三百篇之后，唯唐人得诗家之风韵，而宋元以下虽谓之无诗可也。贵作出入古今，直与大历诸家互为颉颃”[⑦]这样一段话。他称赞丈山的诗，并以之与“大历诸家”并论。丈山主张“以开元、大历为宗”，多半是受到权偲的启发。丈山与权偲笔谈，时间上远早于《诗法正义》刊行的贞享元年（1684），因此《诗法正义》中有权偲的影响，是

---

① 池田四郎次郎：《日本诗话丛书》，卷 10，第 353 页。

② 池田四郎次郎：《日本诗话丛书》，卷 8，第 373 页。

③ 池田四郎次郎：《日本诗话丛书》，卷 8，第 369 页。

④ 郭绍虞：《沧浪诗话校释》，北京：人民文学出版社，1998 年，第 1 页，第 11 页。

⑤ 池田四郎次郎：《日本诗话丛书》，卷 10，第 340 页。

⑥ 松下忠也注意到，丈山在引用《沧浪诗话》“南朝人尚词而病于理，本朝人尚理而病于意兴。唐人尚意兴而理在其中。汉魏之诗，词理意兴无迹可求”一段时，有意略去了“汉魏之诗，词理意兴无迹可求”几句。至于略去这几句的原因，松下忠说：“我考虑这不是丈山一时疏忽而漏引，而是特意去掉的，是主观意识起作用的结果。尽管严羽高度评价汉魏之诗，说‘论诗如论禅，汉魏晋与盛唐之诗，则第一义也’。但丈山却只把盛唐尊为理想，所以引用时特意省去了‘汉魏之诗’几句。”松下忠：《江户时代的诗风诗论》，第 271 页。

⑦ 若木太一：《朝鲜通信使与石川丈山：“日东之李白”考》，第 74 页。

完全可能的。①

松下忠根据《北山纪闻》卷一中丈山的“首先，若欲学诗，应当习盛唐之人诗”，“盛唐之诗，以达性情为主，故近于三百篇，可谓最上之义”②之论，认为丈山受沧浪影响，也是崇盛唐而黜宋诗的。然而，《北山纪闻》这部书的可信性至今仍存在疑问，还不能作为推论的依据。③松下忠认为丈山诗论中存在《沧浪诗话》影响的另一个根据，就是丈山受到十分推崇沧浪崇唐黜宋论的明代“后七子”领袖王世贞的影响。但他拿来作为证据的，仅限于《北山纪闻》而已。④而仅凭《北山纪闻》来论定丈山与王世贞的关系，尚缺乏说服力。⑤如果崇唐黜宋是丈山一贯的主张，这一主张自然也应该在《诗法正义》中有所表述。而通观《诗法正义》全篇，并没有任何一处贬斥过宋诗。从丈山江西诗派的立场来看，他也不太可能对宋诗作《北山纪闻》那样负面的评价。宽永十八年（1641）丈山筑“诗仙堂”于睿山山麓的一乘寺村，命守野探幽（1602-1674）画汉魏至唐宋 36 位诗人像，自题诗而挂于门楣之上，每日吟哦于其下。⑥这 36 位诗人中，就有江西诗派“三宗”的苏轼、黄庭坚和陈师道。赖山阳（1780-1832）指出，丈山的诗“未能脱五山禅僧之臭”，⑦而五山禅僧们的诗文又是宗宋诗的。⑧这些都反映出丈山对宋诗的态度。中村幸彦指出，丈山“毕

---

① 中、日文化的影响研究，不能忽视朝鲜因素。例如一般认为，日本水墨画之父天章周文（室町时期的画僧，生卒年不详，道号天章，画号越溪，俗姓藤仓氏）继承了明代赴日画家如拙（生卒年不详，道号大巧）的画风，并传雪舟（1420-1506？）。但有美术史家指出，周文画风的形成与他曾作为使节派遣到朝鲜的经历有关，其画中有朝鲜画的影响。秋山光和著，常任侠、袁音译：《日本绘画史》，北京：人民美术出版社，1978 年，第 98 页。

② 松下忠：《江户时代的诗风诗论》，第 270-271 页。

③ 例如德田武《近世日中文人交流史研究》就坚持认为《北山纪闻》是部伪书。小川武彦《石川丈山年谱稿》中指出，《北山纪闻》卷六“诗评”中说，北山曾将其《闲中吟十五首》呈“朝鲜国诗学教授权敬批点”，而《闲中吟十五首》作于宽永十七年（1640）以后，其中还有宽永十九年及二十年的诗，时间上晚于丈山与权侙笔谈的宽永十四年（1637）。因此，《北山纪闻》的记载不可信。若木太一：《朝鲜通信使与石川丈山：“日东之李白”考》，第 66 页，第 75 页。

④ 《北山纪闻》卷二《诗话》：“明朝王元美之说云：‘太白七言律，子美七言绝句，皆变体也，仅可间为之，不足多法。又五言律、七言歌行，子美神矣，七言律圣矣，五言次之。’语皆能得味而见之，然也。老于诗者，知此味。”所引为王世贞《艺苑卮言》卷四：“太白之七言律，子美之七言绝，皆变体，间为之可耳，不足多法也”，“五言律，七言歌行，子美神矣，七言律，圣矣。五七言绝，太白神矣。七言歌行，圣矣。五言次之。”松下忠：《江户时代的诗风诗论》，第 272 页。丁福保辑：《历代诗话续编》下，第 1005-1106 页。

⑤ 例如陈广宏《明代文学东传与江户汉诗的唐宋之争》仅据《北山纪闻》就断言，丈山“于后七子一派诗及诗论相当娴熟”。然而比《北山纪闻》更可靠的《诗法正义》中却没有丈山读过“后七子一派诗及诗论”的证据。上海师范大学：《上海师范大学学报》（哲学社会科学版），上海：2010 年，第 6 期。

⑥ 猪口笃志：《日本汉诗》，东京：明治书院，1972 年，第 29 页。

⑦ 中村幸彦：《近世的汉诗》，东京：汲古书院，1986 年，第 17 页。

⑧ 五山文学时期仅苏诗注本就有瑞溪《脞说》、大岳《翰苑遗芳》、万里《天下白》、一韩《蕉雨余滴》、木蛐《天马玉沫》等，黄诗注本则有万里《张中香》、一韩《山谷诗抄》、月舟《山谷行云集》等，可见苏、黄受五山禅僧们欢迎的程度。

竟是过渡时期的人物，在别的场合对宋代诗歌还是十分欣赏的”。[①]可见，丈山对崇唐黜宋的观点并不完全赞同。

此外，《诗法正义》与《沧浪诗话》对待李白、杜甫的态度也存在差异。就对盛唐诗人的选择而论，严羽最推崇的盛唐诗人是李白、杜甫。《沧浪诗话》说：“诗之极致有一，曰入神。诗而入神，至矣，尽矣，蔑以加矣。唯李杜得之”，“以李杜二集枕藉观之”。[②]严羽还曾有意识地模仿李白的七古，清代贺裳说他的“古诗亦用功于李白”。[③]而丈山却只尊杜甫，这与其江西诗派的诗学立场密切相关。《诗法正义》中言必称“老杜”、“少陵”、“子美”，并说：“已到诗道之高妙至工，以子美为古今第一。”[④]《诗法正义》中只有一处提到李白，而且明言李白“不及杜甫”：“律诗以变意为专要也。王安石曰：‘李白才格词致，人固莫及。然其格止于此而已，不知变’云云，因之不及杜甫也。”[⑤]丈山所引见于《诗人玉屑》卷一四，[⑥]同卷还引述了许多宋人对于李白的负面评价。[⑦]虽然只是引述他人的评论，实际上也反映出魏庆之对李白的态度。而这种态度，自然也会影响到丈山对李白的评价。

《诗法正义》引用过方回《瀛奎律髓》“诗先看格高，而意又到、语又工为上；意到语工而格不高，次之；无格无意又无语，下矣”之论。方回认为诗之极致是“格高”：“夫诗莫贵于格高”，“诗以格高为第一”。[⑧]在他看来，唐代诗人够得上“格高”的有：陈子昂、杜子美、元次山、韩退之、柳子厚、刘禹锡、韦应物，[⑨]而被沧浪尊为“诗之极致”的李白却不在其列。丈山对李白的态度，

---

① 尾藤正英：《日本文化与中国》，东京：大修馆书店，1968 年，第 97-98 页。

② 郭绍虞：《沧浪诗话校释》，北京：人民文学出版社，1998 年，第 1 页，第 8 页。

③ 郭绍虞：《清诗话续编》，第 454 页。

④ 池田四郎次郎：《日本诗话丛书》，卷 10，第 355 页。

⑤ 池田四郎次郎：《日本诗话丛书》，卷 10，第 352 页。

⑥ 魏庆之：《诗人玉屑》卷一四“杜甫光掩前人，后来无继”条引陈正敏《遯斋闲览》：“或问王荆公云：‘公编四家诗，以杜甫为第一，李白为第四，岂白之才格词致不逮甫也？’公曰：‘白之歌诗，豪放飘逸，人固莫及。然其格止于此而已，不知变也’。”［宋］魏庆之：《诗人玉屑》下，第 296 页。

⑦ 例如《诗人玉屑》卷十四“白不识理”条引苏辙语：“李白诗类其为人，俊发豪放，华而不实，好事喜名。不识义理之所在也……唐诗人李杜称首，今其诗皆在，杜甫有好义之心，白所不及也。”又“二公优劣”条引黄彻《䂬溪诗话》：“太白……此类者尚多。愚谓虽累千万篇，只是此意，非如少陵伤风忧国，感事触景，忠诚激切，寓蓄深远，各有所当也。”［宋］魏庆之：《诗人玉屑》下，第 295 页，第 297 页。

⑧［元］方回：《瀛奎律髓》中，卷二〇：“夫诗莫贵于格高。不以格高为贵而专尚风韵，则必以熟为贵。熟也者，非腐烂陈熟，取其左右逢其源是也。”［元］方回撰，李庆甲集评校点：《〈瀛奎律髓〉汇评》，上海，上海古籍出版社，2005 年，第 765 页。又［元］方回：《桐江续集》卷三三《唐长孺艺圃小集序》：“诗以格高为第一。”影印文渊阁《四库全书》台北：台湾商务印书馆，1986 年，总第 1193 册，集部第 0132 册，别集类。

⑨［元］方回：《桐江续集》卷三三《唐长孺艺圃小集序》。

也受到《瀛奎律髓》的影响。

综上所述，丈山无论是对沧浪的唐、宋诗观，还是对其以李、杜为极致的主张，都是有所取舍的。而这种取舍，主要也是基于江西诗派的诗学立场而作出的。

三、《沧浪诗话》在近世初期遭遇抵制的原因

如上所述，《沧浪诗话》对近世初期汉诗论的影响，并没有超过其他宋人诗话，其受人们欢迎的程度，也远未达到近世中期那样巅峰的状态。特别是沧浪的许多观点并不为当时的诗论家所接受，甚至还遭遇到近世初期汉诗人的抵制。究其原因，主要有两个方面：

首先，这与近世初期人们接触《沧浪诗话》的媒介有关。

来自异域的文化借助何种媒介进行传播，往往能够决定该文化在接受国呈现何种形态和特征。例如宋、元时代的绘画，主要是通过入宋、入元或来日的禅僧传到日本的。这就使得传入的绘画题材多为梅、竹、兰、菊，与正统宋、元绘画的以山水、花鸟为主不同。①又如松尾芭蕉（1644-1694）欣赏陶渊明“北窗”的意象，也是因为江户时代日本人欣赏陶渊明，大多是以白居易诗为媒介的。而白居易就曾写有多篇以“北窗”为题的诗。②

同理，近世初期日本人通过何种媒介接触《沧浪诗话》，直接关系到其影响能够发挥的程度。在整个近世初期，《沧浪诗话》并无单行本流传，直到近世中期的享保十一年（1726），才出现和刻本《沧浪诗话》。③在此之前，日本人接触《沧浪诗话》的媒介，主要是魏庆之的《诗人玉屑》。通过这部诗话汇编，人们可以接触到很多中国诗话、诗论，因此该书受到普遍欢迎。④例如新井白石（1657-1725）说，对《诗人玉屑》应该“再三熟览”。⑤元政上人（1623-1668）的书信中曾提到友人向他借阅《诗人玉屑》之事。⑥丈山生活的时代，还出现

① 尾藤正英：《日本文化与中国》，第225页。

② 中西进：《日本文学与汉诗—关于外国文学的受容》，东京：岩波书店，2004年，第134-140页。

③ 享保十一年（1726），荻生徂徕的门人石川清之将《沧浪诗话》与徐祯卿《谈艺录》、王世懋《艺圃撷馀》合刻而成《三家诗话》。

④ 市古贞次：《日本文学全史》近世，东京：学灯社，1978年，第285页。

⑤ 松下忠：《江户时代的诗风诗论》，第350页。

⑥ 太田青丘：《日本歌学和中国诗学》，第205-206页。

了《诗人玉屑》和刻本（宽永十六年，1639 年刊本）。[①]现藏于天理图书馆的旧古义堂藏伊藤仁斋（1627-1705）的手泽本《诗人玉屑》，即为宽永本。[②]丈山接触到的《沧浪诗话》自然也不会是单行本。

如果对《诗法正义》作一个大致的统计，就会发现，丈山所引宋人诗话，大都见于《诗人玉屑》。而这些宋人诗话的大多数，其诗学主张基本上都是江西诗派的。丈山“作诗必须先立意”的观点，就是从这类诗话承袭而来，[③]“诗以工夫锻炼为肝要”的观点，亦复如是。[④]可以说，《诗法正义》之于《诗人玉屑》，较之其与《沧浪诗话》，关系更为密切。市古贞次就敏锐地察觉到这一点：“在和刻诗论方面，宋代魏庆之撰《诗人玉屑》发挥的作用很大……丈山的《诗法正义》、《北山纪闻》也多受其影响。”[⑤]《诗人玉屑》对宋诗津津乐道，与《沧浪诗话》不同。雨森芳洲（1648-1755）曾指出，《诗人玉屑》“评宋诗，称为精绝者，固为不少，求其金华殿中语，未见一句”。[⑥]丈山不排斥宋诗的态度，显然受到《诗人玉屑》的影响。而且魏庆之十分尊崇江西派诗人，《诗人玉屑》卷三对于黄庭坚、吕本中等人的警句称道不已，卷十八还专论江西诗派。因此无论是丈山江西诗派的立场，还是其对《沧浪诗话》的态度，都受到来自魏庆之的影响。

而到了近世中期，荻生徂徕蘐园古文辞学派风靡一世。自享保十一年，徂徕门人石川清之将《沧浪诗话》与徐祯卿《谈艺录》、王世懋《艺圃撷馀》合刻而成《三家诗话》之后，随着传播媒介的变化，《沧浪诗话》的影响也就因而扩大。执文坛牛耳的徂徕本人很推崇《沧浪诗话》。[⑦]徂徕承明代李、王古文辞学的衣钵，而李、王又发展了沧浪独尊盛唐的观点，提出“诗必盛唐”。由于徂徕蘐园古文辞学派的大力推介，沧浪诗论在当时的诗坛形成了主流话语，

---

① 市古贞次：《日本古典文学大辞典》第 2 卷，第 192-193 页。

② 太田青丘：《日本歌学和中国诗学》，第 205 页。

③ 《诗人玉屑》卷六“先意义后文词”条引刘攽《中山诗话》说：“诗以意义为主，文词次之。意深义高，虽文词平易，自是奇作。”又引黄彻《䂬溪诗话》的“昔人论文字，以意为主”。又“陵阳谓须先命意”条引韩驹《室中语》说“凡作诗须命终篇之意”，“作诗必先命意，意正则思生，然后择韵而用，如驱奴隶”。[宋] 魏庆之：《诗人玉屑》上，第 124 页，第 127 页。

④ 《诗人玉屑》卷八锻炼：“作诗在于炼字”，“炼句不如炼字，炼字不如炼意，炼意不如炼格；以声律为窍，物象为骨，意格为髓”，“炼句不如炼意，非老于文学不能道此”。同卷：“百炼为字，千炼成句。”“老杜云：‘新诗改罢自长吟’。文字频改，工夫自出”。[宋] 魏庆之：《诗人玉屑》上，第 172-173 页，第 176 页。

⑤ 市古贞次：《日本文学全史》4，第 285 页。

⑥ 日本随笔大成编辑部：《日本随笔大成》东京：吉川弘文馆，1975-1976 年，第 2 期，第 7 部分，第 395 页。

⑦ 荻生徂徕：《与江若水》：“足下或能以《沧浪诗话》、廷礼《品汇》、于鳞《诗删》、兖州《卮言》、元瑞《诗薮》朝夕把玩，诗亦在阿堵中。”荻生徂徕：《徂徕集》卷二十六，第 10 页。

这自然会影响到人们《沧浪诗话》的看法。

其次，这与《沧浪诗话》本身具有的反理学立场有关。

在近世，由于德川幕府尊崇儒学，儒者成为担当文化事业的主流。这就决定了近世诗论对沧浪诗论的评价、取舍，在很大程度上受到儒学的左右。而近世初期的儒学，以朱子学派的势力为最大。藤原惺窝（1561-1619）倡导“朱注”，著《假名性理》、《四书五经倭训》，开近世朱子学先河。其弟子林罗山、林鹅峰（1618-1680）父子的林家朱子学还被德川家康（1543-1616）定为官学。朱子学占据了意识形态的统治地位，并深刻地影响了江户时期的文学观。丈山生活的时代，“诸儒咏言，率出于性理之续余”。[①]甚至连著名歌人、歌论家松永贞德（1571-1654）的文学观，也受到朱子学“载道论”的影响。[②]丈山与林罗山往还密切。他的思想，自然会受到林家朱子学的左右。[③]例如所谓“三百篇中之诗，悉言国家之大要，王道之世，以诗治天下也”，“夫诗之道者，得性情之正，而思无邪”，[④]“诗感于物而形于言，所感有邪正，所形有是非，邪正是非显然乎诗中，如见肺肝，则情正之美恶亦何以获覆藏哉？”云云，[⑤]完全是承袭自理学家的文学观。丈山认同《瀛奎律髓》，也是因为方回盛赞朱熹诗“有向上之工夫”，“得六义之旨，非寻常墨客所能及”的缘故。因此，在文学观尚未摆脱理学束缚的近世初期，《沧浪诗话》的反理学立场不太可能为丈山所接受。

而随着近世社会商业的繁荣发展，市民阶层日益壮大。新兴的町人文化、市民文化蓬勃兴起。表现义理与人情的冲突，反对用义理来压抑人情，逐渐成为新时代的文艺思潮。而町人出身的伊藤仁斋古义学的兴起，特别是徂徕的古文辞学的风靡，则为新时代的文艺提供了思想武器。“伊（仁斋）、物（徂徕）之说盛而程、朱之学衰”，[⑥]压抑自然人性的朱子学遂成为批判的对象。近世诗、歌论因应时代新思潮的变化，也开始回归日本文学固有的抒情传统，抨击宋儒的说理和议论。而沧浪的复古主张适应了仁斋、徂徕儒学复古主义新思潮的需要。长期被忽略的沧浪反理学的一面，又开始受到重视。其真正发挥影响，也是从这个时期开始的。

---

① 清水茂、揖斐高、大谷雅夫：《日本诗史・五山堂诗话》，东京：岩波书店，1991年，第492页。

② 林达也：《读江户时代的和歌—近世和歌史的尝试》，东京：中央精版印刷，2007年，第43-45页。

③ 赵逵夫：《日本新的“屈原否定论”产生的历史背景与思想根源初探》：“石川丈山专作汉诗，受朱子学派影响，作品多枯燥质直的说教，属载道派。”西北师范大学：《西北师大学报（社会科学版）》，兰州：1995年第4期。

④ 石川丈山：《诗法正义》，池田四郎次郎：《日本诗话丛书》，卷10，第352页。

⑤ 上引为丈山与朝鲜通信使权侙笔谈中的言论。若木太一：《朝鲜通信使与石川丈山：“日东之李白”考》，《语文研究》52，53，1982年，第75-76页。

⑥ 广濑淡窗：《淡窗全集》中卷，东京，日田郡教育会，1927年，《儒林评》，第1页。

四、结 语

丈山对于沧浪诗论的去取，反映出近世初期汉诗人共同的诗学取向。事实上，基于朱子学及江西诗派的立场而抵制沧浪诗论，并非仅限于丈山一人。例如增岛兰园（1773-1844）斥沧浪的“诗有别材，非关学也”为“非知诗者之言”。他这样说，是因为沧浪此论与朱熹的“学问以明理，则自然发为好文章”相悖。[①]与丈山一样，林罗山也持江西诗派的立场。江西诗派学古人，讲究渐修而悟。例如范温《潜溪诗眼》说：“先悟得一处，乃可通其他妙处。”[②]陈师道《后山诗话》说：“学者先黄、韩，不由黄、韩而为左、杜，则失之拙易矣。”[③]而林罗山《〈袖里唐绝〉序》也说：“古人之能赋咏者，多云取诸家之长处，虽然，先学一家之风，而仿佛步骤之，而后兼参之。”[④]这一观点，显然与沧浪“学者须从最上乘，具正法眼，悟第一义”，“工夫须从上做下，不可从下做上”之论不同。受魏庆之《诗人玉屑》影响而不取沧浪的崇唐黜宋及李杜论，也并非只有丈山。伊藤仁斋、木下顺庵（1621-1699）都持“抑李扬杜”论。仁斋《童子问》卷下说：“李白虽神于诗，其意易识。至杜诗，注者亡虑数十家，是李之所不及。以人之所感自异也。”[⑤]同样的观点，亦见于仁斋《语孟字义》卷下及顺庵《长恨歌跋》。[⑥]仁斋、顺庵都曾引用过沧浪诗论，[⑦]但两人并没有接受沧浪的李杜论。与丈山同时代的松永尺五（1592-1657）于初、盛、中、晚并无轩轾。他也欣赏“韩、柳之博大超然，元、白之序畅分明，李、卢、郊、岛之鬼怪饥寒”。[⑧]而林罗山则说：“所谓诗学盛于唐，宜哉。嗜好之有意也。

---

① 增岛兰园：《隽燕偶记》：“‘诗有别材，非因学也’，是非知诗者之言也。诗以言情性，情性之正，非学何得？朱子曰‘学问以明理，则自然发为好文章’。诗亦然，是学诗之第一义也。”关仪一郎：《日本儒林丛书》，第二册，东京：凤出版社，1971年，第16页。

② 郭绍虞：《宋诗话辑佚》，北京：中华书局，1980年，第328页。

③ ［清］何文焕：《历代诗话》上，第305页。

④ 林罗山：《罗山林先生文集》卷五〇，第143页。

⑤ 家永三郎等校注：《近世思想家文集》东京，岩波书店，1971年，第254页。

⑥ 津田左右吉：《现于文学中的我国国民思想研究》（平民文学时代），东京，洛阳堂，1917-1918年，第254页。

⑦ 伊藤仁斋：《四季倭歌选引》：“唐诗尚意兴，宋诗主义理。”太田青丘：《日本歌学和中国诗学》东京：弘文堂，1958年，第203页。木下顺庵：《三体诗绝句跋》也引用过沧浪“兴趣”之语。松下忠：《江户时代的诗风诗论》，第326-327页。

⑧ 松下忠：《江户时代的诗风诗论》，第224页。

虽宋亦有好诗，而奈唐何哉。”[①]尺五和林罗山都读过《沧浪诗话》，但他们和丈山一样，并没有完全接受沧浪崇唐黜宋的诗观。这从林罗山推崇《瀛奎律髓》并排斥《三体诗》，也可得到证明。他说：“《瀛奎律髓》，诚是学诗者所宜读者也。”又说，王维《阳关三叠》虽称绝唱，但与王昌龄《长信秋词》（奉帚平明金殿开）一样，因其“乃周伯弼所取，故舍是”。[②]林罗山排斥周弼《三体诗》的立场，与丈山一致。在丈山生活的时代，江西诗派的势力相当强大。丈山之后，其影响也仍在持续。据松村九山（1743-1822）说，延宝、天和（1673-1684）之际，“宋诗盛行，《瀛奎律髓》、《联珠诗格》，几于家有其书矣”。[③]在这种形势下，攻击江西诗派不遗余力的《沧浪诗话》遭到汉诗人的抵制是必然的。因此，丈山对于《沧浪诗话》的抵制并非出于个人的好恶，在相当程度上代表了近世初期汉诗人共同的态度。

而且，丈山对于沧浪诗学的去取还表明，来自异域的文化在向接受国传播的过程中，通常会遭遇到某种程度的抵制。这种抵制来自许多方面，除了接受国本土文化的排斥之外，先期输入的异域文化，也会成为后期输入的来自同一母国新文化传播的障碍。这方面的例证并不鲜见。平安时代（794-1192），盛行于中国的佛教诸宗大都传入日本，唯独禅宗例外。津田左右吉指出，这是因为，视佛教为祈福之物，视寺院华丽装饰及在法会上得到的官能娱悦为幸福象征，视借助文字获取的知识为无上重要的平安朝人，对于既无祈祷对象，又超绝于一切官能、知识的禅宗，是无法理解的。[④]这说明，平安时代日本人对于先期传入的旧佛教的执著，曾经阻碍了新佛教——禅宗的传入。而当禅宗一旦成为主流话语之后，便又成为来自同一母国新文化传播的障碍。例如室町时代（1338-1573）担任足立尊氏幕府对明外交事务的禅宗僧侣们对先期输入的“宋、元两代传统艺术的尊崇，妨碍了日本完全吸收并同化与其同时的明代文化”。[⑤]同样，丈山对朱子学文学观及江西诗派立场的坚守，在一定程度上也影响了沧浪诗学在近世初期的传播。

---

① 松下忠：《江户时代的诗风诗论》，第234页。

② 林罗山：《罗山林先生文集》卷七〇，第428页，卷七，第78页。

③ 池田四郎次郎：《日本诗话丛书》，卷7，第518-519页。

④ 当时入宋的日本僧人接触禅宗的机会其实是很多的，且往返于两国的商船，其目的港就是禅宗的根据地。尽管如此，入宋僧们对禅宗并未予以关注。延久年间（1069-1074）入宋的成寻（1011-1081）在天台山也曾听说过寒山、拾得，还获赠《永嘉集》、《证道歌》，本人也被尊称为“智者寻大师”。但他仍对禅宗丝毫未予留意。向日本传播禅宗始于能忍（生卒年不详，大约生活在平安末期，镰仓初期）、荣西（1141-1215），这是因为，平安末期文化衰颓，人们对天台、真言宗等旧佛教的信仰动摇，急于寻找某种新的信仰。于是禅宗于不知不觉中渐见流行。津田左右吉：《现于文学中的我国国民思想研究》（武士文学时代），第159-160页。

⑤ 秋山光和著，常任侠、袁音译：《日本绘画史》，第95页。

日本诗话的民族性、启蒙性及集团性特征

——以池田四郎次郎《日本诗话丛书》为中心[①]

一

日本诗话主要盛行于江户时期，文会堂书店1920-1922年出版的池田四郎次郎《日本诗话丛书》（10卷）辑录了65部和、汉文诗话，是目前能见到的最早且较完备的版本。本文所论日本诗话，主要依据该丛书[②]。

在谈论日本诗话的特征时，学者们往往将视野局限在中、日诗话狭隘的领域内来探讨问题。其实，日本诗话除了其本身受到来自中国诗话、诗论的影响之外，还与同时代的国学、医学发生着横向联系。日本诗话的繁荣主要是在江户时代，这个时期与伊藤仁斋（1627-1705）、荻生徂徕（1666-1728）的儒学复古，契冲（1640-1701）、贺茂真渊（1697-1769）的国学复古相应的，还有古屋丹永（1628-1696）、后藤艮山（1653-1727）的医学复古。其共同精神就是，在否定中世思想权威的前提下，以研究上古典籍为依据而提出新的理论。诗话的派别林立与医学的门派之争，诗话理论的复古思潮与医学复古论亦极为类似[③]。江户时代日本诗话作者当中有相当数量的医生。行医之余兼作汉诗，这在当时的汉诗人中是很普遍的[④]。

---

① 此文刊载于王晓平主编：《国际中国文学研究丛刊》第一集，上海古籍出版社，2011年。

② 池田四郎次郎（1864-1933），名胤，字公承，号芦洲，通称四郎次郎。

③ 江户时期医学的门派有“后世派”和“古医方派”之间的论争，前者直接继承的是明末医学，后者则是在伊藤仁斋古义学派的影响之下，以探求汉代医学名著《伤寒论》的本义为指归。其后又有在“兰学”解剖术影响下诞生的医学新门派。藪内清：《中国科学と日本》，东京：朝日新闻社，1978年，第71页。

④ 例如贝原益轩就是出身于医生世家，他本人儒、医兼修，并著有《养生训》八卷。津阪东阳也是学医出身，他在十五岁时曾从尾张村濑氏学医。小畑诗山就是在行医之余，与大洼诗仏、龟田鹏斋等诗人往还，并称于当时。而加藤善庵，一边从事医业，一边写作诗文及诗话。大桥知良《题柳桥诗话首》：“草轩（加藤善庵号）药匕余暇，其学屡变矣，终始不渝更，唯诗文杂着是也。顷者出诗话数卷，就余商量，将上梓。”池田四郎次郎：《日本诗话丛书》卷五，东京：文会堂书店，1920-1922年，第561页。诗话作者而兼儒医的松村九山有两部诗话，即《芸苑鉏莠》和《词坛骨鲠》。此外，皆川淇园撰有《医案类语》、《还机》等医学著作。衹原南海出生于和歌山藩医世家，其论诗每以医理说之。大阪的诗人团体混沌社的汉诗人，有相当一部分人的职业是医生。如葛子琴、佐佐木鲁庵、冈公翼、平沢旭山等。揖斐高《江户漢詩人》，諏访春雄、日野竜夫编：《江户文学と中国》，东京：每日新闻社，1977年，第91页。

其次，在谈论日本诗话的特征时，学者们的眼光往往停留于中、日诗学的领域内，而忽视了歌论、俳论等因素。实际上，日本诗话作者与日本固有的文学形式和歌、俳句、物语有很深渊源，他们基本上是倾向于将汉诗与和歌、俳句等量齐观的。他们对汉诗的看法，常常就是对和歌的看法。正如太宰春台（1680-1748）所说："以汉诗之眼目和歌，则和歌之位、之姿亦清晰可见"[①]。雨森芳洲（1648-1755）更强调，学诗不仅要多看汉土的诗话，更要"多闻簪缨家之论歌"[②]。汉诗与和歌、俳句之间的共通性，特别是它们相互之间在实际创作中的可借鉴性，要求我们在考察日本诗话的特征时，必须将其与和歌、俳句理论联系起来加以综合考虑，分析才能全面，结论才能可靠。

船津富彦在谈到日本诗话的特征时说，因为日本诗话主要是模仿中国诗话，在中国诗话的影响之下成立的，因此，模仿性是其最大特征[③]。但是，模仿性不仅是日本诗话，同时也是汉字文化圈内朝鲜诗话、越南诗话的共同特征，并非日本诗话所独有。因此，将其作为日本诗话的特征并不适合。

蔡镇楚《中国诗话与日本诗话》（《文学评论》，1992）一文中概括日本诗话的特征时说："从宏观审视高度来看日本诗话，对比中国诗话特别是朝鲜诗话，它在许多方面继承了中国诗话的古典诗学传统，而又表现出与朝鲜诗话不同的艺术风格和审美特征：（1）诗格化，（2）钟化，（3）诗论化。"

这个概括，主要是与朝鲜（或韩国）诗话，而不是与中国诗话，特别是宋代以来的中国诗话相比较而得出的结论[④]。在讨论日本诗话特征的时候，需要重视的是它与中国诗话相比，在哪些方面具有自身的特点。诗格化也好，钟化也好，诗论化也好，只不过是在继承中国诗话时所侧重的方面，并非其自身独具的特征。

即以"诗格化"而论，如果考虑到这类诗话大多是模仿或干脆抄录中国诗话的事实，则很难将所谓"诗格化"算作日本诗话的特征。因为一般来说，在

---

① 太宰春台《独语》，日本随笔大成编辑部：《日本随笔大成》，第 1 期，第 17，东京：吉川弘文馆，1975-1976 年，第 262 页。

② 雨森芳洲《橘窗茶话》卷下："或曰：'学诗者，须要多看诗话，熟味而深思之可也。此则古今人所说，不必缌缕。但我人则又欲多闻簪缨家之论歌也'。余以为，此乃明理之言，大有益于造语者，然非粗心人所能知也。盖诗者，情也。说情至于妙极。人丸、赤人、少陵、谪仙，同一途也。彼以汉言，此以倭语，邈如风马牛不相及，故不知者以为二端，惑之甚也。"日本随笔大成编辑部：《日本随笔大成》第 2 期，第 7，第 421 页。

③ 船津富彦：《中国詩話の研究》，东京：八云书房，1977 年，第 235-236 页。

④ 王昌龄《诗格》、僧皎然《诗议》、崔融《唐朝新定诗格》、元兢《诗髓脑》等唐人诗格、诗式虽然从广义上说也不妨称作诗话，但依照郭绍虞先生"狭义诗话"的概念，则诗话并不包括这类著作。它主要是指自第一部以诗话命名的著作——欧阳修《六一诗话》以来宋、元、明、清各代的诗话。本文用来与日本诗话相比较而言的"中国诗话"，指的是狭义诗话。

诗歌声律问题上，日本人很难有置喙的余地。例如长山贯（？-？）《诗格集成》不过是将中国宋、元、明、清以来有关体格声韵的内容汇集到一块而已。又如林东溟（1708-1780）《诸体诗则·凡例》说：“凡称‘故某云，故又云’者，皆是引古人说以益实余言者也。”赤沢一堂《诗律》说：“崎港汉人读本邦所称名家、大家之诗，皆必废不取焉。无他，其人不知音韵故也。”日尾省斋（？-？）《诗格刊误》卷上引武元质《古诗韵节》云：“音韵非吾邦之所能详也。”太宰春台《斥非》也说：“此方诗人，多不知此法（平仄），大儒先生尚犯之，况初学乎？”[①]凡此，都反映出当时日本人对于自己所作的汉诗是否合律缺乏自信。

这里不能不提到空海（774-835）的专论诗歌格律体制和音韵的《文镜秘府论》。池田四郎次郎《日本诗话丛书》中，就是以该书为日本诗话之首。不过，《文镜秘府论》在性质上只是一部中国古代的诗文理论著作汇编，正如日本著名学者兴膳宏所论，空海与其说是该书的作者，不如说是编者更为贴切[②]。也就是说，从严格意义来讲，该书不能作为日本诗话最早的作品。今井卓尔《古代文芸思想史の研究》论及该书时说：“在这里见到的不都是空海自己的见解，而是空海对许多先行研究文献有重点地归纳起来的东西……不能认为这部书反映了空海的想法……这部编着从始至终都不是空海的文章，毋宁说更多是从各种文献中的引用。”[③]其实，《文镜秘府论》中反映的“认识”与其说是日本人的，不如说是中国人的。因为该书对于中国从六朝到唐的文学理论原典，如沈约《四声谱》、元兢《诗髓脑》、皎然《诗议》等，基本上是原封不动地抄录，书中并没有明确指出哪些话是引用他人的著作，哪些话是空海自己的观点，因此从中钩稽出属于空海本人的观点是一件很困难的事。可以说，《文镜秘府论》的数据价值远大于其理论价值，其在中国诗学史的意义远大于在日本汉诗史的意义，其在和歌论中的影响远大于在日本诗话中的影响[④]。

至于“诗论化”与“钟化”实际上是一回事。钟（嵘）化是与欧（阳修）化相对而言，前者以“论诗而及词”为特征；后者则倾向于“论诗而及事”，分别代表了中国诗话的两大传统。以其中的一个方面作为日本诗话区别于朝鲜诗话的特征则可，作为区别于中国诗话的特征则不可。且完全将日本诗话归为“论诗而及词”的“钟化”诗话亦未免太绝对。例如，林梅洞（1643-1666）《史

① 池田四郎次郎：《日本诗话丛书》，卷9，第165页，卷4，第457页，卷1，第471页，卷3，第163页。

② 兴膳宏：《中国古典文化景致》，李寅生译，北京：中华书局，2005年，第121-122页。

③ 今井卓尔：《古代文芸思想史の研究》，东京：早稻田大学出版部，1933年，第93页，第100页。

④ 例如中国典籍有关沈约“八病”的解释，赖《文镜秘府论》得以保存。该书的诗歌“八病”说深刻地影响了藤原浜成《歌経标式》的和歌“七病说”。

馆铭话》、友野霞舟（1791-1849）《锦天山房诗话》、加藤善庵（？-1862）《柳桥诗话》都可归入“论诗而及事”的“欧化”范畴。另如市野迷庵（1765-1826）《诗史顰》、小畑诗山（1794-1875）《诗山堂诗话》似乎也很难算作“钟化”的诗话。

本文认为，日本诗话区别于中、韩诗话的特点，首先在于其民族性，即诗论与歌论、俳论的结合；其次，在于其启蒙性，即作为汉诗入门教材的性质；再次，在于其集团性，即作为诗社刊物而具有的群体性特征，为捍卫各自诗派的诗歌主张而与论敌攻讦的倾向。

二

日本诗话的第一个特点与诗话作者自身的和歌、俳句教养有关。例如太宰春台曾自述与和歌的渊源：“以父母都喜好和歌之故，我从八九岁始，便知连缀三十一字之术。自十岁至十二、三岁止，折腰咏和歌凡三四百首。”[①]皆川淇园（1734-1807）是歌学者富士谷成章（1738-1779）的哥哥，富士谷御杖（1768-1823）的伯父。本人也擅长和歌题咏，《六如、淇园和歌题百绝》收录了他的19首和歌。津阪东阳曾自述学习过和歌：“如学国字卅一之什……余亦尝染指，以其易于诗，殆将为专家。”[②]他还说自己幼年学习过俳句：“童生时尝染指斯技。”[③]服部南郭（1683-1759）也生长于和歌之家，其父元矩和歌师从歌学者、俳人北村季吟（1624-1705），连歌师从花之木里村家，并有作品存世。其母吟子是江户前期歌人木下长啸子（1569-1649）门人山本春正（1610-1682）之女。服部南郭曾仕幕府第五代将军德川纲吉（1646-1709）的宠臣柳沢吉保（1658-1714），其主要任务也是作为歌人而出席歌会[④]。贝原益轩（1630-1714）对于和歌的热衷程度甚至超过了汉诗：“虽时作诗，素好倭歌而不好诗。”[⑤]広瀬淡窓（1782-1856）家族与俳句有着极深的渊源。祖父久兵卫，

① 太宰春台《独语》，日本随笔大成编辑部：《日本随笔大成》第1期，第17，第261页。

② 池田四郎次郎：《日本诗话丛书》卷二，第274页。

③ 揖斐高《夜航余话解说》，清水茂、揖斐高、大谷雅夫校注：《日本诗史·五山堂诗话》，第646页。

④ 日野竜夫《服部南郭の生涯と思想》，赖惟勤：《徂徕学派》，东京：岩波书店，1972年，第516-517页。

⑤ 友野霞舟《锦天山房诗话》上册引原公道的话说：“益轩虽时作诗，素好倭歌而不好诗。每谓诗为无用闲言语。曰：和歌者，我国俗之所宜，而词意易通晓。故古人歌咏极精绝矣。古昔虽妇女亦能之者多矣。唐诗者，非本邦风土之所宜，其词韵异于国俗之言语，难模效之中华。故虽古昔之名家，其所作拙劣不及于和歌也远矣。我邦只可以和歌言其志，述其情，不要作拙诗以招詅痴符之诮。”池田四郎次郎：《日本诗话丛书》，卷8，第401页。

俳号“桃之”，伯父贞高，俳号“秋风庵月化”，著有《秋风庵俳句集》、《同文集》等。父亲贞恒，俳号“桃秋”。而尤以他的伯父名高于当时俳坛，对于広瀬淡窓的影响也最深。

诗话作者与和歌的渊源，使得他们常常将歌论运用于诗论。

例如赤沢一堂（1796-1847）《诗律》就有意识地以二条家歌论运用于汉诗：“作诗不思者不可，苦思亦不可。思不思之间，油然以生者为妙，即是古人所谓水中月、镜中花。二条家和歌者流之言曰：‘临题起思，应须仰看云之往来’，作诗亦有此理。”①二条家是镰仓、室町时代的著名和歌流派。代表人物有藤原俊成（1114-1204）、藤原定家（1162-1241）、藤原为家（1198-1275）、顿阿（1289-1372）及花山院长亲（耕云，？-1429）②等，在镰仓、室町至江户时代歌坛拥有很大势力，其歌学理论也对后世影响很大。

所谓“临题起思，应须仰看云之往来”，见于耕云作于庆永10年（1403）的歌论书《耕云口传》。书中说，作歌时应该“忘却寝食，忘却万事，闻朝夕之风声使内心澄澈，专注于仰望浮云之色，心不为尘间琐事所乱。此关心之第一大事”③。耕云认为，体悟歌道之真谛，须依靠澄静内心的直观把握，而非其他：“此道之秘事，别无所在，不过出于我心而心有所悟而已。大体领会和歌之趣向，关键只在数寄之心志一事而已。”④这里的“数寄”（好き、すき）是歌论用语，指作歌时的清澄心境（心をすまし）⑤，即一种脱俗的、非日常的、沉迷的精神状态，是歌人心理上所必备的条件⑥。赤沢一堂指出，这种作歌态度可以用来说明作诗贵在“思不思之间”之理。

东梦亭（1796-1849）《鉏雨亭随笔》则将藤原为家、藤原俊成的和歌创作论引入其汉诗批评：“至其妙悟，诗、歌一致。藤原为家尝诲人曰：‘凡作和歌，

---

① 赤沢一堂《诗律》，池田四郎次郎：《日本诗话丛书》卷四，第452页。

② 藤原俊成，名显广，法名释阿，是平安时代后期镰仓时代初期的歌人，着《千载和歌集》，歌论有《古来风体抄》。藤原定家，藤原俊成之子，镰仓初期歌人，参与编撰《新古今和歌集》，歌论有《咏歌大概》、《每月抄》、《近代秀歌》。藤原为家，法名触觉，藤原定家之子，镰仓中期歌人，撰有《后撰和歌集》，歌论有《咏歌一体》（《八云口传》）。顿阿，俗名二阶堂贞忠，镰仓时代后期的僧侣。和歌师事二条为世。晚年继二条为明之后撰成《新拾遗和歌集》，歌论有《井蛙抄》、《愚问贤注》。花山院长亲（？-1429）南北朝、室町时代的公卿、歌人，后为临济禅僧侣，法号耕云明魏，字子晋，曾协助宗良亲王编撰《新叶和歌集》，着有《耕云千首》、《耕云口传》等。

③ 《耕云口传》：“唯寝食を忘れ，萬事を忘却して、朝夕の風のこゑに心をすまし、雲の色にながめをこらして、ちりの（まの）あだごとをに心をみだらず、一大事を心にかけたる。”佐佐木信纲：《日本歌学大系》第5卷，东京：风间书房，1989年，第156页。

④ 佐佐木信纲：《日本歌学大系》第5卷，第164页。

⑤ 久松潜一：《和歌史歌论史》，东京：樱枫社，1976年，第271页。

⑥ 张龙妹：《日本古典文学大辞典》，北京：人民文学出版社，2005年，第530页。

如渡危桥，不可左右回顾。’又曰：‘譬之作五重塔，始自基址，当留心下句。’作诗之法亦不出此范围矣。藤原俊成曰：‘歌之佳处，在得大体而已，不可务为雕刻组织也。譬诸画工画物，倘徒事丹青烂绚，则反使人可厌矣。要自然而有味，是为得之也’。此语近世诗人顶门一针。”①

又如津阪东阳《夜航诗话》论作绝句之法亦引藤原为家的和歌论：“藤纳言为家诲学国雅者曰：‘凡制歌须如构重塔，先营自下也。盖一篇精彩，全萃于落句，起手则点景耳。故倒行而逆施之也。’诗家作绝句亦须依是法。先就后二句经始述其主意，预了结局，然后回笔还及起处，装缀衬帖以成章。则首尾相击，局势有余矣。不然，其意尽发端而末梢索然，每苦不足，貂续支吾，不胜蛇足矣。杨仲弘曰：‘绝句以第三句为主，而第四句发之。’是实初学要诀。必先自第三句起工，而结句乃从此生而韵定。上半因赶韵填词，为落语作引尔。虽唐贤之作，盖亦率然也。”②

再如，津阪东阳《夜航余话》引顿阿歌论《井蛙抄》论作七绝之法：“作七言绝句之法，必从末二句缀起，一篇主意即在此二句，由此则一、二两句相应而添出。顿阿法师《井蛙抄》有‘作歌当如堆积砖塔一般，堆塔无自上而下之理，和歌亦当如塔之从地面堆起那样，当始自下句而咏之’。诗、歌同一手段也。”③

以上三例表明，东梦亭、津阪东阳等人十分熟悉二条家歌论，特别是藤原为家“制歌须如构重塔”的主张。此论亦见于二条家中兴之祖顿阿的《井蛙抄》卷 6，是二条家一脉相承的歌学观点。津阪东阳认为，藤原为家这个本来是教人作和歌的理论，也可以援用到汉诗的写作当中。元代杨载（字仲弘）《诗法家数》“以第三句为主，而第四句发之……宛转变化工夫，全在第三句”的绝句论，与藤原为家论作和歌强调“先营自下”、“当留心下句”、“盖一篇精彩，全萃于落句”的“构塔”歌论可以相互映证，相济为用。这与赤沢一堂以“水中月、镜中花”映证“临题起思，应须仰看云之往来”之说的用意相近。诗话作者这种打通和、汉诗学壁垒，援歌论以入于诗论的做法，在中、韩诗话中鲜有其例。

其次，和歌而外，诗话作者还常常以俳论来谈论汉诗。

例如，広濑淡窓幼时寄养在伯父秋风庵月化家里，受到伯父俳风的熏陶，这对他日后的诗学观点的形成产生了很大影响。《淡窓诗话》论诗主神韵，喜简洁，酷嗜陶、王、孟、韦、柳，即来自其伯父的影响。広濑淡窓《淡窓小品》

① 东梦亭《鉏雨亭随笔》卷下，池田四郎次郎：《日本诗话丛书》，卷 5，第 392-393 页。

② 津阪东阳《夜航诗话》卷二，池田四郎次郎：《日本诗话丛书》，卷 2，第 312 页。

③ 清水茂、揖斐高、大谷雅夫校注：《日本诗史・五山堂诗话》，第 339 页。

卷下《题迫远集首》一文中说："吾邦之歌，犹汉之诗。歌变为俳谐，犹古诗为近体，俳谐简短，摹景写情，有寸铁杀人之妙。歌不能及。犹近体有绝句也。吾伯父月化叟，名于此技云云。"[①]太田青丘指出，秋风庵月化在俳句创作中的独得之秘，特别是其摹景写情的简洁之妙，在潜移默化之中给予広瀬淡窓以启示，并直接影响到《淡窓诗话》的论诗倾向[②]。

広瀬淡窓的父亲桃秋也曾给予他以教益。例如《淡窓诗话》卷上云："予之父好俳谐。其话云：人或有作活海参之俳句曰：'板敷ニ下女取リ落ス生海鼠哉'（意为："女佣没拿住活海参，掉于地板之上"）。其师云：'雖善，然材料太多，宜再考'。乃改曰：'板敷ニ取リ落シタル生海鼠哉'（意为："掉于地板之上没拿住的活海参"）。师曰：'甚善，然犹未得也'。其人苦吟而不能得，师乃改之曰：'取リ落シ取リ落シタル生海鼠哉'（意为："往下掉呀掉的活海参"）。予闻此话，觉大得推敲之旨，是亦悟之一端也。"[③]这段话记述了広瀬淡窓怎样借父亲的俳句创作谈来体悟诗歌"推敲三昧"的。

津阪东阳《夜航余话》举橘直干"沧波路远云千里，白雾山深鸟一声"的下句受其女所咏和歌的启发为例，强调"留意所有的和歌、俳谐之句，品味其趣，自可多得诗料"[④]。他说，宋林和靖《山园小梅》"幸有微吟可相狎，不须檀板共金樽"两句诗"赏玩清寂之言也，与（小西来山）俳谐之句'三線モ小歌モノラズ梅の花（意为：不用三弦、小歌而自有韵调的梅花）'同"[⑤]。"清寂"（サビ）是俳论的一个重要的美学概念，有枯淡高雅、澄澈静寂、苍古衰败等意[⑥]。松尾芭蕉的俳句最能体现这种"清寂"之美。揖斐高说，津阪东阳曾担任过 19 年伊贺上野藩的儒官，这里也是芭蕉的故乡。他还校刻过芭蕉的俳谐集，其《校刻芭蕉翁俳谐集序》高度评价芭蕉的成就："芭蕉翁俳谐多本于典故，或翻歌词之案。圆活自在，风味最隽永。然妙用融化，浑然无迹。"[⑦]

① 转引自太田青丘：《日本歌学と中国诗学》，东京：弘文堂，1958 年，第 405 页。

② 太田青丘：《日本歌学と中国诗学》，第 405 页。

③ 広瀬淡窓《淡窓诗话》卷上，中村幸彦：《近世文学论集》，东京：汲古书院，1986 年，第 366 页。

④ 津阪东阳《夜航余话》卷下："昔橘直干东下，诣石山寺，望湖水风色之美而得'沧波路远云千里'之句，思下句未得，后携其女至足柄山。其女咏足柄山和歌云：'道とほく雲井はるけき深山路に又ともきかぬ鳥の声かな'。直干闻之有感而得对句'白雾山深鸟一声'。"清水茂、揖斐高、大谷雅夫校注：《日本诗史・五山堂诗话》，第 339 页。

⑤ 《夜航余话》："林和靖、梅花ノ詩二「幸有微吟可相狎、不须檀板共金樽」トハ、サビヲ賞翫シテ言ルナリ、俳諧ノ句二「三線モ小歌モノラズ梅の花」と云ル二同ジ。サルニテモ梅ハ格高ク韻勝テ、百花ノ兄ト称スレド、金樽ヲ共二スベカラザルハ遺憾ナリ。"清水茂、揖斐高、大谷雅夫校注：《日本诗史・五山堂诗话》，第 286 页。

⑥ 张龙妹：《日本古典文学大辞典》，第 407 页。

⑦ 转引自揖斐高《夜航余话解说》，清水茂、揖斐高、大谷雅夫校注：《日本诗史・五山堂诗话》，第 646 页。

津阪东阳深喜芭蕉的俳风并借鉴俳论的“清寂”（サビ）作为其品评汉诗的尺度，使他的诗话带有浓厚的本土化色彩。

由此可见，《淡窓诗话》、《夜航余话》从美学观点到鉴赏方式都受到俳论、俳句的影响极大。对于它们的解读，仅从中、日诗话的影响关系着眼是不充分的，必须将作者与俳句的密切关联纳入视野。

复次，日本诗话还将和歌、俳句作为其品评的对象。

例如，加藤善庵评藤原定家将阳成帝挑其从叔母钓殿御子的《筑波根歌》收入《百人一首》之非[①]。又如津阪东阳《夜航诗话》卷 4 引纪贯之和歌并评之曰：“皆讥世俗之妄也。”[②]同卷引伊藤仁斋《七夕歌》并评曰：“辞婉趣幽，更优于纪使君。信豪杰之士无所不能哉。”[③]

而在《夜航余话》中，这方面的例证更是俯拾即是，该书下卷的内容即由汉诗与和歌、俳句的比较论构成。揖斐高指出，在江户时代的诗话当中，《夜航余话》最显著地体现出那个时代对于汉诗与和歌、俳句共通性的认识[④]。池田四郎次郎《德川时代作诗书解题》中高度评价《夜航余话》：“德川三百年自不待言，即使是明、清两代恐亦无堪与此匹敌的好着。”[⑤]池田之所以给予该书这样高的赞誉，恐怕与其鲜明的民族性不无关联。韩国诗话没有以其本土文学样式“时调”及其理论运用于汉诗批评的实例，谈论的话题也未能超出汉诗的范围。

上述例证，都反映出日本诗话在理论及批评方面的民族性特征。而这在中、韩诗话中是难以见到的。用和歌、俳句的理论及实践来谈论汉诗，并且于汉诗之外还讨论本土文学样式，的确是日本诗话独具的，区别于中、韩诗话的一大特征。

三

关于日本诗话的第二个特点，日本诗话汉诗教科书的性质与日本诗话的作

---

① 加藤善庵《柳桥诗话》：“蒸淫秽行之源，发自此三十一字，而人臣之分，痛哭流涕长太息亦可矣，定家不惟不隐讳，显然表暴，以为国歌之隽逸，又如何哉……铃木昌则《恭诵筑波根圣藻》云：‘爱河一挽筑波水，遂使狂澜涨九重’。其措意与定家异矣。”池田四郎次郎：《日本诗话丛书》卷六，第 251-252 页。

② 池田四郎次郎：《日本诗话丛书》，卷 2，第 274 页。纪贯之和歌为“麻固土加斗，弥礼土慕弥越奴，他那巴佗巴，速罗尔那气奈农，他迭屡南屡遍施”。

③ 池田四郎次郎：《日本诗话丛书》，卷 2，第 406 页。伊藤仁斋《七夕歌》为“左加施罗尔，他个伊比速免迭，他那巴佗农，古余比那气奈远，速罗尔他追罗牟”。

④ 转引自揖斐高《夜航余话解说》，清水茂、揖斐高、大谷雅夫校注：《日本诗史・五山堂诗话》，第 647 页。

⑤ 转引自揖斐高《夜航余话解说》，清水茂、揖斐高、大谷雅夫校注：《日本诗史・五山堂诗话》，第 643 页。

者层和接受层迥异于中国、朝鲜有关。小野招月（？-？）《社友诗律论》引赖山阳（1780-1832）的话说，日本人学作汉诗是“以彼之言语以叙我之性情。摸其声调于髣髴影响之间，不得不依准一定之矩镬”[①]。所谓“一定之矩镬”既包括诗格、诗律，也包括语言、文字、训诂。诗话中这些内容多了，自然就避免不了辞书化、“小学化”。

因此，以启蒙性，即作为汉诗入门教材的性质来认定日本诗话的特征的理由首先在于其辞书化与“小学化”倾向。

在日本，中国诗话从输入之日起，就承担了汉诗教科书的职能。诗话作者编写诗话的动机在于教育其门生弟子。例如江村北海（1713-1788）为祇原南海（1676-1751）《诗诀》所作的序中说：“是祇伯玉《诗诀》，盖尝所口授其门人小子者。门人以国字录之，以为帐秘。”津阪东阳的《夜航诗话》用的都是教育弟子的口吻腔调：“恐后学袭谬，故为拈出之”、“学者须知之”。另外，皆川淇园的弟子岩垣明谨在其《跋淇园诗话》中说：“此书先生特为后进示义方者也。”冢田大峰（1745-1832）之子冢田秀在《作诗质的序》中说，此书乃“书其尝平生所论门人小子之语，而为一册子”。另外，日尾省斋《诗格刊误》卷上说他论“韵法”的目的是为了“授弟子焉”[②]。

日本人对于杜甫、苏东坡等一流中国诗人的作品也是通过中国诗话《瀛奎律髓》（元代方回撰）接触到的[③]。因为日本诗话的作者往往就是拥有众多门人弟子的汉诗文教育家，他们写的诗话，自然作为学生学习汉诗的基础教材。例如，赖春水（1746-1816）在铃木松江（？-？）《唐诗平侧考・序》中主张将中井竹山（1730-1804）的《诗律兆》作为学习唐诗的“津梁”：“诗而不唐则已，苟欲其唐乎，《律兆》实考其津梁也。岂可废？”即使如山本北山（1752-1812）《作诗志彀》那样阐明诗歌主张的著作也带有浓厚的教科书色彩。这一点仅从该书专列“仄起平起”、“起承转合”、“押韵”等名目即可了解。由此可见，日本诗话特重诗格、诗律、作诗方法、语词释义、典故考证和名物辨析，原因也在于此。

---

① 池田四郎次郎：《日本诗话丛书》，卷10，第430页。

② 池田四郎次郎：《日本诗话丛书》，卷1，第1页，卷2，第320页，第325页，卷5，第227页，卷1，第365页，第420页。

③ 据小西甚一《芭蕉と唐宋詩》説，俳圣松尾芭蕉的俳句“秋十年かへつて江戸を指す故郷”很可能是通过当时的和刻本《联珠诗格》读到贾岛《渡桑乾》“客舍并州已十霜，归心日夜忆咸阳。无端更渡桑乾水，却望并州是故乡”。并受到启示的。諏访春雄、日野竜夫编：《江户文学と中国》，第125-126页。江湖诗社就是将《联珠诗格》作为学习汉诗的范本，柏木如亭还从中选出120首翻译成当时的俗语，名为《联珠诗格译注》。中村幸彦：《近世の漢詩》，东京：汲古书院，1986年，第12页。又如在江户时代来到日本，后受聘于尾张藩校的明末学者陈元赟就是拿他的《升庵诗话》作为教材的。尾藤正英：《日本文化と中国》，东京：大修馆书店，1979年，第98页。

教科书或写作指南式的论著是日本文艺理论著作中很常见的形态。桥本不美男在校译藤原俊赖（1114-1204）的《俊赖髓脑》时指出："本书的述作目的是为了让年轻女性在实际操作时作为写作指南之用……本书主要是为了人们写作和歌这一实用目的，就具体的要领加以解说之书。"今井卓尔《古代文芸思想史の研究》也指出《俊赖髓脑》根据其内容来看属于"启蒙书"、"入门书"性质。又如藤原清辅（1104-1177）《和歌初学抄》则是奉命编纂的面向初学者的和歌写作指南，其成书年代与梅室洞云（？-？）《诗律初学抄》相隔数百年，但二者之间的继承关系仅从书名就可看出。歌论而外，芭蕉（1644-1694）的门人向井去来（1651-1704）的《去来抄》专列"初心者之俳句"条目，在"词之作与心之作"中具体解说哪些问题"是初心者应该特别注意的"①。这说明，俳论著作也属于写作指南式的论著。

日本诗话的教科书性质与和歌论著的"启蒙书"、"入门书"性质可以说是一脉相承的。日本诗话中常冠以"初学"、"幼学"、"授幼"之名，例如贝原益轩（1630-1714）《初学诗法》、东条琴台（1795-1878）《幼学诗话》。有时在"初学"、"幼学"之后加上"抄"字，例如梅室洞云《诗律初学抄》、榊原篁洲（1656-1706）《诗法授幼抄》。无论是"初学"还是"初学抄"、"授幼抄"，都不是中国诗话的命名方式，在韩国诗话中也罕见其例。诗论而名之以"抄"，继承的是日本歌论、俳论的传统。例如藤原公任（966-1041）有《深窗秘抄》；托名藤原基俊（1060-1142）的有《和歌无底抄》、《和歌怀见秘抄》；藤原仲实（1057-1118）有《绮语抄》；藤原范兼（1107-1165）有《和歌童蒙抄》；藤原俊成有《古来风体抄》；大江匡房（1041-1111）有《江谈抄》；藤原清辅有《和歌初学抄》；藤原显昭（1130？-1209？）有《袖中抄》；鸭长明（1155-1216）有《无名抄》；藤原定家（1162-1241）有《愚秘抄》、《愚见抄》；京极为兼（1254-1332）有《为兼卿和歌抄》；富士川御杖（1768-1823）有《歌道非唯抄》；荷田春满（1669-1736）有《万叶集童蒙抄》。歌论而外，俳论著作也冠以"抄"名，例如松永贞德（1598-1654）的门人德元（1674-1675）就有《俳谐初学抄》，又如向井去来有《去来抄》。而藤原清辅《和歌初学抄》、德元《俳谐初学抄》与梅室洞云《诗律初学抄》、榊原篁洲《诗法授幼抄》是这种继承关系的显例②。

日本诗话的辞书化的倾向也不是孤立的现象，它也是和歌论著常见的形

---

① 桥本不美男、有吉保、藤平春男校译：《歌论集》，东京：小学馆，1979年，第40页。又今井卓尔：《古代文芸思想史の研究》，第400页。又伊地知铁男、表章、栗山理一校译：《连歌论集·能楽集·俳论集》，东京：小学馆，1980年，第438-439页。

② 歌论而名之以"抄"也不是日本人的独创，它可以追溯到空海的《文笔心眼钞》。空海是受到中国齐、梁以迄于唐代以作诗指南称"抄"或"抄子"的影响。但这种命名方式在宋代以后的诗话中非常少见，日本诗话的命以"抄"名，更多来自和歌论著的影响。

态。例如藤原俊赖的《俊赖髓脑》就单辟“季语、歌语之由来”以及“异名”详加解说。仅四季的“雨”在和歌中就有不同的称呼。此外《俊赖髓脑》还就和歌中的典故详加注释。日本诗话继承了这个传统。六如上人（1734-1801）《葛原诗话》、津阪东阳《夜航余话》等专著不必说，即如原田东岳（1709-1783）《诗学新论》也用相当笔墨来辨析诗语“青云”、“孤负”、“烂漫”等字义；林荪坡（1781-1836）《梧窗诗话》还解说汉诗中“横陈”、“绿拗儿”、“顾藉”等字的含义；津阪东阳《夜航诗话》各卷中对于诗语的解说更是随处可见。

另外，日本诗话辞书化的倾向还反映了当时的和、汉学者在语义学、音韵学、考证学研究方面取得的成就。日本的国学者大都是在研究国语、国文的基础上宣扬国粹主义的。因此，国学也促进了日本国语、国文研究的繁荣①。国学者的国语、国文研究在方法论上是受到荻生徂徕古文辞学派的启发②。荻生徂徕古文辞学派风靡一世，当时的和、汉学者在古语研究方面都取得了显著成绩。诗话作者而兼语言、音韵、名物学家的亦不乏其人③。他们在诗话中发挥这方面的专长也是十分自然的事。

其次，以启蒙性来认定日本诗话的特征的理由还在于，日本诗话中公开提出自己的创作原理论的，仅有皆川淇园的“冥想说”和祇园南海的“影写说”。相对于创作原理，日本诗话更倾向于谈论诗歌创作的具体环节。在大多数情况下，日本诗话都是借用或引述中国的诗歌原理论来讨论创作问题。即便是皆川淇园的“冥想说”和祇园南海的“影写说”，也很难说是在完全不依傍中国诗歌论而独创的、自成体系的理论。这种现象反映出日本诗话本身具有的“启蒙书”、“入门书”性质决定了其对于形而上学的思辨缺乏兴趣④。即便是借用或

---

① 例如契冲有《和字正滥通妨抄》，贺茂真渊有《冠词考》、《语意考》等，揖取鱼彦有《古言梯》等，本居宣长有《纽镜》、《词玉绪》、《字音假字用格》等。内容涉及古典文献学、注释学、名物学等广泛的领域。

② 荷田春满《创国学校启》：“古语不通则古义不明焉，古义不明则古学不复焉。先王之迹拂迹，前贤之意近荒，一由不讲语学。”这段话与荻生徂徕《辨名》如出一辙：“读书之道，以识古文辞识古语为先……知古今文字之所以殊，则古言可识，古义可明。”太田青丘：《日本歌学と中国詩学》，第233页。

③ 例如贝原益轩着有《和字解》、《日本积名》，新井白石着有《和名类聚抄》、《东雅》，皆川淇园着有《实字解》、《虚字解》、《助字解》等。

④ 皆川淇园的“冥想说”因为受到《易经》的启发，因而其诗论带有抽象思辨的色彩。尤其是给予皆川淇园以深刻启示的《易·系辞上》中“一阴一阳之谓道”的对于宇宙自然法则的探究和概括，反映出《易经》鲜明的抽象思辨色彩。皆川淇园精通《易经》，曾钻研《易》学40年。这就使他与江户诗话的其他作者有着很大的不同。而较之《易经》更具绵密的思辨体系的是佛教思想。木下顺庵评价祇园南海的“影写说”是“深得镜花水月之趣，犹入不即不离之域”，揭示了祇园南海诗论与佛学理论的关系。而祇园南海“境趣论”亦明显受到以禅喻诗的严羽《沧浪诗话》的影响。从这个意义上说，祇园南海在日本诗话作者中也是很特殊的。

引述中国的诗歌原理论，例如江村北海《日本诗史》之于“气运说”，山本北山《作诗志彀》之于“性灵说”等，也大都出于实用目的的辗转引用，而非透彻的领悟和深入的探究。

这方面最能说明问题的是虎关师炼（1278-1346）的《济北诗话》。虎关师炼与严羽都是与临济禅关系密切的诗话作家，既然如此，《沧浪诗话》以禅喻诗的理论应该为虎关师炼继承发挥才合乎情理。特别是《济北诗话》中对于魏庆之《诗人玉屑》的引用，表明虎关师炼是读到过收录在《诗人玉屑》中的《沧浪诗话》的。然而在《济北诗话》中不仅没有严羽“诗禅说”的具体运用及评述，甚至连《沧浪诗话》都无只字提及。且同是倡导以禅喻诗的其他中国诗话如陈师道《后山诗话》、范温《潜溪诗眼》、吴可《藏海诗话》等均未有只言片语谈到。这个现象是颇耐人寻味的，它表明日本诗话对于“诗禅说”这样玄妙的诗论缺乏兴趣。広濑淡窗（1782-1856）、东梦亭论禅谈“悟”，不像严羽那样缥缈玄远，特别是“羚羊挂角，无迹可求”、“透彻玲珑，不可凑泊”、“空中之音，象中之色，水中之月，镜中之象”之类为清代王士祯大加发挥的诗论，在《淡窓诗话》、《鉏雨亭随笔》中却不见踪影。広濑淡窗并不把“悟”看得多么玄妙：“凡云悟者，非限于禅，而在一切事中。无论何事，会得其心能解其意而口难言之者，即悟也。”[①]他所理解的“悟”，就是可意会不可言传的，得心应手、融会贯通的境界，且并非禅宗所独有，适用于任何一项专门技艺。这无论是与严羽“诗禅说”还是与王士祯的“神韵说”相较，其精神自然是迥乎不同的。

四

关于日本诗话的第三个特点。以集团性来认定日本诗话特征的理由，首先在于其作为诗社刊物而具有鲜明的群体性特征。

---

① 広瀬淡窓《淡窓诗话》卷上说：“诗以禅譬，始于严沧浪。凡云悟者，非限于禅，而在一切事中。无论何事，会得其心能解其意而口难言之者，即悟也。故悟之道，即师亦不能以言授于弟子，唯于学人之精思处有所得，若欲悟，非舍精思研穷则不可得。予学诗以来四十余年，今日之所得，大抵悟也。然如禅之所谓顿悟者稀矣，皆积其功，自然得其意而已。今欲悟得，宜先熟读古诗……其如是，即其初茫茫然者，后亦得其言外之旨也。已悟古诗之味，亦明己诗之意，宜试以己之诗与唐、宋、明、清诸家诗并读，其风神气韵不同之处，自了然于心中。然此我之悟境也，其意未熟之辈不能喻也。”中村幸彦：《近世文学论集》，第 365 页。又，东梦亭《鉏雨亭随笔》卷中说：“古人借禅喻诗，以要妙悟。又有以禅教书之法者……予曰，读书不可不学禅。众问其故。予曰，读书养静不萌妄念，这便是禅心；读书出家不理尘务，这便是禅行；读书作文意在笔先，神游象外，这便是禅机。予谓此语读书正法眼。”池田四郎次郎：《日本诗话丛书》，卷 5，第 321 页。

在中国和朝鲜，诗话的写作和出版主要是作者个人的行为。作者在诗话中主要谈论古人或时彦而绝少提及自己[①]，也无须借助诗话发表自己及同好的作品，至于将诗话作为定期出版物更是鲜有其例。而日本文学理论著作却每每论及己作，向井去来《去来抄》有相当大的篇幅就是在自己的作品之下，转述“先师”（芭蕉）的评论。菊池五山在《五山堂诗话》中收录最多的是他自己的作品，计128首，其次是柏木如亭（1763-1819）的，有32首，大窪诗佛（1767-1837）的，有27首，以及市河宽斋（1749-1820）的，有26首。入选的都是江湖诗社的诗人。

由于日本诗话的作者同时也是诗社的盟主，诗社的成员包括诗话作者在内，像菊池五山（1769-1852）《五山堂诗话》那样将诗话作为诗社同人作品发表的园地而定期结集出版，已经是一种常见的现象[②]。市古贞次《日本文学全史》说，菊池五山《五山堂诗话》收录了600多名同时代人的作品，在长达十余卷的《五山堂诗话》中，保持了传统诗话特征的仅为开始的几卷而已，其余部分发挥的是“诗坛机关志以及介绍当代诗人”的作用[③]，诗话的写作和出版也已经变成一种群体性行为。

其次，以集团性来认定日本诗话的特征的理由，还在于其为捍卫各自诗派的诗歌主张而与论敌攻讦的倾向。

诗话作者常常将诗话作为攻击论敌的工具。例如津阪东阳不满六如上人《葛原诗话》，于是作《葛原诗话纠谬》。最具有代表性的是，山本北山不满当时古文辞学派一味推崇明代李攀龙、王士贞拟古诗风，作《作文志彀》、《作诗志彀》以排击李、王陋习，称荻生徂徕的“蘐园”派为“伪诗”，说荻生徂徕“不知诗道”，推崇明代袁宏道性灵派诗歌。随后，古文辞学派的松村九山（1743-1822）着《艺苑鉏莠》、《词坛骨鲠》加以反驳。而系井榕斋（？-1841）读了之后，着《辨艺苑鉏莠》对松村九山进行反击。佐九间象山（1811-1864）也着《讨作诗志彀》参加论争。对于《讨作诗志彀》持反对意见的雨森牛南（1757-1816）作《诗讼蒲鞭》驳斥。到了江户后期，性灵派与格调派的论争逐渐为性灵派与神韵派的论争所取代。长野丰山（1783-1837）《松阴快谈》中这样描述当时两派的论争：“近日诗流，喜子才者骂阮亭，学阮亭者排子才。所

---

① 例如，清李慈铭对明李东阳《麓堂诗话》中“津津标举”其自作《上陵诗》的做法颇不以为然，斥为“真可喷饭”。并批评洪亮吉《北江诗话》“时时自举其作”。由云龙辑，李慈铭：《越缦堂读书记》下，上海：上海古籍出版社，2000年，第1035页，第1043页。

② 例如菊池五山《五山堂诗话》中屡见某某诗“已入前年《诗话》矣”，某某“屡托见投其草”，某某“抄数章寄余，求入《诗话》中”。

③ 市古贞次：《日本文学全史》，东京：学灯社，1979年，第303页。

谓以宫笑角，以白诋青，不亦固乎？”[①]

日野竜夫说：“山本北山自称受到袁宏道的影响是他的错觉（这误导了后世的文学史家），他只不过是为了排击萱园派的唐诗崇拜，正好发现了中国也存在这方面发挥着相类似作用的袁宏道诗论，于是顺便采用而已。”[②]的确如此，山本北山急于攻击论敌，而理论上的正面阐释，并非其兴趣所在。他有时对于攻击对象的真实情形尚未搞清，就先入为主地加以指摘。例如其《孝经楼诗话》中据明代洪文科《语窥古今》载，李攀龙《唐诗选》中有王勃《别薛华》和李峤《明皇登华萼楼听歌》二诗，而今本《唐诗选》未收，于是他就断言：“伪造《唐诗选》之人，以学问狭陋之故，只知掠载于《沧溟集》之《选唐诗序》，不知掠《语窥古今》（所提及）二诗而纳之。卒露此破绽。”[③]对此，平野彦次郎指出，《语窥古今》所载李峤《明皇登华萼楼听歌》，实际上是李峤七言古诗《汾阴行》的最后四句，与王勃《别薛华》诗同见于吴吴山评注本《唐诗选》。也就是说，洪文科见到的《唐诗选》，实际上是吴吴山评注本。而北山对于各种版本的《唐诗选》未能熟读，以至沿袭洪文科的谬误而不自知。这是因为，他过于相信现行《唐诗选》为伪书的说法而急于排斥的缘故[④]。

为了论辩的实际需要而与论敌攻讦，也是日本文艺理论著作中很常见的形态。镰仓、室町时代歌论分裂为以滕原为世（1250-1338）为首的“二条家”和以（滕原）京极为兼为首的“京极家”。前者主张平淡美，后者提倡素朴美和官能美。伏见天皇正应 6 年（1293）为兼拟撰《敕撰集》，永仁 3 年（1295）为世著《野守镜》对为兼进行攻击，后伏见天皇正安 3 年（1301）为世撰《新后撰集》。花园天皇正和 6 年（1317）为兼撰《玉叶集》，于是为世撰《歌苑联署事书》对其加以攻击。此外，为世著《和歌庭训抄》，京极为兼著《为兼卿和歌抄》，分庭抗礼。又据藤平春南《国歌八论校注》，荷田在满（1706-1751）著《国歌八论》，田安藩主德川宗武（1716-1771）读后著《国歌八论余言》对荷田在满进行批判。于是荷田在满作《国歌八论再论》进行反驳。贺茂真渊（1697-1769）著《国歌八论余言拾遗》参加论战。大约 20 年后大菅公主（？-？）又著《国歌八论斥非》继续这场论争，于是本居宣长（1730-1801）著《斥非评》反驳，藤原维济（？-？）又作《斥非再评》对本居宣长进行驳斥。另外，

---

① 长野丰山《松阴快谈》卷三：“袁子才《随园诗话》，其所喜，只是香奁、竹枝，亦可以见其人品矣。子才意欲驾渔洋而上之，然其才学，不足望渔洋，何能上之也。”“阮亭之才学，非子才之所企及也。则我不得不左袒阮亭也。”池田四郎次郎：《日本诗话丛书》，卷 4，第 403 页，第 398 页，第 402 页。

② 日野竜夫《近世后期汉诗史と山本北山》，转引自揖斐高：《江户诗歌论》，东京：汲古书院，1998 年，第 88 页注 11。

③ 转引自平野彦次郎：《唐诗选研究》，东京：明德出版社，1974 年，第 31 页。

④ 平野彦次郎：《唐诗选研究》，第 31 页。

对于荷田在满的《国歌八论》，本居宣长、伴蒿溪（？-？）等著《国歌八论评》表明各自的观点[①]。和歌者之间的论争与山本北山作《作诗志彀》后引起的论战何其相似。

由此可见，诗话作者之间的著书攻讦并非限于诗话领域的孤立现象，这实际上是当时和歌理论界、汉文学界习以为常的惯例。而这种以诗话作为攻击论敌手段的做法，在中、韩诗话中鲜有其例[②]。如果仅从中日诗话的相互关系考察，难得其解。但若将其放在镰仓、室町以迄于江户时期和歌理论界以及汉文学界的大背景中来考察，就容易找到答案。

综上所述，日本诗话区别于中、韩诗话的特点，首先在于其民族性。这与诗话作者自身的和歌、俳句教养以及他们自觉地将歌论、俳论运用于汉诗批评有关；其次，在于其启蒙性。这与日本诗话汉诗教科书的性质、辞书化与“小学化”倾向有关，而对于诗歌原理论缺乏兴趣也使日本诗话难以摆脱其启蒙性质。复次，在于其集团性。这与其作为诗社刊物而具有的群体性特征，以及为捍卫各自诗派的诗歌主张而与论敌攻讦的倾向有关。

---

① 久松潜一：《日本文學評論史》，东京：至文堂，1968 年，271 页。又桥本不美男、有吉保、藤平春男校译：《歌论集》，第 531 页。

② 有的宋代诗话虽也反映了南渡前后元祐、绍述两派的党争。前者拥护欧阳修、司马光以及苏轼、黄庭坚，后者则拥护王安石。但无论是属于元祐党的陈师道、惠洪于《后山诗话》、《冷斋夜话》的字里行间揶揄王安石，还是属于绍述党的魏泰、叶梦得于《临汉隐居诗话》、《石林诗话》中对欧阳修、黄庭坚时露微词，都与日本诗话那种以攻讦为诗话写作的主要目的迥异，且诗话作者之间亦没有形成论战的局面。

江户汉诗人打通和、汉壁垒的尝试

——以池田四郎次郎《日本诗话丛书》为例[①]

日本的诗歌理论，主要由汉诗论及和歌论、俳论构成。汉诗论或从中国输入；或为日本人撰写，如空海《文镜秘府论》及自中世（镰仓、室町时代）以迄于近世（江户时代）出现的诗话著作。另一方面，自平安以迄于江户，历代歌论、俳论著作层出不穷，蔚为大观，不仅是歌人、俳人，同时也是日本人从事汉诗创作可资借鉴的理论资源。

历史上，歌论、俳论向来就有以汉诗论构建其歌论体系的传统，而日本人写作和歌、俳句，受到汉诗启发的实例更是不胜枚举。而与此形成对照的是，汉诗人援歌论入于汉诗，以及他们从和歌、俳句中获得创作灵感的事实，却很少为人们所了解，亦鲜有文章论及。本文依据池田四郎次郎《日本诗话丛书》中提供的若干例证，来说明近世汉诗人这种打通和、汉诗学壁垒的有意义的尝试。

一、汉诗理论对于歌论、俳论的援用

日本的近世是汉文学空前繁荣、空前普及的时代，也是其与日本本土文学发生密切联系的重要时期。汉诗论与歌论、俳论之间的相互渗透、相互融通日益频繁，超过了以往任何时代。汉诗论可被用来谈论和歌，和歌论亦可适用于汉诗。诚如太田青丘所说，近世汉诗与和歌，诗学与歌论关系之密切，远超出一般人的预料[②]。

例如，原本是汉诗论的严羽《沧浪诗话》，其在近世的传播，就超越了汉诗领域而渗透到了和歌论。近世初期的歌坛领袖中院通茂（1631-1710）在歌论集《咏歌金玉论》（为范所辑，有安永六年的写本）中说："深刻体味古歌的内容、描绘的景致以及歌词写作技巧而烂熟于心……不知不觉中自成其趣。"

---

① 此文刊载于《文史哲》2012年第6期。

② 太田青丘：《日本歌学和中国诗学》，东京：弘文堂，1958年，第200页。

此处脚注后移又说："秀歌之味，似淡如水，以此之故，浅尝辄止，则难知其真味。"[①]飞鸟井雅章（1611-1679）也说："以和歌为才智之事者一病也。"[②]这些论述，都是对《沧浪诗话》相关论述的沿袭和发挥。[③]

近世歌学的三大代表人物契冲（1640-1701）、贺茂真渊（1697-1769）及本居宣长（1730-1801）的歌论著作中都引用过《沧浪诗话》。契冲的初稿本《代匠记》卷一评柿本人麿说："可谓以李白飘逸之仙才而兼杜陵翁之沉郁。"卷五评山上忆良说："质素平淡，若准于诗则可谓似陶渊明。"议论均出自《沧浪诗话》[④]。真渊在其《续万叶集论序》中说："而且即如唐国，亦有'诗有别才'之说。"[⑤]这表明他是了解《沧浪诗话》的基本观点的。宣长在其《玉胜间》卷十"唐人说诗之语一二"条中更是直接提到过"严沧浪诗话"，并引沧浪"诗之是非不必争，试以己诗置之古人诗中，与识者观之而不能辨，其真古人矣"之论说："和歌亦然。"[⑥]

而在汉诗论不断向和歌论渗透的同时，近世汉诗人也开始关注歌论、俳论对于汉诗的借鉴作用。儒学者雨森芳洲（1648-1755）在其《橘窗茶话》卷下中说："或曰：'学诗者，须要多看诗话，熟味而深思之可也。此则古今人所说，不必縄缕。但我人则又欲多闻簪缨家之论歌也。'余以为，此乃明理之言，大有益于造语者。"[⑦]田宫橘菴（？-1815）《东牖子》更明确指出："有志于作诗者，先具咏和歌功夫，然后始可学诗。"[⑧]山崎美成（1796-1856）《闲室漫录》"诗作捷径"条说："咏花弄月之际，只须直写胸臆。有咏和歌、连歌、俳谐之才觉，即可作诗。"[⑨]凡此，都是以和歌、俳句的理论、实践来指导汉诗的创作。

---

① 转引自佐佐木信纲：《日本歌学史》，东京：本の友社，1949 年，第 202 页。

② 转引自佐佐木信纲：《日本歌学史》，东京：本の友社，1949 年，第 202 页。

③ 这三段文字的日文原文分别是："古歌の意味風景詞のつづき心に味ひ候にて候……いつともなく面白く成り申し候。"此论即来自《沧浪诗话》的"先须熟读《楚辞》，朝夕讽咏，以为之本……久之，自然悟入"，"秀歌の味ひは淡くして水の味ひのやうにて候故に、さつと味ひたる分にては、其味ひ知りがたく候"，"歌は才覚ただすこと一の病なり"。分别出自《沧浪诗话》："先须熟读《楚辞》，朝夕讽咏，以为之本……久之，自然悟入"，"盛唐之诗……故其妙处，透彻玲珑，不可凑泊，如……水中之月"，"诗有别才，非关书也"。转引自佐佐木信纲：《日本歌学史》，东京：本の友社，1949 年，第 202 页。

④ 这段话日文原文是："李白が飄逸の仙才をもて杜陵翁が沈鬱を兼ねたりといふべし"，"質素平淡にして若詩に準ぜば陶淵明に似たりといふべし"。分别出自《沧浪诗话》："子美不能为太白之飘逸，太白不能为子美之沉郁"及"渊明之诗质而自然耳"。转引自太田青丘：《日本歌学和中国诗学》，第 210 页。

⑤ 转引自太田青丘：《日本歌学和中国诗学》，第 260 页。

⑥ 吉川幸次郎、佐竹昭次、日野龙夫编：《本居宣长》，东京：岩波书店，1978 年，第 316 页。

⑦ 日本随笔大成编辑部：《日本随笔大成》，东京：吉川弘文馆，1975-1976 年，第 2 期，第 7，421 页。

⑧ 田宫橘菴《东牖子》卷三："詩作を心懸る人は、先和歌を稽古して詠得して、詩を学ばゝ、可なるべし。"日本随笔大成编辑部：《日本随笔大成》，第 1 期，第 19，第 152 页。

⑨ 国书刊行会编：《百家随笔》第 2，东京：国书刊行会，1917-1918 年，第 326 页。

近世日本诗话中可以见到许多这方面的例证。例如：

（一）作歌态度论的援用

赤泽一堂（1796-1847）在其《诗律》中，就曾有意识地以“二条家和歌者流之言”来谈论汉诗创作。他说：“作诗不思者不可，苦思亦不可。思不思之间，油然以生者为妙，即是古人所谓水中月、镜中花。二条家和歌者流之言曰：‘临题起思，应须仰看云之往来’，作诗亦有此理。”①

“二条家”是镰仓、室町时代的著名和歌流派。代表人物有藤原基俊（1114-1204）、藤原定家（1162-1241）、藤原为家（1198-1275）、顿阿（1289-1372）及花山院长亲（耕云，？-1429）等，二条家在江户时代歌坛仍拥有很大势力，其歌学理论也影响很大。

所谓“临题起思，应须仰看云之往来”，见于顿阿《井蛙抄》载祝部忠成②教祝部行氏作和歌之法：“和歌はただ青雲に向ひて按ぜよ”（和歌只需向青云按之）。③另见于耕云作于庆永10年（1403）的歌论书《耕云口传》。书中说，作歌时应该“唯寝食を忘れ，萬事を忘却して、朝夕の風のこゑに心をすまし、雲の色にながめをこらして、ちりの（まの）あだごとをに心をみだらず、一大事を心にかけたる”。（忘却寝食，忘却万事，闻朝夕之风声使内心澄澈，专注于仰望浮云之色，心不为尘间琐事所乱。此关心之第一大事）④

而“内心澄澈”，“心不为尘间琐事所乱”，又是与11世纪以来歌学的重要概念——“数寄”（数奇、好き、すき）相通的。耕云认为，体悟歌道之真谛，须依靠澄静内心的直观把握，而非其他：“此道の秘事などいぶ事別にあるべからず。（唯）わが心より出でてこころとしる事なれば、大かたに趣向だに心得たらば、肝要はただすきのこころざし一なり。”（此道之秘事，别无所在，不过出于我心而心有所悟而已。领会和歌之趣向，大体关键只在数寄之心志一事而已）⑤“数寄”（数奇、好き、すき）一语出自“数寄者”（すきもの），本指热衷于作和歌、连歌之人。“すきのこころざし”（数寄之心志），指歌人作歌时的清澄心境（心をすましむ），⑥即一种对脱俗的、非日常的风雅之事（和

---

① 池田四郎次郎：《日本诗话丛书》，卷4，第452页。

② 祝部忠成，生卒年不详，《新勅撰和歌集》选其《社頭にたてまつりける述懐哥》一首。

③ 释南山《南屏燕语》卷二：“《井蛙抄》载，祝部之行氏少年时，忠成教之曰：‘和歌只需向青云按之。自少年始涉猎古歌，其咏歌自可灿然溢目’。”日本随笔大成编辑部：《日本随笔大成》，第2期，第18，第240页。

④ 佐佐木信纲：《日本歌学大系》，东京：风间书房，1989年，第5卷，第156页。

⑤ 佐佐木信纲：《日本歌学大系》，第5卷，第154页。

⑥ 久松潜一：《和歌史歌论史》，东京：樱枫社，1976年，第271页。

歌）的执着甚至是沉迷的精神状态，是歌人心理上所必备的条件[①]。

一堂不仅以耕耘的歌论来谈诗，而且还进一步将这种“仰看云之往来”的作歌态度，与明代谢榛、李攀龙、王世贞等人的复古诗学相互打通。其《诗律》中“古人所谓水中月、镜中花”云云，语出明代谢榛的《四溟诗话》：“诗有可解，不可解，不必解，若水月镜花，勿泥其迹可也。”[②]近世中期以来，明代“后七子”复古主义诗学风靡日本。一堂《诗律》自然也会受到谢榛、李攀龙、王世贞等人诗歌主张的影响。他将王世贞《艺苑卮言》的“有意无意可解不可解间”[③]表述为“思不思之间”，不过，观其论诗旨趣，似乎更倾向于强调“不思”。这一观点又恰好与谢榛《四溟诗话》再三谈到的“非沉思苦索而得之”[④]、“非思虑”、“非思虑所及”[⑤]及李攀龙《选唐诗序》“盖以不用意得之”[⑥]的观点相通。

二条家“仰看云之往来”的作歌态度论，实际上是强调作歌者内心的直观感悟。其与谢榛“非思虑”、“非沉思苦索”及李攀龙“即作者亦不能明指示人”的共同之处，在于弱化创作过程中理性思维的作用。而“后七子”复古主义诗学，又恰好是建立在排斥宋人“主理”、“好议论”的基础之上的。例如谢榛就指责宋人“涉于理路，殊无思致”，认为好诗应该“不立意造句，以兴为主，漫然成篇。”[⑦]王世贞论拟古乐府也说：“一涉议论，便是鬼道。”[⑧]李攀龙强调“盖以不用意得之，即太白亦不自知其所至。”也是排斥创作过程中的理性思维的作用。而反对“主理”，必然“主情”。所以一堂《诗律》说：“诗出于实情不可止之地，哭者善哭，喜者善喜，是为真诗。”[⑨]强调了创作过程中非理性因素的作用，“出于实情不可止之地”就是人的理智所无法控御的情感。“二条家和歌者流之言”与明代“后七子”复古主义诗学所以能相互融通，正在于他们在反对“主理”方面是一致的。

---

① 张龙妹：《日本古典文学大辞典》，北京：人民文学出版社，2005年，第530页。

② 丁福保辑：《历代诗话续编》下，北京：中华书局，2006年，第1137页。

③ 王世贞《艺苑卮言》卷四：“李于鳞言唐人绝句当以‘秦时明月汉时关’压卷，余始不信，以少伯集中有极工妙者。既而思之，若落意解，当别有所取。若以有意无意可解不可解间求之，不免此诗第一耳。”丁福保辑：《历代诗话续编》下，第1008页。

④ 谢榛《四溟诗话》卷二：“子美曰：‘细寸荷锄立，江猿吟翠屏。’此语宛然入画，情景适会，与造物同其妙，非沉思苦索而得之也。”丁福保辑：《历代诗话续编》下，第1171页。

⑤ 谢榛《四溟诗话》卷四：“或造句弗就，勿令疲其神思。且阅书醒心，忽然有得，意随笔生，而兴不可遏，入乎神化，殊非思虑所及。”丁福保辑：《历代诗话续编》下，第1219页。

⑥ 王世贞《艺苑卮言》卷四：“《选唐诗序》云……太白五七言绝句，实唐三百年一人，盖以不用意得之，即太白亦不自知其所至。”丁福保辑：《历代诗话续编》中，第1005页。

⑦ 丁福保辑：《历代诗话续编》下，第1149-1152页。

⑧ 丁福保辑：《历代诗话续编》中，第959页。

⑨ 池田四郎次郎：《日本诗话丛书》，卷4，第451页。

（二）作歌方法论的移植

东梦亭（1796-1849）《鉏雨亭随笔》将藤原为家、藤原俊成的和歌创作论引入其汉诗批评："藤原为家尝诲人曰：'凡作和歌，如渡危桥，不可左右回顾。'又曰：'譬之作五重塔，始自基址，当留心下句。'作诗之法亦不出此范围矣。藤原俊成曰：'歌之佳处，在得大体而已，不可务为雕刻组织也。譬诸画工画物，倘徒事丹青烂绚，则反使人可厌矣。要自然而有味，是为得之也。'此语近世诗人顶门一针。"①这些歌论观点，见于水户藩二代藩主德川光圀（1628-1700）所编《大日本史》。②另，冈田新川（1737-1799）《秉穗录》中也有对藤原为家"歌を詠むは丸木橋を渡るがごとし"（咏和歌如渡独木桥）之论的引用。③

藤原为家"制歌须如构重塔"的主张，也被津阪东阳（1757-1825）《夜航诗话》、《夜航余话》借鉴来论作绝句之法："藤纳言为家诲学国雅者曰：'凡制歌须如构重塔，先营自下也。'盖一篇精彩，全萃于落句，起手则点景耳。故倒行而逆施之也。诗家作绝句亦须依是法。先就后二句经始述其主意，预了结局，然后回笔还及起处，装缀衬帖以成章。则首尾相击，局势有余矣。不然，其意尽发端而末梢索然，每苦不足，貂续支吾，不胜蛇足矣。杨仲弘曰：'绝句以第三句为主，而第四句发之。'是实初学要诀。必先自第三句起工，而结句乃从此生而韵定。上半因赶韵填词，为落语作引尔。虽唐贤之作，盖亦率然也。"④

又如《夜航余话》引顿阿歌论《井蛙抄》论作七绝之法："作七言绝句之法，必从末二句缀起，一篇主意即在此二句，由此则一、二两句相应而添出。顿阿法师《井蛙抄》说：藤原为家尝谓：'作歌当如堆积砖塔一般，堆塔无自上而下之理，应从地面堆起。和歌亦当如是，始自下句而咏之。'诗、歌同一手段也。"⑤此论亦见于顿阿的《井蛙抄》卷六。

---

① 池田四郎次郎：《日本诗话丛书》，卷 5，第 392-393 页。

② 德川光圀：《大日本史》，卷二二一："为家尝诲人曰：'凡作和歌，如渡危桥。不可左右回顾。'又曰：'譬之作重塔，始自基址，必当留心下句。'"又俊成"常曰：'歌之佳处，在得大体而已，不可务为雕刻组织。譬诸画工图物，倘徒事丹青烂绚，则反使人厌之。要自然而有味，是为得之。'"东京：大日本雄弁会，1928 年，第 1043 页。

③ 日本随笔大成编辑部：《日本随笔大成》，第 1 期，第 20，第 335 页。

④ 池田四郎次郎：《日本诗话丛书》，卷 2，第 312 页。

⑤ 清水茂、揖斐高、大谷雅夫校注：《日本诗史・五山堂诗话》，东京：岩波书店，1991 年，第 339 页。日文原文为："七言絶句を作るの法は、かならず末二句より綴り起こして、主意をここに申のべ、あとより一二の句をあしらひ添べし。頓阿法師が井蛙抄に、「民部卿入道もふされしは、歌は塔をくむやうによむべし。塔をば上よりくむことなし。地盤よりくみあぐるやうに、下の句よりよむなり」とあり。詩歌おなじ手段なり。""民部卿入道"是藤原为家的别称。

不同于汉诗的以字数为单位而有五言、七言、杂言之分，和歌则是以音数为单位。一首和歌有31个音，根据音数的排列顺序分为五七调（五音句后续七音句，调式为五七、五七、七）和七五调（七音句后续五音句，五、七五、七七）。前者于第二、四句断句；后者于第一、三句断句。《万叶集》多用五七调，而《古今集》则多用七五调。

为家作和歌当“始自基址，当留心下句”之论，主要是就七五调而言的。因为在以七五调为基调的短歌中，又可分为“头句”（第1句）、“胸句”（第2句）、“腰句”（第3句）及“尾句”（第4句）。而腰句（第3句）尤为关键，既起着承上启下的作用，又影响到一首和歌的品味、格调。腰句如不能很好地接续下句，就会“腰折れ”（折腰），是作和歌所忌讳的。鸭长明（1155-1216）《无名抄》“半臂の句の話”（歌半臂句事）条说：“腰の句によく続けて言の休めにおきたれば、いみじう歌の品もいでき、ふるまえるけすら人もなるなり。”（接续第一、第二句歌语之腰句，若巧妙地以枕词置于言尽之处，尤能使歌之品典雅，歌之姿端庄）[①]据此可知，为家所谓“当留心下句”，应该是强调“腰句”的重要性。一首和歌的优劣成败，亦取决于“腰句”。因此，为家认为作和歌应该先从“下句”（腰句、尾句）入手，即所谓“先营自下”，如“作重塔”之“始自基址”一样。

东梦亭、津阪东阳援引为家“先营自下”的“作重塔”歌论以说明作诗之理。元代杨载《诗法家数》中论绝句之法，也有“以第三句为主，而第四句发之……宛转变化工夫，全在第三句”[②]之论。绝句的第三句与和歌七五调的“腰句”在一首诗（歌）中都起着举足轻重的作用。如果不“先营自下”，不在“第三句”与“腰句”上下功夫，无论是和歌还是绝句都会“言の休め”（言尽）、“意尽发端而末梢索然”。在这一点上，东阳找到了杨载的诗论与藤原为家的歌论之间的契合点。为家生活的年代早于杨载，他死时（1275），杨载才四岁，他不可能生前看到过《诗法家数》。二人论诗（歌）主张的类似，完全是一种巧合。

将作歌方法论引入汉诗的做法，在日本诗话中十分常见。例如“情以新为先，词以旧可用”。是藤原定家《咏歌大概》中著名的歌论[③]。铃木松江（1704-1784）在其《唐诗平侧考》的附录中就以此来论诗。他说：“余闻凡作诗歌，语宜古而意则宜新，此则为好诗。定家卿《和歌大概》亦云：‘情以新

---

① 佐佐木信纲：《日本歌学大系》第3卷，第294页。

② 何文焕辑：《历代诗话》下，北京：中华书局，1982年，第732页。

③ 藤原定家《咏歌大概》：“情以新爲先：求人未詠之心詠之。詞以舊可用：詞不可出三代集先達之所用。新古今古人歌同可用之。風體可效堪能先達之秀歌、不論古今遠近、見宜歌可效其體。”佐佐木信纲：《日本歌学大系》，第3卷，第339页。

为先，辞则宜用古’。”[①]

（三）俳句、和歌鉴赏论的渗透

俳论、歌论的审美意识，也影响于日本人对汉诗的鉴赏。津阪东阳《夜航余话》说：“留意所有的和歌、俳谐之句，品味其趣，自可多得诗料。”[②]例如“清寂”（サビ）是俳论的一个重要的美学概念，有枯淡高雅、澄澈静寂、苍古衰败等意。[③]松尾芭蕉（1644-1694）的俳句最能体现这种“清寂”之美。东阳在其《夜航余话》的汉诗评中，就贯穿了“清寂”（サビ）的审美意识。他评宋林和靖《山园小梅》“幸有微吟可相狎，不须檀板共金樽”两句诗时说：“サビヲ賞翫シテ言ルナリ、俳諧ノ句二「三線モ小歌モノラズ梅の花」と云ル二同ジ。”（赏玩清寂之言也，与俳谐之句“不用三弦、小歌而自有韵调的梅花”同）[④]东阳自述幼年学习过俳句：“童生时尝染指斯技。”[⑤]他曾担任过十九年伊贺上野藩的儒官，这里也是芭蕉的故乡。他还校刻过芭蕉的俳谐集，其《校刻芭蕉翁俳谐集序》高度评价芭蕉的成就：“芭蕉翁俳谐多本于典故，或翻歌词之案。圆活自在，风味最隽永。然妙用融化，浑然无迹。”[⑥]东阳深喜芭蕉的俳风并借鉴俳论的“清寂”（サビ）作为其品评汉诗的尺度，使他的诗话带有浓厚的本土化色彩。

类似的例子还有，广濑淡窗（1782-1856）幼时寄养在伯父秋风庵月化家里，受到伯父俳风的熏陶，这对他日后崇尚简洁的诗学观点的形成产生了很大影响。《淡窗诗话》论诗主神韵，喜简洁，酷嗜陶、王、孟、韦、柳，即来自其伯父的影响。淡窗《淡窗诗话》卷下《题追远集首》一文中说：“吾邦之歌，犹汉之诗。歌变为俳谐，犹古诗为近体，俳谐简短，摹景写情，有寸铁杀人之妙。歌不能及。犹近体有绝句也。吾伯父月化叟，名于此技云云。”[⑦]太田青丘指出，秋风庵月化在俳句创作中的独得之秘，特别是其摹景写情的简洁之妙，在潜移默化之中给予淡窗以启示，并直接影响到《淡窗诗话》的论诗倾向。[⑧]此外，《淡窗诗话》卷上指出陶渊明诗之妙，在于“其辭を古にくして、其趣を

---

① 此处“《和歌大概》”当为《咏歌大概》之误。池田四郎次郎：《日本诗话丛书》卷一，第137页。

② 清水茂、揖斐高、大谷雅夫校注：《日本诗史・五山堂诗话》，第339页。

③ 参见张龙妹：《日本古典文学大辞典》，第407页。

④ “三線モ小歌モノラズ梅の花”是小西来山的俳句。参见清水茂、揖斐高、大谷雅夫校注：《日本诗史・五山堂诗话》，第286页。

⑤ 清水茂、揖斐高、大谷雅夫校注：《日本诗史・五山堂诗话》，第646页。

⑥ 转引自清水茂、揖斐高、大谷雅夫校注：《日本诗史・五山堂诗话》，第646页。

⑦ 转引自太田青丘：《日本歌学和中国诗学》，第405页。

⑧ 太田青丘：《日本歌学和中国诗学》，第405页。

新にするに在り（其辞用古，其趣则求新）。”显而易见，这个见解受到藤原定家“情以新为先，词以旧可用”之论的启发。[①]

二、汉诗创作对于和歌、俳句的借鉴

历史上日本人做和歌、俳句受到汉诗启发的实例不胜枚举。这方面的例证无须本文赘述。而他们做汉诗，亦每能从和歌、俳句中获得艺术灵感。早在平安时期，著名汉诗人菅原道真（845-903）据“三十六歌仙”之一的猿丸大夫（奈良后期、平安初期的歌人）的和歌“奥山に紅葉踏みわけ鳴く鹿の声きく時ぞ秋は悲しき”而作的汉诗“秋山寂寂叶零零，麋鹿鸣音数处聆。胜地寻来游宴处，无朋无酒意犹冷”。[②]就是汉诗成功借鉴和歌的有益尝试。诚如雨森芳洲所说，“多闻簪缨家之论歌”是“大有益于”诗家“造语”的。

近世汉诗人与和歌、俳句有着千丝万缕的联系，很多人本身就兼有歌人、诗人的双重身份。藤原惺窝（1561-1619）本人是藤原定家的后裔，和歌师承冷泉家的正彻（1381-1459），并与著名歌人木下长啸子（1569-1649）、中院通胜（1558-1610）交游甚密。有《惺窝先生倭歌集》5卷。惺窝的弟子松永尺五（1592-1657）是著名歌人、歌学者松永贞德（1571-1654）之子。石川丈山（1583-1672）名其室为“诗仙堂”，画汉魏至唐宋36诗人像，也是仿自藤原信实（1177？-1266）的《三十六歌仙画卷》。[③]伊藤仁斋（1627-1705）还是著名连歌师里村绍巴（1524？-1602？）之孙的外甥，与歌学者北村季吟（1625-1705）也有交往。有《古学先生和歌集》一卷、《二十一代四季和歌选》。皆川淇园（1734-1807）是歌学者富士谷成章（1738-1779）的哥哥，富士谷御杖（1768-1823）的伯父。本人也善长和歌题咏，《六如、淇园和歌题百绝》收录了他的19首和歌。服部南郭（1683-1759）也生长于和歌之家，其父元矩和歌师从歌学者、俳人北村季吟（1624-1705），连歌师从花之木里村家，并有作品存世。其母吟

① 广濑淡窗《淡窗诗话》卷上：“陶诗之妙在于，其辞用古，其趣则求新。其四言诗模三百篇，而风神大异。今举其一二言之。‘有酒有酒，间饮东窗。’又‘有风自南，翼彼新苗。’上二句皆可谓与《诗经》无异，下二句则可谓似《诗经》乎？虽五尺童子，亦知其非类也。是则陶诗学古之所长，所谓不即不离者也。五古学汉魏，而风神又异。是宜准四言而知之。《归去来辞》学《楚辞》，其异愈甚。若‘云无心以出岫，鸟倦飞而知还。’者，有似屈原、宋玉者耶？其体愈古，其趣愈新。是陶诗妙处之一者也。”中村幸彦：《近世文学论集》，东京：岩波书店，1966年，第357页。

② 日本随笔大成编辑部：《日本随笔大成》第1期，第6、457页。

③ 藤原公任（966-1041）曾选平安歌人33人，与万叶歌人3人，后由藤原信实（1177?-1266）绘成《三十六歌仙画卷》。

子是江户前期歌人木下长啸子（1569-1649）门人山本春正（1610-1682）之女。南郭曾仕幕府第五代将军德川纲吉（1646-1709）的宠臣柳沢吉保（1658-1714），其主要任务也是作为歌人而出席歌会。[①]广濑淡窗的祖父久兵卫，俳号“桃之”。父亲贞恒，俳号“桃秋”。伯父贞高，俳号“秋风庵月化”，有《秋风庵俳句集》、《同文集》。名高于当时俳坛。

因此，近世汉诗人将和歌、俳句当作汉诗的诗题、诗意、诗语、诗韵、诗趣的来源，也是十分自然的。太宰春台《斥非》中提到，当时的儒者与“和歌者流”酬唱时，就常常“取和歌尾字以为诗韵”。[②]而借用和歌的歌题来咏汉诗，在京都地区的汉诗人中间也十分流行。例如《六如淇园和歌题百绝》中就收录了六如上人（1734-1801）81 首和皆川淇园的 19 首和歌题绝句[③]。

而且，汉诗人常常从和歌中获取诗意灵感。例如橘直干（生卒年不详）“白雾山深鸟一声”这句汉诗，就是受其女《咏足柄山》歌的启发。东阳《夜航余话》卷下说：“昔橘直干东下，诣石山寺，望湖水风色之美而得‘沧波路远云千里’之句，思下句未得，后携其女至足柄山。其女《咏足柄山》和歌云：‘道とほく雲井はるけき深山路に又ともきかぬ鳥の声かな。’直干闻之有感而得对句‘白雾山深鸟一声’。”[④]又如，六如上人有一首汉诗《名所菊》：“一丛花发映寒流，岸上波心上下秋。瘦蝶往来故宫迹，御袍仿佛慕宸游。”这首汉诗是从《古今和歌集》中纪友则（856-905）的歌《おほさはの池のかたにきくうゑたるをよめる》（咏大泽池画中所植之菊）“ひともとと思ひし花を大沢の池の底にもたれかうゑけむ”[⑤]夺胎而来。

源春川（名孝衡，字襄平）著《诗学还丹》的目的，就是教人“翻和歌以成诗之法”，并“以国歌为诗句，以和言为诗语”。也就是说，初学汉诗的日本人可以从自己较为熟悉的和歌中借来做汉诗的材料。例如“四海波静ニシテ、国モ治ル、時津風君カ恵ハ久カタノ，ツキセヌ御代コソ、目タケレ”这首和歌，就可以转换成一首四言体汉诗：“明布四城，风溢九天。博哉帝德，圣寿万年。”[⑥]

源春川发现，平安末期、镰仓初期的歌人能因法师（988-？）的和歌与汉诗颇为相近。例如其“都をば霞とともにたちしかど秋風ぞ吹く白河の関”[⑦]的

① 赖惟勤：《徂徕学派》，东京：岩波书店，1972 年，第 516-517 页。

② 池田四郎次郎：《日本诗话丛书》，卷 3，第 150 页。

③ 諏访春雄、日野龙夫编：《江户文学与中国》，东京：每日新闻社，1977 年，第 85-86 页。

④ 清水茂、揖斐高、大谷雅夫校注：《日本诗史・五山堂诗话》，第 339 页。

⑤ 大意为：“一株菊花而已，大泽池下，种植它的是谁呢？”《古今和歌集》卷五，秋歌下 275。

⑥ 池田四郎次郎：《日本诗话丛书》，卷 2，第 163 页，第 161 页。

⑦ 这首和歌收入藤原通俊（1047-1099）撰于 1086 年的《后拾遗集》羁旅 518，大意为：“我记得离京踏上旅途时还伴着春霞，而今白河关已经秋风吹拂了。”

上句不仅与唐代戴叔伦《湘南即事》“卢橘花开时离开故乡，而光阴甚箭，不觉已至枫叶衰落时节，让人心惊”的诗意相同[①]。而且，能因歌中“霞が立つ”是行旅“たち”的挂词，与“卢橘花开枫叶衰”一句以“花开”双关“离乡”的手法也极为相近。大到一首绝句，小至绝句中的一句，能因的和歌都提供了丰富的“诗料”。例如能因“嵐吹く、三室の山の、もみぢ葉は、龍田の川の錦、なりけり”[②]这首和歌，就是一首现成的七言绝句：“御室山头枫叶秋，秋寒玉露染红愁。请看吹尽西风色，总入龙江作锦流。”而“都をば霞とともにたちしかど秋風ぞ吹く白河の関”的下句以及“山里の春の夕暮きてみれば入相の鐘に花ぞ散りける”[③]的下句虽是和歌，但也不妨“翻”成两句汉诗：“白河关外是秋风”及“百八钟声催落花”。[④]

三浦梅园（1723-1789）《诗辙》总结到，从和歌获取诗料，可以通过“切意”（意译）和“颠倒”两种方法：“近来词人翻译古人歌谣俚曲而作成汉诗，此法《全浙兵制》之《日本风土记》中谓之‘切意’。”他举例说，像“こけ衣ぬきたるいわおわさむかちて，きぬきぬ山に、おひおひするかな”这首和歌，可以意译成“苔蔽岩穿衣没领，雾横山系带无腰。”又如《江谈抄》在原業平之妻的和歌“苔衣著たる岩は、まひろけん、きすきすぬ山の、帯するはなぞとめ。”[⑤]可以“颠倒”其意而成“白云似带围山腰，青苔如衣负岩背。”梅园还举例说，《太平记》中载武藏守高师直《赠盐治判官妻》：“我思美人贻之书，美人不见弃庭除。吾捨吾书归十袭，心谓美人手所触。”这首诗，就是“颠倒”和歌“返すさへ手やふれけんと思にぞ我文ながら打も置れず”[⑥]之意而成。而“月を見んとら薄雲見れば、空に知られぬ、微雪降る”这首流行于长崎的和歌，也可“颠倒”其意而成汉诗“欲见嫦娥望白云，春月朦胧微雪纷”。[⑦]

能作汉诗“诗料”的，不仅是和歌的语句，和歌中常见的日本故事也不妨用于汉诗。梅园《诗辙》卷三“用和事实”条提到的《八居题咏》中新井白石（1657-1725）《容奇》（雪）诗就是典型的例证。诗云：“曾下琼锋初试雪，纷纷五节舞容闲。一痕明月茅渟里，几片落花滋贺山。提剑胜臣寻虎迹，卷帘清

---

① 池田四郎次郎：《日本诗话丛书》，卷 2，第 171 页。戴叔伦《湘南即事》：“卢橘花开枫叶衰，出门何处望京师。沅湘日夜东流去，不为愁人住少时。”

② 这首和歌收入《后拾遗集》秋下 366，大意为：“狂风吹散三室山的红叶，飘落进龙田川，川流如锦。”

③ 这首和歌收入源通具、六条有家、藤原定家、藤原家隆、飞鸟井雅经、寂莲等编于 1205 年的《新古今和歌集》116，大意为：“山村春暮，山寺晚钟回响，见樱花飘坠。”

④ 池田四郎次郎：《日本诗话丛书》，卷 2，第 195 页。

⑤ 后藤昭雄、池上洵一等校注：《江谈抄・中外抄・富家语》，东京：岩波书店，1979 年，第 475-548 页。

⑥ 此和歌见于《太平记》卷二一“盐治判官谗死事”条。

⑦ 池田四郎次郎：《日本诗话丛书》，卷 6，第 209-210 页。

氏对龙颜。盆梅剪尽能留客，济得隆冬无限艰。”[①]这首七言律诗中用了很多日本历史典故。“曾下琼锋初试雪”出自《古事记》“天沼矛出海而滴落成盐海”的创世神话[②]。“纷纷五节舞容闲”则来自《源平盛衰记》中“五节舞”的故实[③]。“一痕明月茅渟里，几片落花滋贺山”典出《古今和歌集》中坂上是则《吉野歌》[④]。“提剑胜臣寻虎迹”用《日本书纪》中膳臣巴提便到朝鲜半岛与新罗作战，杀虎取皮而归的故事[⑤]。“卷帘清氏对龙颜”用《枕草子》中清少纳言对中宫（皇后）问白居易诗的典故[⑥]。“盆梅剪尽能留客，济得隆冬无限艰”用谣曲《鉢木》的故事。[⑦]白石将和歌中常用的日本典故及地名（诸如“茅渟”、“滋贺”等）用于汉诗，既显示出其汉诗的本土特色，更表明其打通和、汉壁垒的努力。

和歌而外，日本汉诗人还常常从俳句中获取诗歌素材和创作灵感。

例如，六如上人在《六如庵诗抄》中有一首《牵牛花》：“井边移种牵牛花，狂漫攀栏又西斜。汲绠无端为渠夺，近来乞水向邻家。”这首七言绝句的诗意就是取自千代女（1703-1775）的俳句“朝顔に釣瓶とられてもらひ水”。[⑧]

俳句的意象和表现手法也给六如上人的汉诗以启发。例如七律《春寒》：“花信犹寒淰淰风，老年情味火笼中。搘颐乍忆童时乐，何处鸢筝鸣远空。”[⑨]诗中“何处鸢筝鸣远空”一句，取自与谢芜村（1716-1783）《芜村句集》中的“几

---

① 池田四郎次郎：《日本诗话丛书》，卷 6，第 210-211 页。

② 据《古事记》载，男神伊邪那岐和女神伊邪那美立于天浮桥之上，以天沼矛搅动大海，矛出水时滴落的水滴而成盐海，并形成淤能碁吕岛，于是二神在该岛结为夫妇，生出大八岛及众神。

③ 天武天皇驾临吉野之际，有一个夜晚，天皇预知有善舞的神女下凡。于是取出秘藏的五块玉，借着玉的光亮，看见五位神女，舞姿各异。天武天皇遂名之曰“五节舞”。

④ 坂上是则（？-930）《吉野の歌》：“朝ぼらけ有明の月とみるまでに吉野の里にふれる白雪。”（大意：“破晓时的天空格外明亮，仿佛中秋月夜一般，那是吉野里白皑皑的雪色在发光啊。”）收入《古今和歌集》冬・332。

⑤《日本书纪》记载膳臣巴提便于公元 545 年被欽明天皇派遣到朝鲜半岛援助百济与新罗作战，并杀虎取皮而归的故事。故事说巴提便有一天与妻、子同宿于水边，醒来后发现其子不见了。于是沿着老虎山岩中留下的足迹寻找。结果与猛虎遭遇，猛虎张开大口扑来。巴提便出左手抓住虎舌，右手举刀刺之。终于杀死猛虎，剥下虎皮而归。

⑥《枕草子》记载，清少纳言在一个下雪的早晨，遇中宫“香炉峰雪怎样？”之问，清少纳言知道，白居易有“遗爱钟声欹枕闻，香炉峰雪卷帘看”的诗句，于是径直卷起户帘，作看雪状以对。

⑦《鉢木（はちのき）》是能乐的一个曲目，传为观阿弥、世阿弥所作。故事说有一位居住在佐野的老武士，名叫佐野源左尉门尉常世。在一个风雪夜，一位游方僧就常世家，请求留宿。常世招待他饭食，做饭没有柴禾，于是常世将平素最喜爱的盆栽花木当作柴禾烧饭。后来世家应镰仓幕府之招从军，这才知道，那位游方僧就是幕府执政北条时赖。

⑧ 大意为：“吊桶已缠牵牛花，邻家乞水去。”諏访春雄、日野龙夫编：《江户文学与中国》，第 80 页。

⑨ 諏访春雄、日野龙夫编：《江户文学与中国》，第 83-84 页。

巾（いかのぼり）きのふの空のありどころ”。[①]而“老年情味火笼中”，诗意来自芜村的俳句“埋み火や我かくれ家も雪の中”。[②]以及小泽芦庵（1723-1801）《六帖咏草》的和歌“風さえて猶うづみびのあたりまで春としもなく雪ぞ吹入る”。[③]揖斐高指出，尽管汉诗、俳句及和歌采用的形式各异，但以风筝为素材构成的怀旧意境，是汉诗人的六如与俳人芜村诗情的共通之处。而六如、芜村和芦庵对“埋火”（炉火）的意象有共同的偏爱，他们都喜欢用以炉火为核心呈同心圆状向四周扩散的意象来表现怀旧思乡之情，而三人在京都特殊的风土中酿成的共同的抒情嗜好，使他们超越了汉诗、俳句和和歌之间形式上的差异。[④]

广濑淡窗的父亲桃秋也曾给予他以教益。例如《淡窗诗话》卷上说：“予之父好俳谐。其話云：人或有作活海参之俳句曰：‘板敷ニ下女取リ落ス生海鼠哉’（意为：‘女佣没拿住活海参，掉于地板之上’）。其師云：‘雖善，然材料太多，宜再考。’乃改曰：‘板敷ニ取リ落シタル生海鼠哉’（意为：‘掉于地板之上没拿住的活海参’）。師曰：‘甚善，然犹未得也。’其人苦吟而不能得，師乃改之曰：‘取リ落シ取リ落シタル生海鼠哉’（意为：‘往下掉呀掉的活海参’）。予闻此话，觉大得推敲之旨，是亦悟之一端也。”[⑤]这段话记述了淡窗怎样借父亲的俳句创作谈来体悟汉诗“推敲三昧”的。

三、结　　语

综上所述，历代歌论、俳论是近世汉诗人可资借鉴的理论资源，而和歌、俳句也是他们获取诗意灵感及诗题、诗语、诗韵、诗趣的来源。近世时期出现的日本诗话，其本身受到本土文学及理论的深刻影响。诗话作者每每援歌论、俳论以入于汉诗，并与汉诗论相互印证，相互发明，将和歌、汉诗作理论上和实践上的打通，一定程度上破除了既有的和、汉壁垒。这些尝试表明，日本人对于外来的中国汉诗并非只是被动地接受，而是在创作实践中努力探索一条使汉诗本土化的路径。

---

① 大意为：“今日放飞风筝的天空，看似与昨日无异，其实不同。”諏访春雄、日野龙夫编：《江户文学与中国》，第84页。

② 大意为：“炭火埋于灰，我家房屋亦埋于雪。”

③ 大意为：“炉火生处，寒风凛冽，未见春来，残雪飘飞。”

④ 諏访春雄、日野龙夫编：《江户文学与中国》，第84页。

⑤ 中村幸彦：《近世文学论集》，第366页。

日本人的“隐藏意识”[①]

在日本人的审美意识中，存在某种倾向，就是尽量把人们日常生活的痕迹消除掉或隐藏起来。日本人发明的折扇，与其说代表了日本人的缩小意识，不如说象征了日本人的隐藏意识。因为日本折扇与中国团扇的不同，不仅是面积或体积的缩小，更主要的是将扇子日常的纳凉功能收藏、隐蔽起来，不留下供人使用的痕迹。具体说来，这种隐藏意识主要体现在以下几个方面。

一

在饮食起居方面，日本人总是试图将人类日常生活的各个方面艺术化，而那些未经艺术美化的生活原状，人类活动的痕迹等，则尽量掩饰。

例如家居。日本的民居，尤其是农村的田舍，烟囱总是被安置在屋墙隐蔽的一角，好像让人看见了很难堪。[②]这不仅与具有高大醒目烟囱的欧式建筑迥异其趣，也和中国式田舍相去甚远。欧洲人在自己的房子最显眼的地方安置烟囱，意在向外人宣示这里有人居住；汉语中的烟囱古代叫“突”。突者，凸出之谓也。可见中国人也将烟囱安排在房屋的突出部分，并不觉得有什么见不得人的。陶渊明笔下的“暧暧远人村，依依墟里烟”，写的就是烟囱里冒出的炊烟，中国人觉得它很美。日本人总是避免将日常的生活状态不加掩饰地暴露出来，而烟囱作为人们用来取暖和做饭的道具，本身就是日常生活的证据，因此也就有必要尽可能地隐藏在不引人注目的地方为宜。和式房屋的“叠”（榻榻米）最能反映日本人的隐藏意识。因为和式房间里都有“押入”（壁柜），如果把被褥塞进去关上推拉门，那“榻榻米”上曾经有人睡过的痕迹便消失得无影无踪了。和式房屋里没有椅子，人坐在蒲团上，蒲团可以轻易移动，和被褥一样，只要塞进“押入”，则方才人坐过的痕迹便无从寻找。反观欧洲或中国的居室，其中都安放有不易移动的床和椅子，人虽然起床或起身离开座位，那人睡过、坐过的证据仍然留在那儿。

---

① 此文刊载于佟君主编：《华南日本研究》第3辑，华东理工大学出版社，2010年。

② 陈舜臣：《日本人与中国人——对“同文同种”确信无疑的危险》，东京：祥传社，1991年，第47页。

又如饮食。日本人觉得吃东西狼吞虎咽非常不雅观，终究还是一种动物的行为，因此，尽可能地将吃饭的过程艺术化。他们注重菜肴的美观胜过菜肴的味道，吃和式料理须双膝跪地，以足跟承臀部，谓之“正座”，食客们全身都处于紧张状态，搞不清楚究竟是在享受美食还是在刻苦修行。苏东坡所描绘的那种中国式的“肴核既尽，杯盘狼藉”的情景就很难在日本人的餐桌上见到，因为盛在杯盘里的菜肴只有那么一丁点儿，绝对不必担心剩下或是洒出来弄脏了桌子。陈舜臣说，在日本人的观念中存在某种对人类动物性的行为的羞耻感，他们通常在吃饭的时候是不让别人看的。中国人则相反，一家人吃饭时常常开着门，意在对人夸示自家的殷实富足。在有的地方，人们端着饭碗走家串户，吃饭简直就成了巡回展览。若自家饭不足以示人或无饭以示人，那烟囱里冒出的烟还可以障人眼目，起到遮羞的作用。虽家境窘迫至于无米下锅，犹然煮水出炊烟以给邻人，意谓：“正做着饭呢。”这时，烟囱简直就是一家的脸面。

再如对待生活垃圾的态度。凡是有在扶桑赁屋居住经验的外国人恐怕都会对日本人对于垃圾处理的重视程度留有深刻的印象。未到过东瀛的国人则从中、日两国球迷观看球赛的不同表现，窥见日本人对待垃圾的态度。人们对比散场时日人看台之清洁与国人看台之狼藉，以为前者重公德，讲卫生，后者则否。笔者倒以为这种差异更多地来自日本人的隐藏意识与中国人传统上对人工和人为的尊重。韩国学者李御宁认为，毋宁说后者更近于自然。他说日本妇女日常生活中一项重要的工作就是拿着笤帚不停地扫、擦、洗和扔垃圾。因为日本人看到无用之物就必须马上清除掉，绝对不允许垃圾存在。而韩国人却认为有点脏污很自然，对于垃圾的反应并不那么神经质。如果韩国的儿媳过多地擦拭灰尘，婆婆就会说：“像你那个擦法，福会粘不住的。太爱干净了生不了孩子。”[①]中国人也有大年初一不倒垃圾的禁忌，据说是怕一年的运气都随着垃圾倒掉了。中、韩垃圾或灰尘中可以留住福运的说法，体现的是尊重人工人为的传统。

二

在文学艺术方面，日本人努力追求的一种非人为的、不经意的美、不完全的状态，这与中国社会的尊重人工人为的传统形成鲜明对比。

例如日本茶室的构造以及出云大社的阶梯和门，就是故意留出一点儿未完成的部分让人们去想象。据说创立利休流茶道的利休，见庭园地面一尘不染，

---

① 李御宁：《日本人的缩小意识》，张乃丽译，济南：山东人民出版社，2003年，第110页。

于是特意摇晃旁边的树，让树叶落下，以消除人工清扫的痕迹。日本的“人形”（玩偶）没有手脚，亦是一种未完成的状态。[①]与此相反，中国人则喜欢整齐和对称，不论是写对联或作诗都特别讲究对偶。对于中国人来说，保持均衡对称的东西才是美的，反之就是不美的，而那种严重破坏了均衡性对称性的状态简直就是丑恶的。其所以会这样，那是由于中国大陆杂居着各种不同的人种，他们之间要想和平共处避免冲突，就得学会妥协和让步，在不断地妥协和让步中造就了中国人保持均衡性对称性的才能。反观日本人，他们缺乏与异民族共处的实际体验，因此他们对于对称性或均衡美并不欣赏，日本文学尽管受到来自汉诗的影响，但和歌、俳句都呈现一种不均衡或非对称的效果。在日本人看来，保持了均衡对称的东西之所以是不美的，是因为那是人力加工的结果，留有人类活动的痕迹，应该努力将这种痕迹隐藏在不惹人注意的地方。

中国庭园与日本庭园最大的不同，据寺田寅彦说，是其中的奇岩怪石。他的《日本人的自然观》说，中国式庭园中的奇岩怪石有如精雕细刻的工艺品，摆在庭园里就像怪物一样。以纯日本人的趣味而言，这简直就是心理变态者对于自然的暴行。[②]松浦友久说，中国社会存在着尊重人工人为的传统，而各地名胜古迹中削去岩石表面镌刻上各种书体的巨大文字的做法，就是这种倾向的象征。松浦以日本京都盂兰盆节的“大文字”火与中国的摩崖刻石相对比，指出京都“大文字”火具有一过性的特征，其人为痕迹在山野转瞬即逝，不像摩崖刻石长久难以磨灭。[③]这时候，“大文字”犹如可以收进“押入”的蒲团。不过，日本人并不是主张对自然不加任何人为的修饰，他们只是反对留下改造和加工的痕迹。寺田寅彦和松浦友久对于中国的庭园或名胜古迹的指摘，乃在于其过于突出人工痕迹而已。美国作家戴昂纳德·里奇（Donald Richie）指出，日本的庭园设计并不赞赏对于自然本来状态的放任，事实上他们对于 18 世纪英国那样追求天然美的庭园评价并不高。他们总是试图巧妙地对自然施以人们不易察觉的改造，例如对岩石稍加肉眼看不出来的移动。日本人的所谓自然实际上都是被施加了人工的自然，只不过他们并不对自然大肆改造而已。[④]

祇原南海（1677-1752）评杜甫“老妻画纸为棋局，稚子敲针作钓钩”为“俗趣”，由于这两句诗写的是纯粹的日常生活，故而是“卑陋中之尤卑陋者，可恶、可笑”。[⑤]他尤不喜宋人的以饮食入诗，不理解宋人何以会有这种对日常

---

① 李御宁：《日本人的缩小意识》，第 49 页。

② 寺田寅彦：《寺田寅彦随笔集》，东京：岩波书店，1948 年，第 5 页。

③ 松浦友久：《中国诗歌原论》，东京：大修馆书店，1986 年，第 96 页。

④ Bernard krisher：《旅居日本——东西方能相互理解吗?》，仙名纪译，东京：サマル出版社，1986 年，第 10-11 页。

⑤ 中村幸彦：《近世文学论集》，东京：岩波书店，1966 年，第 250-251 页。

生活津津乐道的“嗜癖”。[①]陶渊明、苏轼的农事诗、劝耕诗更为日本人所不喜，因为这类诗夹杂了明显的从自然中获取生活用品的功利目的。梅辻春樵（1776-1857）《闻鹿说》指出中国人不像日本人那样爱听鹿鸣，不知鹿鸣清幽之趣。《诗经·小雅》中的《鹿鸣》诗，本意亦非咏其呦呦之声。唐宋诗人写鹿，关心的是鹿的脚印。这表明中国人嗜好的只是兽肉的味道，对于他们来说鹿和野猪都不过是食物而已。而日本人虽至鄙亦无以鹿为食物者，贵族缙绅先生更是爱其呦呦，呼鹿以为友，恋鹿以为妻，以鹿入于国风题咏。自古至今，人们即知爱听鹿鸣之声。[②]与中国人不忍听杜鹃悲啼相反，日本人则“争赏之，或宿于山林幽僻之地，废寝以待其鸣”。[③]这些都说明日本人对于动物的兴趣，亦与中国人不同，尽量避免与人的生活发生联系。小泉八云曾说，世界上赏玩秋虫的只有日本人和希腊人。[④]可见在对待动物的态度上日本人的确很特别。日本人在歌咏自然时，甚至忌讳人体用语。津阪东阳（1757-1825）评杜甫“红颜白面花映肉”、苏轼“翠袖卷纱红映肉”云：“肉谓人肌肤，俗甚”，以杨万里“桃花洗出肉般红”为“尤不堪秽矣”。[⑤]以妇人之肌肤喻花，与日本人隐藏“人迹”的意识相悖，无论如何也不能是美的。

日本的人形净琉璃“文乐”是一种木偶戏，比西洋木偶要复杂得多，眼睛可以动，还能演奏琴曲，往往需要两三个人登台操纵同一个木偶。有趣的是通常那操纵手的脸都被用布遮住，虽然登台献技，观众却看不到他们的真面目。而日本人的隐藏意识就反映在那块布上，因为“文乐”的精彩之处全在技巧，而操纵手的脸就是使木偶活灵活现的人工技巧的证据，因而也就必须掩藏起来。日本人承认其艺术观有明显贬低作者创造性的倾向。例如中国人赞风景之美常说如画或入画，日本人却不以为然，皆川淇园（1734-1807）认为如画无非是布景点色的技巧而已，没有“真趣”。[⑥]冢田大峰（1745-1832）更说以“如画”赞风景是“杀风景”，观画以为如实则可，观景以为如画则不可。[⑦]绘画是人工技巧的产物，无法与自然相比。与西洋戏剧的重剧本创作轻舞台表演相反，日本戏剧从来就是表演者独占的天地，人们习惯于将歌舞伎归功于团十郎或菊五郎等职业演员的“腹艺”（语言动作以外的表情），而不是剧本的文学创

① 转引自松下忠：《江户时代的诗风诗论》，东京：明治书院，1969 年，第 379 页。

② 转引自荒井健：《中华文人的生活》，东京：平凡社，1971 年，第 571 页。

③ 转引自荒井健：《中华文人的生活》，第 259 页。

④ 金田一春幸：《日本语》，东京：岩波书店，1980 年，第 134 页。

⑤ 池田四郎次郎：《日本诗话丛书》，卷二，东京：1920-1922 年，第 466 页。

⑥ 池田四郎次郎：《日本诗话丛书》，卷五，第 185 页。

⑦ 关仪一郎：《日本儒林丛书》，卷一，东京：凤出版社，1971 年，第 128 页，第 210 页。

作。[①]戴昂纳德·里奇在谈到日本人的创造性的时候说，在欧美，具有原创性的作品被认为是好的而受到人们格外尊重；而在日本，不管具有原创性的作品以什么形式出现，都得不到好评，最终难免被击得粉碎的宿命。他举日本电影为例说，观众在看电影以前大都已经知道故事的梗概，新电影也不断重复着与以往相同的镜头和画面。可见日本人的创造性并不体现于对原创性的追求。[②]而无论是戏剧还是电影，剧本都是具有原创性的，带有更强的人工人为的痕迹。

三

在情感表达方面，日本人努力掩饰内心情感的流露。萩原朔太郎说，日本语特别拙于表现愤怒、烦恼、嫉妒等强烈情感，日语中缺乏表现这种语调的元素，只有使用来自中国的语汇（汉语），这种语调才能出现。汉语所具有的简洁和强烈，使得表现人类强烈情绪成为可能。[③]有一本16世纪欧洲人写的题为《现代国家人际关系入门》的书（作者不详）指出，日本人在自我克制方面“表现出相当敏锐的理性。他们无论在被痛苦折磨，或从事劳动，以及遭受悲哀打击的时候，都发挥了令人难以置信的忍耐力。他们努力在言语和行动上不表现出内心的恐怖和厌倦，因为他们不愿意让别人察觉自己的感情”。[④]中国人欣喜若狂的时候喜欢与人分享，悲痛欲绝的时候也总要对人倾诉，不惮于让别人知道此刻自己的心情。而日本人则相反，喜极难见仰天大笑，悲甚绝少号啕大哭。这一点韩国人与中国人相近。在伊拉克被绑架的韩国人面对摄像机时声泪俱下：“我还想活，不想死。”及至遇害噩耗甫传，家人痛不欲生，哭声惊天动地，揪住前来慰问的官员不依不饶，那情景真让人动容。而同样是在伊拉克被绑架的日本人，虽命悬一缕，心如汤沸，亦能以平静语调出之，遇害后其家人对于悲痛的自我抑制则更让人惊叹，与韩国人形成明显的对照。在伊拉克遇难的日本摄影师之妻，手里拿着亡夫戴过的帽子讲述子弹如何射穿头颅，眼中分明噙着泪，表情却又像在微笑，那个劲儿只有日本人能拿得出来。韩国李度珩《韩国女性与日本女性》一文指出，韩国女性把积压在内心的悲情直接地爆发出来，这是一种强烈的对于悲情的美化，而日本女性则对于情感活动有一种“内在的禁欲”，她们认为应该对悲情尽量加以节制，而不是把它表现给人看。在韩国，一家正上中学的孩子自杀了，一定会从那突然丧子的家中传出母亲撕心裂肺的

① 安田武、多田道太郎：《日本的美学》，东京：ぺりかん社，1982年，第128页。

② Bernard krisher：《旅居日本——东西方能相互理解吗?》，仙名纪译，第53页。

③ 金田一春幸：《日本语》，第22页。

④ Bernard krisher：《旅居日本——东西方能相互理解吗?》，仙名纪译，第7页。

号哭。然而类似的情景在日本却极难见到。因为日本人觉得，向人哭诉，人则报之以哭，那悲哀是倍增的。所以在这种情况下，当事人要极力控制自己，不让悲情爆发，邻人前来也只是帮忙料理家中的事情而已，并不对当事人说任何劝解、宽慰的话。[①]像在中国常见的那种有意惹人注目，近于表演式的“哭丧”是绝难见到的。因为中国人相信长歌可以当哭，农村的“哭丧婆”和“吹鼓手”所以有存在的必要，恐怕与人们期待有人倾听自己的悲（或喜）的愿望密切相关。一如烟囱里冒出的炊烟可以证明自家的生活状况一样，举丧时的哭号与吹打也是不可或缺的。日本的中国文学史家将李白“白发三千丈”式的夸张，归结为中国文学的特征之一，也恰好说明中国人倾向于对情感的放纵。寺田寅彦说无论西洋诗还是汉诗中都有一种过分的夸张，它源于自我与外界的对立，西洋诗的义理与汉诗的教训就是建立在这种对立之上的。日本人与此相反，由于在自然之中消除了人的痕迹，自我与外界无从对立，诗中的情感是自然流露而无须过分夸张。[②]李御宁说日本的“能乐”所用的面具无喜怒哀乐，呈中间表情，这与西洋假面舞会上常见的表情夸张的假面形成鲜明对照。据说能面分阴阳，阴（悲哀）则面朝下，阳（快乐）则面朝上，居中（中间表情）则悲哀与快乐瞬间即逝，不留痕迹，[③]一如可以收进“押入”的蒲团。掩饰内心情感的流露，从某种意义上说，其实也就是隐藏“人迹”。

四

在语法、修辞、词汇方面，日语与英语最大的不同，就是句子中尽量避免出现主语（主语省略）。日本老师在教中国学生的时候常说，句子中最好不要出现“你”这个代词。而句子中省略了主要是指代人的主语，也就在语言表达上消除掉了“人迹”。不仅如此，日语中常以指示代词或方位名词代替人称代词，例如第一人称用“这里”，第二人称用“彼方”、“御前”、“那里”，这种替换也显示出对“人迹”的隐藏意识。外山滋比古解释为何俳句以表面不出现人为美时说，这与日本语的特性有关。例如日本人习惯于说“明天要下雨”，而不说“我想明天要下雨”，因为后者有“别人并不认为明天要下雨”的意思。一般说来，日语的动词总是与人相关联，无生命主语极为罕见（如“什么使她那样做？”），有能愿动词的日语句子，是不能将主语和宾语换位而构成被动句

---

① 朝鲜日报：《韩国人见到的日本》，名古屋：サイマル出版会，1984年，第83页。

② 寺田寅彦：《寺田寅彦随笔集》，第5页。

③ 李御宁：《日本人的缩小意识》，第74-75页。

的，这也是因为无生命的物体一般不作主语的缘故。日语表达以表面不出现人为稳妥，不断出现代词“我”的句子，怎么看怎么觉得不舒服。因为日本人觉得，既然对方已经知道了说话的是“我”，那又何必非要说出这个代词不可呢？他说，必须承认，在俳句中如果不慎出现了人是一件很糟糕的事情。俳句忠实地体现了日语这种表面不出现人的特征，即便不出现主观的词语，读者也能明白。因为主观的词语本身就是以人为中心而形成的，在俳句中限制、压抑这种人的要素，就是有深度的表现。俳句中讽咏花鸟风月是聪明的做法，如果有谁对于俳句中主观的词语没有出现而感到焦急，那他只不过是没有读懂而已。外山滋比古进而指出，俳句的比喻不同于西方修辞的明喻“A 如 B”和暗喻“A 是 B”，而是“（A 是）B”，即作者的心境、情感 A 不现于表面，直接出现描写客观的部分 B。这种比喻的确与触目写生非常近似。他举虚子的俳句“楽書の顔の大きく梅雨の塀”为例，说其中虽然也用比喻来表现作者的心情，但无一字言及。以客观表现主观，俳句的神髓就在于此。外山把这种在和歌、俳句中常见的，将比喻的本体，即自己的心境隐藏起来的表现称为“第三种比喻”。①金田一春幸指出日语有排斥人体词汇的倾向，日语中表示人体的词汇十分贫弱。一般来说，日本人对于人体各部位的差异极为马虎，例如日语中对手与臂，足与腿，头与颈，肛与臀是不加区分的。日语中表示内脏的词语除了肝（キモ）是日本固有词汇之外，几乎都来自中国，特别是日语几乎没有关疾病的固有名词。这也充分表明日本人轻视人类肉体的意识。②

五

在思维方式方面，日本人摒弃形而上的思辨与道德说教，崇尚直观感悟。诗人萩原朔太郎说，日语与西方语言比较起来，有两个显著的缺点，其中之一是缺乏逻辑性和意义表达的正确性；下村宏说，日本的语言文字过于复杂和缺乏规则。金田一春幸《日本语》指出，日语中表示抽象概念的语汇都是外来语。如中国的“忠孝仁义”、西洋的“现象”、“客观”等。有了这些语汇，用日语撰写学术论文才成为可能。而且日本人不喜欢使用带有抽象意义的语汇，日语中没有与 possibility 和 probability 分别对应的单词。③戴昂纳德·里奇说，日本人不擅长运用“因为 A，导致 B，结果 C”的逻辑思维，只有在不如此则无从

① 外山滋比古：《日本的修辞学》，东京：みすず书房，1983 年，第 81-83 页。

② 金田一春幸：《日本语》，第 132-138 页。

③ 金田一春幸：《日本语》，第 3-4 页，第 165 页。

说明自己是怎样得出结论的时候例外，而在其他情况下却极少援用。即使是援用了这种思维方式，日本人重视的也只是结果，而逻辑过程则被忽略。与欧美人基于感性的体验而延伸直线的思考不同，日本人却用联想的方式来推展其环形的思考。日本的文学与美术以及电影都是用这样的联想的方式来展开的。几乎所有日本人创作的电影，都像出自同一个模子，缺乏坚实的结构，故事的展开亦非直线型的。[①]美国作家约翰·罗德里克（John Roderick）在谈及中日文化的差异时说，中国人是大陆民族，这样的地理环境养成了中国人善于进行哲学的或内省式的思考，因而也就热衷于探索关于人生的范围广泛且有趣的问题。[②]日本人是岛国民族，他们不像中国人那样热衷于形而上的思辨与道德说教。日本国学家甚至通过排斥中国的思辨与说教来寻求日本文化的独特性。贺茂真渊（1697-1769）说，日本自输入中国思想后，人心就开始腐败起来，而这之前的日本则不是这样。那时的日本人一切以天地之法为归依，他们并不需要人为地创说一套正邪善恶的论理观念。[③]本居宣长（1730-1801）认为，日本人的独特性就在于其自身的直观感受性。其著名的“物哀”论的核心内容就是人对于自然的直观感动。具体说，就是个人的价值决定于其自身的趣味和情绪，而非决定于人为的名誉、义务等概念。因而，日本文化是建立在美和感情的基础上的，与基于道德价值的中国文化不同。强调直观感受性就是排斥理性，贺茂真渊与本居宣长立论的着眼点就在于中国的教义、名誉、义务等都是“人为”的理性。松浦友久《中国诗歌原论》指出，中国文化从形而上的思想层面到形而下的感觉层面，都具有非常显著的尊重人为人工的倾向。具体说来，例如儒家思想中集人为约束之大成的礼乐制度；神仙道教思想中极端人为的修炼；刻凿于山岩石壁的文字和佛教造像；菜肴烹饪过程中的全面彻底地加工调理等等，无不体现出这一倾向。[④]

人工，人为最集中地体现于政治。中国人上至帝王公卿，下迄布衣庶民，对于政治的兴趣较之日本人要浓厚得多。顾炎武说：“天下兴亡，匹夫有责”，意思就是要人人都来关心政治。北京的“的哥”与乘客纵论天下国家、内政外交，继承的也是这个传统。据说明治时代日本海军将领胜海舟曾经就英国海军入侵的危险问过长崎渔民，得到的回答却是：“这些都是政府官员考虑的问题。”言外之意是这些政治问题与自己无关。方木修一《司马辽太郎的思考》中引述司马辽太郎“朝鲜人是世界上对政治逻辑最敏感的民族”的话说，这句话决非赞美之辞，因为政治逻辑是一种奇妙的东西，对它越是敏感，事物就越会变得

① Bernard krisher：《旅居日本——东西方能相互理解吗?》，仙名纪译，第26-27页。
② Bernard krisher：《旅居日本——东西方能相互理解吗?》，仙名纪译，第65页。
③ 贺茂真渊：《增订贺茂真渊全集》，东京：吉川弘文馆，1930年，第10页。
④ 松浦友久：《中国诗歌原论》，第75页。

没有生机和活力。从这个意义上说，日本人也许是“世界上对政治逻辑最迟钝的民族”。[①]在中国人看来，政治与文艺是不可分割的关系。在中国历史上，政治家而兼艺术家的人物比比皆是，因此他们从来就反对把文艺看作是游戏消遣的工具，从孔子、曹丕、白居易，直至《在延安文艺座谈会上的讲话》，都持这种主张。而日本传统上却认为政治与文艺根本就是两回事，互不相干。日本人虽然喜欢白居易，但对于白居易富于政治批判意义的“讽喻诗”却敬而远之。松尾芭蕉称自己的俳谐就像“夏炉冬扇”一样，完全否认文学艺术的社会功用。久保天随《支那文学史》认为，孔子对于文学的真实性质也并不十分清楚。例如他说“诗三百，一言以蔽之，曰‘思无邪’”，他评《关雎》“乐而不淫，哀而不伤”，他论乐舞说《武》“尽美未尽善”，《韶》则“尽善尽美”。这表明孔子认为艺术的极致在于美与善的调和，而在久保天随看来，这种观点根本就是谬见。美和善完全分属不同的畛域，任何艺术作品都不应该接受道德的评判。而且，孔子对于文学作用的论述，即“不学诗，无以言”、“兴观群怨”等等将文学运用于道德政治的做法，是中国诗论家总是要挂在嘴边的，这对于诗是一种侮辱，因为它违背了文学以玩赏为惟一目的的宗旨，也妨害了中国轻文学的进步。[②]川端康成公开宣称，说艺术是无赖汉亦无不可。川端康成曾与三岛由纪夫、安部公房、石川淳一道发表过抗议中国“文革”侵害学问艺术自由的声明，强调：“我们一致反对将学问艺术作为政治权力工具的思维方式。”[③]在日本人看来，政治是人工人为的领域，是人类的技巧技能，应该将这种痕迹隐藏起来。

探求日本人出于何种目的要隐藏人类活动痕迹，或这种隐藏意识产生的原因，可以从各种角度去分析。笔者以为这个问题显然与日本人对人类中心主义的排斥密切相关。陈舜臣说，日本人对于人类自身的评价似乎并不很高，不把人看得有多么了不起。[④]这一点至少从一个方面提供了对日本人隐藏意识的解释。

考察一下日本人的动物观，即可印证这个观点。在日本的国学者和汉学家当中，否认人为万物之灵，反对以人类的善恶标准衡量动植物好坏，似乎是一种相当流行的观点。国学者贺茂真渊在其《国意考》中就认为，人为万物之恶，凡生于天地之间，万物都是虫。为什么只有人是尊贵的呢？如果从鸟兽的观点来看，人类才是恶的。因为鸟兽虫鱼草木就像天地日月那样延续着它们往古以来的生存方式，从未改变。而人类虽然保持了人的形体，而其内心却今非昔比。

① 方木修一：《司马辽太郎的思考》，转引自投稿拦，www.h7.dion.ne.jp。

② 久保天随：《支那文学史》，东京：人文社，1888 年，第 3-4 页。

③ 转引自陈舜臣：《日本人与中国人——对“同文同种”确信无疑的危险》，第 73 页。

④ 转引自陈舜臣：《日本人与中国人——对“同文同种”确信无疑的危险》，第 77 页。

世界上的生物当中只有人尊贵，这种想法是愚蠢的。在天地这个父母的眼里，人和鸟、兽、虫都应该一视同仁。[①]他认为“恶”这一道德范畴是相对的。在人类看来是“恶”的，在鸟兽虫鱼草木看来则未必“恶”。对于鸟兽、虫鱼、草木而言，人类反而是“恶”的存在。无独有偶，汉学家中井履轩（1732-1817）也质疑人尊于动物的观点，提出人在有些方面还比不上动物：“今之贤不肖，诟之为禽兽。禽兽何辜？有不捉鼠之猫邪？有不挚雀之鹯邪？有不钻肤之蚊邪？有不攫腐之鸢邪？有不春北而秋南之鸿雁邪？有不夏出而冬蛰之蛇蚯邪？夫人有仁义之性，而能履仁义之行者，天下几人？人亦可以愧于禽兽。”他指出，以人的善恶标准衡量动物是不公平的，因而也是错误的：“猫之捉鼠，虎之食人，性也。人皆爱于猫之性而憎于虎之性，是果获爱憎之公道哉？”他更强调了“善恶”标准的相对性：“夫所以爱于猫者何也？岂不以其为人除鼠害邪？然有时乎偷脯盗炙食鸡鸭，与鼠同害也。人又随而笞之。虽然，猫固无二性也，鼠与脯炙鸡鸭，皆其所欲也。捉鼠之被爱，偷脯盗炙食鸡鸭之取憎，至死不悟其理也。虎固以食人憎于人，然以其能食田豖也，圣人列之八蜡，尸祝而送迎焉。人之肉，田豖之肉，其为味一也。虎岂有二性乎哉？是故人之于禽兽，论其功罪而赏伐之可也，爱憎于性，不可也。人之私言耳。”他甚至认为，人对动物的损害有时甚于动物对人的损害。从动物的“善恶”标准来衡量，人反而是“恶”的：“鼠之害于人至小，而有能杀之，则人犹喜而爱之，禄食而抚之。故人之害于鼠，动系于性命，其为鼠也大矣。鼠而有知，其德虎也，不啻人之于猫。”[②]

此外，斋藤竹堂（1815-1852）的《熊说》表达的也是这个观点。他说，熊虽然死了，熊皮可以用来作坐垫或被子，熊胆还可以入药。而人死了不过是骨朽肉烂而已，（对于熊）没有任何价值（《竹堂文抄》）。日本人反对人尊于禽兽的人类中心主义，不仅在对动物的观察方面，而且在对动物的道德评判方面，都尽量排除人类功利的目的，甚至主张禽兽优于人类，陈氏所谓日本人不把人类看得有多么了不起的论断于此可以得到印证。

德富猪一郎《草木禽兽》说：“吾人有吾人之自由，禽兽亦有禽兽之自由。吾人勿侵入彼等之自由”，“不可以妄嗜滥杀者，非唯对吾同胞而言，乃对一切有情、无情之生物而言者也。可以友爱之同情对待者，非唯对吾同胞而言，乃对一切有情、无情之生物而言者也”。[③]

日本人的人与禽兽平等的观念还与佛教的影响有关。平安时期的真言宗名

① 贺茂真渊：《增订贺茂真渊全集》，第 10 页。

② 关仪一郎：《日本儒林丛书》，卷一，第 9 页。

③ 德富猪一郎：《日曜讲坛》，东京：民友社，1866 年，第 148-149 页。

僧空海（774-835）著《三教指归》论儒、道、佛优劣，以儒、道二教说人世间的功利，不如佛教“常乐我净”的世界更近于终极真理“道”。因为儒、道二教说“救济”仅限于人类，而佛教则于自救、济人而外，“也决不会忘记了（救济）鸟兽”。[①]神道在这个观点上比佛教还彻底。吉田神道的创始人吉田兼俱（1435-1511）所著《唯一神道名法要集》中说：“神道遍在于万物，而非止于一物。所谓风波、云雾、动静、进退、昼夜、隐显、冷寒、温热、善恶之报、邪正之别，莫非神明之所为者也，故天地之心亦是神也，诸佛之心亦是神也，鬼畜之心亦是神也，草木之心亦是神也，何况其于人伦哉”，“器界、生界、有心、无心、有气、无气、莫非神道”。[②]既然神性遍于万物，则人类也就丧失了独尊的依据。

需要指出的是，日本人想要掩饰或隐藏的并非全都是人性的弱点。诚如金田一春幸所说，日本人甚至认为隐藏或掩饰自身的优点是一种优雅的美德。[③]这与他们排斥人类中心主义的思想是否也存在着某种联系呢？

① 金井淳、小泽富夫：《日本思想论争史》，东京：ぺりかん社，1979年，第27页。

② 金井淳、小泽富夫：《日本思想论争史》，第65-67页。

③ 金田一春幸：《日本语》，第148页。

从津阪东阳《夜航诗话》的唐宋诗评看中日文化之差异①

津阪东阳（1757-1825），名孝绰，字君裕，通称常之进，号东阳、匏庵、痴叟，伊势三重县人。津阪东阳在江户儒学各派中，属于古注学系统②，该学派的学统为皇室所坚守，故与皇室关系最近。津阪东阳本人与皇室亦关系密切，他在京都开塾授徒时，曾经被聘为梶井宫的侍读，受到宾师的礼遇。③此外他还做过伊势藩校“有造馆”的侍讲兼督学，汉文学著述颇丰，撰有《东阳先生诗文集》、《杜律集解》等。其《夜航诗话》、《夜航余话》被池田四郎次郎《德川时代作诗书解题》赞许为“即使是明清诗话中亦无堪与其匹敌”的“好著”。

津阪东阳与日本固有的文学形式和歌、俳句、物语有很深渊源，曾自述学习和歌几乎成为专家，并有意将藤原为家（1198-1275）关于和歌的理论引入汉诗的实践，④他还称赞歌学理论家荷田春满（1669-1736）排斥恋歌的观点是“难能可贵的卓见”。《夜航余话》下卷的内容即由汉诗与和歌、俳句的比较论构成。他称赞松尾芭蕉的俳句“圆活自在，风味最隽永”。他还曾不满六如上人对千代女俳句的含译（《牵牛花》）而以己作替之。⑤

津阪东阳的这种日本文学、文化背景，使他对于作家、作品的评论，往往与中国诗话存在很大差异，本文拟就以下三个方面作具体阐述。

一、“尊事君上”与“彰君之恶”

江户时期儒者的“尊王”意识影响到津阪东阳对中国古代讽刺诗的评价。

---

① 此文刊载于《东北亚外语研究》2015 年第 1 期。

② 古注学派是日本儒学的正统学派，是以汉、唐注疏为依据，对于儒家经典的解释学派。平安时期以来集中于管原、清原两家，后虽程朱理学风行，但王室仍坚守这一学统，到明和（1764-1772）、安永（1772-1781）时期再度兴盛，代表人物有宇野明霞、龙草庐、村濑考亭等。

③ 清水茂、揖斐高、大谷雅夫校注：《日本诗史・五山堂诗话》，东京：岩波书店，1991 年，第 639 页。

④ 池田四郎次郎：《日本诗话丛书》，东京：文会堂书店，1920-1922 年，卷 2，第 274 页，第 406 页，第 312 页。

⑤ 清水茂、揖斐高、大谷雅夫校注：《日本诗史・五山堂诗话》，第 634 页，第 647 页。

中、日诗话鉴赏论的许多差异，往往来自诗话作者政治观念的不同。周作人说："至于所谓万世一系的事实，我却承认其重要性。以为要了解日本的事情，对于这个事实非加注意不可。因为我想，日本与中国的思想有些歧异的原因差不多就从这里出发的。"①就是说，中、日之间的诸多不同都可以从日本人"尊王"观念中找到答案。

江户时期，对"万世一系"的天皇崇拜，颇能代表日本人的政治观念。国学者自不必说，即使是儒学者亦少有例外。自藤原惺窝、林罗山以来，尊王思想是一般儒者的普遍意识形态。例如林罗山《神社考序》2 说："本朝者神国也。神武帝继天建极以来，相续相承，皇绪不绝，王道维弘。是我天神所授道也。"②

一般说来，江户时期日本诗话作者在编辑、撰写诗话以及评论诗歌作品时表现出十分强烈的"尊王"意识，他们总是不忘维护天皇的尊贵和威仪。日本诗话作者在编辑的时候，就不主张采录帝王御制诗。例如，友野霞舟《锦天山房诗话凡例》说："钱牧斋《列朝诗集》采录本朝帝王诗，沈归愚讥之，固当矣。如朱竹斋沱《明诗综》，则撰在异代，似无不可者也。我天子大君，篇什焕如日月，烂如河汉。固非草茂微臣所敢议也。故是编概乎不录。"原田东岳《诗学新论》卷中说："（沈）归愚《明诗别裁集》，总论钱谦益选明高帝以下诸帝诗，失尊君之体矣。兹编不敢采入。"③而江村北海《日本诗史》甚至认为，就是对于那些地位尊贵的文武官员之诗，也不宜妄加评论："以草莽之士叨评论尊贵者著撰，不敬之甚。"故对于"元和以后，朝野文武"、"青云上"之"佳撰"，"全不论次"。④就是说，据日本人的"尊君"观念（即原田东岳所谓"尊君之体"），身为臣下的诗话作者（即"草茂微臣"或"草莽之士"）是没有资格评头品足的，甚至对其加以编选都是某种不敬。

在编辑和歌集的时候，也要遵循"尊王"的原则。虽然和歌集采录天皇的御制，但天皇的名字是不能出现的。斋藤彦麻吕《傍厢》说："在和歌集中不能写出天皇的名字自不必说，就是大臣的名字也不应该出现……不论如何，纳言以下，三位以上官位者不能作'某卿'而一定得作'卿'，五位以下并等。在集中随意书写大臣的名字是十分不敬之事。"⑤

揖斐高《夜航余话解说》说，江村北海曾经是津阪东阳的汉诗老师，他的"以草莽之士叨评论尊贵者著撰，不敬之甚"的观点，也影响到津阪东阳对于

① 周作人：《周作人论日本》，西安：陕西师范大学出版社，2005 年，第 17 页。

② 日本随笔大成编辑部：《日本随笔大成》，东京：吉川弘文馆，1975-1976 年，第 3 期，第 1，第 80 页。

③ 池田四郎次郎：《日本诗话丛书》，卷 8，第 309 页，卷 3，第 317 页。

④ 清水茂、揖斐高、大谷雅夫校注：《日本诗史・五山堂诗话》，第 470-471 页。

⑤ 日本随笔大成编辑部：《日本随笔大成》第 3 期，第 1，第 57 页。

李商隐讽刺诗的评论。

津阪东阳认为，对于帝王的不幸，应该遵循“讳国恶之礼”而“不忍言”。其《夜航诗话》卷 1 说：“凡国家不幸之事，臣子不当形之歌咏。不但讳国恶之礼，盖所不忍言也，况敢嘲弄之乎？”[①]

因此他对于李商隐讽刺唐玄宗的《马嵬》诗颇不以为然，认为是“比兴扫地”之作：“前辈讥之云：起无原委，突如而来。一病也；‘徒闻’、‘空闻’、‘此生’、‘此日’；犯复，二病也；‘虎’、‘鸡’、‘马’、‘牛’迭用，三病也；‘卢家莫愁’，拟人不伦，四病也”，“余谓……显咏时事，彰君之恶，殊为失体。五六（‘此日六军同驻马，当时七夕笑牵牛’）哂其弃杀，颇涉调剧；七八（‘如何四季为天子，不及卢家有莫愁’）浅近太俗，丑诋尤甚。诗人比兴扫地矣。虽属对精工，词气宕逸，亦无取耳”。[②]

他还指责李商隐《华清宫》诗“华清恩幸古无伦，犹恐蛾眉不胜人。未免被他褒女笑，只教天子暂蒙尘”云：“不亦恶剧乎？”

又评李商隐的《骊山》诗“平明每幸长生殿，不从金舆唯寿王”以及《龙池》诗“夜半宴归宫漏永，薛王沉醉寿王醒”云：“此在当时，尤非所宜言，圣人答陈司败知礼之问，恐不耳也……如李商隐诗，非唯失风人之意，亦全无臣子之礼矣……余于商隐，亦深憎无礼于其君云。”[③]津阪东阳“深憎”李商隐“无礼于其君”，反映了日本人的“尊君”意识是如何左右着他们的诗歌鉴赏的。

在批驳李商隐“显咏时事，彰君之恶”的同时，他称赞郑畋《马嵬驿》诗云：“咏史事以回护出之，臣子立言，方为得体。可以为法也。”[④]他还称赞杜甫《北征》诗：“识君臣之大体”，“为明皇出色，厚于郑畋更几倍矣。《春秋》之称‘微而显、志而晦、婉而成章、尽而不污’。诗赋之体亦当如是矣。”[⑤]

津阪东阳的上述议论，与中国诗话的议论恰成对照。

宋魏泰《临汉隐居诗话》说：“唐人咏马嵬之事多矣……《唐阙史》载郑畋《马嵬诗》命意似矣，而词句凡下、比说无状、不足道也。”[⑥]

魏庆之《诗人玉屑》卷 16“高情远意”条引范温《潜溪诗眼》云：“马嵬驿，唐诗尤多……义山云‘海外徒闻更九州，他生未卜此生休’。语既亲切高雅，故不用愁怨、堕泪等字，而闻者为之深悲。‘空闻虎旅鸣宵柝，无复鸡人报晓筹’，如亲扈明皇，写出当时物色意味也。‘此日六军同驻马，他时七夕笑

① 池田四郎次郎：《日本诗话丛书》，卷 2，第 254 页。

② 池田四郎次郎：《日本诗话丛书》，卷 5，第 254-255 页，卷 2，第 255 页。

③ 池田四郎次郎：《日本诗话丛书》，卷 2，第 255-256 页。

④ 池田四郎次郎：《日本诗话丛书》，卷 2，第 254 页。

⑤ 池田四郎次郎：《日本诗话丛书》，卷 5，第 256-257 页。

⑥［清］何文焕：《历代诗话》，北京：中华书局，2004 年，第 324-325 页。

牵牛’益奇。义山诗，世人但称其巧丽，至与温庭筠齐名。盖俗学只见其皮肤，其高情远意，皆不识也。”

杨万里《诚斋诗话》云：“李义山云：‘夜半宴归宫漏永，薛王沉醉寿王醒’可谓微婉显晦，尽而不汙矣。”①事实上，宋代诗话大多是赞赏李商隐“显咏时事，彰君之恶”之“精妙”的。

张戒《岁寒堂诗话》卷上云：“李义山……咏物似琐屑，用事似僻，而意则甚远。世但见其诗喜说妇人，而不知为世鉴戒……其为世鉴戒，岂不至深至切……其言近而旨远，其称名也小，其取类也大……义山诗句，其精妙处大抵类此。”②

国学者松冈行义也表达了与津阪东阳相同的“讳国恶之礼”的观点。其《后松日记》中说：“上代事实中亦有耻于传告后世者，即中土尚奉‘父为子隐，子为父隐’之教，何况生于皇朝，而好暴露上代实事者耶？其罪实深”。③而神泽杜口《翁草》甚至说，对那些“生于吾邦”，却“杜撰”上代天皇、皇后淫乱之事的“腐儒”，要“科以重于国贼、朝敌之罪，即便对他们施以车裂、醢肉之刑犹且不足”。④

含弘堂偶斋在其《百草露》甚至说“尊王”与否是日本歌道与中国诗道的根本差异：“大哉歌也。尊事君上，敬事父母，夫妇师弟，朋友州里，其道在乎斯矣……夫诗之为教也，无上下言，无情实，刺讥君上，欢乐逆道。”⑤就是说，中国自《诗经》以来，就有“刺讥君上”的传统，而日本和歌则“尊事君上”，这是歌道与诗道最根本的不同。

那么，中、日之间何以会有这样的差异呢？具体说来，有以下两个原因：

（一）中、日帝室的地位和作用不同

中国的皇帝有了“权”才有“位”；日本的天皇则只有“位”，却没有“权”。从政治体制上说，例如中国的唐代，皇帝之下分设中书、门下、尚书三省。法令、法规由中书省负责起草，门下省负责审查，尚书省则负责执行，所有这些环节皇帝都要过问，所以中国历代的皇帝大多政务缠身，勤政是皇帝的美德，历代杰出的皇帝都是政治家；而日本则有所不同，武家专权的时代自不必说，就是在公家主政的奈良、平安时代，也是天皇之下分设太政官和神祇官，太政官下设左大臣和右大臣，负责国家政务。天皇只需认可太政官的决策，却并不

---

① 丁福保：《历代诗话续编》，北京：中华书局，2006年，第139页。

② 丁福保：《历代诗话续编》，第461页。

③ 日本随笔大成编辑部：《日本随笔大成》，第3期，第7部，第476页。

④ 日本随笔大成编辑部：《日本随笔大成》，第3期，第24部，第61页。

⑤ 日本随笔大成编辑部：《日本随笔大成》，第3期，第11部，第188页。

参与，更不干涉。中根千枝谈及日本社会意志决定的特色时指出："居于上位者只有在居于下位者之间无论如何也达不成一致意见的时候，才有决定的权力；反过来说，如果居于下位者一致坚持他们的意见的话，居于上位者也不得不服从。"[①]天皇更多从事的是祭祀、文艺或科学活动，历代天皇中热衷和歌、汉诗者居多，近代以来则多从事科学研究[②]。因此，在相当长的历史阶段，天皇既没有掌握、也没有行使过像中国皇帝那样的政治权力。中根千枝说："日本天皇与中国皇帝是完全不同的存在。中国皇帝拥有并行使着绝大的权力，其权力具有极强的个人特征。而随着皇帝个人政治权力的衰落，同时若没有强有力的皇室成员即位的话，皇室权威的整体结构就存在解体的危机。因为这个缘故，历代的王朝不断地为新兴的政治权力拥有者所代替。与此形成对照的是，日本的天皇恰恰是由于其本身并未握有权力的缘故，而得以连绵存续至今。"[③]

（二）日本文学没有"刺讥君上"的传统

《诗经》以来，中国文学就有"刺讥君上"的传统。这是因为中国皇帝行使政治权力，对于国家民族的兴败存亡负有责任的缘故。皇帝本人的执政能力强，就能长治久安；相反皇帝本人荒废朝政，昏庸无能，骄奢淫逸，就会陷国家民族于灾难。因此，中国诗人们的政治讽刺诗的对象大多是历代误国或亡国的君主。李商隐讽刺唐玄宗误国、南朝梁元帝的亡国，就是以诗的形式追究君主的政治责任。

历史上，日本皇室也有过许多悖反人伦的淫乱之事。《古事记》仲哀天皇卷列举的所谓"国津罪"中有：近亲通奸、兽奸以及母子、父女间的乱伦等等，著名的如允恭天皇的皇子与其同母妹轻大娘皇女通奸，圣武天皇的皇后光明后与臣下通奸[④]。林罗山《梅村载笔》人卷说："廷臣宫女专事淫行，其俗读《源氏物语》可知。"[⑤]天野信景《盐尻》卷13说："圣武闇主，孝谦淫乱，花山愚弱。"[⑥]然而历史上却未见有哪位歌人或诗人对此加以"刺讥"。其中的原因，主要是日本皇室不行使政治权力，也不承担政治责任。中根千枝说，日本独特的社会构造决定了，居于上位者的权威建立在其地位之上，无论他们的能力如

---

① 江上波夫：《日本民族与日本文化》，卷2，东京：山川出版社，1989年，第404-405页。

② 例如1988年，日本科学博物馆专门出版过一本名为《天皇陛下的生物学研究》的书。

③ 江上波夫：《日本民族与日本文化》，卷2，第404-405页。

④ 例如天野信景《盐尻》3中说："光明后置浴室，臣庶入于其内，亦自入此而恣淫。察人訾讥己，而托以佛端。然万世不知其臭乎？……噫，圣武之昏愚，见欺奸后，建寺终身不察之。曰之圣，曰之武。其号其不虚文，呜呼。"日本随笔大成编辑部：《日本随笔大成》，第3期，第13部，第84页。

⑤ 日本随笔大成编辑部：《日本随笔大成》，第1期，第1部，第61页。

⑥ 日本随笔大成编辑部：《日本随笔大成》，第3期，第13部，第359页。

何，只要他占据这个位置，自然就有了权威。而且能够居于上位的人，其才能与其地位不一定要相符。[①]也就是说，天皇本人英明也罢，凡庸也罢，与其作为天皇的正当性无关。他们个人的丑行尽管悖乱纲常，但与国政无关，且不至于严重到误国或亡国的地步。需要从兴败存亡中汲取教训的，是实际掌握政治权力的诸如藤原氏、平家、源氏以及武家的幕府将军，而不是天皇。在这种情况下，像李商隐那样的嘲讽帝王庸碌无能的政治讽刺诗就不会出现。

而且，日本历来对于中国的政治讽刺诗的评价也不高。平安时代的日本人喜爱的白居易作品中，白居易本人极为看重的“讽喻诗”却被排除在外。日本人喜欢的是他的“感伤诗”和“闲适诗”。菅原公任《和汉朗咏集》中引用的《白氏文集》中的诗句，几乎都是“感伤诗”和“闲适诗”。这种倾向一直持续到江户时代，清代俞樾《东瀛诗选》中所选作品也几乎清一色以感伤和闲适为主。雨森芳洲《橘窗茶话》说“不获于君，愁苦懊恼之恨，洩之于宫怨；仗义疏财，擅作气势之态，状之于少年行。非宏非壮，不足以服众。故极言宫阙城池之盛。边防征讨乃国家重事，故暗刺穷兵黩武之失。此等类，我国歌中所罕有者也”。[②]铃木修次指出，中国传统的文学观认为，好的文学作品应该是那些具有讽刺、讽喻、讽谏精神的作品，文学评论家亦颇喜采用“因为作品中有批判精神所以优秀”这样的批评模式。而日本人对于讽刺却不像中国人理解得那样严肃，日本式的讽刺常寓于娱乐精神，人们习惯于将讽刺理解为开玩笑，对于不具备娱乐、玩笑、戏剧性质的讽刺作品则没有兴趣。[③]对于津阪东阳的李商隐政治讽刺诗批判，应该结合这个背景来考察。

二、“忌秽为礼”与“以花比肉”

日本传统上的兽肉禁忌也影响于津阪东阳的诗歌鉴赏。

津阪东阳对于杜甫、苏轼以及杨万里诗中“以花比肉”的批评，就是这方面最典型的例子。例如《夜航诗话》卷 5 云：“杜诗‘红颜白面花映肉’（《暮秋枉裴道州手札卒尔遣兴寄近呈苏涣侍卿》）、东坡海棠诗‘翠袖卷纱红映肉’（《寓居定惠院东杂花满山有海棠一株土人不知贵也》）。肉谓人肌肤，俗甚。不可效颦也。诚斋诗‘草色染成兰样翠，桃花洗出肉般红’（《明发海智寺遇雨》）尤不堪秽矣。邦俗忌秽为礼，播磨宍粟郡，长门宍戸氏皆用古文。盖肉字嫌渎

① 江上波夫：《日本民族与日本文化》，卷 2，第 404 页。

② 日本随笔大成编辑部：《日本随笔大成》，第 2 期，第 7 部，第 421 页。

③ 铃木修次：《中国文学与日本文学》，东京：东京书籍社，1985 年，第 28 页，第 41 页。

尊贵清览，故避之也。况以花比肉乎。”[①]

津阪东阳将上举杜甫、苏轼、杨万里诗句统统斥为“俗甚，不堪其秽也”。据他的解释是，因为“肉谓人肌肤”，“肉字嫌渎尊贵清览”，它带给日本人的感受是污秽、不洁的。他主张在作诗时应该尽量避免出现“肉”字。基于这种认识，杜甫、苏轼、杨万里的诗句当然也就俗不可耐了。所谓“邦俗忌秽为礼”就是指神道教的“净秽”观念，或称清明观。而所谓“尊贵清览”，就是国学代表人物平田笃胤（1776-1842）《童学入门》所谓“神厌垢秽，喜洁净”。此外，津阪东阳说：“播磨宍粟郡，长门宍户氏皆用古文。盖肉字嫌渎尊贵清览，故避之也。”就是说，日本的许多地名、行业名中有“肉”字者，都改用“宍”字古文。这充分表明“以肉为污秽之物”的观念在日本社会如何影响于人们的行为。日本社会将从事动物屠宰、贩卖行业的人称作“秽多”、“贱民”而排除于“四民”即士、农、工、商之外，处于社会最底层而备受歧视。

而在中国诗话中，同样是对于杜甫、苏轼以及杨万里诗中“以花比肉”的评论，却与津阪东阳迥乎不同。例如宋代蔡正孙《诗林广记》后集卷 3“苏东坡”条云：“东坡作此诗，词格超绝，不复蹈袭前人语。”又杨万里《诚斋诗话》云：“东坡海棠云‘朱唇得酒晕生脸，翠袖卷纱红映肉’。此以美妇人比花也。”[②]蔡正孙、杨万里与津阪东阳所论不同的原因或许在于，在中国人的观念中，没有以肉为秽恶之物的意识。

那么，中、日之间何以会有这样的差异呢？具体说来，有以下三个原因：

（一）日本漫长的以肉食为禁忌的历史

据中国史籍记载，早在卑弥呼时代，倭人就有不食肉的习俗。《三国志魏书》的《东夷传》记倭人事云：“其行来渡海诣中国。恒使一人，不梳头，不驱虮虱，衣服垢污。不食肉，不近妇人，如丧人。”而在以佛教为国教的奈良时代和平安时代，朝廷就曾多次以官方公告的形式发布禁止肉食的命令。冢田大峰《随意录》卷 4 说：“后世上下与忌肉食，若敢食之，以为七十五日秽躯，此不知何所据。天平宝字二年七月，皇太后寝膳不安，稍经旬日，令天下诸国，始自今日，迄今年十二月三十日，禁断杀生。又以猪鹿之类，永不得进御。方俗忌兽肉，盖创于此时欤。”[③]另据古川诚次《食文化论》所说，天武天皇 4 年（675）就曾发布肉食禁止令，规定在 4 个月到半年期间禁止狩猎捕鱼，不许食用牛、马、犬、猿、鸡肉。[④]另外，在天平胜宝 4 年（752）由于奈良东大寺为

---

① 池田四郎次郎：《日本诗话丛书》，卷 2，第 466 页。

② 丁福保：《历代诗话续编》，第 184 页。

③ 关仪一郎：《日本儒林丛书》，东京：凤出版，1978 年，卷 1，第 107 页。

④ 古川诚次：《食文化论》，东京：建帛社，2006 年，第 34-39 页。

新铸大佛举行开眼仪式，官方在这一年正月发布了为期一年的杀生禁断令。在758年又发布过同样的禁令。833年的《令义解》卷2中还有违反肉食禁令的罚则。这种对肉食的禁忌到了中世的镰仓幕府时代也依然持续着。特别是食用了兽肉的人，就不能参拜神社。中世末期来到日本传教的基督教教士所写的书简中，也有诸如“日本人把食肉看成罪恶”；“肉非常之少，鱼却很多”的记录。1660年，罗德里格斯在其《日本教会史》中这样说：“日本人除了野猪之外，其他所有的肉都在忌避之列，鸡鸭也不食用。宴会上只吃狩猎来的动物，他们认为杀死自己家养的禽畜太残酷。”[①]

进入近世以后，丰臣秀吉于天正15年（1857）发布基督教禁制令，禁教的理由之一就是传教士食肉，为了保证农业耕作，该命令规定全国范围内禁断宰杀牛马。德川幕府时期，则强迫信仰基督教的教徒改宗，并将这些人的名簿交给寺院，委托佛教僧侣监督庶民遵守兽肉禁食令的情况。[②]东阳生活在全社会“上下与忌肉食”的德川幕府时期，其思想观念自然要打上传统和时代的双重烙印。

（二）日本固有的神道教“净秽”观念

日本固有的神道教“净秽”观念亦以兽肉为污秽之物，津阪东阳的“邦俗忌秽为礼”是以此为背景的。

长崎福三《肉食文化与鱼食文化——为了在日本列岛能够居住千年》指出：“日本的肉食禁忌，其动机不能单纯考虑为佛教的杀生戒律，与日本同样信奉佛教的中国，就不曾将禁止肉食作为国家政策而公布过，在中国，佛教也从未介入人们的食生活”，“日本的肉食禁忌，除了佛教教义而外，必须注意神道中既有的有关污秽缠身的情感。而镰仓时期新佛教兴起，法然上人则公然宣称‘佛法无净、秽之义’，‘佛法无忌讳之事’”。[③]就是说，日本人以兽肉为污秽之物的观念，更多的来自神道的“净秽”观念。

所谓神道的“净秽”观念，就是将诸恶视为污秽，将诸善视为清净。神道以“祓除”的手段去消除污秽，追求在精神和物质两方面的明净无垢的状态。诚如山鹿素行所说“神道者，清净不秽之理也”。[④]神道教认为，天照大神及继承其神统的天皇是“清净”的象征，在祭祀喜好“清净”的诸神时，是必须忌避污秽之物兽肉的，因为将生肉供于神前被认为是对神的亵渎。大隈重信强调

---

① 原田信男：《历史上的米和肉》，东京：平凡社，1993年，第11页。

② 长崎福三：《肉食文化与鱼食文化-为了在日本列岛能够居住千年》，东京：农善渔村文化协会，1994年，第34-39页。

③ 长崎福三：《肉食文化与鱼食文化-为了在日本列岛能够居住千年》，第40-41页。

④ 刘立善：《没有经卷的宗教-日本神道》，宁夏：宁夏人民出版社，2005年，第92页。

“净秽”观念实际上就是日本人的宗教观的重要内容，其《日本开国五十年史》说：“日本国民性尚洁或由地理所禀赋，然绎其根源，亦固信神之所致。谓神疾污秽、忌不净，仰神者必清净其身，或簸以风，或濯以水曰祓（哈拉喜），曰禊（弥索几），是为神国原始之教。至今神社各有‘手水钵’之备，亦可见其遗风。”又说：“日本人之于神，不祷以欲望，又不敢邀请福利，唯自恐污秽不净，致神之嫌恶。”①

原田信男《历史上的米和肉》一书中对于镰仓末期（14 世纪初）至永正 10 年（1513）间的八幡社、稻荷社、春日社、大神宫等神社的肉食忌日数进行统计，作成《诸社肉食关系物忌日数表》，详细罗列食用不同兽肉而成“秽躯”的相对应日数。例如八幡社规定，食用野猪肉、鹿肉的是 100 天，食用猿肉的是 100 天，食用狸、兔、鸟肉的是 11 天，食用鱼肉的是 3 天。②

神道教的“净秽”观念与祭祀活动密切相关。神道教在祭祀诸神时，不取中国人那种以兽肉为“牺牲”供于神前的作法。因为以生肉祭祀，会玷污喜好清净的诸神。

国学者斋藤彦麻吕《傍厢》说：“在神祇正道看来，牛、马、犬、猿、鸡因为其为人畜用之故，不断有产死之秽，作食物亦甚秽恶。而《后汉书》中有以牛祭神，《广州记》有杀牛取血和泥涂石牛背而祭祀等记载。这些神也都不是真神，何者？即牛马亦不以为秽之故也。天竺乞雨以牛粪涂场地，以牛乳酪食法师，在皇朝则以为甚秽而忌避之。于是有农人若食牛肉，则岁神降灾之事。”③

关于中国古人祭祀以动物而不用园蔬的理由，据清代李渔说，是因为园蔬每以上肥之故，其根蒂枝叶为粪所秽，染为污物的缘故。对此，天野信景提出反论，其《盐尻》卷 42 云：“然至用诸兽血肉，臭秽尤甚……我国太神宫御馔，其清洁岂异邦之人所能及耶？诸大社供神亦禁此甚秽之物。家家祭各自祖先，亦以此为第一不净而禁之。”④

国学者而外，儒者对于中国古代以动物做牺牲以供奉神灵的祭祀方式亦多有指摘。例如五井兰州《琐语》上云：“古成庙，则以羊血衅之。宗庙之器成，则衅之以豭豚。夫神明之庙之器，而洒兽血，膻秽甚矣。虽古礼俗，亦近戎狄之道。”⑤五井兰州认为，本应清净的宗庙之器而洒以牲畜之血，简直就是亵渎神明，因此斥为“亦近戎狄之道”。山鹿素行《谪居童问》卷 3 说：“备牛羊以为牺牲，杀鸡豚以奉神明者，异朝之制也。本朝现不用牛、羊、鸡、豚，特别

① 大隈重信：《日本开国五十年史》，上海：上海社会科学院出版社，2007 年，第 7 页。

② 原田信男：《历史上的米和肉》，第 105 页。

③ 日本随笔大成编辑部：《日本随笔大成》，第 3 期，第 1 部，第 74 页。

④ 日本随笔大成编辑部：《日本随笔大成》，第 3 期，第 14 部，第 427 页。

⑤ 铃木修次：《中国文学与日本文学》卷 1，第 18 页。

是世俗久得浮屠之劾，具蔬食素馔以奉者，又当时之例也。”①

（三）日本人以肉为不洁的饮食习俗

国学者天野信景认为，祭祀的习俗与饮食上的嗜好密切相关。其《盐尻》卷 60 云:“异邦之祭供以兽肉，而我国神社之忌兽肉者，其本于土地之自然乎？《五杂俎》云‘东南之人食水产，西北人食六畜’。日本为东南之国，多水物。多食兽肉则发恶疾，得温暖之风气而生之人，岂可食兽肉耶？祭祀起于风土之俗，东西两土之祭祀无可怪，唯诚敬在，则东西之礼何异？”②又《盐尻》卷 42 云：“唐土人以每嗜肉味之故，不以之为秽。岂唯牛、羊、猪、鹿等肉而已欤？虽腹内之秽物，亦以之为无上珍味而备以充神供。”③《盐尻》卷 56 云：“异邦之神祭有三牺，五鼎之储。以平生馔食有兽肉、禽类之故也；我国之神膳以兽肉为甚秽，以寻常不食此等兽禽之故也。夫荤腥之臭，人皆恶之。何况牛羊之血腻，鸡豚之肝肠，岂清洁之物哉？呜呼，屠豕烧鹅，生剥鳞甲油血流于盘中之状，仁人食之而快乎？”④又《盐尻》卷 32 云：“长崎港人语云‘异邦之人，以常食肉之故，其身有臭气。就中如红夷，以少食谷物专食兽肉之故，其船稍近于埠即臭甚，何况其国人行于路途而与之相遇者乎？必掩鼻而避之’。予曰，我国神事以食兽肉为秽而忌之，当据此而考知之。忌荤者亦以臭气可恶之故也，何况臭气熏人之肉食乎？以清洁为先之祭祀更应忌避之。”⑤

古贺侗庵也批评中国的以肉食为贵的饮食文化。《刘子》卷 30 云：“俨塾集先获我心”条云：“凡唐人之馔，杀鸡、鹅、狗、彘，马牛麋鹿之类，炰之燔之，膏之脯之，嗜肉倍于谷菜诸品。膻腥溢于外，油腻浸于内，且虽滋其味，而不长寿于我邦人，不壮坚于我邦人。《素问》所谓‘膏粱之变，足为大疔’。亦可畏矣。不如我邦先食后肉，加蔬果，盘馔以芳洁鲜丽为要也。其亦庶几无疾病欤。此条最卑，而最有理。”⑥古贺侗庵所谓“盘馔以芳洁鲜丽为要”，从某种意义上说，就是结合了佛教思想的神道“净秽”观念在日常饮食生活上的反映。

“以肉为污秽之物”说到底，是日本人的宗教观念。梅原猛《世界中的日本宗教》说：“要理解一个国家的文化，就有必要理解这个国家的宗教。比如说，要理解欧洲的文化，就要理解欧洲的宗教——基督教；要理解阿拉伯的文化，就要理解阿拉伯的宗教——伊斯兰教。同样，要理解日本的文化，当然首

① 山鹿素行：《山鹿素行全集·思想篇》卷 3，东京：岩波书店，1940 年，第 281 页。

② 日本随笔大成编辑部：《日本随笔大成》，第 3 期，第 15 部，第 437 页。

③ 日本随笔大成编辑部：《日本随笔大成》，第 3 期，第 14 部，第 427 页。

④ 日本随笔大成编辑部：《日本随笔大成》，第 3 期，第 15 部，第 151 页。

⑤ 日本随笔大成编辑部：《日本随笔大成》，第 3 期，第 14 部，第 183 页。

⑥ 关仪一郎：《日本儒林丛书》，卷 10，第 668 页。

先必须理解日本的宗教。”[①]铃木范久《宗教与日本社会》也指出：“国与国之间的交流，可以说，只有基于对处于各自国家文化核心地位的宗教的理解，才称得上是真正的文化交流。如果要理解日本文化，对宗教的理解是不可或缺的。”[②]

因此津阪东阳对于杜甫、苏轼以及杨万里诗中“以花比肉”的批评，也必须从宗教的角度来解释。

三、同姓婚与“同姓不通婚”

日本传统的婚姻观念，在一定程度上也影响于津阪东阳的诗歌鉴赏。

《夜航诗话》卷6论“和亲”诗，即唐代崔湜《奉和金城公主适西蕃应制》时这样说：“自汉以女妻匈奴而后世习以为例，常结昏戎狄，不以为耻。如李唐之时，世世嫁公主于虏酋，尤可哀也……今以天子之尊，迺与异类通婚，殆无人伦之理矣。夫庶人求配偶，犹各以其伦。良民之女不敢嫁匪类。况王姬公族，而弃之外夷，何其忍也。”[③]

这段议论从表面看来，似乎并无特别之处，无非是在表达一种世俗的择偶观而已。实则隐藏在这段话背后的，是中、日文化在婚姻观念方面存在的差异，即：皇室的婚姻传统以及日本社会普遍认同近亲婚。东阳的批评“和亲”主要基于以下两个原因：

（一）对于天皇皇室内近亲婚的维护

中、日文化的一个显著的差异，就是对于同姓婚的观念的不同。简而言之，中国排斥同姓婚，日本则否。中国自周代开始，“同姓不通婚”就一直成为婚姻禁忌。例如《魏书高祖纪》说：“周至，始绝同姓之娶”；《礼记·郊特牲》说：“夫婚礼万世之始也。取于异姓，所以附远厚别也”；《左传僖公二十年》说：“男女同姓，其生不蕃”；《左传昭公元年》说：“男女辨姓，礼之大司也”；《国语晋语》说：“同姓不婚，恶不殖也”；《白虎通嫁娶》说：“不取同姓者何？重人伦，防淫佚，耻与禽兽同也。”到了后代，更以法令的形式禁止同姓婚，例如《唐律户婚》、《元典章》、《明律例》、《清律例》等都明文规定触犯此禁的罚则。可见，中国的传统社会不认可同姓婚。

然而，这一儒教伦理却并没有为日本人所接受。历史上中、日对于皇室血

① 梅原猛著，卞立强、李力译：《世界中的日本宗教》，成都：四川人民出版社，2006年，第3页。

② 铃木范久著，刘健科译：《宗教与日本社会》，北京：中华书局，2005年，第1页。

③ 池田四郎次郎：《日本诗话丛书》，卷2，第503页。

统的认识存在很大差异。对于依靠政治权力来建立其统治的中国皇帝来说，如何巩固和扩大已经掌握的政治权势，比维护其血统的纯正性要重要得多。而“和亲”就是一种巩固和扩大政治权势的手段。政治权势一旦丧失，改朝换代，江山易主，自己连皇帝都做不成了，血统纯正不仅于事无补，反而会招来杀身之祸。史书所载皇室成员“愿世世无生帝王家”的悲叹，就是明证。

而日本皇室的权威，不是建立在政治实力的基础上，而主要是依靠其血统的纯正来维系的。金容云《韩国人与日本人》指出，在王位继承问题上，日本具有与其他游牧民族相同的特征。即，只有皇室成员才有天然继承皇位的资格，天皇家以外的人绝对没有这种资格，不论他握有多大的政治权力。①日本历史上不乏集各种大权于一身的实力人物，然而他们当中没有一人敢于僭越而自封天皇。室鸠巢在其《议神道书》中说：“我国以壤地褊小，民俗倥侗，而有尚鬼崇神之教以诱之。民化其教二千余岁，常以天子为神孙而不敢亵，虽强主迭起，国柄递迁，亦敬而远之，置诸度外，使无轻重于天下。其所自来者渐矣。”②因此，对于日本皇室而言，“万世一系”、“皇胤连绵”的纯正血统，是维系其权威的主要依据。而皇室成员一旦与皇室以外的异姓或异族通婚，天皇后代血统的纯正性就无从保持，其作为神国总祭司的权威势必受到质疑。中山太郎《日本婚姻史》说：“古代我国皇室中可以列举出许多近亲婚的事例，这样做无非是为了保持作为神国元首血脉的纯粹性，舍此无他。”③

日本四面环海，历史上没有外患，故无与异族通婚以保边境和平的必要；日本是单一民族的国家，亦无与异族通婚以缓和民族矛盾或加强对异姓部族控制，即所谓“以夷制夷”的政治需要；日本国土范围狭小，无须借助与王室的联姻而形成宗法关系以扩大对全国广大地域和人口的统治。一言以蔽之，日本不存在中国“和亲”的客观环境和历史条件。

为了保证血统的纯正，天皇家一直尽可能地维持着皇室内的近亲婚。《古事记》就有天孙降临日本伊始，本地神祇曾将两个女儿献给天孙的记载。这种姐妹婚是日本皇室近亲婚制度的雏形。《古事记》仲哀天皇卷列举的所谓“国津罪”中，兄弟姐妹间的性关系不包括其中，也就是说，不算犯罪。虽然同母兄妹结婚是罪过，但却认可异母兄妹间的婚姻。特别是明治维新新政权确立后，更将皇族间的婚姻通过《皇室典范》而法制化了。而以中国儒教的标准来衡量，即便是异母兄妹间的婚姻也是违背伦理的。

据大林太良《古代婚姻》一文对于《古事记》、《日本书纪》的统计，日本

① 金容云：《韩国人与日本人》，东京：サイマル出版会，1983 年，第 142-143 页。

② 荒木见悟等：《贝原益轩·室鸠巢》，东京：岩波书店，1970 年，第 413 页。

③ 梅村惠子、小和田美智子：《婚姻与女性》，东京：吉川弘文馆，1998 年，第 24 页。

历史上天皇皇室异母兄妹结婚的事例有：天忍人命与角屋妻；大江王与银王；仁德天皇与八田若郎女；根鸟王与三腹娘子；速总别王与女鸟王；腹中天皇与幡梭皇女；麁寸与饱田女；敏达天皇与推古天皇；忍坂日子人太子与田村王，又名糠代比卖；忍坂日子人太子与樱井玄王；忍坂彦人大兄皇子与小垦田皇女；用明天皇与间人穴太部王；物部石上赞古连公与御井夫人等。[①]其中，舒明天皇是忍坂日子人太子与田村王又名糠代比卖所生；圣德太子是用明天皇与间人穴太部王所生。日本自仁德天皇以来，异母兄妹间的婚姻十分盛行。以异母兄妹婚而成为皇后的就有三人，即八田若郎女为仁德天皇皇后；推古天皇先为敏达天皇皇后，后又成为天皇；间人穴太部王为用明天皇皇后。而且她们不论是作为天皇的正式配偶，还是作为皇嗣的母亲，其资格及正当性都从未受到过质疑。历史上皇室其他成员中异母兄妹婚的，还可以举出穗积皇子与但马皇女；弓削皇子与纪皇女的例子。

读《万叶集》中的恋歌可以发现，其中“恋人”与“妹”是作为同义语而使用的，这也可以证明皇室内的近亲婚习俗早在《万叶集》的时代就业已存在了。紫式部《源氏物语》“桐壶”篇有这样一段描写：桐壶帝宠爱一位女官桐壶更衣，并与之生有一子，称光源氏。光源氏的母亲桐壶更衣早逝，这使桐壶帝哀伤不已。为了慰藉桐壶帝哀伤的内心，身为桐壶帝侄女的藤壶宫以中宫的身份侍桐壶帝起居。也就是说，身为伯父的天皇桐壶帝娶亲侄女藤壶宫为妾。而桐壶帝之子光源氏又与藤壶宫暗中私通，并生有一子。对此桐壶帝并不知情，后桐壶帝崩，光源氏的这个儿子即天皇位，称冷泉院。《源氏物语》的这段伯父娶亲侄女，儿子与继母私通而生子的描写，虽然只是文学作品的虚构，却反映出日本皇室并不忌讳同姓婚的事实。

对此，江户时期的大儒太宰春台深不以为然，其《斥非》动辄斥“倭儒”而言必称“华人”、“中国”。指出“倭儒”的种种陋习是“夷狄之俗”而“华人弗为”、“华人无之”的。其《辨道书》斥日本国俗不合于圣道：“日本以不详九族之名谓，无五等之服制的缘故，骨肉亲戚视同路人，卒至于兄弟叔侄间婚娶。此事乃夷狄之俗，与禽兽无异，诚可悲矣。”[②]此外，林罗山亦指出：“藤夫人为淡海公之女，文武天皇之后，生圣武天皇……此藤夫人者，圣武天皇之光明皇后姊也。则圣武以其姨母为后，文武、圣武同为淡海公之外孙。”[③]又云；“文武娶淡海公长女生圣武，圣武亦娶淡海公少女。淡海公之于文武、圣武，犹如事代主之于神武、绥靖也。夫神武、绥靖时草昧，礼法未备乎？（藤原）

① 梅村惠子、小和田美智子：《婚姻与女性》，东京：吉川弘文馆，1998 年，第 23 页。

② 日本随笔大成编辑部：《日本随笔大成》，第 3 期，第 24 部，第 147-148 页。

③ 日本随笔大成编辑部：《日本随笔大成》，第 3 期，第 24 部，第 147-148 页。

不比等者制律令颁诸州，后世推之。以为大臣之隆盛，使妻于二帝，是独何哉？不能无嫌疑者欤。”①

国学者神泽杜口在其《翁草》中对太宰春台大加挞伐，他说：“呜呼，是何谓也？……此儒书中屡讥国事，愚俗万一信此说而以此国为夷狄之俗，与禽兽无异，唯西土国柄为可法，则若有如昔时蒙古袭来之事，欲愚俗不趋附异国者难矣。”又云：“著述题为《辨道书》的儒者，生于此国而诽谤国事，疏先人之情，背国家之法。自古国政有自然之风土，是等儒者，毕竟于国有害。”②神泽杜口之前，还有佐佐木高成作《辨道书》、松下谦水作《辨太宰辨道书》对于太宰春台的“诽谤国事”进行抨击。神泽杜口这里所说的“国事”、“国政”，其中很重要的内容，就包括天皇皇室内的近亲婚。在神泽杜口看来，这是日本“自然之风土”使然，没有什么可议的。

天野信景虽然对林罗山的质疑作辩护：“上古之事犹阙略，有名同而人异者，有数世同号者也。”但也承认“敏达、天武以妹侄为后，当时无疑之者。圣武亦以从母为后不疑焉。流风当世如此耶”。③

多田义俊《南岭子》也为日本皇室内的近亲婚辩护，他说：“儒者非难我神道，诽谤我国元无道者多矣……《日本书记》雄略天皇卷称妻为妹者，盖古之俗乎？又有质疑用明、推古之时，以同姓妹为后者。而据《稗海》一书载，世传女娲为伏羲之妹，而后为夫妇，自此生民滋息。舜娶尧之女娥皇、女英二人为妻，并娶姐妹之事，以今论之，既非圣人亦非君子所宜，是时所不得不然者也。儒者之非难，于尚未制礼之昔时与既已制礼之后代的差异不加分辨者也。”④

如上所述，津阪东阳本人曾经与皇室成员有过密切的关系，对于皇室自然抱有亲近感，也较一般人更了解皇室的婚姻传统。因此他不太可能站在与太宰春台、林罗山相同的立场上质疑日本皇室的近亲婚。其对中国“和亲”诗的批评，具有维护皇室血统纯正性的意识。

（二）日本社会对于近亲婚的普遍认同

皇室而外，在朝廷大臣之间也盛行近亲婚，这方面可以举出藤原不比等与五百重娘；藤原房前与从四位片野朝臣；大伴宿奈麻吕与大伴坂上郎女的事例。甚至在朝廷以外的乡村市井，也存在近亲婚的情况。定兼学《近世生活文化史——地域诸问题》中依据小野家文书《诸御用留帐》对江户时期石莲寺村的

---

① 日本随笔大成编辑部：《日本随笔大成》，第 3 期，第 13 部，第 76 页。

② 日本随笔大成编辑部：《日本随笔大成》，第 1 期，第 1 部，第 161 页。

③ 日本随笔大成编辑部：《日本随笔大成》，第 3 期，第 13 部，第 76 页。

④ 日本随笔大成编辑部：《日本随笔大成》，第 1 期，第 17 部，第 335 页。

通婚圈进行考察，结论是：通婚“距离远的事例很少，大体在与郡内邻接的赤坂、和气、邑久、上道郡，徒步一天可以到达的地域就是通婚圈。但必须注意的是，近世是身分阶层的社会，以同属阶层男女通婚为主。通婚常常是局限在大户与大户；名主、五人组头与名主、五人组头；小百姓与小百姓；被歧视民与被歧视民之间。超越阶层的婚姻几乎没有，其要因就在于近世社会身分和差别的强固性”。①

通婚圈如果局限在如此狭隘的范围内，近亲婚的几率自然不会很小。津阪东阳所谓“庶人求配偶，犹各以其伦”，就是在这样的背景下说的。在他看来，良民之女嫁与“徒步一天可以到达的地域”的外人尚且不可，更何况皇室之女远嫁千万里之遥的外夷？且“和亲”的对象是向中央王朝称臣纳贡的“虏酋”，其身分亦无法与血统高贵的王姬公族相匹配。

至于其中的缘由，金容云《韩国人与日本人》分析到，所谓日本国家，在相当长的一段历史时期，是由许多独立王国似的地域共同体组成的。而各个地域共同体具有极强的集团意识。而加强内部团结的手段之一，就是近亲婚。因此社会上对于“自己的好闺女无论如何不能嫁给外人，应该尽可能地让她们和地域共同体内部的男子结婚，留下自己的后代子孙”这样的论理持肯定的态度。②这反映出日本独有的地域共同体的集团意识。中根千枝谈及日本社会及文化的特色时说：“与其它诸外国相比，日本的集团何以如此具有排他性呢？日本社会排他性的构造何以如此之发达呢？回答这个问题，必须考虑到曾经拥有人口绝大多数的传统村落集团的因素。”中根千枝在考察了江户时期各地的村落集团的内部构造后指出，日本的村落具有极强的“孤立性”和“闭锁性”特征，特别是各村落之间几乎没有“流动性”。中根千枝还比较了江户时代的工商业组织“株仲间”与中国清代以来的手工业、商业“行会”、“帮会”的不同，指出，中国的“行会”、“帮会”尽可能多地吸收从事相同行业的人加入，而日本的“株仲间”则采用定员制，外来者即便是同业者，如果没有事先获得数量有限的“株”是很难加入的。③也就是说，相对于中国的同类组织的包容性而言，日本的乡村或工商业组织都具有极强的排他性。这种排他性，是“自己的好闺女无论如何不能嫁给外人，应该尽可能地让她们和地域共同体内部的男子结婚，留下自己的后代子孙”的婚姻观产生的社会原因。

津阪东阳非难“和亲”，是以这种地域间、行业间的孤立性、闭锁性，一言以蔽之，是以日本社会排他性的构造为背景的。

---

① 定兼学：《近世生活文化史——地域诸问题》，大阪：清文堂，1999 年，第 189 页。

② 金容云：《韩国人与日本人》，第 120 页。

③ 江上波夫：《日本民族与日本文化》，卷 2，第 390-396 页。

有贺喜左卫门《日本社会的阶层构造》说，日本社会缺少认同儒家道德为唯一正确的现实基础。所以尽管统治者也将儒家视为正统，但儒家道德却很难在现实生活中发挥它在中国社会曾起过的巨大作用。[①]

儒教“同姓同宗不同婚”的伦理道德就没有为日本社会所普遍认同。这是因为，在日本，所谓“同姓同宗”的概念是不存在的。直到19世纪中叶，即在明治维新以前的漫长历史时期里，绝大多数人是没有姓的。只有贵族和武士才允许使用姓，只有上层阶级才制定家谱，而家谱是从现在还活着的人开始回溯，三代以前的祖先很快就会忘掉。在这种社会条件下，人们连谁和自己是“同姓同宗”都尚且无从分辨，更不用说选择异姓通婚了。换言之，日本社会不存在禁止“同姓同宗不同婚”的现实可能性。

在日本，名字是个人所属的“家”的称号，町人只有“屋号”，它代表的是交易上的法律关系和在顾客中的商业信誉，由祖先的遗泽带给后代的社会地位。因此，相对于中国的主要是以先天的血缘关系为主要特征的“姓氏”而言，日本人的“名”即“家业”具有后天性和不稳定性，它是祖先辛勤努力的结果，会因为后代的怠惰而丧失。在一个家族中，长子是维系家业的关键，如果长子不幸去世，出于挽回家业衰颓的现实需要，人们往往采用一种称作“库直”的传统做法。就是让这个家族中的次子娶嫂子为妻，继承长子的地位。这是日本社会存在近亲婚或族内婚的现实依据。

津阪东阳以“和亲”为“无人伦之理”，表明他并不认同儒教严禁近亲婚、族内婚的伦理。因为依照儒教的伦理，“异姓通婚”才是“人伦之理”，而“和亲”性质上相同，虽然非情，却并不违背伦理。所以在中国咏“和亲”的作品，大多表达了对当事者远嫁蛮荒，魂游异域的无限同情，却没有指责其背理。

再次，津阪东阳此论还反映出其对于中国的“华夷之辨”缺乏理解。

自古以来，汉民族在文化上的优越感使他们自称“中华”、“华夏”，而称其周边未开化的异民族为“北狄”、“南蛮”、“西戎”、“东夷”。从表面上看，这些称谓体现了汉民族对于他民族的歧视。然而，正如竹村卓二《少数民族的历史与文化》一文所指出的那样，这种所谓歧视，主要是由于文化的差异，而非种族的差异。换言之，汉民族与周边民族之间的“华夷之辨”是后天的、可改变的，与欧洲白人殖民者对于殖民地土著的种族歧视完全不同，种族差异是先天的、难以改变的。孔子说“故远人不服，则修文德以来之”。在汉民族看来，周边民族如果得到中原的文德礼教的同化，就可以获得汉民族的身份，被视同为民族大家庭的成员。竹村卓二甚至认为，即使是“狄”、“蛮”、“戎”、“夷”这些称呼中也很难断言，就是汉民族对他民族的蔑称。例如“蛮”这个

---

① 有贺喜左卫门：《有贺喜左卫门著作集》卷11，东京：未来社，1968-1975年，第12页。

称谓本身并没有将南方少数民族视同“虫”的含义。它跟原住民当中流行用一种叫做“蛊”的妖术有关。“蛊”是一种毒虫，因为当地操纵这种妖术的人很多，所以汉族人就在古代对南方原住民的总称“系言系”字下添加了“虫”字，称为“蛮”；又如以“狄”字称北方少数民族，是因为他们狩猎的生活中经常与犬、狼等动物发生密切关系的缘故。所以在其称谓上加“犭”字。在宋代以后才盛行的以“犭”字加于少数民族名而蔑称之的作法以前，对于周边各民族的称谓，基本上都是依据其生活状态及习俗而命名的，其中并不含有歧视之意。①

津阪东阳认为“和亲”是与“异类”通婚，是一种“耻”辱，并以戎、狄、夷与“匪类”相提并论，这是对于主要是基于文化差异的“华夷之辨”的误解，是以种族差异为不可逾越的狭隘观念。中国有多民族冲突、融和的漫长历史，而日本则基本上由单一民族构成。津阪东阳的非难“和亲”，是以中、日两国民族构成的差异性为背景的。

日本诗话从性质上说，是汉文学的一个方面。研究日本诗话，固然应该把它放在中国诗话在日本的传播这个背景中来考察。但同时也必须认清，不能仅仅将研究局限在汉文学的范围内，作者的日本文化背景也必须纳入视野，否则对于诗话的解读是不全面的、不准确的。太田青丘说，日本的儒者虽名为儒者，本质上都是日本人。他们是通过日本人的心智来理解并消化儒教的。②同样道理，日本诗话的作者也是以日本人的心智来评价中国诗歌的。江户时代的儒学者津阪东阳的《夜航诗话》就是一个例证。

① 桥本太郎：《汉民族与中国社会》，东京：山川出版社，1996年，第334-335页。

② 太田青丘：《日本歌学和中国诗学》，东京：弘文堂，1958年，第265页。

近年来中、日比较诗学研究中存在的问题[①]

近年来，中、日比较诗学研究论文、专著层见叠出，有很多是填补空白的带有创新性的新作。由于这些作者的努力，中、日比较文学研究的前景值得期待。然而，研究一种文学现象，首先要了解它是什么，其次才能说它怎么样。遗憾的是，有很多研究，“是什么”的问题还未弄清，就急于下结论。本文试以近年来国内出版、发表的中、日比较诗学研究若干专著及论文为例，就其中比较突出的问题谈谈笔者的意见。归纳起来，这些问题主要有以下四个方面。

一、缺乏严谨科学、实事求是的治学态度

缺乏严谨科学、实事求是的治学态度具体表现在，引用原著及相关的书目不准确，且张冠李戴，以甲为乙，误丙为丁。尤其是大量引文没有出处，令人怀疑作者是否真的读到过原著，且对于基础材料的解读也存在随意性，甚至出现常识性错误。

例如邱紫华著《东方美学史》（下称邱著）中引用的书目，未经必要的核实。该书说：“室町时代的能乐大师世阿弥在《五音曲》中……”，“世阿弥……的许多著作都以花来命名，例如，《花传书》、《花镜》、《至花镜》等。”[②]

而实际上，世阿弥著有《五音曲条条》（简称《五音》），并无《五音曲》，有《风姿花传》（简称《花传》）并无《花传书》，有《至花道》、《花镜》并无《至花镜》。邱著将世阿弥不同的作品合二为一，显然未经严格校对，勘误。

邱著引原田东岳《诗学新论》说，和歌的魅力在于“感情之沉潜与其自然之表现”、“触物感怀表露”、“诗既本为吟咏性情之艺”。[③]而检遍《诗学新论》[④]，

---

① 此文刊载于《山东社会科学》2014 年第 10 期。

② 邱紫华：《东方美学史》，北京：商务印书馆 2003 年版，第 1068 页。

③ 邱紫华：《东方美学史》，第 1094 页。

④ 池田四郎次郎：《日本诗话丛书》，东京：文会堂书店 1920-1922 年版，卷 3，第 261-373 页。

并无这几句话。《诗学新论》专论汉诗，无一语及于和歌。

邱著中引前人著作，在脚注中仅列书名，却不说明其出处、标出页码。有的干脆连脚注都没有。例如引服部土芳《三册子》，脚注中只有“服部土芳：《三册子》”[①]而已。引菅原道真《新撰万叶集序》、纪贯之《古今和歌集假名序》、纪淑望《古今和歌集真名序》，[②]以及吉田兼俱《唯一神道名法要集》、藤原惺窝《千代茂登草》、本居宣长《直毗灵》等[③]亦复如此。书中引他人著作而未注明资料来源的更是不计其数。不知道作者见到的是日文原著呢还是中译本？至于引文是作者翻译的呢还是用他人的译文则无从查考。不知作者是从哪里见到这些材料的？原典的辗转引用，其正确性便要大打折扣，而对于引文的出处讳莫如深，不明确交代所依据的版本，无论如何不是严谨科学的态度。其实邱著涉及的这些日文著作，在国内各大图书馆都可以很容易找到，在付梓之际，稍加留意，就不难避免出现此类问题。

而更严重的问题是，从作者的论述中还暴露出相关知识准备的不足。例如谭雯《日本诗话的中国情结》（以下称谭著）解释长野丰山《松阴快谈》“诗贵新奇……若舍现在常境而必求之千里之外，探之古冢秘笈之中”时说：“尽管长野确先生认为诗贵在新奇独特，但他也不主张从远隔千山之处或者远古秘笈之中，寻找人们闻所未闻的情境。”[④]

这种解读充满了主观随意性。长野是借袁宏道反对复古的观点，针对荻生徂徕“萱园派”诗人尊崇明代李攀龙、王世贞复古主张，写诗舍身边常境不写，偏要模仿明代士大夫声调而发。“求之千里之外”，是说他们写的是远隔千里之外的中国士大夫的生活情趣；“探之古冢秘笈之中”，是说他们喜欢在诗中卖弄学问。谭著不知长野所指，所谓“远隔千山之处”、“远古秘笈之中”、“闻所未闻的情境”云云，完全是望文生义。

谭著对东梦亭《锄雨亭随笔》中的“覆酱瓿”一语解说道：“不会因为轻视这些作品而将之作为盆钵等器皿的盖子”。[⑤]真可谓独出心裁，“作为盆钵等器皿的盖子”，怎么就和“轻视”扯到一块儿了呢？谭著的作者不知，“覆酱瓿”的不是什么“盖子”，而是“稿子”。古人视没有价值的文章为废纸，用它来“覆酱瓿”，以示不屑之意。

谭雯《日本诗话论诗话》一文（以下称谭文）评论芥川彦章《丹丘诗话》说：“在《沧浪诗话》之外，彦章还提到了陈师道的《后山诗话》是值得翻阅

① 邱紫华：《东方美学史》，第1094-1095页。

② 邱紫华：《东方美学史》，第1091页。

③ 邱紫华：《东方美学史》，第984页。

④ 谭雯：《日本诗话的中国情结》，北京：中国社会科学出版社2007年版，第135页。

⑤ 谭雯：《日本诗话的中国情结》，第142页。

借鉴的。因为该诗话‘论诗入妙悟’之故。事实上，我国的诗学批评界对《后山诗话》也评价很高。郭绍虞先生的《宋诗话考》……认为该书在诗话创作转型过渡中有着举足轻重的意义。《丹丘诗话》成书于18世纪，彦章先生能有如此眼光和见识，足见他对中国诗歌和诗话的了解之深了。”①

这段议论，越说离事实越远。谭文仅据芥川说过《后山诗话》“诗家最不可不读”，就将其与《宋诗话考》相提并论，说芥川早已具有郭绍虞的“眼光和见识”。实则芥川不过说《后山诗话》“略可取”而已，芥川还说过陈师道“其识非上乘”②的话，这与“我国的诗学批评界评价很高”显然不可混为一谈。

二、对于立论所依据的基础资料缺乏甄别，以讹传讹

这一点具体表现在，将论证建立在转引他人翻译的基础之上，而不是直接根据原著。特别是对他人的翻译不加甄别，直接用作立论的主要依据，并在错误译文的基础上进行推论，最终其结论的可靠性也颇值得怀疑。

上引邱著、谭著及古风《意境理论的现代化与世界化》一文（以下称古文）等，都大量采用了曹顺庆主编《东方文论选》的译文。而事实上，《东方文论选》在日文原著的翻译方面，本身就存在诸如漏译、误译、文字未经校勘等缺陷。对此不加甄别，直接引用，结果只能是以讹传讹。

例如古文及谭著都引用了《东方文论选》翻译的祇园南海《诗学逢原》“诗有境趣”条：

> 诗乃境趣二者外无形者也，虽千变万化，不出此二者。先言境，境界也，景色也。凡人目之所触，耳之所闻，身之所觉，自天地日月，风雨雪霜，寒暑时令，至山河草木，禽兽虫鱼，渔樵耕牧，管弦歌舞，绮罗车马等，都是我身以外之境界，皆总谓之境。我心之思，之知，之忆，之怜，之乐，凡心之用，皆谓之趣。三体诗中，以境趣为虚实，以形之现与形之未现为相分，其名异而实同。凡诗，或有自抒怀抱者，又有自咏物者，又有作以赠人者，又有与人赠答者，然其皆无不面对其境作出。其有目前光景，又有昔日光景，又有别处光景。此光景山水花鸟自不待言，宫殿楼阁，

---

① 《湘潭大学学报（哲学社会科学版）》2008年第2期。

② 池田四郎次郎：《日本诗话丛书》，卷2，第555页。

舟车坐卧，无处非景。且虽触境而作，然皆止乎我心所感之趣向。如上所述，境趣二者，乃统辖诗之全体者也。[①]

而《诗学逢原》原文为：

詩ハ境、趣ノ二ツヨリ、外ノ形ハナキ物ナリ。千変萬化トイヘドモ、此二ツニ出ルコト無シ。先境トハ境界ナリ。景色ナリ。凡人ノ目ニ触レ、耳ニ聞キ、身ニ覚ユルタグイ、天地、日月、風雨、雪霜、寒暑、時令ヨリ、山河、中木、禽獣、蟲魚ニ至リ、漁樵、耕牧、管絃、歌舞、綺羅、車馬等、都テ我身ヨリ外ノ境界、皆是ヲツヾメテ境トス。趣トハ意、趣向ナリ。我心ニ思フコト、知ルコト、思ヒ出スコト、思ヒヤルコト、楽ムコト、凡心ノ用、皆名付テ、趣トス。三体詩ニハ境、趣ヲ實、虚トス。形ノ現ニ在ルト、形ノ見ヘザルトヲ以テ分タリ。其名カワレドモ實ハ同ジ。凡詩ハ自ラ懐ヲ述ベ、自ラ物ヲ詠ジ、人ニ作リテ贈リ、人ノ贈ルニ答ルトテモ、皆目前ノ景気、又ハ昔ノ景気力、又ハ余所ノ景気力、山水、花鳥ハ勿論、宮殿、楼閣、舟車、坐臥ノ処、何ニテモ其境ニ對セザバ、作リ出スベキ様ナシ。又其境ニフレテ作ルトイヘドモ、ツマリハ我心ノ感ズル趣向ニ止ルコトナレバ、右ノトヲリ、境、趣二ツハ詩ノ全体ヲノベク、リタル者ナリト、先カク主意をク、リオキ。[②]

两相对比，就可以发现，《东方文论选》在这段仅400多字的短文中漏译、错译竟有九处之多：

1. 这段译文中脱落了原文中领起下文的关键句“趣トハ意、趣向ナリ”（趣者，意与主意者也），使后面的论述显得与上文不相连属。

2. 第一句 “詩ハ境、趣ノ二ツヨリ、外ノ形ハナキ物ナリ” 的意思是：“诗歌以境和趣为基本形式，舍此二者更无他物”。译成 “诗乃境趣二者外无形者也”，读者如坠云里雾中。“外ノ形“应该译成“其他形式”，而非“……之外”。

3. “先境トハ境界ナリ。景色ナリ” 中的 “先” 是 “首先、第一” 的意思，句意是：“首先，境者境界也，景色也”。译成“先言境，境界也，景色也”。意思混沌不明，不知 “言” 字从何而来？

4. “凡人ノ目ニ触レ、耳ニ聞キ、身ニ覚ユルタグイ” 中的 “タグイ”（之

① 曹顺庆：《东方文论选》，成都：四川人民出版社1996年版，第785页。

② 中村幸彦：《近世文学论集》，东京：岩波书店1971年版，第239-240页。

类）没有译出，而“覚ユル”的意思是“体会、感受”，译成“身之所觉”，等于没有翻译。

5. “都テ我身ヨリ外ノ境界、皆是ヲツヾメテ境トス”中的“都テ”，是全称代词，意为“所有的”、“全部的”。“ヨリ”是个限定词，意思是“除了……之外”。而“ツヾメテ”则是“压缩、缩小、简化”之意。这两句话的意思是：“上面列举的所有这些，除了诗人自己之外，都是境界。简而言之，就是境”。译成“都是我身以外之境界，皆总谓之境”，误。

6. “凡心ノ用、皆名付テ、趣トス”中的“心ノ用”，是指心的各种功能和作用。这句话的意思是：“凡是心的各种功能和作用都可以赋予它们一个名称，那就是趣”。译成“凡心之用，皆谓之趣”，基本上没有翻译。

7. “形ノ現ニ在ルト、形ノ見ヘザルトヲ以テ分タリ”的意思是：“(《三体诗》的‘实境’和‘虚境’)是根据其形式是实际存在的，和其形式是看不见的为标准来划分的”。译成“以形之现与形之未见相分”，显然没有弄懂日语“現ニ”（实际上）的含义。且原文中的动词“在ル”脱落未译。古文据此误译说，“境”为“形之现”，以本来在日文中是副词的“現”为动词“显现”、“出现”、“呈现”之意，误。

8. “凡詩ハ自ラ懐ヲ述ベ、自ラ物ヲ詠ジ、人ニ作リテ贈リ、人ノ贈ルニ答ルトテモ、皆目前ノ景気、又ハ昔ノ景気カ、又ハ余所ノ景気カ、山水、花鳥ハ勿論、宮殿、楼閣、舟車、坐臥ノ処、何ニテモ其境ニ對セザバ、作リ出スベキ様ナシ”（诗歌无论是自己述怀、咏物还是赠人、答赠之作，都离不开写“境”，包括目前、往昔及别处之景物气象。山水花鸟固不必说，还包括宫殿楼阁、舟车及日常起居坐卧之处等等。无论怎样，不与“境”对（触）就不可能创作出作品）。这段话中的“其”（那种）是引领“境ニ對セザバ、作リ出スベキ様”的，而“作リ出スベキ様ナシ”的意思是“不可能创作出作品”。译文中没有将这两个关键意思译出，造成理解上的困难。

9. “又其境ニフレテ作ルトイヘドモ、ツマリハ我心ノ感ズル趣向ニ止ルコトナレバ，右ノトヲリ、境、趣二ツハ詩ノ全体ヲノベクヽリタル者ナリト、先カク主意をクヽリオキ”的意思是：“诗歌尽管说是触境而作，终究还是取决于诗人内心感于境而生的主意。由上所述可知，境与趣二者，总括诗之全体而言之者也，故此先概括地写出这个主旨。”译文对“趣向”（主意）一语及“先カク主意をクヽリオキ”（故此先概括地写出这个主旨）没有翻译。

类似的例子还有，谭著中将广濑淡窗《淡窗诗话》中的“是尤メテ之ニ倣フト云フモノナリ”译成：“是尤可谓效之也”。[①]译者不知此句是用《左传·襄

① 谭雯：《日本诗话的中国情结》，第46页。

公二十一年》“尤而效之，其又甚焉”的典故，意思是：在责备他人过错的同时，自己却犯了与他人同样的错误。这里的“尤”是动词责备、归咎的意思。译文译作副词，显然是误译。

此外，邱著引世阿弥《风姿花传》说，强调演员“应该充分在‘状物’（原文为‘物真似’——引者）上用功夫，进入角色里去，毫无矫饰”。“世阿弥强调，能乐表演的幽玄之美，是以惟妙惟肖的‘状物’（原文为‘物真似’——引者）即表演的逼真可信为基础的”。①

不知译者将日语“物真似”（仿效、模仿）翻译成“状物”的根据是什么？张龙妹主编《日本古典文学大辞典》“《风姿花传》”条说：“简述能乐中‘物まね’（模仿）这一基本演技的实质。”②这个翻译是准确的。这句话的原文是“ただ物まねにまかせて、その物になり入りて、いつわりなくば、荒くも弱くもぁゐまじきなり”。③意思是：演员只须集中心力于模仿，完全变成他所模仿的对象。如果能让他的表演没有任何的矫揉造作，则必然不会有“荒”或“弱”的毛病了。“荒”是指将本来柔弱的人物演成强劲的样子；“弱”是指将强劲的人物按照幽玄（优美）的标准去表演。世阿弥在《花镜》中解释了什么是“その物になゐ”：“例如扮演老翁，其身体须是年老的样子。扮演者要弯着腰，脚跟要作出站不住的样子，手指也要内弯，好像伸不直一样。演员首先要完全变成这样一个老翁的姿态……所有的演技都要在完全变成一个老翁的姿态的基础上展开。”④

由此可见，世阿弥讨论的是演员如何恰如其分地扮演角色的问题，或者说是扮演角色的时候怎样把握好分寸，举手投足、表情言语如何与戏剧人物的身份、性格相称的问题，而不是邱著所谓“逼真地再现事物的形和态”的问题。与其说世阿弥是在主张“逼真地再现事物的形和态”，不如说，他在倡导演员的表演应该合乎情理，合乎戏剧人物的类型特征。

其实，世阿弥《风姿花传》在国内有刘振赢译本，邱著为何不拿来参考呢？

一般来说，学术著作不是直接根据原著，而是将论证建立在转引他人翻译的基础之上是十分危险的。当然，并不是说任何翻译的著作都不可以用来作为论据，我们也不能要求作者对其引用的外文材料都具备读解原著的能力。重要的是对译著的权威性要有所了解，否则差之毫厘，谬以千里。

---

① 邱紫华：《东方美学史》，第 1137 页，第 1151 页。

② 张龙妹：《日本古典文学大辞典》，北京：人民文学出版社，2005 年，第 789 页。

③ 伊地知铁男、表章、栗山理一：《连歌论集・能乐集・俳论集》，东京：小学馆 1980 年，第 274 页。

④ 伊地知铁男、表章、栗山理一：《连歌论集・能乐集・俳论集》，第 304 页。

三、缺乏根据、主观臆断、望文生义、强作解人

这一点具体表现在，提出一个论点，却不能拿出足够的论据，通过严密的论证来让人接受它。或罔顾起码的事实，如盲人摸象，以臆测代替论证。不能不让人怀疑书中的许多观点，是不是真的经过了作者的深思熟虑。

例如，邱著说："日本民族性和审美情趣的'气局偏小'还表现在诗歌中的'俳句'形式，这是从中国古典诗歌的近体诗蜕变而来的，刻意在一两句诗句中下功夫，以表现丰富的思想。"①众所周知，日本的俳句是从和歌独立出来的，它本身曾是和歌的上半部分（俳句的音律形式是五、七、五，是从五、七、五、七、七音律的和歌分化出来的）。又因为它是俳谐连歌的首句，故又称"发句"。明治时代的正冈子规才正式将"发句"称为"俳句"。

不知邱著所谓俳句是"从中国古典诗歌的近体诗蜕变而来"的观点，是作者自己的发明呢，还是引述国际、国内研究俳句的哪位硕学鸿儒的高见？如果是后者，至少应该注明出处，便于读者按图索骥；如果是前者，则需要花费大量篇幅来论证，恐怕不是三言两语就能敷衍过去的。

在日本，汉文学的历史与和文学一样长，绝句对于日本人来说并不是陌生的东西，历史上汉诗人而兼作和歌者比比皆是，特别是探讨中日诗歌形式、作法的诗话、俳论汗牛充栋。迄今好像还没有人提出过"俳句脱胎于近体诗"的观点，似乎也没有关于这个问题的议论。如果真的像邱著所说的那样，那么俳句从近体诗"蜕变"的必然性何在？"蜕变"过程又是怎样的？是在什么时代，由谁来完成这一"蜕变"的？

邱著说："中国古代的注释批评作为一种批评方式，对日本的诗歌批评也产生了较大的影响。"②奇怪的是，接下来却没有只言片语的论证来支撑这个观点。

邱著进而将"その物になゐ"等同于"幽玄"，显然不符合世阿弥的原意。且对于世阿弥"幽玄"论的诠释也似是而非。日本歌论、能乐论、俳论对于"幽玄"的论述中，几乎没有以"幽玄"为"惟妙惟肖"或"表演的逼真可信"的。理由很简单，"幽玄"的最大特征是象征、暗示，而不是"再现"。能乐的"幽玄"观与禅宗密切相关，并受到宋代理学的深刻影响。因而不可能停留在"逼真地再现事物的形和态"、"惟妙惟肖"或"逼真可信"的阶段。"幽玄"是禅理的象征，具有清寒幽深、阴翳深邃的特征。而"事物的形和态"却千姿百态，

---

① 邱紫华：《东方美学史》，第1053页。

② 邱紫华：《东方美学史》，第1030页。

如果“逼真地再现”它们，则必然不会仅限于清寒幽深、阴翳深邃。因此，追求“幽玄”的效果，恰恰不能“逼真地再现”。

世阿弥《风姿花传》对于“花”的解释也是充满象征性、暗示性的。他说：“所谓花，其实并非实存。作为能乐演员，能够穷尽一切表演功夫，最终感知何谓珍奇，此乃花也。”①就是说，能乐所追求的境界“花”，并非实际的存在，如果观众通过能乐的演出，感知到了“珍奇”，这样的表演才算是成功的。可见，世阿弥已经明确指出表演的目的不在于“逼真”或“真实”，而在于感知能乐表演所暗示的某种“理”。

“幽玄”的理论既然是象征、暗示，其内涵绝不会是单纯追求“逼真”、“真实”。对于那些不能让人感知或体悟某种禅理的“事物的形和态”，艺术家就是再现得再“逼真”，也是不能臻于“幽玄”之境的。邱著以“幽玄”等于“真实”，大成问题。仅仅凭《东方文论选》误译的这几句话，就推衍出“状物”美学的“重要思想”，就总结出日本艺术的“美学追求”或“戏剧美学思想”，无论如何是缺乏说服力的。

又如古文说：“祇园南海的《诗有境趣》……的‘境趣’，类似普闻《诗论》所说的‘境意’，实际上就是‘意境’。‘境’为‘身外之物’，为‘形之现’，为‘实’；‘趣’为‘心之用’，为‘形之未见’，为‘虚’，其基本精神与中国‘意境说’一致。但也有所不同，‘意境说’强调‘意与境会’，重在‘合’；而‘境趣说’强调‘境趣有别’，重在‘分’。他的‘有境胜者，有趣胜者，有境趣平分秋色者’和‘语势隔则闻之不惬’，当是王国维‘境界说’之所本。”②所谓“形之现”、“形之未见”，根据的是《东方文论选》的误译，而且“‘境趣说’强调‘境趣有别’，重在‘分’”的说法也是讲不通的。

祇园南海《诗学逢原》原文为：“何ニテモ其境ニ對セザバ、作リ出スベキ様ナシ。又其境ニフレテ作ルトイヘドモ、ツマリハ我心ノ感ズル趣向ニ止ルコトナレバ、右ノトヲリ、境、趣二ツハ詩ノ全体ヲノベクヽリタル者ナリト、先カク主意をクヽリオキ。”③其中的“何ニテモ其境ニ對セザバ、作リ出スベキ様ナシ”（无论怎样，不与“境”对（触）就不可能创作出作品）以及“其境ニフレ”（触境）等，难道不是在强调“意与境合”吗？说“境趣说”重在“分”，那对这段话又作何解释呢？

至于说“‘语势隔则闻之不惬’当是王国维‘境界说’之所本”就更加离谱了。且不说“语势隔则闻之不惬”这句话断章取义，翻译也有错误。原文是

① 张龙妹：《日本古典文学大辞典》，第789页。

②《中国社会科学》1998年第3期。

③ 中村幸彦：《近世文学论集》，第239-240页。

“或ハ境ヨリ趣ヘウッル、ッタイ路キルレバ、缘ナク、趣ヨリ境ヘカヨウ所ノ语势隔レバ、ッコドナク聞ヱル类。”（或由境而移于趣之联络中断无缘，若由趣而通往境之处语势相隔，则与开头听起来不相类似。）

从上文“趣ヨリ境ヘカヨウ所ノ语势隔レバ”（由趣而通往境之处语势相隔）之语可知，祇园这里论述的重点在于：一首诗中写景如何向抒情过渡的问题，是章法结构的问题。换言之，是实践层面而非理论层面的问题。“隔”字的意义与王国维“隔”与“不隔”的概念并不相同，与《人间词话》“语语都在目前，便是不隔”的表述更是南辕北辙。怎么能仅仅因为二者都用了“隔”字，就将祇园的“境趣”与王国维的“境界”硬扯到一块儿呢？

如果古文坚持认为王国维“境界说”源于祇园“境趣说”的话，则恐怕需要花费大量篇幅来论证，而不是只言片语就能断言的。提出一个论点，需要拿出足够的论据、并通过严密的论证才能让人接受。否则读者如坠五里雾中，不能不怀疑作者的观点，是不是真的经过了作者的深思熟虑。

谭著以吴乔《答万季野诗问》、王士禛《师友诗传录》为“语录体诗话”，并说：“日本诗话中有广濑建《淡窗诗话》是这种体裁”，于是总结道“日本诗话在创作形式上基本继承了中国诗话的各种体例”。[①]就是说，《淡窗诗话》在“语录体诗话”的体裁上“继承了”《答万季野诗问》、《师友诗传录》。吴乔、王士禛是清朝人，早在他们之前的镰仓时代，禅僧虎关师炼（1278-1346）就以“语录体”写出了《济北诗话》。那么何以见得《淡窗诗话》的“语录体”继承的只能是较晚出现的中国诗话，而不是年代更早的日本诗话呢？ 这种先入为主，只作简单类比罗列就急忙得出结论，无论如何不是严谨的。

谭著说：“诗贵含蓄似乎已经成为诗歌审美特点之一。因为诗歌通常是在短小的篇章中跨越时空，蕴藏大量信息。”[②]根据这个解释，那些没有“跨越时空，蕴藏大量信息”的作品是不是就不算含蓄诗呢？唐诗中以含蓄著称的名作恰恰不符合这个标准。

谭著说：“诗贵平淡作为日本诗话中探讨的诗歌审美标准之一……总而言之，大家都认为平淡真切的诗才是值得经久回味的珍品。”[③]果真如此的话，那么怎么解释虎关《济北诗话》反对以“平淡”作为“诗歌审美标准”的事实呢？[④]

又如关于山本北山《作诗志彀》对于石川清之《三家诗话》的批评，谭文说：“山本先生却仔细分析了这三部诗话论诗观点和主张的相左之处，认为差距较大，不宜合刻一处。后两部诗话甚至对徂徕学派一直尊奉的诗人榜样李于

① 谭雯：《日本诗话的中国情结》，第 223 页，第 225 页。

② 谭雯：《日本诗话的中国情结》，第 137 页。

③ 谭雯：《日本诗话的中国情结》，第 137 页。

④ 池田四郎次郎：《日本诗话丛书》卷 6，第 294-295 页。

鳞颇有微词。并因此讥笑徂徕及其门人学艺不精，贻笑大方。其实，将上面三部诗话合刻出版并非像山本信有所说的那样可笑，毕竟三者在诗歌创作的很多方面谈出了很多富有特色又各不相同的观点，对于学诗和研究诗歌的人来说是很有帮助的。”①这段论述，未免越说越糊涂。北山所论有两点：指出石川清之的“读书疏漏”；诟病荻生徂徕的“学问之浅”。石川身为荻生徂徕的门人，在诗论方面也应该尊奉李攀龙的格调说才对。而他却将宣扬“真才性情”，主张“不专格调”，“不必论格调”的《谈艺录》、《艺圃撷馀》一并收入《三家诗话》，由此可知石川没有认真读过《谈艺录》和《艺圃撷馀》，不了解这两部诗话的论诗宗旨。

而谭文所谓“两部诗话对李于鳞颇有微词”，则与此论旨无关。王世贞对李攀龙也有微词，但这并不妨碍二人论诗宗旨相同。而比石川的“读书疏漏”更让北山诟病的是，以徂徕之博学，尚且不能明辨这三家诗话论诗旨趣之异而称道之，并以之为作诗的楷模，误导其门生弟子，使他们在“真才性情”和“专论格调”之间无所适从。北山认为这是徂徕“学问之浅”的又一证据。这里的“学诗者”应为荻生徂徕的门生弟子，谭文却扩大为“学诗和研究诗歌的人”。于是主观上认为对于这些人而言，自然应该“转益多师”而不应堕于一偏。于是不能理解，对于这些人而言，何以“三者在诗歌创作的很多方面谈出了很多富有特色又各不相同的观点”不仅不是“很有帮助”反而会“无所适从”？于是提出反论：“其实，将上面三部诗话合刻出版并非像山本信有所说的那样可笑。”这与北山所论，风马牛不相及。

四、作者自身的外文读解和翻译水平存在缺陷

这一点具体表现在，对于文本囫囵吞枣、曲解原意、妄加评判，直接影响论证的准确性，导致缺乏说服力结论。翻译本身存在错误，接下来的概括就显得矛盾百出，难以自圆其说。

例如，谭著对于三浦梅园《诗辙》卷一“使事”条“故事ヲ使フ事ハ、古ヨリコレアルナレモ、畢竟興象ヲ得テ、ソレヲ故事ニ粧点スル程ノナリ、本詩人ノ本色ニ非ズ”②的翻译：“使用故事，古已有之。而诗人之本色毕竟以得兴象为佳，使用故事妆点而已。”③谭著没有将“本詩人ノ本色ニ非ズ”（诗人

①《湘潭大学学报》2008年，第2期。

② 池田四郎次郎：《日本诗话丛书》，卷6，第66页。

③ 谭雯：《日本诗话的中国情结》，第83页。

之本色本非在用故事）这句对于了解原著观点至关重要的话译出，导致译文不能正确传达原著的本意。

谭著说，三浦晋“认为诗歌是以兴象为主的，因此古诗中很少用事。只是到晚唐以后，诗人们才对用典一事颇为热衷，乐此不疲。事实上，这种在诗中频繁地使用典故的做法只不过是炫耀才学罢了，对于诗歌本身的审美价值并无增色之功，在这种细枝末节上耗费心力是不值得的”。①

首先，三浦并没有认为诗中用事是“炫耀才学”，也没有说过诗中用事“无增色之功”。相反认为诗中偶用（時々）故事可以起到“妆点”的作用，“妆点”非谓“增色”而何？ 其次，三浦以用事为“兴象”的辅助，但并没有说用事是“细枝末节”，无足轻重。最后，三浦反对的是过分追求用事以至损害了“兴象”，并不反对在不损害“兴象”的前提下的用事。也就是说，他没有彻底否定用事在诗歌创作中的作用，所谓在用事上“耗费心力是不值得的”更不是三浦的本意。

又如谭文对山本北山《作诗志彀》“沧浪诗话”条的翻译：

> 南宋严沧浪论诗，多有格言，害诗道亦不少也。南郭氏称之云：虽有来者，不能间然。岂知钱谦益即多论辨沧浪之非。清乾隆帝亦大言其欺世，驳沧浪之论。何者？严沧浪盖王李沿袭之风之发端也。故冯定远《钝吟杂录》云：不知严沧浪之一字。其言虽鄙之已甚，亦非妄言也。②

而《作诗志彀》的原文则为：

> 南宋ノ厳滄浪ガ詩ヲ論ズル、格言多シト言エドモ、詩道ニ害アコトモ、亦少カラズ。南郭氏之ヲ稱シテ、「雖有来者，不能間然」ト云フ。岂知ンヤ、銭謙益既ニ滄浪ガ論辨ノアヤマル所ヲ非リ、清ノ乾隆帝モ亦、「大言欺世」ト、滄浪ヲ駁シタマヘルコトヲヤ。何レニモ、王李沿襲ノ端ヲ發ク者ハ、厳滄浪ナリ。故ニ馮定遠ガ鈍吟雜録ニ、厳滄浪一字ヲ知ラズト云フ。其言已甚ト雖ドモ、妄ニ非ズ。③

两相对照，翻译错误有三处：

1.“岂知钱谦益即多论辨沧浪之非”。原文“非”字前有助词“ヲ”，是

① 谭雯：《日本诗话的中国情结》，第 84 页。

② 谭雯：《日本诗话的中国情结》，第 84 页。

③ 中村幸彦：《近世文学论集》，第 304 页。

动词，意为“非难”，作者翻译成名词“沧浪之非”，误。

2.“清乾隆帝亦大言其欺世，驳沧浪之论”。严重曲解原意。北山原意是说，清乾隆帝有驳斥严羽之论，说他“大言欺世”。而依谭文的翻译，则“大言欺世”的是清乾隆帝，而非严沧浪。

3.“故冯定远《钝吟杂录》云：‘不知严沧浪之一字’”。不仅误译，而且缺乏对《钝吟杂录》内容的了解。《钝吟杂录》说严羽“知此人胸中不通一窍，不识一字，东迁西扯而已”。北山“严沧浪不知一字”即据此而言。而依作者的翻译，则“不知一字”者成了冯班，而非严羽。

又如，谭文对《作诗志彀》“三家诗话”条的翻译：

> 近代石川清之合刻《沧浪诗话》、《谈艺录》、《艺圃撷馀》三家诗话，思是三家诗话旨趣相同。或云严沧浪固为李王袭拟之祖；徐昌谷之诗古澹，大异于王李所专格调之论；王敬美与其兄元美从于鳞之意趣亦甚不同，其言曰：“今之作者，但须真才实学。本性求情，且莫理论格调。”又有“更千百年，李何尚有废兴，二君（徐昌谷、高子业）必无绝响”云云。其意乃废李献吉、何景明模拟之诗，矜扬徐高二人真才性情之诗。有《池北偶谈》称王敬美真高识。此语一出，后之豪杰识者皆诽之，惜可叹也。以是观之，王徐二书与于鳞之趣，自隔别也。清之，徂徕之门人也，尊奉于鳞，合刻与于鳞异趣之书，读书之疏，尤且谓也。清之有《三家诗话跋》曰：有于徂徕先生处请益诗者，必称之以为侯的。称沧浪为侯的固其分也，若侯的王徐二家，则似走 异于于鳞之路，学者何处适从焉。徂徕学问之深，是以可观其一端耳。①

而《作诗志彀》的原文为：

> 近代石川清之、滄浪詩話、談藝錄、藝圃擷餘ヲ合刻シテ、三家詩話トナク。是三家トモニ、趣キ同ジキモノト思ヘルナリ。厳滄浪ハ、固ヨリ李王襲擬ノ祖タルコト云マデナシ。徐昌穀ハ王元美ニ善ト云ヘドモ、其詩古澹ニシテ、大ニ王李ト異ナルナリ。故ニ其論ズル所、格調ヲ専トセズ。王敬美ガ意趣モ亦、甚ダ其兄元美ガ于鱗ニ從ヘルヲ是トセズ。其言ニ曰、「今ノ作者、只真才実学ヲ第一トシ、性ヲ本トシ、情ヲ求テ格調ヲル論ズベカラズ。李獻吉、何景明ガ模擬ノ詩ハ、廢スルコトアリトモ、徐昌穀、高子業ガ真才性情ノ詩ハ、千歳ノ後ニテモ、絶響セマジ」

① 《湘潭大学学报》2008年，第2期。

ト云云。池北偶談ニ、王敬美ヲ真ノ高識ナリト稱シテ曰、「于鱗、元美ニ、早ク此語ヲキカシメバ、後ノ豪桀識者ニ誹ラレマジキニ、惜カラズヤ」ト嘆慨セリ。是ヲ以テ観レバ、王、徐ノ二書ト、于鱗ガ趣トハ、自ラ隔別ナリ。清之ハ徂徠門人ニテ、于鱗ヲ奉ズル人ナルニ、于鱗ト趣異ナル書ヲ刻ス。書ヲ讀コトノ疏ナルユヘナリ。且尤モ謂レナキハ、清之ガ三家詩話ノ跋ニ、「徂徠先生有請益于詩者，必稱之以為侯的」トアリ。滄浪ヲ侯的トスルハ、固ヨリ其分ナリ。若シ王、徐二家ヲ侯的トセバ、于鱗ト路ヲ異ニシテ走ルニ似タリ。學者何レノ処ニ適從センヤ。徂徠ガ學問ノ深カラザル、是ヲ以ソノ一端ヲ観ベキナリ。①

两相对照，谭文的翻译存在如下问题：

1.“近代石川清之合刻《沧浪诗话》、《谈艺录》、《艺圃撷馀》三家诗话，思是三家诗话旨趣相同”。作者漏译“名之曰”三字，且《三家诗话》无书名号，读者会误解为石川清之分刻而非合刻了《沧浪诗话》、《谈艺录》、《艺圃撷馀》三家诗话。

2.“或云严沧浪固为李王袭拟之祖”。原文中无“或云”二字。且作者漏译“不待言”，语义欠完整。

3.“徐昌谷之诗古澹，大异于王李所专格调之论”。作者漏译“虽与王元美相善”一句，且翻译与原文相去甚远。山本本意是说，就诗歌风格而言，徐祯卿的“古澹”与王世贞、李攀龙“大异”，而非就诗论作比较。由诗风之异，进而谈到徐祯卿的诗论亦不像王、李那样专论格调。谭文将诗风与诗论混为一谈，译文令人费解。

4.“王敬美与其兄元美从于鳞之意趣亦甚不同”。原文没有“与……亦甚不同”的表述。山本是说，在诗歌主张上（意趣），王世懋甚不以其兄王世贞一味追随李攀龙为然。

5.“其言曰：‘今之作者，但须真才实学。本性求情，且莫理论格调。’”作者漏译“以……为第一”。“且莫理论格调” 不符合原意。

6.“又有‘更千百年，李何尚有废兴，二君（徐昌谷、高子业）必无绝响’云云”。此句原文中以李献吉、何景明“模拟之诗”与徐昌谷、高子业“真才性情之诗”对举，说前者或“有所废”，而非作者所谓“尚有废兴”；后者“千岁后无绝响”，而非作者所谓“更千百年”。

7.“其意乃废李献吉、何景明模拟之诗，矜扬徐高二人真才性情之诗”。“其意”云云，“矜扬”云云，为原文中所无。

---

① 中村幸彦：《近世文学论集》，第305页。

8.“有《池北偶谈》称王敬美真高识。此语一出，后之豪杰识者皆诽之，惜可叹也”。“此语一出”为原文中所无。由于作者漏译“惜乎，若于鳞、元美早闻敬美此语，可免……所讥”一段，造成读者对这句话无法理解。按照这个翻译，则王士祯称赞王世懋之语“一出”，而遭受后之豪杰识者所“诽”，于是为王士祯感到可惜、可叹。而北山原意是说，王士祯感叹，李攀龙、王世贞没有早一点听到王世懋称道“真才性情”的诗论，否则也不至于为后人那样诟病了。于是为李攀龙、王世贞感到可惜、可叹。

9.“清之，徂徕之门人也，尊奉于鳞，合刻与于鳞异趣之书，读书之疏，尤且谓也”。“读书之疏”是指出石川清之谬误的原因，作者漏译“之故”二字，文脉上交待不清。“尤且谓也”不知所云。原文以之属下文，意为“尤不得不言之者”是石川《三家诗话跋》中的问题。谭文对这一段文字缺乏正确的理解。

10.“清之有《三家诗话跋》曰：有于徂徕先生处请益诗者，必称之以为侯的”。这句话的问题在于，谁称之（《三家诗话》）以为侯的？是徂徕先生，还是别人？按照作者的引述，则称道《三家诗话》的是“于徂徕先生处请益诗者”而非徂徕。原文为“徂徕先生有请益于诗者，必称之以为侯的”，意思是说，徂徕对来向自己请益有关作诗问题的人称道《三家诗话》。谭文为何要将这段并不难解的汉文作此改动？令人费解。

11.“称沧浪为侯的固其分也，若侯的王徐二家，则似走异于于鳞之路，学者何处适从焉。徂徕学问之深，是以可观其一端耳”。这段翻译，让人不明白北山究竟是在批判还是在称赞徂徕？按照谭文，则从令学诗者无所适从这一点上，可以看出“徂徕学问之深”？且不说原文分明作“徂徕学问之浅”，如果谭文对于北山的论诗主张有一个基本的了解，也不会如此粗率鲁莽了。

总而言之，谭文中引用的日文诗话，凡是出自作者或虽未注明而疑为出自作者翻译的部分，都存在类似的谬误。池田四郎次郎《日本诗话丛书》收录的65 部诗话中，日文的占了一多半。谭文的作者以日本诗话为研究对象，却对这一多半作品的内容缺乏正确理解，建立在此基础上的推论自然也就似是而非了。

本文指出这些问题，意在引起学界的重视，使学界同人对当今中、日比较诗学研究中存在的问题有一个清醒的认识。

王国维与日本明治时期的文学批评

——田冈岭云文论对王国维“意境说”的影响[①]

《文学评论》2013 年第 5 期刊登的李春青《略论“意境说”的理论归属问题——兼谈中国文论话语建构的可能路径》一文，针对罗钢的王国维“意境说”“是德国古典美学的中国版”的结论，强调“意境说”“所指涉的中国美学经验应予以高度重视”。

不过，探讨王国维“意境说”的理论归属问题，如果将目光局限在“是西方美学传统的还是中国美学传统的”这一框架之中，显然是不充分的。无论是王国维接受德国古典美学，还是其“汇通中西”的中国文学批评实践，都与明治时期日本学者在这方面的率先垂范密切相关。而文艺评论家、思想家、田冈岭云（1871-1912）[②]对王国维的影响尤为显著。田冈治西方哲学，其《文集》中有关康德、叔本华哲学的引述，成为青年王国维接触德国古典哲学的直接契机。[③]田冈还用西方美学理论对日本俳句及中国古典文学进行阐释，是陈寅恪所谓“取外来之观念与固有之材料相互参证”的先行者。

田冈岭云对王国维文学批评的影响是多方面的。以“意境说”而论，日本学者首先注意到其与田冈文论之间的关系。例如竹村则行指出，田冈《美与善》、《论神秘教之接神》、《读元良氏参禅日志对于禅述我所怀》等评论中，就已经频繁使用了“无我”、“境界”这类词汇，且《人间词话》在文章表现方面也与田冈论文十分类似。[④]岸洋子也说，松尾芭蕉（1644-1694）的弟子渡边支考

---

① 此文刊载于《清华大学学报（哲学社会科学版）》2015 年第 4 期。

② 田冈名佐代治，号岭云，别号栩栩生，东京帝国大学文科大学汉文科选科（现为东京大学文学部）毕业。1899 年曾赴上海东文学社任教，与藤田剑峰（1869-1929）同为王国维的日文老师。1905 年又与王国维同在苏州江苏师范学堂任教。

③ 王国维：《三十自序》：“时社中教师为日本文学士藤田丰八、田冈佐代治二君。二君故治哲学，余一日见田冈君之文集中有引汗德（康德）、叔本华之哲学者，心甚喜之……读叔本华之《意志及表象之世界》一书。叔氏之书，思精而笔锐。是岁前后读二过……尤以其《意志及表象之世界》中《汗德哲学之批评》一篇，为通汗德哲学关键。”王国维：《静庵文集续编》，长春：辽宁教育出版社，1997 年版，第 159 页。

④ 竹村则行：《王国維の境界説と田岡嶺雲の境界説》，九州大学中国文学会编：《中国文学论集》，第 15 号，1986 年。又萩原正树：《20 世紀における日本の詞論研究》，载小樽商科大学言语中心编：《言語センター広報 Language Studies》第 9 号，2011 年第 3 期，第 81 页。

（1665-1731）的俳论，通过田冈的中介，给《人间词话》以影响。[①]

历来认为王国维“意境说”中“突破传统，自成家数的重要理论”有：“有我之境、无我之境”、“造境、写境”以及“能写真景物、真感情者，谓之有境界”等，本文拟围绕这三个方面，以田冈刊于1899年的《第二岭云摇曳》，刊于1906年的《壶中我观》以及1908年的《有声无声》等基础材料为依据，说明田冈岭云文论对王国维的影响。

一、“有我之境”与“无我之境”

（一）词论之“境界”与俳论之“境界”

李春青说：“王国维用来阐述其‘意境说’时所用术语，包括‘境界’和‘意境’本身，全部都是中国古已有之的。”而“意境说”则是“在阅读了康德、席勒、叔本华以及其他德国古典美学之后，突然激发起灵感，试图借助于外来的观念对中国固有之审美经验重新命名与阐释”。[②]

实际上，率先将“境界”一语置于叔本华美学的语境中，赋予其全新内涵，并以之对本国、本民族传统审美经验及诗歌理论进行现代阐释的，并非王国维，而是他的老师田冈岭云。

早在《人间词话》以“境界”论词的约十年前，田冈就在其《岭云摇曳》中以“境界”、“无我之境”论松尾芭蕉的俳句及渡边支考的俳论了。例如《芭蕉》说：“无憎爱，无是非，无得失，美可使任何人一时达此境界（限于有美感之人）。然惟诗人之有别才者，由有此直觉的观相，能超出意志的金钢圈。”[③]又《作为俳论家的渡边支考》说：“故诗人接于神来，必为无心无念之无我，游于无我之境界，始能唯今之眼界、姿态是感。无我非谓我无也，自动的我无，无我执之我，无心无念、无私理私意之谓也。”[④]此外，与《人间词话》同年稍早[⑤]刊行的《有声无声》中也出现过“无我之境界”。其中《绝对与自由》说：

① 岸洋子：《王国維と田岡嶺雲-「人間詞話」をめぐって》，载安藤彦太郎编：《近代日本と中国》，东京：汲古书店，1989年。

② 李春青：《略论“意境说”的理论归属问题》，《文学评论》，2013年，第5期。

③ 田冈岭云：《第二岭云摇曳》，东京：新声社，1899年，第12页。

④ 田冈岭云：《第二岭云摇曳》，第32页。

⑤ 佛雏《王国维诗学研究》说，王国维《人间词话》发表于1908-1909年。叶嘉莹《王国维及其文学批评》说，王国维于光绪三十四年（1908）至宣统元年（1909），陆续在国粹学报发表《人间词话》六十四则。田冈岭云《有声无声》则刊于明治四十一年（1908）8月。

“人一旦入于无我之境界，此个身即解脱，个身解脱，即超出时间空间的金钢圈外，无时间之束缚即无穷也，无空间之束缚即无限也。个我偶脱时间空间之束缚犹如梦中，身处褥上而能至千里，黄粱未熟之间而能阅尽五十年荣枯。”①不仅如此，田冈是将“无我之境”与叔本华“直观”、“意志”、“自我丧失”以及艺术观审只是短暂瞬间解脱的美学理论相结合，并运用于其俳句论中的。

而且，王国维“有我之境，以我观物，物皆著我之色彩”，亦本于田冈《芭蕉》“以同情之眼对万物，故万物皆活动而向我也。一微草之战，一溪流之嗫，悉与我为同一生命……有我故万境为我而现，万境为我而现故此万境为吾意志之影像”。②而王国维“无我之境，以物观物，不知何者为我，何者为物”亦即田冈《作为俳论家的渡边支考》“唯诗人能脱意志之束缚而游于纯粹情感之天地……当此之时，自动之我已不存在，只剩下被动之我，即六欲不动于内，五官各忘其职，嗒然丧我。我既已丧，恍惚兮融化于天地之美中”③以及“大诗人对天地之美，全以其一身而没于神来之里”④之意。

罗钢说，王国维《孔子之美育主义》“引用康德和叔本华的论述来说明审美经验的特质，对于我们理解王国维的这一对概念，尤其是无我之境，具有特别重要的意义……它使我们认识到，王国维所谓‘无我’，其实就是叔本华的‘纯粹无欲之我’”。⑤

《孔子之美育主义》说：“人之根本在生活之欲，而欲长起于空乏……然吾人一旦因他故，而脱此嗜欲之网，则吾人之知识已不为嗜欲之奴隶，于是得所谓无欲之我，无欲故无空乏，无希望无恐怖，其视外物也，不以为与我有利害之关系，而但视为纯粹之外物，此境界唯观美时有之。苏子瞻谓：‘寓意于物’（《宝绘堂记》），邵子曰：‘圣人所以能一万物之情者，谓其能反观也。所以谓之能反观者，不以我观物也，不以我观物者，以物观物之谓也。即能以物观物，又安有我于其间哉？’（《皇极经世》观物内篇）此之谓也。其咏之于诗者，则如陶渊明云：‘采菊东篱下，悠然见南山，山气日夕佳，飞鸟相与还。此中有真意，欲辨已忘言’。谢灵运云：‘昏旦变气候，山水含清晖，清晖能娱人，游子憺忘情’。或如白伊伦云：‘I live not in myself，but I become portion of that around me，and to my high mountain are a feeling’（我不是在自我中生活，我已经成为周围事物的部分，对于我，高耸入云的群山也是一种感情）

---

① 田冈岭云：《有声无声》，东京：嵩山房，1908 年，第 86-87 页。

② 田冈岭云：《第二岭云摇曳》，第 7 页。

③ 田冈岭云：《第二岭云摇曳》，第 32 页。

④ 田冈岭云：《第二岭云摇曳》，第 6-7 页。

⑤ 罗钢：《七宝楼台，拆碎不成片断——王国维“有我之境、无我之境”说探源》，《中国现代文学研究丛刊》，2006 年，第 2 期。

皆善咏此者也。”①

这段论述与田冈《芭蕉》如出一辙：“夫有所欲故有所念，有念故有识，有识故有我……若欲以齐一平等而观万有，彼此融泯，常自虚寂，齐观万有，非先斩断意志之葛藤而不可。能斩断意志之葛藤，六欲不动，五官各忘其职，忘然失我，嗒然丧偶。我失偶丧，万境无别……诗人为直觉的、具象的，于万有依其原貌而观之，以情与力直攫之，即如拜伦‘I live not in myself，but I become portion of that around me，and to my high mountain are a feeling ’及乐翁公‘つくつくとひとり向かへば我身さへ月のなる中心地こそすれ’之所歌，我与万有一致融合。”②

两者都以叔本华关于艺术创作、欣赏能摆脱欲望、意志的束缚达到“自我丧失”状态的理论为依据。王国维“脱此嗜欲之网”，即田冈“斩断意志之葛藤”之意。王国维引陶渊明、谢灵运诗，与田冈引松平定信（1758-1829）和歌，方法上一脉相承，而对拜伦诗的引用则一字不差。

（二）关于“有我之境、无我之境”的论说

关于两境的优劣。温儒敏说：“王国维在区分不同的审美特质时，认为‘无我之境’比‘有我之境’更属上乘。”③

而我们只需将田冈《现代思想革新之兆》“无我之状态，所谓神通也。能贯三世，能究十方，能飧霞而生，能驾云而游也。所谓无何有之乡，广漠之野，此即无我之境界”④与《作为俳论家的渡边支考》“若胸中犹存取舍拣择之念，则彼所对之宇宙，唯实利世俗之宇宙而已。宇宙之万象，唯与利害得失相关之万象而已。人若如此，则无论天地间何处风雅逍遥之地，所见之青山白水，不过是没趣落寞之土封流水而已”⑤及《芭蕉》“夫有所欲故有所念，有念故有识，有识故有我，有我故万境为我而现，万境为我而现故此万境为吾意志的影像，取舍拣择存于胸中而生见解，故于万境而生违顺憎爱，生违顺憎爱，故有计较拟议，自计度，自较量，可怜生宽平大道上独自忙乱”⑥相对观即可明了，“无我之境”优于“有我之境”的认识，是王国维从田冈岭云那里得来的。

关于两境与优美、宏壮的对应关系。王国维“无我之境，人唯于静中观之。有我之境，于由动之静时得之。故一优美一宏壮也”之义颇难索解。罗钢指出：

---

① 佛雏：《王国维哲学美学论文辑佚》，上海：华东师范大学出版社，1993 年，第 361 页。

② 田冈岭云：《第二岭云摇曳》，第 11-12 页。

③ 温儒敏：《中国现代文学批评史》，北京：北京大学出版社，1993 年，第 18 页。

④ 田冈岭云：《壶中我观》，东京：博信堂，1906 年，第 27 页。

⑤ 田冈岭云：《第二岭云摇曳》，第 32 页。

⑥ 田冈岭云：《第二岭云摇曳》，第 32-33 页。

"叔本华所谓'不动声色'（按，即'不动声色地把意志和为意志服役的，对于关系的认识推出意识之外'），大约相当于王国维从'静中得之'，而'强有力地挣脱'（按，即'强有力地挣脱该物体对意志那些被认为不利的关系，通过自由的，有意识相伴的超脱于意志以及与意志攸关的认识之上'），大约相当于王国维所谓'由动之静时得之'。"①

然而，以"强有力地挣脱"释"动"则可，释"由动之静"则不可。王国维此论，很可能参考了田冈《孤岛之秋》："雅丽之快感由与静观相伴而归于忘我精神的平衡；庄严之快感由与动力相抗之主我精神的反拨而生自我之满足。"②田冈所谓"雅丽"、"庄严"即相当于"优美"、"宏壮"。其《海与山》说："雅丽虽使人心浮，却不至于生畏。庄严则往往诱人以死，若巉崖之高，深渊之深，飞瀑之猛，海之大，乃至与月夜相对之暗夜，与红色相对之绿色，与分明相对之模糊，与杂沓相对之森严，如此者皆不由得让人联想到死亡，此即渺然小我对伟大景象而生憧憬之刹那也。"③

"忘我精神"即"无我之境"，"主我精神"即"有我之境"。"雅丽之快感与静观相伴而归于平衡"即优美，"庄严之快感与动力相抗而生满足"即壮美。"与静观相伴"即优美"于静中观之"，"与动力相抗"而"满足"，即宏壮"由动之静时得之"。

田冈《芭蕉》还以西山宗因（1605-1682）及松尾芭蕉的俳句为例说："宗因才思焕发，语语皆弄滑稽、纵诙谐而旁若无人；芭蕉则不然，沉重诚意，宁静自守，恬淡自居，芭蕉于寂中观察世界，宗因则于乐中观之。以寂观寂而乐者芭蕉也；以趣观趣而浮者宗因也。"④芭蕉"以寂观寂而乐"即"于静中观之"。宗因"以趣观趣而浮"即"由动之静时得之"。

田冈《忧患之初》说："凡有趣味之人大都不幸。无趣味则凡事可安，可满足。趣味为一种理想，故解得趣味，对现实中之事物即不能安，不满足。于是而生不平不安，而有烦有苦恼。"⑤宗因之有"趣"，表明其理想与现实有冲突，而其所以能由"不安"、"不满足"而"乐"，即缘于其"反拨"现实，与不平不安烦闷苦恼"相抗""而生自我之满足"。

可见，田冈岭云的俳句论为解明"强有力地挣脱"与"由动之静"之间意

---

① 罗钢：《七宝楼台，拆碎不成片断——王国维"有我之境、无我之境"说探源》，《中国现代文学研究丛刊》2006年，第2期。

② 田冈岭云：《孤岛之秋》，载《岭云文集》下编，引文据人文会出版部编：《明治大正随笔选集》19，东京：人文会出版部，1926年，第192页。

③ 田冈岭云：《有声无声》，第79-80页。

④ 田冈岭云：《第二岭云摇曳》，第10页。

⑤ 田冈岭云：《壶中我观》，第154页。

义关联提供了参照。换言之，王国维所谓“由动之静”故“宏壮”，是经田冈诠释了的叔本华理论。

综上所述，田冈岭云阐释的原理是德国古典美学的，而采用的材料则是本国的传统文学样式和歌、俳句，这对于王国维结合叔本华美学，对中国古代诗词进行全新阐释，起到了很好的示范作用。

二、“造境”与“写境”

（一）“合乎自然”与“邻于理想”

王国维说，“造境”、“写境”虽是“理想与写实二派之所由分”，但“二者颇难分别。因大诗人所造之境，必合乎自然，所写之境，亦必邻于理想故也”。

为什么大诗人“所造之境，必合乎自然”？

王国维《文学小言》说：“必吾人之胸中洞然无物，而后其观物也深，而其体物也切。”①又《人间词话》说：“虽如何虚构之境，其材料必求之于自然，其构造亦必从自然之法律。”②

而这些观点，均见于田冈岭云文论。田冈《绝对与自由》“主观将其意识凝注于一事一物之上，而达于一心专念之域时，乃忘我丧偶，时间与空间的束缚始解，此身直与六合冥合，浑然恍然，与天地为一体一枚……哲学家耽于沉思往往触此境界，自冥想遽然而觉，则误以此境界如客观存在，而自己则不悟此绝对者也”。③又《写实主义之根本的谬想》“大作家想化全局，即灵化，天衣无缝，故理想未显现。非无理想也，作品中的一言一动、一景一象皆作家之理想也。作家先有理想而后可得融入客境，谓之写实亦可”④等，都是王国维“胸中洞然无物，而后其观物也深，而其体物也切”之所本。

又田冈《写实主义之根本的谬想》说：“作者既用其观且择客境之材料，又必要求其统一，统一即作者之想化也。客境用作美的材料，又要求其醇化，醇化即作者之想化也。”⑤又《芭蕉》说：“客观存在本身固非可疑，有客观存在，吾人感官方可接受其印象。”⑥此亦王国维“虽如何虚构之境，其材料必求

---

① 郭绍虞、王文生：《中国历代文论选》第四册，上海：上海古籍出版社，1980 年，第 379 页。

② 王国维：《王国维文学论著三种》，北京：商务印书馆，2003 年，第 31 页。

③ 田冈岭云：《有声无声》，第 86-87 页。

④ 田冈岭云：《壶中我观》，第 69 页。

⑤ 田冈岭云：《第二岭云摇曳》，第 2-3 页。

⑥ 田冈岭云：《第二岭云摇曳》，第 125-127 页。

之于自然”之所本。

为什么大诗人“所写之境，亦必邻于理想”？

王国维《人间词话》说：“自然中之物，互相限制。然其写之于美术中也，必遗其关系、限制之处。”①又《文学小言》说：“而观物与其描写之也，亦有无限之快乐伴随之”。②

这些观点，也可在田冈《露伴》中见道：“勿谓没理想，勿谓大诗人何必有理想。理想是对世界的一种观想，一种直觉的见地。大诗人只以具象而非抽象表现理想，故浑然无迹，如天衣无缝然。故大诗人非无理想，只是不表现理想。非不能表现理想，不表现而已。”③此即王国维“所写之境，亦必邻于理想”之所本。

田冈《写实主义之根本的谬想》说：“写实亦必以主观为之先导，正如客象万有系于主观那样，作家描出的客境亦作者所对之客境，作者观且择之客境也。既曰观且择，其择即作家自身择之，即主观择之，作者自家理想择之也。而作者用其观且择之客境材料，又必要求其统一。统一即作者之想化也。客境用作美之材料，又要求其醇化。醇化即作者之想化也。客境自相不整，由作家理想之陶冶而融化、醇化，即美化也。故美化即想化也。进而可谓，客境既已想化，而理想能不现于作品乎？……若先无理想则亦无写实也。无选择之写实摄影既非美术，则非经想化之客境固亦非文艺作品……无不先之以理想而能写实者也”。④

又《芭蕉》说：“盖科学者对于万有，常讨究其相互关系，从中抽出概念，比较、推度此概念而求其相通之性质，故诉诸推理之能力也。即为抽象的，尽可能将万有远离于现实者也；反之，诗人为直觉的、具象的。于万有依其原貌而观之，以情之力直攫之。”⑤ 田冈所谓“观且择”及“以情之力直攫”，即王国维“必遗其关系、限制之处”之所本。

又田冈《俳句为主观之诗乎》说：“既曰客观诗，则其中不可生作者主观愉乐，既曰非主观之诗，则其中不可以主观快感为主，天下岂有如此不合理之言哉？故虽客观之诗，其客观亦须经过主观而见之于诗。而客观诗中之主观快感，即出现于客观经过主观之时。”⑥此即王国维“亦有无限之快乐伴随”之所本。

---

① 王国维：《王国维文学论著三种》，第 42 页。

② 郭绍虞、王文生：《中国历代文论选》第四册，第 379 页。

③ 田冈岭云：《第二岭云摇曳》，第 11-12 页。

④ 田冈岭云：《壶中我观》，第 69 页。

⑤ 田冈岭云：《第二岭云摇曳》，第 89-90 页。

⑥ 田冈岭云：《第二岭云摇曳》，第 2-3 页。

（二）“诗人之境界”与“常人之境界”

王国维强调，只有“大诗人”才能“造境合乎自然，写境邻于理想”。其《清真先生遗事》说：“有诗人之境界，有常人之境界。诗人之境界，唯诗人能感之，能写之，故读其诗者，亦高举远慕，有遗世之意。若夫悲欢离合，羁旅行役之感，常人皆能感之，而唯诗人能写之。”

“唯诗人能感之”，本于田冈“诗人庸人”及“达人浅人”之论。田冈《芭蕉》说：“对能惹起微妙感兴的细微动缘，庸人无痛切之心动。虽映于庸人眼中之细微者，亦犹黄疸病患者满眼皆黄者然。而伟人眼中，凡物皆有其意义（如托马斯·卡莱尔所说）……大诗人即呈露于人前却无人能见‘the open secret’之钥之专有者也。以觌面即能知其秘密之故，其所言为不加丝毫技巧之自然。”①又《诗人与厌世观》说：“诗即纯情之文学，诗人即感情之人。故诗人特别容易感动，容易激动，正像在他们眼中即便是一朵野花亦有意义那样，诗人对所有事物都有很深的感动，因此见庸众对事物的那种漠不关心的态度，常激愤不能自已。他们毋宁说是神经过敏之人，哪怕是细微的刺激都会使他们冲动不已。”②又《无声无色》说：“耳不听，目不看，口不言之时，心地惺惺直接照破万物，此达人之胸次固非浅人所能识。”③

为什么“唯诗人能感之”？罗钢的解释是：“叔本华认为，诗歌和其他艺术一样都是天才的产物，这是因为天才具有一种常人所没有的深邃的观察力……天才区别于常人的就是这样一双能够直观地认识事物观念的‘天才之眼’。”④但李春青却不同意这个说法：“叔本华的‘直观’所要把握的是殊相中的共相，是所谓‘意志’，这是柏拉图的‘理念’、斯宾诺莎的‘实体’以及康德的‘物自体’同一层级的本体概念……王国维所欲‘观’之物就不同了，那是一种趣味，一种情调，一种景物……驻足于那清风明月之景，春感秋悲之情而流连忘返……品味着内心淡淡的愁绪，就像咀嚼橄榄一样越咀嚼越有味道……至于宇宙万物背后的东西是什么他们是从来没有追问的兴趣的。”⑤

而王国维与叔本华的这一点不同，也还是来自田冈岭云。田冈《作为俳论家的渡边支考》说：“叔本华氏以意志为根本性的存在，‘纯觉’是指意志不动的状态。而吾人宁愿相信意志为第二位的存在，而纯粹的情感则先于意志而存在。美既然是纯粹的情感，当立于意志的动像以外，然则谓美感立于智能的思

① 田冈岭云：《第二岭云摇曳》，第 12 页。

② 田冈岭云：《第二岭云摇曳》，第 44 页。

③ 田冈岭云：《有声无声》，第 79-80 页。

④ 罗钢：《本与末——王国维“境界说”与中国古代诗学传统关系的再思考》，《文史哲》，2009 年，第 1 期。

⑤ 李春青：《略论“意境说”的理论归属问题》，《文学评论》，2013 年，第 5 期。

辨分别之外亦可。盖智能的思辨分别必然伴随着意志的发动，与带有某种目的的心理活动关系密切，不能相离。而为了能感知美，吾人又必须避免诉诸智能的心理活动，而以直觉感之。”①

由此可见，王国维对于叔本华“能观”的有条件接受，以及与叔本华意志本体论之间保持某种距离，背后都有田冈岭云的影子。

（三）“可以直观”、“不隔”与“言外之意”

王国维“唯诗人能写之”，本于田冈《写实主义是根本的谬误》：“凡庸者只能想化部分，故不能浑然。大作家则想化全局，亦即灵化，天衣无缝，故不现理想耳，非无理想也。作品中之一言一动，一景一象皆作家之理想也。”②

那么，为什么“唯诗人能写之”呢？王国维的解释是：诗人能做到“不隔”，亦即“语语可以直观”、“语语都在目前”、“其言情也必沁人心脾，其写景也必豁人耳目”。③《人间词话》初稿本中“语语都在目前，便是不隔”作“语语可以直观，便是不隔”。又《叔本华之哲学及其教育学说》说：“惟诗歌一道，虽藉概念之助，以唤起吾人之直观，然其价值，全存于其能直观与否。”

罗钢说，与“能观”的本质关系最密切的是“隔与不隔”，而“隔与不隔”又“是以视觉经验为基础的，他（王国维）在《论新学语之输入》中明确写道：‘盖观之作用，于五官中为最要’。这个观点直接来自叔本华，在各种感觉经验中，叔本华最重视视觉，而把听觉、味觉等看作低级的感觉……在叔本华那里，最精妙的审美经验是由视觉经验所代表的。”④

其实，对视觉在审美直观中的作用论述得最具体的，还是田冈岭云。其《作为俳论家的渡边支考》说：“吾人感官中，视觉为直觉，听觉则为推理即智能。视觉在头脑不起积极作用的前提下才能发挥其职能，听觉则难免与头脑活动相伴随。即视觉为被动接受，听觉则必然引起头脑自动的积极作用。故目得直觉，耳则难免区别是非的智能推理之作用。以自动故，耳官促使意志之活动，以被动故，眼观得离意志而立。故吾人感知美，自眼感之则易，自耳感之则难。则人之美感的兴起，宁诉诸目，而不可诉诸耳……一切诗均以目见而非耳听为要。”⑤因此，王国维“盖观之作用，于五官中为最要”这个观点很可能直接来自田冈岭云。

而王国维“语语都在目前”、“其言情也必沁人心脾，其写景也必豁人耳目”

---

① 田冈岭云：《第二岭云摇曳》，第 23-24 页。

② 田冈岭云：《壶中我观》，第 69-70 页。

③ 王国维：《王国维文学论著三种》，第 162 页。

④ 罗钢：《本与末——王国维“境界说”与中国古代诗学传统关系的再思考》，《文史哲》，2009 年，第 1 期。

⑤ 田冈岭云：《第二岭云摇曳》，第 24-25 页。

之论的依据，也可从田冈《作为俳论家的渡边支考》中找到："盖诗之要，在将诗人直觉感知之美，通过言语的媒介作用而在读者头脑里留下印象，并借想象力来再现其美。据此则间接感知诗人通过直觉所感之美。因此诗中所用语言，就要求用最容易，且能让读者对诗人感知的美之观念留下印象的语言。既如此，则诗人所用之语言，务求诉诸直觉的、无意志作用的视觉，而避免诉诸使我情滞涩，陷于推理之理窟的听觉。"①

"语语都在目前，便是不隔"在《宋元戏曲考》中则成了"语语明白如画，而言外有无穷之意"。②《叔本华之哲学及其教育学说》说："诗之所以多用比兴者，其源全由于此也。"

而强调"言外之意"也是田冈《余韵及印象明了》的主张："若要引起读者之感兴，诗中语句之外，还须留有让读者的想象自在驰骋的余地，委曲精细叙述而无遗漏则其诗无妙可言。然而诗通过语言使读者兴想象之情景，故欲诗饶余韵，则忌委曲精细叙述的同时，更重说情景。须将印象特别明白地传达给读者……诗不过借语言写情景而已。故极力描写主要现象，其印象愈是明白，则与之相伴之情景就愈是朦胧，读者驰骋想象的余地就愈大。所谓余情即存于此朦胧之境中，不可不知也。印象明白中无余情，与此相伴之朦胧即余情也。"③"余情与朦胧相伴"即王国维"言外有无穷之意"所本。

综上所述，王国维"造境"、"写境"以及与此相关的"合乎自然，邻于理想"、"直观"、"不隔"等论，都与田冈岭云文论有着千丝万缕的联系。田冈有关"客观诗"、"主观诗"、"诗人"、"庸人"以及视觉在审美直观中作用的论述，是王国维"造境"、"写境"论的直接来源。

三、"能写真景物、真感情者，谓之有境界"

（一）"真"与"自然"

《人间词话》说："境，非独谓景物也，喜怒哀乐，亦人心中之一境界。故能写真景物、真感情者，谓之有境界，否则谓之无境界……纳兰容若以自然之眼观物，以自然之舌言情。"④

温儒敏说："把真与自然作为形成意境的条件和评价标准，是王国维的理

① 田冈岭云：《第二岭云摇曳》，第 106-107 页。
② 王国维：《王国维文学论著三种》，第 47 页。
③ 田冈岭云：《第二岭云摇曳》，第 11 页。
④ 王国维：《王国维文学论著三种》，第 43 页。

论发挥。”李春青说，王国维“凸显了‘直观’和‘真’两种审美价值，此二者当然是中国古代审美经验中原本就存在的，只是不那么突出而已。王国维的贡献在于借助于德国古典美学的启示，使其居于核心位置了”。①

实际上，论诗尚“真”、“自然”，主张诗要“写真感情”，都是田冈岭云的观点。其《恶魔的文明》说：“人心之至精者也，真心也，诚也，即至善也，至真也，至美也，予以信此之故而奉情操主义。”②又《所谓自然主义》说：“作家应该创作，惟自现其真而已。”③又《芭蕉》说：“大诗人之诗，玲珑透彻，不涉理路，不落言筌，惟可味而不可辩，可会而不可说者，为其自然也。自然者何也？大诗人对天地之美，全以其一身而没于神来之里。”④又《俳句之题咏》说：“诗者，吐露真情者也……诗非吐露真情，则不过一种游戏文字也。”⑤又《诗人与厌世观》说：“诗人既为感情之人……故于万有以神秘解释之。”⑥

（二）“入乎其内”与“出乎其外”

《人间词话》说：“昔人论诗词，有景语、情语之别，不知一切景语，皆情语也。”⑦罗钢说，王国维此论“和他在《人间词话》中据以立论的叔本华的直观说产生了直接的冲突，如果把‘观’分为‘观我’和‘观物’两个环节，那么‘观物’必须做到‘胸中洞然无物’。只有在这种‘洞然无物’的条件下，才能做到‘观物也深，体物也切’。这种‘洞然无物’是以取消一切情感为前提的，所以王国维才说‘客观的知识与主观的情感成反比例’，这种‘观物’与‘观我’是相互联系的两个方面，它们统一于一种审美认识论，假如站在这一立场上，‘一切景语皆情语’就是大谬不然的”。⑧

其实，王国维《文学小言》“必吾人之胸中洞然无物”与“激烈之情感亦得为直观之对象”，分别相当于《人间词话》“有重视外物之意，故能与花鸟共忧乐”之“入乎其内”以及“有轻视外物之意，故能以奴仆命风月”之“出乎其外”。⑨二者相辅相成，都是叶嘉莹所谓“诗人有‘能入’的深切的感情与‘能出’的观照之双重修养”。⑩只不过此论依据的不是叔本华的直观说而已。

---

① 李春青：《略论“意境说”的理论归属问题》，《文学评论》，2013 年，第 5 期。
② 田冈岭云：《壶中我观》，第 4-5 页。
③ 田冈岭云：《有声无声》，第 86-87 页。
④ 田冈岭云：《第二岭云摇曳》，第 140 页。
⑤ 田冈岭云：《第二岭云摇曳》，第 45 页。
⑥ 田冈岭云：《第二岭云摇曳》，第 99-100 页。
⑦ 王国维：《王国维文学论著三种》，第 33 页。
⑧ 罗钢：《本与末——王国维“境界说”与中国古代诗学传统关系的再思考》，《文史哲》，2009 年，第 1 期。
⑨ 郭绍虞、王文生：《中国历代文论选》第四册，第 379 页。
⑩ 叶嘉莹：《王国维及其文学批评》，第 226 页。

叶嘉莹引朱光潜《文艺心理学》中的相关论述解释道，所谓“能入”即艺术家“能感受情绪”，而“能出”则是“能把切身的情绪摆在某种距离以外去观照”。不过“静安先生在写作《人间词话》之时，西方美学中之距离说在中国还未被人介绍过，他在词话中所提出的‘出’与‘入’之说，实在应该只是从康德之美学及席勒之游戏说所得到的一些概念，与他个人写作和欣赏时所得到的一点体悟相杂糅而产生出来的一点心得而已”。[①]

西方美学距离说尽管在当时尚未介绍到中国，但这并不妨碍王国维通过田冈岭云接触到它。例如田冈《距离与实感》说：“追想即快乐者也，无论怎样的痛苦之事，当其追想之时，即便成快乐之事。何则……追想之际，以痛苦作为假象出现于心头，故能传达出一种美感，一种快感。当其经历痛苦之际，以痛苦为现实存在而唯觉其痛苦烦闷；而浮现于心头追想而来的痛苦，以痛苦作为假象出现而与人产生空间距离，因而产生美感。时间距离亦可产生美感。故捕捉眼前之景即兴赋诗而不可得，遂记忆风光印象以作他日之诗材，亦吾人所往往实际经验者，此即时间距离给予吾人美感者也。”[②]又《悲哀之快感》说：“凡脱实者即为惹起美感之物，美感即快感。悲哀的事实出现在诗或剧中之时，以其既已成为现实之假象而脱实之故，则惹起快感也，亦即虽对悲哀而伴之以快感者也……即对甚不佳之景，试将头出于股下而倒看之，入于眼中者亦美矣。此非景美，唯其为脱却现实之假象故美也。悲哀之快感亦可由此得到解释。”[③]

田冈指出，现实中本来不美之物，经过艺术家的改造，使之成为“假象”而“脱却现实”，与“实感”有了空间距离，就可以产生美感。此即王国维《古雅之在美学上之位置》“茅茨土阶与夫自然中寻常琐屑之景物，以吾人之肉眼观之，举无足与于优美若宏壮之数，然一经艺术家（若绘画，若诗歌）之手，而遂觉有不可言之趣味”之所本。

（三）“俨有担荷人类罪恶之意”

《人间词话》说：“尼采谓：‘一切文学，余爱以血书者。’后主之词，真所谓以血书也。宋道君皇帝《燕山亭》词亦略似之。然道君不过自道身世之感，后主则俨有释迦、基督担荷人类罪恶之意。其大小固不同矣。”[④]此即王国维《人间嗜好之研究》“真正之大诗人则又以人类之感情为一己之感情”。

而“以人类之感情为一己之感情”，也是田冈岭云的观点。田冈《文学与民心》说：“诗人不必阿一时之好，而不可不以永久之生命观之；不必寓于国

---

① 叶嘉莹：《王国维及其文学批评》，第 226 页。

② 田冈岭云：《壶中我观》，第 8-9 页。

③ 田冈岭云：《壶中我观》，第 121 页。

④ 王国维：《王国维文学论著三种》，第 33 页。

民之心胸，而须触人心最深处之琴弦；不必以个人观之，而不可不以人生观之。大才之作所以不朽者，不媚于一时者也。一语一句悉触人心深处之琴弦，故只要人生无限，人类不绝，其作品便千古常在且感动后人……诗人之心，调和潜藏于所有人心中无数感慨、无数情绪而作锵锵之响者也……然此潜藏于所有人心中无数感慨、无数情绪，非一国国民所专有，早已成为人生的情绪、感慨。诗人之泪……无对一国国民之心胸而洒之理，非以人生为其对象而不可。一国国民也罢，一个个人也罢，诗人于此中所见只有人生而已。写一个人，写一国国民即写整个人生。既写人生，故虽写一国国民，一个个人，皆可不朽……个人早已不再是一个个人，而是人类普遍的生命，是整个人生。”①

李煜“俨有释迦、基督担荷人类罪恶之意”，就是因为他的词中“早已不再是一个个人，而是人类普遍的生命，是整个人生”。

为什么诗人写一个个人却可以“是人类普遍的生命”？田冈认为，这源于他们的“同情心”。田冈《露伴》说：“真欲作动人之文章，则非具洞彻他人肺肝之眼光而不可，而无同情者不足以具此眼光。同情即以我为彼，以彼为我。以彼为我，故我可入彼肺腑。以我为彼，故我能与彼一体。能以主观对客象，而不只见客象之表，更能洞彻其内层之人，只因为其主观中有同情，自然能内省己以及人，故以同情之心描写之，其性格不仅在于活跃之皮相而已。”②

（四）“不失其赤子之心”

《人间词话》说：“词人者，不失其赤子之心也。生于深宫之中，长于妇人之手，是后主为人君所短处，亦即为词人所长处……主观之诗人，不必多阅世，阅世愈浅，则性情愈真，李后主是也。”③

王国维“阅世愈浅，则性情愈真”，来自田冈《诗人与厌世观》：“就诗而言，太古蒙昧之世毋宁说是其黄金时代。太古之世犹小儿之时，其民皆富于情而智、意极不发达，安于朴讷素朴只知凿井而饮而已。此时之世界无虚伪，社会无矫饰。太古之民皆不识字之诗人，太古之天地皆诗之天地。”“纯洁正直，他们不会像理智之人那样多巧，意志之人那样刻忍。纯洁正直，故对此虚伪矫饰之社会非所能堪，处此非所能堪之境，故资性易感，宜乎诗人之悲观厌世也。”④又《日本文学的新光彩》：“婴儿乎，婴儿乎，吾国民实似婴儿般富于感情，以此富于婴儿般感情之资，养于此优美和乐的风土之中，其思想不能不优美，不能不和乐，不能不轻快，不能不婉柔。而怀此等思想，三千载眠于桃源仙窟之中，

① 田冈岭云：《第二岭云摇曳》，第 99-100 页。

② 田冈岭云：《第二岭云摇曳》，第 44 页。

③ 王国维：《王国维文学论著三种》，第 33 页。

④ 田冈岭云：《第二岭云摇曳》，第 43 页。

忸于锁国之安，未曾接触于世界大势之风潮，不当浮世风尚之劲吹，即所谓哥儿之育，未尝知人世行路之难及世海之险，又焉得而知辛苦悲酸乎？吾国民实抱于自然温暖之怀，常经历和乐平易生活者也。”[①]可见，王国维“赤子之心说”的直接渊源，并非佛雏所说，是叔本华所谓天才的“童心”，“颇受西学的浸染”，[②]而是田冈岭云文论。

综上所述，王国维尚“真”、“自然”、“真感情”，“一切景语皆情语”以及“赤子之心说”等主张，都受到田冈岭云的深刻影响。他在撰写《人间词话》之际，无疑是以田冈岭云文论为参照的。

总之，王国维的文学批评，常常是以田冈岭云文论为参照的。田冈是将“境界”置于叔本华美学的语境中，赋予其中国传统诗学未曾有过的全新内涵，进而对东亚传统审美经验及诗歌理论进行现代重构的先行者。其文论中有关康德、叔本华美学的阐释，特别是他将这些西方理论运用于日本俳句及中国文学的实践，给予王国维以诸多启示。忽视这一点，是说不清王国维“意境说”的。

① 田冈岭云：《第二岭云摇曳》，第 40 页。

② 佛雏：《王国维诗学研究》，第 289 页。

孔子“删诗”与季札观乐[①]

关于《诗经》的来源，自司马迁创“孔子删诗说”[②]以来，聚讼纷纭。唐代孔颖达，宋代朱熹、叶适、郑樵，清代朱彝尊、崔述等人都怀疑这个说法。其中比较有代表性的，是以《左传·襄公二十九年》记载的季札聘鲁观乐之事来否定“孔子删诗说”的观点。例如朱彝尊《曝书亭集》卷五九说：“季札观乐于鲁，所歌风诗，无出十三国之外者。又子所雅言，一则曰‘《诗三百》’，再则曰‘诵《诗三百》’，未必定属删后之言。”[③]又如崔述《洙泗考信录》卷三说：“吴公子季札来聘，请观于周乐，所歌之风，无在今十五国之外者。是十五国之外本无风可采。否则有之而鲁逸之，非孔子删之也。”[④]

这一观点一直影响到当代。陆侃如、冯沅君《中国文学史简编》说，司马迁的这个说法“和先秦的文献是冲突的……从《左传》关于季札观乐的记载（襄公二十九年）看来，这些诗篇到春秋时已成为鲁国诸侯的乐章，孔子把鲁国乐工奏乐的底本借来作文学课本……却未必是这部书的编著者”。[⑤]又如余冠英《诗经选·前言》说，《诗经》的编定“大约在纪元前六世纪中，《左传》所记吴国季札到鲁国观乐时，鲁国为季札所歌各国风诗的次第，和今本《诗经》是相同的……季札观乐的事在公元前五四四年，正当孔子的幼年。文学史家假定在那时候已经有了和今本大致相同的《诗经》通行本，是可信的”。[⑥]再如游国恩等编《中国文学史》说：“《诗经》的最后编定成书，大约在公元前六世纪中叶，不会在孔子出生以后……更重要的反证是，公元前五四四年，吴公子季札在鲁国观乐，鲁国乐工为他所奏各国风诗的次序与今本《诗经》基本相同。其时孔子刚刚八岁，显然不可能删定《诗经》。”[⑦]目前出版的各种文学史几乎都持这种观点。

不过，梁启超《周秦时代之美文》则对这个问题持慎重的态度。他并不认

① 此文刊载于《大连理工大学学报（社会科学版）》2013 年第 3 期。

② 中华书局点校本：《史记》，北京：中华书局，1982 年，第 1936 页。

③ 北京大学中国文学史教研室选注：《先秦文学史参考资料》，北京：中华书局，1980 年，第 125 页。

④ 北京大学中国文学史教研室选注：《先秦文学史参考资料》，第 127 页。

⑤ 陆侃如、冯沅君：《中国文学史简编》，北京：作家出版社，1957 年，第 21 页。

⑥ 余冠英：《诗经选》，北京：人民文学出版社，1979 年，第 1 页。

⑦ 游国恩等编：《中国文学史》，北京：人民文学出版社，1983 年，第 27 页。

为据此就可以断定《诗经》的编定年代。因为季札鲁国观乐之事，虽然“像给我们透几分消息，但此外别无有力的证据，终不敢断其必然。古代最有价值的作品大半找不出主名，与其穿凿，毋宁阙疑罢了”。[①]

对这一观点提出质疑的是朱东润先生。其《诗三百篇探故》指出：“《左传》襄公二十九年记季札聘鲁，请观周乐。季札所见，和今三百篇顺序大致相同……不过这段记载是靠不住的。《左传》本来有不少的段落，是春秋后人所捏造，在成书时插入的。这是一个例证”，“季札观乐这一段，在考订诗三百篇成书时代的时候，没有很大的价值”。他的理由是，季札聘鲁的这一年，吴王馀祭去世，夷末新嗣位。季札不大可能在此吴国举哀之时“请观于周乐”，而且和他责备孙文子时所说“君在殡而可以乐乎？”也自相矛盾。而如果按照晋代杜预《〈左传〉集解》的说法，季札所通嗣君不是夷末而是馀祭的话，那么馀祭嗣位在襄公二十五年。季札聘鲁应当在这一年，为什么迟至二十九年才成行？且从季札评论郑国、陈国、魏国的话来看，“都透出这是看到郑、陈亡国和魏国强大而后的言论”。[②]

朱先生的这一论断，与他著名的“国风不出于民间”之论一样，遭遇了相同的命运。迄今人们对其学术价值的认识，仍然不是很充分的，[③]以致目前通行的各种版本的文学史，依然根据《左传》中季札观乐的记载来否定“孔子删诗说”，并推定《诗经》编辑的年代。学术界的莫衷一是，说明对这个问题还有讨论、辨明的必要。孔子也许没有删过《诗》，但孔子有没有删《诗》是一回事，季札观乐能不能否定“孔子删诗”又是一回事。本文无意为司马迁作辩护，只想从以下几个方面，对朱先生的观点作进一步的补说。

一、季札所见国风的顺序不可信

朱先生指出，季札所见和今三百篇顺序大致相同这段《左传》中的记载“靠不住”，见解独到。津田左右吉《〈左传〉的思想史研究》也认为：“鲁国乐工为季札演奏了所有国风乐曲一事值得怀疑。”[④]如果相信这段记载，就必然导致自季札到鲁国观乐以来直至今本《诗经》的定型为止，《诗经》文本在漫长的流传过程中始终保持着其初始形态，没有经过后人修改润色的结论。这显然不符合古代文献流传的常态。郭沫若《关于〈诗经〉的征引》一文就有力地驳斥

---

① 金雅主编：《中国现代美学家文丛》，梁启超卷，杭州：浙江大学出版社，2009年，第298页。

② 朱东润：《诗三百篇探故》，昆明：云南人民出版社，2007年，第127-128页。

③ 朱东润：《诗三百篇探故》，昆明：云南人民出版社，2007年，第2页。

④ 津田左右吉：《左伝の思想史的研究》，东京：岩波书店，1958年，第334页。

了这一观点：“其实《诗经》是很可以怀疑的。虽然不能说是‘后人伪造’，但必然是经过后人修改润色，整齐划一过的东西……《诗经》毫无疑问是经过删改的。古人说‘孔子删诗’，我看不单纯是孔子一人，那是经过先秦儒家不少次的删改和琢磨的……可肯定地说：《诗经》是不能够予以全面信赖的。经过删改的东西，必然要带上删改者的主观意识形态和时代色彩。因此《诗经》的引用，便必须经过严密的批判。”①对于《左传》中季札所见各国风诗顺序也应抱持批判的态度。

先秦文献在其流传过程中，难免为后人所增改以及出现错简、脱落及抄写错误等问题。宫崎市定《对于〈论语〉文本的疑问》一文说：“任何古典文本中都存在着很多谬误，几乎不存在没有错误的文本……假定经典中存在着谬误，则是从事史学研究的一条原则。”②内藤湖南《〈尚书〉稽疑》说：“所谓先秦的古书，自从其最初编成以后，或出现增窜，或出现错脱等现象，以至于其最初型态与现今存世的文本不同。这是任何书籍所共有的事实。因此可以说，几乎不存在完全保持着原初形态的典籍。”③作为先秦古书的《诗经》，自然也不例外。

在文献典籍漫长的流传过程中，古本与今本异是常态，与今本同则不正常。例如先秦典籍中引用的《尚书》就多与今本不同。《论语・尧曰》中“尧曰：咨！尔舜！天之历数在尔躬。允执其中。四海困穷，天禄永终”一节以及《孟子・滕文公上》“放勋曰”一段所引《尚书》，在今本中均未见。《孟子・滕文公上》叙大禹治水有“决汝汉、排淮泗而注之江”之语，这与今本《尚书・禹贡》江水与淮水各自独立汇入大海的说法相龃龉。《墨子・兼爱》引《尚书》叙大禹治水有“南为江汉淮汝，注之五湖之处，以利荆楚于越南夷之民”，与今本《禹贡》又不合。《墨子》通篇所引《尚书》有《术令》、《相年》、《禽爱》、《汤之官刑》、《禹之总德》等篇，均为今本《尚书》所无。可见，《论语》、《孟子》及《墨子》引《尚书》，尚且难免与今本不同，那么何以其作者及编撰年代尚未有定论的《左传》中引述的《诗经》偏偏能“与今本《诗经》基本相同”？与今本不同，恰恰是其可信性的明证，因为这是典籍文本流传过程中难以避免的现象。如果季札所见各国风诗的次第与今本《诗经》存在差异，反倒是可信的，而“大致相同”，则极不自然，因而也是靠不住的。

一般来说，要推翻前人的成说，常常有赖于新史料、新证据的出现。著名的如王国维之以“地下的新材料”来对照“纸上的材料”。而《左传》中季札

---

① 郭沫若：《奴隶制时代》，北京：人民出版社，1973 年，第 103-104 页。

② 宫崎市定：《論語の新研究》，东京：岩波书店，1999 年，第 64 页。

③ 内藤湖南：《尚書稽疑》［EB/OL］ www.aozora.gr.jp，2006.01-18.

观乐这段文字，并非新发现的史料。司马迁本人也曾将季札观乐一事记入《史记·吴太伯世家》中，文字几乎与《左传》无异。那么，既然他已经知道《左传》中季札观乐与“孔子删诗”相互冲突，为什么还要坚持这个观点呢？须知，太史公对于史料的甄别是非常审慎的。例如《五帝德》、《帝系姓》这两部古书，虽然其“言黄帝”，与《尚书》“独载尧以来”相异。汉代儒者也认为其非圣人之言。但当他亲自游历各地，听到“长老皆各往往称黄帝尧舜之处”，发现虽然南北西东“风教固殊”，然而民间传说却都与这两部书相吻合。再参照《春秋》、《国语》，益觉“其发明《五帝德》、《帝系姓》章矣”。[①]于是将这两部古书中有关黄帝的记述采入《史记·五帝本纪》及列传中。而对于另一部古书《谍记》，因为发现其中黄帝以来历代帝王在位年数的记述存在很多矛盾，因而没有采入《史记·十二诸侯年表》。可见，司马迁对于古代文献的去取，是有一定的标准的。可信就采用，有疑问则舍弃。他也熟谙史料互证的方法，他明知《左传》中有季札观乐的记载，却还要提出“孔子删诗说”。这是颇耐寻味的，至少表明，他并不相信《左传》中的记载就是确定无疑的史实。

如果孔子曾经“把鲁国乐工奏乐的底本借来作文学课本”的话，那么鲁国乐工所奏各国风诗的次序也应该在《论语》中有所反映才对，或者至少也像季札观乐时那样，多处提到国风之名。然而事实却并非如此。《论语》中引诗，虽有多处出自《卫风》，但没有一处提到“卫”或“卫风”之名。而季札观乐时却明确提到过《卫》及《卫风》的：“为之歌《邶》、《鄘》、《卫》”，“吾闻卫康叔、武公之德如是，是其《卫风》乎？”[②]既然如此，那为何见到过“鲁国乐工奏乐的底本”的孔子，引《卫风》之诗而不及其名呢？《论语》中孔子只提到《雅》、《颂》、《周南》、《召南》而不及国风。这是否表明，孔子见到的《诗经》尚无国风之名呢？宋代程大昌《〈诗〉论》就曾说：“《诗》有南、雅、颂，无国风。其曰‘国风’者，非古也。夫子尝曰‘雅颂各得其所’。又曰‘人而不为《周南》、《召南》’。未尝有言国风者。予于是疑此时无国风名。”[③]朱东润先生也觉得程大昌“孔子之时，本无国风”的说法“自能存在”。[④]如果程大昌的说法可以成立，则孔子引《诗》而不及国风的原因，乃在于当时并无国风之名。那么，像季札那样多处提到国风之名的言论，就绝不可能出现于孔子幼年之际。孔子说他“自卫反鲁，然后乐正，雅颂各得其所”。这段话不仅反映出“孔子之时，本无国风”的事实，更说明，直到孔子于鲁哀公十一年（前 484）“自卫反鲁”之时，雅、颂的次序还仍然处于有待整理的状态。所以孔子才会

① 中华书局点校本：《史记》，第 46 页。

② 郭绍虞、王文生编：《中国历代文论选》第一册，上海：上海古籍出版社，1979 年，第 4 页。

③ 朱东润：《诗三百篇探故》，第 49 页。

④ 朱东润：《诗三百篇探故》，第 49 页。

说，自己“正”《雅》、《颂》之“乐”，使其“各得其所”这样的话。《大戴礼记》是西汉传礼儒生博采孔门七十子后学者所记，其《投壶》篇中把《采蘩》、《采苹》、《伐檀》等风诗也称“雅”，说明即使在孔子之后，甚至到了西汉时期，“风”和“雅”的区分，仍然与今本大不相同。因此，《左传·襄公二十九年》所记载的风、雅、颂的分类以及国风各篇的顺序之所以“和今本大致相同”，是因为它本身就是今本。

总之，先秦典籍的古本与今本之间，难免相互抵触、龃龉，必然存在很大差异，不可能时隔千百年而仍然“大致相同”。文本的定型，也总是从杂乱无序到整齐划一，而不是相反。《左传·襄公二十九年》记载的国风各篇的顺序越是整然有序，越是和今本相同，越说明它是晚出的东西，不可能出现于孔子之前。

二、季札评《诗》是孔子评《关雎》的翻版

朱先生从分析季札评《诗》入手，考察《左传》中这段文字的真伪，是很有说服力的。因为比《左传·襄公二十九年》中国风各篇的顺序更值得注意，更能说明问题的，是其中季札有关风、雅、颂及乐舞的大段评论。

津田左右吉曾注意到季札对《唐风》“思深哉！其有陶唐氏之遗民乎？”的评论。其《〈左传〉的思想史研究》指出，将《唐风》与尧（陶唐氏）相联系，以唐为尧的故国的说法出现很晚，至少在司马迁《史记·尧本纪》中未见，且《史记》中也没有以唐为尧子孙封国的说法。这种将《唐风》与“陶唐氏”相联系的言说，只有西汉后期才可能出现，①不可能产生于春秋时代。

季札评《诗》的文字，从句式及内容来看，明显存在着模仿孔子评《关雎》的痕迹。例如“忧而不困”、“思而不惧”、“乐而不淫”、“大而婉，险而易行”、“思而不贰，怨而不言”、“曲而有直体”、“直而不倨，曲而不屈，迩而不偪，远而不携，迁而不淫，复而不厌，哀而不愁，乐而不荒，用而不匮，广而不宣，施而不费，取而不贪，处而不底，行而不流”②等，不仅“乐而不淫”、“哀而不愁”完全是蹈袭孔子“乐而不淫，哀而不伤”的原话（易“伤”为“愁”，一字之改而已）。而且其贯穿全篇的“……而不……”的句式，也是模仿孔子的语言风格。不仅如此，季札评《郑风》说：“其细已甚，民弗堪也，是其先亡乎？”这种对《郑风》的负面评价，不能不令人联想到《论语·卫灵公》中

---

① 津田左右吉：《左伝の思想史的研究》，第336页。

② 郭绍虞、王文生编：《中国历代文论选》第一册，第4页。

“放郑声，远佞人；郑声淫，佞人殆”之语。《论语·阳货》中还曾将郑声的危害与亡国破家并论：“恶紫之夺朱也，恶郑声之乱雅乐也，恶利口之覆邦家者”。季札说郑声“已甚”，实际上就是孔子“郑声淫”之意。以“民弗堪”郑声为郑国“先亡”的原因，更是孔子以“郑声之乱雅乐”与“覆邦家”相提并论的翻版。显而易见，季札评《郑风》的这段话，是从《论语》中孔子“郑声淫”、“恶郑声”之论敷衍而来。

这段“……而不……”的评论，在性质上又是中庸哲学在文艺批评中的运用。而中庸哲学则是孔子思想形成之后的产物。难以置信的是，早在公元前544年，中庸的理论就已经被季札纯熟地运用于《诗经》评论中，并且发挥得淋漓尽致了。果真如此，则孔子这一在思想史上具有开创性意义，并为后世确立了“温柔敦厚”儒家诗教的著名理论，岂不成了拾人牙慧？而且，中庸哲学运用于文艺批评而形成的“中和”的美学观念，也只有到了《礼记》中才最后定型。《礼记·中庸》说：“喜怒哀乐之未发谓之中，发而皆中节谓之和。”而季札“五声和，八风平；节有度，守有序。盛德之所同也”云云，[①]怎么看怎么让人觉得是在发挥《礼记》的音乐美学思想。那么，生活于春秋时代的季札，怎么会预先了解成书于西汉时期的《礼记》中的思想呢？津田左右吉的季札评《唐风》的言说只有西汉后期才可能出现的说法并非没有根据。

其实，只要将孔子的评《关雎》与季札评《诗》两相比较，就可明白，前者言简意赅，后者详尽具体。而古代文体的演变，又总是由简质而繁复。上古文章，其用语因为书写工具的限制而只能简短扼要，无法畅所欲言。宋代吴棫怀疑“古文尚书”为伪书的理由是：“增多之书，皆文从字顺，非若伏生之书佶屈聱牙。”朱熹也说：“汉儒以伏生书为今文，安国之书为古文。以今考之，则今文多艰涩，而古文反平易。”今文《尚书》“佶屈聱牙”和“艰涩”，是竹帛繁重而不得不力求简质使然。同理，像季札评《诗》那样洋洋洒洒的言说，绝不可能出现于文体演变尚处于简质的语录体阶段的孔子之时。而人类思想的发展，也是遵循着由萌芽发端而滋长茂盛，而蔚为大观的规律的。肇端于孔子的“乐而不淫，哀而不伤”，经过荀子“乐而不流”、“辨而不諰”的改造，[②]最终才可能造就季札连篇累牍的“……而不……”之论，而不是相反。这一点从季札评《颂》的“行而不流”一语，明显是从《荀子·乐论》“乐而不流”借鉴而来（易“乐”为“行”，一字之改而已）一事，也可证明。

总之，季札评《诗》这段文字，从文中用语、文章风格到立场观点，都是从《论语》、《荀子》甚至《礼记》承袭而来，是战国甚至可能是西汉时期人的

---

① 郭绍虞、王文生编：《中国历代文论选》第一册，第4页。

② 北京大学荀子注释组：《荀子新注》，北京：中华书局，1979年，第332页。

“杰作”，绝不可能出现于公元前544年之前。

三、“季札观乐”是杜撰的“史实”

朱先生季札观乐一段文字为春秋后人所捏造，在成书时插入的见解，很有启发性。《左传》的作者常常把后代才可能发生的事安在前代人的身上，或将后代才可能形成的思想借前人的嘴说出。

这一点最早为宋代大儒朱熹所识破。他指出，《左传》中的人物，往往能了解在他们生活的时代不可能掌握的信息，能在事情尚未发生之前，就预先知晓它的结局。《朱子语类》卷八三说：“《左传》是后来人做。为见陈氏有齐，所以言‘八世之后，莫之与京’；见三家分晋，所以言‘公侯子孙必复其始’。”①例如《左传·庄公二十二年》记载的陈敬中始仕于齐，齐大夫懿仲欲将女儿嫁给陈敬中，懿仲妻为此占卜之事，并非实际发生过的史实，而是《左传》作者为了证明“陈氏有齐”的结局早已在冥冥中注定而预先设置的。出于同样的动机，为了证明韩、赵、魏“三家分晋”并非偶然，于是《左传》作者造作了“公侯子孙必复其始”的预言。朱熹所谓“为见……所以言……”云云，就是将历史叙述服从于作者“主观意识形态”的需要。这是《左传》杜撰史实的内在动机。

《左传·昭公二年》写韩宣子往鲁，看到《易象》及鲁之《春秋》而感叹：“周礼尽在鲁矣。”这是《左传》作者为了给人以自公元前540年，鲁国就已经存在《易》、《春秋》的假象而捏造的“史实”。这与《左传·襄公二十九年》记鲁国乐工所奏各国风诗的顺序，以证明那时鲁国就已经存在与今本《诗经》大致相同的文本，如出一辙。目的是试图使人相信，不仅周礼尽在鲁，而且周乐也尽在鲁。韩宣子看到的《易象》、《左传》中仅提及书名，没有任何引文，较之季札观乐之事更加无稽。后人据此猜测《周易》还有一个失传了的版本。实际上，这不过是《左传》作者为了让其历史叙述服从于“周代礼乐尽在鲁”的主观意识而杜撰的故事而已，没有任何事实依据。内藤湖南《〈尚书〉稽疑》指出：“季札观乐之事是《左传》的作者在孔子编次的《诗经》基本定型之后，编造出来的故事。”“因为吴国季札到上国观光闻乐评《诗》之时（襄公二十九年），《诗》的顺序与今本《诗经》一致，因此今本《诗经》的顺序，在孔子以前就保持着原初形态”的说法，与韩宣子往鲁以及“八世之后，莫之与京”、“公侯子孙必复其始”的杜撰，本质上并无区别，是一种“屡屡陷世人于谬误

① 北京大学中国文学史教研室选注：《先秦文学史参考资料》，第292页。

的，以为书籍的流传可以没有变化，其现在的形态自古以来就已存在”[①]的错误认识。

先秦典籍中存在着大量后人捏造子虚乌有的“史实”，在成书时插入的现象。著名的如《孟子·万章上》中万章问：“或谓孔子于卫主痈疽，于齐主侍人瘠环。有诸乎？”孟子答道：“否，不然也，好事者为之也。”可见战国时代，已经有“好事者”开始杜撰孔子的故事了。清代章学诚《文史通义·内篇·言公》说：“诸子……其持之有故而言之成理者，故将推衍其学术而传之其徒焉，苟足显其术而立其宗，而援述于前与附衍于后者，未尝分居立言之公也。”[②]也就是说，在百家争鸣的时代，一派学说的形成是一个动态的过程，是该学派门人弟子不断增益的结果。不管是谁的观点，只要持之有故，言之成理，对发展该派学说并扩大其影响有帮助，哪怕是后人说的话，也不妨借前人之口说出。现存的先秦典籍中，大都存在后人窜入的内容。《庄子·天运》说：“孔子谓老聃曰‘丘治《诗》、《书》、《礼》、《乐》、《易》、《春秋》六经’，自以为久矣。”[③]众所周知，孔子虽提到过这六部经典，但并没有称之为“经”。荀子以《诗》、《书》为“经”，但并没有以“经”称《礼》、《乐》、《易》、《春秋》。“六经”之说，到汉代才出现。因此《庄子》这段文字显然为后人所窜入。梁启超《〈管子〉评传》说，《管子》一书“非尽出管子手撰，无可疑者。度其中十之六七为原文，十之三四为后人增益。此则《墨子》亦然，不独《管子》矣”。[④]内藤湖南《〈尚书〉稽疑》说，司马迁《史记·管晏列传》提到的《山高》、《乘马》、《轻重》、《九府》诸篇为后人所附加。说明太史公读到的《管子》中，就已经有后人插入的内容。此外，《吕氏春秋》“十二纪八览六论”中也记有吕不韦死后之事，明显为后人所增益。[⑤]而形成过程长，对后代影响深远的经典，其为后人增益的可能性就越大。儒家学派的传承绵延数千年，儒家经典中出现后人捏造的内容，也是很自然的事。例如《周易·蛊挂》有“不事王侯，高尚其事”之语，而“王侯”一语，至《史记·陈涉世家》始见，显然不是春秋时语。可见其中也有汉初时人窜入的内容。孟子对《尚书》也持保留的态度，对其中的历史叙述，并不完全相信。《孟子·尽心下》说：“尽信《书》则不如无《书》。吾于《武成》，取二三策而已矣。”又如《论语·子罕》说：“子曰：凤鸟不至，河不出图，吾已矣夫。”“凤鸟”是后世谶纬学家附会圣人出现时的瑞兆，“河图”也是谶纬学家的黄河中出现龙马、身负神秘图形的附会之说。这样的思想

① 内藤湖南：《尚書稽疑》［EB/OL］ www.aozora.gr.jp，2006.01-18.

② ［清］章学诚：《文史通义》，北京：中华书局，1961年版，第105页。

③ 上海书店：影印《诸子集成》卷三，上海：上海书店出版社，1986年版，第234页。

④ 上海书店：影印《诸子集成》卷五，第11页。

⑤ 内藤湖南：《尚書稽疑》［EB/OL］ www.aozora.gr.jp，2006.01-18.

最早出现于战国晚期，不可能出自孔子之口。

总之，既然先秦典籍，从《管子》、《墨子》、《庄子》、《吕氏春秋》到《诗经》、《周易》、《尚书》、《论语》，其中都存在后人窜入的内容，那么《左传》也不会例外。朱先生关于季札观乐一段文字为春秋后人所捏造，在成书时插入的论断，完全是有根据的。

综上所述，“和先秦的文献是冲突的”未必就是错误的。有时问题也可能出在“先秦的文献”本身。内藤湖南《支那历史思想的起源》一文说：“中国古代的记录，哪怕是经书，也很难说是绝对正确的，只能说比较正确……而即便是这些比较正确的部分之中，那些作为纯粹记录而保存下来的东西几乎没有”，[①]其《关于支那古典学的研究法》一文指出古典学的研究者中间存在一种错误的认识，即“对于《尚书》、《左传》等经典文献的确信无疑，甚至对于其成书的原委、经过等也没有丝毫怀疑。觉得它们既然是古代史官所作，那么所有经典中就没有比它们更值得信任的了。至于《尚书》、《左传》以外的古书，也都应该以《尚书》、《左传》作判断的尺度。其中的记述，凡是与《尚书》、《左传》相吻合的，都可认定为事实。凡是与之相矛盾的，都予以否定”。[②]

因为今本《诗经》与《左传》中鲁国为季札所歌各国风诗的次第“是相同的”，于是就认定《诗经》的编定于季札聘鲁之前；而“孔子删诗”与《左传》中季札观乐的记载“是冲突的”，因而就否定它。这样的推论本身，暴露出方法论上的缺陷，显然是不可取的。

① 内藤湖南：《支那歷史的思想の起源》［EB/OL］ www.aozora.gr.jp，2004.02-04.

② 内藤湖南：《支那古典学の研究法に就きて》［EB/OL］ www.aozora.gr.jp，2006.01-17.

《左传》中的季札观乐评《诗》[①]

《左传·襄公二十九年》记载的吴公子季札聘鲁观乐之事[②]在许多文学史、文学批评史家看来，是一件大事。因为据此不仅可以推定《诗经》编辑的年代，而且还是司马迁“孔子删诗说”的重要反证。当代如陆侃如、冯沅君、余冠英、游国恩、杨明照等知名学者，都对此深信不疑。[③]敏泽说：“吴季札在鲁国观乐的那段议论，可以看作是我国古代文学批评史上最早的比较完整的一篇批评文章，也是对《诗经》最早的一篇评论。它比较系统地而不是零星地记载了季札对于《诗经》的评论。”[④]受这种观点的影响，迄今为止，国内出版的各种文学史、文学批评史也都将其视为信史。

不过，对于季札观乐，也不乏质疑之声。例如季札观乐所记《诗》雅、颂、十五国风的顺序与今本《诗经》基本相同，是否定“孔子删诗”的重要证据。而清代皮锡瑞则指出，这个顺序是“传家据已定录之”，“传者从后序其序，则据孔子定次追录之，故得同（孔子）正乐后之次第也”。[⑤]朱东润先生也说：“这段记载是靠不住的。《左传》本来有不少的段落，是春秋后人所捏造，在成书时插入的。这是一个例证。”“季札观乐这一段，在考订诗三百篇成书时代的时候，没有很大的价值。”[⑥]津田左右吉认为：“鲁国乐工为季札演奏了所有国风

---

① 此文刊载于邓如冰主编：《中文前沿》，北京：对外经济贸易大学出版社，2015 年。

② 郭绍虞、王文生：《中国历代文论选》第一册.上海：上海古籍出版社，1979 年，第 4 页。

③ 陆侃如、冯沅君《中国文学史简编》说，司马迁的这个说法“和先秦的文献是冲突的……从《左传》关于季札观乐的记载（襄公二十九年）看来，这些诗篇到春秋时已成为鲁国诸侯的乐章，孔子把鲁国乐工奏乐的底本借来作文学课本……却未必是这部书的编著者”。又如余冠英《诗经选·前言》说，《诗经》的编定“大约在纪元前六世纪中，《左传》所记吴国季札到鲁国观乐时，鲁国为季札所歌各国风诗的次第，和今本《诗经》是相同的……季札观乐的事在公元前五四四年，正当孔子的幼年。文学史家假定在那时候已经有了和今本大致相同的《诗经》通行本，是可信的”。再如游国恩等编《中国文学史》说：“《诗经》的最后编定成书，大约在公元前六世纪中叶，不会在孔子出生以后……更重要的反证是，公元前五四四年，吴公子季札在鲁国观乐，鲁国乐工为他所奏各国风诗的次序与今本《诗经》基本相同。其时孔子刚刚八岁，显然不可能删定《诗经》。”陆侃如、冯沅君：《中国文学史简编》，北京：作家出版社，1957 年，第 21 页。余冠英：《诗经选》，北京：人民文学出版社，1979 年，第 1 页。游国恩等编：《中国文学史》，北京：人民文学出版社，1983 年，第 27 页。

④ 敏泽：《中国文学理论批评史》，北京：人民文学出版社，1981 年，第 8 页。

⑤［清］皮锡瑞：《经学通论》，北京：中华书局，1982 年，第 49-50 页。

⑥ 朱东润：《诗三百篇探故》，昆明：云南人民出版社，2007 年，第 127-128 页。

乐曲一事值得怀疑。”[①]内藤湖南更指出：“季札观乐之事是《左传》的作者在孔子编次的《诗经》基本定型之后，编造出来的故事。”[②]此外，台湾学者赵制阳[③]、翟相君[④]也都怀疑季札观乐的真实性。

季札观乐之事，疑点最多的是其有关《风》、《雅》、《颂》及乐舞的评论。明代顾炎武《日知录》卷四指出：“季札闻《郑风》以为先亡，而郑至三家分晋之后，始灭于韩；闻《齐风》以为未可量，乃不久篡于陈氏。《左传》所记之言，不尽信也。”[⑤]津田左右吉也指出，季札对《唐风》“思深哉！其有陶唐氏之遗民乎？”的评论，将《唐风》与尧（陶唐氏）相联系，以唐为尧的故国。此种说法在司马迁《史记·尧本纪》中未见，《史记》中没有以唐为尧子孙封国的说法。这种将《唐风》与“陶唐氏”相联系的言说，只有西汉后期才可能出现。[⑥]

笔者对这些质疑持赞同态度。关于《左传》的成书年代以及其中的记载是否可信等问题，历来争论极多，至今尚未有定论。而季札观乐评《诗》之事，尤为可疑。本文拟参照《论语》、《荀子》的相关记述，说明季札观乐是出于后人的杜撰，不可信以为真。

一、季札评《诗》与《论语》

季札观乐评《诗》之事，孔子不知，孔门弟子亦不知，遑论孔子幼年之际？这只要证以《论语》便可明了。《论语·述而》说：“子在齐闻《韶》，三月不知肉味。曰：不图为乐之至于斯也。”而季札到鲁国观乐，有“见舞《韶濩》者，曰：圣人之弘也，而犹有惭德，圣人之难也……见舞《韶箾》者，曰：德至矣哉，大矣，如天之无不帱也，如地之无不载也”。那么，鲁国究竟有无《韶》乐？据《论语》，则鲁本无《韶》，孔子至齐始闻；据《左传》，则《韶》本在鲁，季札观乐闻之。宋代俞德邻《佩韦斋辑闻》说：“襄二十九年季札聘鲁请观乐，舞《韶箾》，则鲁未尝无韶也。使孔子欲学之归，而求之鲁可也。何为至齐始闻而学之哉。”[⑦]他的怀疑很有道理。如果鲁本无《韶》，则季札观乐之

---

① 津田左右吉：《左伝の思想史的研究》，东京：岩波书店，1958 年，第 334 页。

② 内藤湖南：《尚書稽疑》［EB/OL］ www.aozora.gr.jp，2006.01-18.

③ 赵制阳：《左传季札观乐有关问题的讨论》，载台湾地区 《中华文化复兴月刊》，第 18 卷，第 3 期。

④ 翟相君：《孔子删诗说？季札观乐不可信》，《河北学刊》，1985 年，第 6 期。

⑤［清］梁玉绳：《史记志疑》，北京：中华书局，1981 年，第 836 页。

⑥ 津田左右吉：《左伝の思想史的研究》，第 336 页。

⑦［清］梁玉绳：《史记志疑》，第 1118 页。

际，鲁国乐师不可能为他演奏《韶》乐；如果《韶》本在鲁，连吴国季札都要到鲁观《韶》，孔子为何要舍近求远，到齐去闻《韶》呢？且《韶》本在鲁，孔子已耳熟能详，即在齐闻之，也不会发出那样异乎寻常的惊叹。由此可知，孔子并不知鲁国乐师为季札演奏过《韶》乐一事。孔子死后，其弟子编纂《论语》，也不知此事，否则《论语》的记载不会与《左传》抵牾。季札观乐，事关孔子一生极为看重的“诗三百”，如果在鲁国的确发生过，孔子及其弟子岂有一无所知之理？

陆侃如、冯沅君说：“从《左传》关于季札观乐的记载（襄公二十九年）看来，这些诗篇到春秋时已成为鲁国诸侯的乐章，孔子把鲁国乐工奏乐的底本借来作文学课本。”[①]果真如此的话，则《论语》中多处引自《卫风》之诗，至少应提到《卫》风之名。因为季札观乐，是明确提到过《卫》或《卫风》的：“为之歌《邶》、《鄘》、《卫》”，“吾闻卫康叔、武公之德如是，是其《卫风》乎？”事实是，《论语》引《卫风》之诗，没有一处提到《卫》之名。如《学而》、《泰伯》篇引《卫风·淇奥》，《子罕》篇引《卫风·雄雉》，《八佾》篇引《卫风·硕人》等均是。《左传·襄公三十一年》北宫文子引《邶风·柏舟》而称“《卫诗》曰”，将《邶》、《鄘》、《卫》统称为《卫》，而《宪问》篇引《邶风·匏有苦叶》，也未提及《邶》或《卫》。《论语》中没有证据表明，孔子是知道季札观乐的。《论语》只提到《雅》、《颂》、《周南》、《召南》而不及十三国风。《子罕》篇说：“子曰：吾自卫反鲁，然后乐正，《雅》、《颂》各得其所。”《阳货》篇说：“子谓伯鱼曰：女为《周南》、《召南》矣乎？人而不为《周南》、《召南》，其犹正墙面而立也与。”据此宋代程大昌《诗议》说：“诗有《南》、《雅》、《颂》，无《国风》。其曰‘国风’者，非古也。夫子尝曰‘《雅》、《颂》各得其所’。又曰‘人而不为《周南》、《召南》’。未尝有言《国风》者。予于是疑此时无《国风》一名。”[②]如果这个说法可以成立，则孔子引《诗》而不及《国风》的原因，乃在于当时并无《国风》之名。孔子说他“自卫反鲁，然后乐正，《雅》、《颂》各得其所”。这段话不仅反映出孔子之时本无《国风》的事实，更说明，直到孔子于鲁哀公十一年（前 484）“自卫反鲁”之时，《雅》、《颂》的次序还仍然处于有待整理的状态。朱东润说：“《雅》固不妨称《风》，而《风》诗诸篇，以其出于夏（与雅通）民族诸国，亦正不妨称《雅》。”孔子“言《雅》、《颂》而不言《风》者，盖以《雅》可包《风》”。[③]那么，像季札那样依次提到十三《国风》之名的言论，就绝不可能出现于孔子幼年之际。清代皮锡瑞说：“子

---

① 陆侃如、冯沅君：《中国文学史简编》，第 21 页。

② [明] 焦竑：《焦氏笔乘》，李剑雄点校.北京：中华书局，2008 年，第 86-87 页。

③ 朱东润：《中国文学批评史大纲》，上海：上海古籍出版社，1983 年，第 9 页。

曰：‘吾自卫反鲁，然后乐正，《雅》、《颂》各得其所。’然则夫子未正乐之前，《雅》、《颂》必多失次可知。而《左传》载季札观乐，在夫子未正乐之前，十五《国风》、《雅》、《颂》皆秩然不紊，学者多以为疑”。[①]可见，季札观乐所见《风》、《雅》、《颂》的顺序越是整然有序，就越是可疑，越说明它是晚出的东西。

不仅如此，季札观乐，“为之歌《豳》，曰：美哉，荡乎，乐而不淫，其周公之东乎？”以《豳》诗为周公“居东”所作，是《尚书·周书·金滕》的说法。[②]然自宋代程颐以来，学者大都怀疑《尚书》中《金滕》一篇的可信性。顾颉刚《论今文〈尚书〉著作时代书》将《金滕》认定为后世伪作。[③]那么，季札观乐之际，怎么会预先知道后人伪作的《金滕》的内容？更重要的是，孟子引《豳风·鸱鸮》“迨天之未阴雨，彻彼桑土，绸缪牖户。今此下民，或敢侮予”之句，并引孔子对《鸱鸮》的评论，均未以此诗为周公所作。《孟子·公孙丑上》说：“国家闲暇，及是时，明其政刑，虽大国，必畏之矣。《诗》云：‘迨天之未阴雨，彻彼桑土，绸缪牖户。今此下民，或敢侮予。’孔子曰：‘为此诗者，其知道乎！能治其国家，谁敢侮之？’”孔子连做梦都梦见周公，如果《鸱鸮》为周公所作，孔子怎么可能把周公称作“为此诗者”？诚如白川静所说，包括《豳风·七月》在内的“《豳》风七篇，本无关于周公者”。[④]季札以《豳》属之周公，为后人之杜撰。不仅孔子不知，与孔子时隔百年的孟子亦不知。

《左传》所记季札聘鲁观乐，在公元前 544 年，其时孔子才 8 岁。其所论理应与孔子论《诗》不存在任何关联。如果季札观乐为确定无疑的史实，则季札评《诗》，断无参考《论语》之理。但事实上，季札有关风、雅、颂及乐舞的评论，不仅其用语多出自《论语》，且其用意亦多从《论语》敷衍而来。

首先，季札评《诗》用语多袭自《论语》，其方法是以同义词、近义词来替换原句中的一字。例如其评《豳》：“美哉，荡乎，乐而不淫，其周公之东乎。”评《颂》：“至矣哉……哀而不愁，乐而不荒。”其中“乐而不淫”、“哀而不愁”，完全是蹈袭《八佾》篇的“子曰：《关雎》乐而不淫，哀而不伤”。又如季札评《周南》、《召南》：“美哉，始基之矣，犹未也，然勤而不怨矣。”其中“勤而不怨”来自《里仁》篇的“子曰：事父母几谏，见志不从，又敬不违，劳而不怨”。

---

① ［清］皮锡瑞：《经学通论》，第 18 页。

②《尚书·周书·金滕》：“周公居东二年……公乃为诗以贻王，名之曰：《鸱鸮》。”

③ 顾颉刚：《古史辨》第一册，上海：上海古籍出版社，1982 年，第 200-206 页。

④《豳风·破斧》有“周公东征”之句，白川静以《虢季子盘》、《竹书纪年》等文献考证后指出，此“周公”指周夷王、厉王时“豳地周公之胤”而非周公。白川静：《诗经蠡说》，载白川静：《白川静著作集》12，东京：平凡社，2000 年，第 184 页。

《尧曰》篇也有“子曰：君子……劳而不怨”。而季札评《颂》：“施而不费，取而不贪”云云，也是蹈袭《尧曰》篇的“君子惠而不费，欲而不贪”。如果只是个别语句相同，或许是偶合。但相同的语句如此之多，则恐怕很难用偶合来解释。

不仅如此，季札评《诗》，在文章句式、语言风格方面，明显存在着模仿《论语》的痕迹。其贯穿全篇的大段“……而不……”的句式，完全是孔子评《关雎》“乐而不淫，哀而不伤”的翻版。季札引《诗》，也模仿孔子及其弟子的语气。例如：“吾闻卫康叔武公之德如是，是其《卫风》乎？”，“思而不惧，其周之东乎？”，“其细已甚，民弗堪也，是其先亡乎？”，“乐而不淫，其周公之东乎？”，“思深哉，其有陶唐氏之遗民乎？”，“国无主，其能久乎？”，“思而不贰，怨而不言，其周德之衰乎？”，“曲而有直体，其文王之德乎？”。而《学而》篇引《卫风·淇奥》：“诗云‘如切如磋，如琢如磨’，其斯之谓与？”。《季氏》篇引《小雅·我行其野》：“伯夷、叔齐饿于首阳之下，民到于今称之。‘诚不以富，亦只以异’，其斯之谓与？”。季札仿《论语》“其……与？”而为“其……乎？”。

其次，季札评《诗》，用意亦多从《论语》敷衍而来。例如“见舞《大武》者，曰：美哉，周之盛也，其若此乎……见舞《韶箾》者，曰：德至矣哉，大矣……虽甚盛德，其蔑以加于此矣”。这段议论也是从《论语·卫灵公》“服周之冕，乐则韶舞”及《论语·八佾》“子谓《韶》，尽美矣，又尽善也。谓《武》，尽美矣，未尽善也”敷衍而来。孔子评《韶》有“尽善”之语，季札才有“德至矣哉”，“盛德蔑以加”之论；孔子评《武》有“尽美未尽善”之语，季札才言其“美”而不言其“善”。沿袭之迹昭然。又如，季札评《郑》说：“其细已甚，民弗堪也，是其先亡乎？”这种对《郑》的负面评价，亦来自《卫灵公》篇“放郑声，远佞人；郑声淫，佞人殆”。《阳货》篇还曾将郑声的危害与亡国破家并论：“恶紫之夺朱也，恶郑声之乱雅乐也，恶利口之覆邦家者。”季札说郑声“已甚”，实际上就是孔子“郑声淫”之意。以“民弗堪”郑声为郑国“先亡”的原因，更是孔子以“郑声之乱雅乐”与“覆邦家”并论的翻版。显而易见，季札评《郑》的这段话，是从《论语》“郑声淫”、“恶郑声”之论敷衍而来。

季札评《诗》的真伪，也可从古代文体演变的角度来考察。只要将孔子的评《关雎》与季札评《诗》两相比较，就可明白，前者词简义约，后者繁复冗长。而古代文体的演变，又总是由简约而趋于繁复，而非相反。章学诚《乙卯札记》说，上古“漆文竹简，或著缣帛，或以刀削，繁重不胜。是以文词简严，取足达意而止”。钱钟书先生也说：“春秋著作，其事烦剧，下较汉、晋，殆力倍而功半焉。文不得不省，辞不得不约。势使然尔。”[①]这正是孔子作《春秋》辞约义隐，不得不避冗长的原因。有研究说：“‘季札观乐’文字反映了西周春秋时期的《诗》乐教化理论主张，通过季札的评论，对当时各地风俗、各国政情进行点评，也应该属于那时的教材类短文。”[②]这一推论，完全忽视了语言的时代性及文体演变的阶段性。如果季札评《诗》真是春秋时代的“短文”，就不可能那样连篇累牍、洋洋洒洒、畅所欲言，不厌其烦。敏泽说，季札评《颂》“一连用了十四个平行的赞叹分句，真可以说，把好话说尽了”。[③]殊不知像季札评《诗》那样冗长的文体，是不可能出现在文体演变尚处于简质阶段的春秋之际的。它不过是后人借前人之口，发自己的议论而已。将其认定为“我国古代文学批评史上最早的比较完整的一篇批评文章”，“对《诗经》最早的一篇评论”，是缺乏说服力的。

而且，季札评《诗》，在古代文艺思想史上也是大大超前的。这段议论，在性质上是中庸哲学在文艺批评中的运用。而中庸哲学则是孔子思想形成之后的产物。难以置信的是，孔子尚处幼年之时，中庸的理论就已经被季札纯熟地运用于《诗经》评论中，并且发挥得淋漓尽致了。杨明照先生释《文心雕龙·时序》“姬文之德盛，《周南》勤而不怨，大王之化淳。《豳风》乐而不淫”之际，也引季札《诗》评，并说刘勰继承了“儒家学派尚未确立”之际“春秋时代人的说法”。[④]果真如此，则“乐而不淫，哀而不伤”这一在文艺思想史上具有开创性意义，并为后世确立了“温柔敦厚”儒家诗教的著名理论的首创者，应该是季札，而非孔子。敏泽把季札评周乐的“五声和，八风平”看作是孔子评《关雎》“乐而不淫，哀而不伤”的先声。[⑤]按照这个逻辑，则孔子评《韶》、《武》及郑声都应该延袭自季札才对。既然如此，为什么其《中国文学理论批评史》仍说这些是孔子的诗论呢？而且，季札所论也有袭用他人之嫌。例如“为之歌《陈》，曰：国无主，其能久乎”，“为之歌《颂》，曰……哀而不愁，乐而不荒”。其中“其能久乎”、“乐而不荒”为《左传·襄公二十七年》赵文子告叔向语。[⑥]那么，赵文子可否也算作孔子诗论的先辈呢？可见，如果承认季札观乐为信史，将会导致多么荒谬的结论。古今讲《论语》者难以数计，好像还没有人主张孔

---

① 钱钟书：《管锥编》，北京：中华书局，1979 年，第 163 页。

② 杨朝明：《出土文献与儒家学术研究》，台北：台湾古籍出版有限公司，2007 年。

③ 敏泽：《中国文学理论批评史》，第 42-43 页。

④ 杨明照：《学不已斋杂著》，上海：上海古籍出版社，1985 年，第 457-458 页。

⑤ 敏泽：《中国文学理论批评史》，第 23-25 页。

⑥《左传·襄公二十七年》：“文子告叔向曰：‘伯有将为戮矣，诗以言志，志诬其上，而公怨之，以为宾荣，其能久乎？’……文子曰：‘其余皆数世之主也，子展其后亡者也，在上不忘降，印氏其次也，乐而不荒，乐以安民，不淫以使之，后亡不亦可乎？’”

子祖述季札，拾人牙慧的。郭绍虞先生《中国文学批评史》论“上古期”文论，以“孔门的文学观”开端，而对季札评《诗》只字未提。朱东润《中国文学批评史大纲》亦然。这表明，让人疑窦丛生的季札评《诗》，不能被视作孔子之前的上古文论。

从季札的用语、句式、文章风格、思想观点与《论语》存在如此密切的关系来看，“《左传》对季札观乐的具体描述不可相信”的观点，是有充分根据的，并非“只是今人依据情理的个人推断”。①

二、季札评《诗》与《荀子》

季札评《诗》，不仅孔子、孟子不知，即便是荀子也未必知道。刘向《别录》“左丘明授曾申，申授吴起，起授其子期，期授楚人铎椒，铎椒作抄撮八卷，授虞卿，虞卿作抄撮九卷，授荀卿，荀卿授张苍”。这个先秦至汉《左传》传承的所谓“学统”，本身就不可信。《荀子》一书从头至尾没有任何荀子是《左传》学者的证据，司马迁《史记·孟子荀卿列传》也未提及这一点。且自左丘明至张苍，近三百年，传承者仅七人，作为一派学说的系统，也显得极不自然。而据《史记·十二诸侯年表》，铎椒作《铎氏微》，虞卿作《虞氏春秋》。前者是研究《春秋》之作，后者则与《春秋》无关。刘向仅因二人都有“春秋”类的著作，就将他们纳入《左传》传承的学统。荀子在汉代是最具权威性的先秦儒家，于是也被刘向加了进来，其虚妄悖谬可知。更为重要的是，在先秦时代，像汉代那样某部经典由一家传授的学统是否存在，本身就是问题。

众所周知，先秦典籍中首次明确提到《诗经》“《风》—小《雅》、大《雅》—《颂》”顺序的，是《荀子·儒效》篇：“故《风》之所以为不逐者，取是以节之也；《小雅》之所以为《小雅》者，取是而文之也；《大雅》之所以为《大雅》者，取是而光之也；《颂》之所以为至者，取是而通之也”。而季札观乐所列“为之歌《周南》、《召南》……《邶》、《鄘》、《卫》……《王》……《郑》……《齐》……《豳》……《秦》……《魏》……《唐》……《陈》……《郐》……为之歌《小雅》……《大雅》……《颂》”的顺序，无疑是从《荀子》得到的启发。又如先秦典籍中明确提出“诗言志”的，也是《荀子·儒效》：“《诗》言是，其志也。”②而《左传·襄公二十七年》“文子告叔向曰：伯有将为戮矣，诗以言志，志诬其上，而公怨之，以为宾荣，其能久乎，幸而后亡”云云，与

① 翟相君：《孔子删诗说？季札观乐不可信》，《河北学刊》，1985年，第6期。

②《尚书·虞书·尧典》有“诗言志，歌永言，声依永，律和声”，为后人伪托，不足信。

《毛诗序》“诗者，志之所之也”，均来自《荀子》。凡此，都说明，杜撰季札评《诗》这段文字的人，其时代不可能早于荀子。

荀子是否了解季札评《诗》，可以从考察《荀子》与《毛诗序》，特别是传自汉初的《毛诗》305 篇中每篇题解的“小序”的关系入手。《左传》与《毛诗序》关系密切，而荀子却与“毛公之学”不同。班固在《汉书·艺文志》中说：“汉兴……有毛公之学，自谓子夏所传，而河间献王好之。”而荀子对子夏是颇为轻视的，《荀子·非十二子》有“子夏之贱儒”一语，可见“荀卿之学非出子夏，判然为二。毛公之学，自谓子夏所传，祖子夏不应祖荀卿，祖荀卿不应祖子夏”。①则《荀子》说《诗》自然也与《毛诗序》相异。

《荀子》说《诗》既不同于《毛诗序》，自然亦不同于《左传》。因为《左传》说《诗》，多与《毛诗序》同。“《左传》与《毛诗》同出河间博士，故二书每互相援引”。例如对于《王风·葛藟》，《毛诗序》说是：“王族刺平王也。周室道衰，弃其九族焉。”《左传·文公七年》也说：“公族，公室之枝叶也。若去之，则本根无所庇荫矣。葛藟犹能庇其本根，故君子以为比况国君乎？”又如“《左传》如卫人所为赋《硕人》，许穆夫人赋《载驰》，既有牵引之疑，而毛传解《诗》，亦多误执引《诗》之说。如《卷耳》执《左传》‘周行官人’一语，以为后妃求贤审官……皆未免于高叟之固”。“《毛诗》与《左氏》相表里。故《左氏》说圣人皆有父，《毛诗》亦以为有父”。②

季札评《诗》，亦颇多与《毛诗序》同者。例如评《周南》、《召南》：“美哉，始基之矣。”而《毛诗序》也说：“《周南》、《召南》，正始之道，王化之基。”又如评《邶》、《墉》、《卫》：“吾闻卫康叔武公之德如是，是其《卫风》乎。”而《毛诗序》评《卫风·淇奥》也说：“美武公之德也。”评《王风》：“其周之东乎。”“周之东”即周室东迁洛邑。而《毛诗序》说《王风》之《兔爰》、《中谷有蓷》都是“闵周也”，即悯悼宗周之意。何楷《诗经世本古义》说：“直是王室东迁，旧都之民，无所依怙，故其颠沛流离，遂至于此，诚可闵也。”

《左传》是经战国、西汉人编写过的文字，故其说《诗》与《毛诗序》同，而《荀子》成书，在战国之际，断无采西汉人说《诗》之理。季札评《诗》多与《毛诗序》同，更说明它是与《毛诗序》同时代的产物，时间上应晚于荀子。有的研究据刘师培《荀子补遗》“《左氏》、《毛诗》均传自荀子”说：“刘师培认为《荀子》多采《左传》之说，《荀子》一书中用《左传》之义的地方不少。”并举《荀子·致士》“赏不欲僭，刑不欲滥。赏僭则利及小人，刑滥则害及君子。若不幸而过，宁僭无滥。与其害善，不若利淫”用《左传·襄公二十六年》

---

① ［清］皮锡瑞：《经学通论》，第 5 页。

② ［清］皮锡瑞：《经学通论》，第 4 页。

“善为国者，赏不僭而刑不滥，赏僭则惧及淫人，刑滥则惧及善人。若不幸而过，宁僭无滥。与其失善，宁其利淫”为例。[①]实则正相反，刘师培分明是说《左传》、《毛诗》采自《荀子》。

《左传》采自《荀子》者颇多。例如季札评《颂》“至矣哉，直而不倨……处而不底，行而不流”之论，即来自《荀子·儒效》“《颂》之所以为至者”及《荀子·乐论》“故人不能不乐，乐则不能无形，形而不为道，则不能无乱。先王恶其乱也，故制《雅》、《颂》之声以道之，使其声足以乐而不流，使其文足以辨而不諰”。季札评《颂》“至矣哉”，袭自荀子以《颂》为“至”，“行而不流”袭自荀子“乐而不流”。以同义词、近义词替换原句中一字，与沿袭《论语》的方法如出一辙。

又如《论语》中孔子仅称《韶》、《武》，《墨子》仅称《濩》、《九招》、《象》而未尝称《韶濩》、《象武》或《武象》。而季札评《颂》则说：“见舞《象箾》、《南籥》者，曰：美哉，犹有憾，见舞《大武》者，曰：美哉，周之盛也，其若此乎，见舞《韶濩》者，曰：圣人之弘也，而犹有惭德，圣人之难也。”其称《韶濩》、《象武》，亦袭自荀子。《儒效》篇有“《武象》起而《韶濩》废矣”。《正论》及《礼论》篇均有“步中《武象》，趋中《韶濩》”之语。

又如季札评乐屡称“圣人”：“见舞《韶濩》者，曰：圣人之弘也，而犹有惭德，圣人之难也。”这一诗、乐“征圣”的观点，也来自荀子。《儒效》篇说：“圣人也者，道之管也，天下之道管是矣，百王之道一是矣，故《诗》、《书》、《礼》、《乐》归是矣。”《乐论》篇说：“乐者，圣人之所乐也，而可以善民心，其感人深其移风易俗，故先王导之以礼乐而民和睦。”郭绍虞说，《正论》篇“凡议必将立隆正，然后可也。无隆正则是非不分，而辩讼不决……故凡言议期命以圣王为师”之论，“就是后人论文主于征圣的先声”。[②]显然，他并没有把这一对后世影响深远的“道沿圣以垂文，圣因文而明道”（刘勰《文心雕龙·原道》）的发明权归之于季札。

再如季札评《颂》“五声和，八风平，节有度，守有序，盛德之所同也”，继承的是荀子的音乐美学思想。首先，音乐以“和”为美，是《儒效》篇首先提出的观点：“乐言是其和也”。《乐论》篇强调乐贵“中平”、“中和”：“乐中平，则民和而不流；乐肃庄，则民齐而不乱。”“故乐者，天下之大齐也，中和之纪也，人情之所必不免也”。“故乐者，审一以定和者也，比物以饰节者也，合奏以成文者也”。季札“五声和，八风平”即从荀子而来。其次，荀子强调音乐要有“节”：“中声之所止”，“乐而不流，辨而不諰”（《乐论》）。诗亦然：

① 赵奉蓉：《战国诸子对左传的传播》，《兰州学刊》，2008年，第2页。

② 郭绍虞、王文生：《中国历代文论选》第一册，第20页。

“故风之所以为不逐者，取是以节之也”（《儒效》）。季札“节有度，守有序”即从荀子而来。最后，荀子强调音乐的道德教化作用：“金石丝竹，所以道德也。乐行而民向方矣。故乐者，治人之盛者也”，“先王之道，礼乐正其盛者也”。“乐也者，和之不可变者也；礼也者，理之不可易者也。乐合同，礼别异。礼乐之统，管乎人心矣”（《乐论》）。季札“盛德之所同”即从此而来。

敏泽认为荀子“中声之所止”上接孔子“乐而不淫，哀而不伤”而源于季札“五声和，八风平”他说：“（荀子）提出了‘中声之所止也’……从《左传·襄公二十九年》记载的季札评论周乐所强调的‘五声和，八风平’到孔子赞美‘《关雎》乐而不淫，哀而不伤’（《论语·八佾》），都是强调所谓诗乐的中和之美”。①其实正相反，诚如郭绍虞所说，荀子“乐而不流，辨而不諰”，“正是‘中声之所止’的绝妙注释”而承袭自孔子的“乐而不淫，哀而不伤”。②季札“乐而不淫”、“哀而不愁”、“行而不流”，不过是将孔、荀两说合二为一而已。

综上所述，《左传·襄公二十九年》记载的季札观乐评《诗》，并非所谓“儒家学派尚未确立”之际“春秋时代人的”诗论。实际上，这样的诗论从未存在过，它不过是《左传》作者参考了孔子、荀子的相关论述，将孔、荀之后才可能形成的思想，借吴公子季札之口说出而已。无论是其遣词用语，文章句式，还是其思想观念，都存在蹈袭《论语》、《荀子》的痕迹，显然是后人的杜撰，不可能出现于季札聘鲁观乐的公元前 544 年，孔子尚处于幼年之际。

---

① 敏泽：《中国文学理论批评史》，第 23-25 页。

② 郭绍虞、王文生：《中国历代文论选》第一册，第 22 页。

杜甫在日本江户诗坛的地位①

《中国社会科学》2012年第9期刊载的张伯伟《典范之形成：东亚文学中的杜诗》一文说，江户时代“杜诗充其量可以在数量众多的典范中占一席之地，可以在三百年的历史中领数十年风骚，却不能说享有独尊的地位”。这一结论颇值得商榷，兹分论之。

一、江户诗坛对于杜甫的尊崇

张伯伟说：“江户时代诗坛风气并非一成不变，所以，其步趋的对象也不断变化。因此不存在定于一尊的文学典范。”实则江户诗坛风气尽管经历了“崇唐”、“尚明”、“宗宋”、“学清”的演变，都不曾动摇杜诗文学典范的地位，杜甫始终是人们尊崇的对象。

江户初期（1589-1646），深受江西诗派影响的朱子学派居文坛主导地位，朱子学派的林罗山（1583-1657）、石川丈山（1583-1672）、贝原益轩（1630-1714）都是尊杜甫的。罗山《梅村载笔》说：“学律诗宜读《杜律》、《瀛奎律髓》。”②《杜律》为明人邵博编《杜律集解》，而《瀛奎律髓》的作者方回是宗杜甫的。丈山《诗法正义》说：“匪熟大历之诸作，晓少陵妙工，孰能可窥其阃奥哉。”③“已到诗道之高妙至工，以子美为古今第一。”④并明言李白“不及杜甫”：“律诗以变意为专要也。王安石曰：‘李白才格词致，人固莫及。然其格止于此而已，不知变’云云，因之不及杜甫也。”⑤益轩《慎思录》卷五说：“唐之未衰也，诗人韵士辈出，如老杜，上虽不及于风骚，然下冠于百世。后代诗人之所慕仿也。”“如杜甫，固可谓圣于诗者也。然其作诗也，用心精密，于今可见矣。是杜诗之所以好也。”⑥而对于李白却颇有微词：“李白诗曰‘以此醉中乐，勿使知醒者’。此

① 此文刊载于《玉溪师范学院学报》2016年第3期。

② 日本随笔大成编辑部《日本随笔大成》，第1期，第1，东京：吉川弘文馆1976年版，第54页。

③ 池田四郎次郎：《日本诗话丛书》卷十，东京：文会堂书店，1920-1922年版（下同），第353页。

④ 池田四郎次郎：《日本诗话丛书》卷十，第355页。

⑤ 池田四郎次郎：《日本诗话丛书》卷十，第352页。

⑥ 井上哲次郎、蟹江义丸：《日本伦理汇编》卷八，东京：育成会，1901-1903年版（下同），第169页。

言醉者有乐，而醒者无乐也。李白是放达之人，与刘伶辈不同，然非知真乐者也。盖醉中遣兴得乐者，粗而浅；醒中知乐者，精而深。醉中之乐易知，醒中之乐难知。学者平日不醉时，更要知别常有娱乐之胜于醉时。此知真乐也。苟知真乐，则不论醉与醒。醒亦乐，醉亦乐。随时随处而无不乐。苟得真乐如此，此与醉饱声色宴游之乐不同，君子何待醉时而后初乐耶。”[①]古义学派的伊藤仁斋（1627-1705）在扬杜抑李方面与丈山、益轩无异。其《童子问》卷下说：“三百篇之后，惟汉魏之际，遗响尚存。厥后惟杜少陵之作，为庶几矣……惟杜甫平生忧国爱民，忠愤感激，一皆寓之于诗，世称‘诗史’。故杜诗之妙，不在于巧拙之间，而在于真情盈溢，不可歇止。无意托物比兴，而托物比兴无所不在。后世或讥其近质野，或诮其间有村陋句……徒知以诗家绳墨纠之，而不知此反是其妙处也。李白虽神于诗，其意易识。至杜诗，注者亡虑数十家，是李之所不及。以人之所感自异也。”[②]此外，木下顺庵（1621-1699）在其《长恨歌跋》中也持“抑李扬杜”论。[③]

江户中期（1647-1783），荻生徂徕（1666-1728）萱园古文辞学派风靡天下，而该派的雨森芳洲（1648-1755）也是尊杜甫的。芳洲《橘窗茶话》卷上说：“古今以杜诗为第一，其气象雄浑，句中有力，而行余不失言外之意者，以诸名家诗比见，然后可知矣。”[④]卷下说：“杜少陵古今称为大家，比诸搬戏，少陵如男扮女妆，诸家如女扮男妆，未免纤弱之态。青莲自是蓬瀛之仙。”[⑤]反古文辞学派的“性灵派”巨擘山本北山（1752-1812）及澁井太室（1720-1788）也是尊杜甫的。北山《作诗志彀》说：“昔杨升庵云‘无含蓄者非诗’。故讥杜子美露骨。其言曰‘诗以三百篇为祖，三百篇怜民之流落云：鸿雁于飞，哀鸣嗷嗷。子美则云：千家今有几家存。三百篇刺淫乱云：雝雝鸣雁，旭日始旦。子美则云：慎莫近前丞相嗔。子美诗都吐露，失三百篇之意’。是全昧诗道也。”[⑥]太室《读书会意》卷中说：“宋明之诗皆出少陵，宋宗其意，多俚辞拙句；明私其体，多丽语壮句，是明所以文胜也。宋口之不措，明忌之不言，是以宋所以质胜也。而同不可望少陵之域者，文质偏也。”[⑦]此外，坚守朱子学立场的伊藤东涯（1670-1736）《杜律诗话序》也说：“今也承平百年，文运丕阐，杜诗始盛于世矣。呜呼，白之稳实，苏之富赡，黄之奇巧，要亦非可废者也，然较之杜则偏

① 井上哲次郎、蟹江义丸：《日本伦理汇编》卷八，第158页。

② 井上哲次郎、蟹江义丸：《日本伦理汇编》卷五，第158页。

③ 津田左右吉：《现于文学中的我国国民思想研究》（平民文学时代），东京：洛阳堂，1917-1918年，第375页。

④ 日本随笔大成编辑部：《日本随笔大成》，第2期，第7，第395页。

⑤ 日本随笔大成编辑部：《日本随笔大成》，第2期，第7，第405页。

⑥ 中村幸彦：《近世文学论集》，东京：岩波书店，1966年版，第307页。

⑦ 关仪一郎：《日本儒林丛书》第七卷《读书会意》第30页，东京：风出版社，1971年。

霸手段，不可谓之集大成矣。”①倾向于“神韵派”的皆川淇园（1734-1807）《淇园诗话》也说：“古今诗人未有不尊少陵者，虽以元轻白俗，亦靡有异论。”②“子美《前后出塞》、《无家别》、《新婚别》等作，辞不离唐而神气骨格，殆与汉魏抗衡者，乃又学古之尤善者也。”③长野丰山（1783-1837）《松阴快谈》卷三说：“先君子刻意杜少陵，当时交游，中井竹山、江村君锡诸老，皆谓逼似杜樊川。盖善学少陵者莫如樊川，二老意岂在此乎。”④丰山之父与中井竹山（1730-1804）、江村北海（1713-1788）及淇园均为江户中期时人，属折中学派。其尊杜甫，实为当时诗坛之风气。

江户后期（1784-1868），“性灵派”取代古文辞学派，与北山共同倡导“性灵说”的市河宽斋（1749-1820）《诗烬》说：“作者之圣，后人推少陵，非过论也。”⑤又《〈诗圣堂诗集〉序》说：“《诗圣堂诗集》刻成，‘诗圣’者何?杜少陵也。少陵何称诗圣？其网罗古今，集而大成，后世作家无不取法，故谓之‘诗圣’。”⑥菊池五山（1769-1849）《五山堂诗话》卷四说：“杜、韩、苏，诗之如来也。”⑦卷五说：“诗人不可无正大之气。乃如老杜，忠愤忧国，一字一泪，此则无论已。”⑧朝川善庵（1781-1849）《〈放翁诗话〉序》说：“宋诗人学杜子美者多矣，东坡、山谷、后山、放翁皆其人也……东坡豪逸，山谷新奇，放翁浑厚，皆其所长，而于老杜则同矣。”⑨倾向于“神韵派”的长野丰山《松阴快谈》卷三说：“古诗工于用韵者，莫如杜、韩焉。杜诗长篇或用一韵，短篇却屡换韵，千变万化，可以见其出入纵横之才矣。”⑩广濑淡窗（1782-1856）也称赞杜甫为“绝代之诗人”。⑪此外，赖山阳（1780-1832）《书杜集后》说：“诗自汉魏六朝至唐，其词金玉华藻，其意难老嗟卑，争新竞奇，愈出愈腐。惟陶与杜，顾就日用，父子君臣间，直叙景情，语语有生色。化家常茶饭为金虀玉脍，回视从前珠玑堆积，皆觉不可食矣。杜同时勍敌如李白，亦托神仙奇

---

① 伊藤东涯：《绍述先生文集》卷三，三宅正彦编：《近世儒家文集集成》第 4 卷，东京：ぺりかん社，1988 年。

② 池田四郎次郎：《日本诗话丛书》卷五，第 188 页。

③ 池田四郎次郎：《日本诗话丛书》卷五，第 215 页。

④ 池田四郎次郎：《日本诗话丛书》卷四，第 401-402 页。

⑤ 市河宽斋：《宽斋先生余稿・诗烬》，东京：游德园，1926 年，第 232 页。

⑥ 市河宽斋：《宽斋先生余稿・宽斋漫稿》，第 127-128 页。

⑦ 池田四郎次郎：《日本诗话丛书》卷十，第 495 页。

⑧ 池田四郎次郎：《日本诗话丛书》卷十，第 533 页。

⑨ 朝川善庵：《乐我室遗稿》，东京：崇文院，1931 年，第 16 页。

⑩ 池田四郎次郎：《日本诗话丛书》卷四，第 415 页。

⑪ 安藤州一：《修养诗话》，京都：西村护法馆，1913 年，第 20 页。

快之趣，不及杜之平实有味。是龙肉不及猪肉也。”[①]

综上所述，江户时代的前期、中期、后期，诗坛对杜甫的尊崇持续了三百年，日本诗论、诗话中对杜诗的评价均超过李白，其独尊的地位从未动摇过。张伯伟所谓杜诗“在三百年的历史中领数十年风骚”，人人读杜诗的盛况“维持的时间也不过几十年而已”及 杜甫“仅仅作为一段时间内的文坛典范”[②]的说法，不足为据。

二、江户时代杜诗影响的广泛性

张伯伟说：“和前代相比，杜诗在江户时代最引人注目的是读者众多，但读者群的扩大是江户时代的普遍情形，并非仅仅是读杜诗而已。”“如果比较一下托名李攀龙所编《唐诗选》在江户时代的流行情况，杜诗的流行大概只能用小巫见大巫来形容了。”“文坛领袖对某书或某个作者的褒扬，对于其经典地位的形成，往往有至关重要的意义。相比而言，杜诗就缺乏文坛领袖为之张目。”[③]

首先，杜诗影响的广泛性体现于各个方面，比读者人数更能说明问题的，是读者圈涵盖范围的大小。当时，成人而外，十几岁的童子也谈论杜诗，[④]他们虽“未知平仄，未辨古律”却言必称“子美”。[⑤]儒者而外，日莲宗僧人元政上人（1623-1668）曾说：“少陵本是诗中佛”，被誉为“少陵千载知己”。[⑥]诗人而外，幕末俳人正冈子规（1867-1902）也喜读杜诗。河东碧梧桐《子规言行录》说：“至今我仍然珍藏着（子规）山人送给我的《杜工部集》，作为诗人，却从俳人那里得到诗集，这事有点不可思议。”[⑦]“诗圣”杜甫在歌人、俳人当中享有与“歌仙”、“俳圣”并列的地位。林子平（1738-1793）以歌圣柿本人

---

① 赖山阳：《山阳先生书后》下（抄本），第 18-19 页。

② 张伯伟：《历史与空间：杜诗在东亚文学中的地位》，香港：《文汇报》2012 年 11 月 4 日。

③ 张伯伟：《历史与空间：杜诗在东亚文学中的地位》，香港：《文汇报》2012 年 11 月 4 日。

④ 雨森芳洲《橘窗茶话》卷中记载其“同寓雉塾”的友人霞沼“一日问我：‘杜诗中何者可意？’余答以‘万里苍茫水，龙蛇只自深’”，而此时的霞沼“年十四五”。日本随笔大成编辑部：《日本随笔大成》，第 2 期，第 7 部，第 379 页。又，石川之褧（1794-1844）《〈杜律详解〉序》说：“褧成童好读杜诗。”［日］津阪东阳：《杜律详解》，大阪：关西图书株式会社，1897 年，第 1 页。

⑤ 林罗山：《袖里唐诗序》，林罗山：《罗山林先生文集》，卷五〇，东京：平安考古会，1918 年版，第 143 页。

⑥ 松崎慊堂：《慊堂全集》卷二八，东京：崇文院，1931 年版第 6 页：“国初，僧元政有《竹香诗》云‘绿玉森森十丈长，氤氲清气若浮空……少陵本是诗中佛，料识鼻観尤自由’。可谓少陵千载知己已”。

⑦ 河东碧梧桐：《子规言行录》，东京：政教社，1936 年，第 565 页。

麻吕（660-720）比杜甫，其《播州明石浦柿本大夫祠堂碑铭》说："歌林有人麻吕，犹诗家有少陵。""前修有言曰'读少陵诗则可以知其世，故谓之诗史'。今披《万叶》读人麻吕歌，则亦可以知其世乎？谓之歌史亦可也。人麻吕卒年虽未详，然考之于少陵之生年，则其间先后不远。然则天下文明之气运，和汉合符，诗歌同归。而达人降生者，不亦奇乎？"[①]橘春晖（1753-1805）《北窗琐谈》后编说："定家卿其力有余，实可谓和歌之大家，集中诸体具足，可供撰集之歌无不俱备。家隆卿集中所有，定家卿无之；定家卿集中所有，家隆卿有之。譬之诗人，定家卿如杜少陵，家隆卿如王辋川。唐士人论子美、摩诘优劣者评曰'杜甫大家也，王维名家也。杜中有王，王中无杜'，的论也。"[②]

杜甫作为典范，具有无可比拟的权威性。从大的方面说，杜甫的"忠君爱国"曾被赋予了"倒幕勤王"的政治意涵。近藤元精《〈星岩诗抄〉精注》说："通观德川时代之汉学者，往往爱支那太过而有误大义名分者……身为堂堂儒者犹且置皇室于度外而以媚德川氏为常者颇多……然渺然一诗人之星岩，其半面实为堂堂大为勤王家也，非世之片片弄月嘲风，批红判绿凡庸诗人之类，即其诗中无轻薄之口头语，而热血沸腾自肺腑中呕出之语也。其诗之有光彩亦当然之事。唐代的杜甫，其半面亦勤王家，以念念爱国慕君而不止之故，其诗至今各地诗人犹以为标的而爱诵之。称星岩为日本之小杜甫或以为不可无者亦庶几哉。"[③]小的方面，则文人的号、书斋名、著作名都取自杜甫。大窪诗佛（1766-1836）《诗圣堂诗集》之"诗圣"即指杜甫，"堂"谓大窪仿杜甫草堂而筑之玉池草堂，大窪"诗佛"之号亦来源于明人张綖"老杜诗中佛"之语。[④]而诗人作诗，首先想到的也是杜甫。云景龙雄（1844-1871）作诗咏蟋蟀，是因为它"曾经老杜哦"。[⑤]广濑淡窗弟子中岛子玉《咏美人肩联句》"春花担处知云重，修竹倚时觉露多"即用杜甫《佳人》"天寒翠袖薄，日暮倚修竹"之句。[⑥]而和歌、俳句更常用杜诗诗意和手法。冈田新川（1737-1799）《秉穗录》说："杜诗'牛羊归径险，鸟雀聚枝深'，百荣之谣用此句；'神伤山行深，愁破崖

---

① 日本随笔大成编辑部：《日本随笔大成》，第 3 期，第 13，第 103 页。

② 日本随笔大成编辑部：《日本随笔大成》，第 2 期，第 15，第 278-279 页。

③ 近藤元精：《〈星岩诗抄〉精注》，东京：青木嵩山堂，1911 年，第 3-4 页。

④ 市河宽斋《〈诗圣堂诗集〉序》："《诗圣堂诗集》刻成，'诗圣'者何？杜少陵也。少陵何称诗圣？其网罗古今，集而大成，后世作家无不取法，故谓之'诗圣'。堂者，吾天民所筑于玉池之草堂也……堂安少陵像，以诗圣为称，见所尊尚也。又自号'诗佛'，盖取张南湖'老杜诗中佛'之语也"。市河宽斋：《宽斋先生余稿·宽斋漫稿》，第 127-128 页。

⑤ 麻绩斐、樱井美成编：《云景龙雄全集：东北伟人》，东京：东阳堂，1894 年，第 4 页。

⑥ 安藤州一：《修养诗话》，第 15 页。

寺古’，芭蕉之谣用此句。”[①]松尾芭蕉（1644-1694）《奥州小道》“国破れて山河あり、城春にして草青みたりと”即用杜甫《春望》“国破山河在，城春草木深”。吉分大鲁（1730-1778）《芦阴句选》“よその夜に我夜おくるゝ砧（きぬた）かな”用杜甫《秋兴》“寒衣处处催刀尺，白帝城高急暮砧”之“急暮砧”诗意。日本人听到猿鸣、鹃啼未必感到悲哀，而芭蕉俳句“猿を聞く人棄子に秋の風いかに”却是个例外。“さらぬだに老いては物の悲しいにゆふべの猿声な聞かせそ”即受杜诗的影响。榎本其角（1661-1707）评西山宗因（1605-1682）《兄》俳句[②]云：“有杜甫‘一字血脉’之格。”[③]幸田露伴（1867-1947）《诗话》指出，“一字血脉”之格不仅限于律诗，和歌、俳句中亦甚多，例如芭蕉著名的《古池》俳句“一句三节，节节皆相响应，相含相生，脉络贯通其中”。而“吾等于近时俳句中只见以瓦石竹木为饭粒之作，而绝少血脉贯通者”。[④]“一字血脉”本为元代范德机《木天禁语》总结出的律诗十三格之一。其角将此格专属之杜甫，露伴又主张和歌、俳句均应以有无“血脉贯通”为标准。无独有偶，山本北山《作诗志彀》亦抬出杜甫为其“清新性灵”诗论张目：“老杜与中郎，其世相去五百余年，而豪杰之识无以异，合之如符节。曾有问中郎诗如何者，余作诗答之曰‘人间绝妙辞，中郎独自知。欲知中郎趣，熟读老杜诗’。”[⑤]凡此，都足以表明，杜甫在江户时代已经被当作文坛典范。

其次，单个人的诗集与众多诗人的选集之间是不可比的关系。五山时代，杜甫诗集与南宋周弼《三体诗》[⑥]的流行情形相较也是“小巫见大巫”。《三体诗》未选杜诗，但并不能据此就否认杜甫受到五山禅僧们的欢迎。日野龙夫说：“近世前期，人们爱读的唐诗及包含唐诗的选集，首推《三体诗》。”[⑦]久保天随说：“及于德川时代，物徂徕之徒，虽排击此书（《三体诗》），但此书仍然受到世人的尊崇，讲解之书陆续刊出，直至近时，犹未衰微。”[⑧]我们不能据此就得出江户时代为《三体诗》所主导，人们不重杜诗的结论。同理，《唐诗选》较之杜诗选集更为流行，也不足以证明杜诗不受重视。更何况《唐诗选》的宗旨，也是尊杜甫的。《唐诗选》在江户中期的流行，得力于荻生徂徕“蘐园”学派

---

① 日本随笔大成编辑部：《日本随笔大成》，第 1 期，第 20，第 388 页。这两句分别出自杜甫《冥》和《法净寺》诗。

② 原文为：“人さらにげにや六月ほとゝぎす”。西山宗因，江户时代前期的俳人、连歌师。

③ 幸田露伴：《诗话》，东京：东京出版，1948 年，第 48-49 页。

④ 幸田露伴：《诗话》，第 55-56 页。芭蕉《古池》俳句原文为：“古池や蛙飛びこむ水の音”。

⑤ 中村幸彦：《近世文学论集》，第 308-309 页。

⑥《三体诗》原名《唐贤三体诗法》，又称《三体唐诗》，[南宋]周弼所编，元代有释元至（号天隐）和裴庾（字季昌）的注释本。

⑦ 服部南郭、日野龙夫校注：《唐诗选国字解》，东京：平凡社，1982 年，第 12 页。

⑧ 久保天随校：《汉文丛书》第 4 册，东京：博文馆，1913 年，第 15 页。

的倡导。其选诗标准体现了李攀龙、王世贞古文辞学的主张，而李、王都是倾向于扬杜抑李的。李攀龙《选唐诗序》说："七言古诗，唯杜子美不失初唐气格，而纵横有之。太白纵横，往往强弩之末。间杂长语，英雄欺人耳。"①王世贞《艺苑卮言》卷四说："青莲古乐府，以己意己才发之，尚沿六朝旧习，不如少陵以时事创新题也。"②当时的文坛领袖徂徕尊崇"不能不服膺于少陵"的王世贞。③其门人弟子对于王世贞的推重更是不一而足。④

徂徕而外，林罗山、贝原益轩、伊藤仁斋、山本北山、市河宽斋、菊池五山等人，也都曾经是一段时期的文坛领袖。可见，杜诗在江户时代，并不缺少"文坛领袖"的"褒扬"或"为之张目"。

综上所述，整个江户时代，没有任何一位唐代诗人像杜甫这样，受到不同年龄、阶层、职业和受教育程度的人们共同的关注，杜甫不仅是诗人，而且也是歌人、俳人尊崇的对象。其文学典范的地位，是毋庸置疑的。

三、杜诗的瑕疵无损其为文坛典范

张伯伟说："以津阪孝绰为例，除《杜律详解》外，他另有一部文学批评著作《夜航诗话》六卷，其中多处提及杜甫，并无高调表彰……事实上，他的《杜律详解》也只是一部给初学律诗的入门之作，并非标榜正宗、树立典范的意思。"

首先，津阪东阳（1757-1825）对杜诗的称赞频见于《夜航诗话》，⑤且其"褒扬之辞"无以复加，绝非"稍作夸大"而已。例如卷一说："老杜自道'读书破万卷，下笔如有神'。此其所以妙绝千古也。"⑥"老杜《春夜宴韦氏庄》辟头便言'风林纤月落'，奇峭甚，后几不可继，况夜宴失月，诗料扫地，尤

① ［明］王世贞：《艺苑卮言》，丁福保：《历代诗话续编》中，北京：中华书局，2006年，第1005页。

② ［明］王世贞：《艺苑卮言》，丁福保：《历代诗话续编》中，第1006页。

③ 徂徕本人曾称赞王世贞："此公知文章，其言允当。"关仪一郎：《日本儒林丛书》第7卷，《萱园二笔》，东京：凤出版社，1969年，第28页。

④ 例如徂徕弟子安藤东野（1683-1719）最醉心于王世贞。山县周南《刻东野遗稿序》中说他"平生喁喁独向乎兖州氏，虽所涉该博乎？终肖于兖州也"。《周南先生文集》，转引自松下忠：《江户时代的诗风诗论》，东京：明治书院，1969年，第419页。徂徕的再传弟子、山县周南的门人林东溟（1708-1780）对于王世贞更是推崇备至，其《诸体诗则》卷上说"古今四大家不可不知也，魏陈思王，唐李、杜，明王元美是也"。池田四郎次郎：《日本诗话丛书》卷九，第173页。徂徕弟子服部南郭（1683-1759）门下的原田东岳（1709-1783）《诗学新论》极尊王世贞："兖州先生之于明也，超前绝后，独步无双，可谓伦魁矣。"其评《艺苑卮言》谓："体制准镬，议论的确，最应为法。"池田四郎次郎：《日本诗话丛书》卷三，第306-307页。

⑤ 池田四郎次郎：《日本诗话丛书》卷二，第229-230、256、502-503、537-538页。

⑥ 池田四郎次郎：《日本诗话丛书》卷二，第209页。

难于著笔，而奇思自在，冲口出来，局势容与，游刃有余。如‘暗水春星’一联，则真向造化窟里夺将来。且‘暗水’倾耳而听，‘春星’张目以观，一俯一仰，乍暗乍明，开阖起伏，错综变化，不可方物矣。”[①]卷五引《焦氏笔乘》“杜诗‘四更山吐月，残夜水明楼’真古今绝唱也。”[②]又说：“老杜《秋兴八首》，长安夔府，昔事今况，昼夜阴晴，俯仰行坐，情景互叙，悲欢交集。意旨词采，未尝犯重，错综变化，不可端倪。调剂停匀之妙，尤见良工苦心，所以为千古绝作也。”[③]东阳以“妙绝千古”、“古今绝唱”、“千古绝作”评杜诗，非“高调表彰”而何？

其次，《杜律详解》凝结了东阳多年研究杜诗的心得。例如卷中《陪李十七司马皂江上观造竹桥……》“合欢却笑千年事”之“合欢”注：“合欢，旧说解为‘举州欢欣’或谓‘治席为欢饮，共落其成’，不知孰是。其余诸说，俱未稳妥。或别有系桥典故，姑阙疑以俟。一说‘欢’字疑‘观’之讹，谓众聚观，语殊不典。”[④]可见，即便是杜诗中某一词语的解释，东阳都博参众说，斟酌损益。无确证则存疑，不轻易下结论。正如石川之褧《〈杜律详解〉序》所说，东阳“折中诸说，发挥言外微旨，详明的确，卓为千古未曾有之快书……博综众美，精粹无比……反复论难，愈久而愈细，历六春秋而稿始定”。[⑤]小谷薰《东阳先生〈杜律详解〉后序》也说：“旧注聚讼，眩惑学者，此东阳先生所以撰《详解》……（先生）尝曰：‘此拟朱子注《楚辞》’，其旨岂浅近乎……此足以论世，何独为诗道之津筏而已哉。”[⑥]津阪达更说：“先子此解荟萃众说，丁宁反复，不遗余力，使人如目击其时事。”[⑦]显而易见，《杜律详解》是一部严谨的杜甫律诗研究力作，并非仅仅是“诗道之津筏”“给初学律诗的入门之作”而已。

而且《杜律详解》亦不乏对杜甫的称扬。东阳自撰的《诗圣杜文贞公传》说：“公诗才天纵，少与李白齐名，时称‘李杜’。学识淹博，贯穿古今，风调清新，属对律切，尽工尽善，非李所及。盖其出处劳佚，喜乐悲愤，好贤恶恶，一见于诗。而又以忠君忧国，伤时念乱为本旨，读其诗，可以知其世。故当时号为‘诗史’……古今诗人众矣，而公为首者，岂非以其流落饥寒，终身不用，

① 池田四郎次郎：《日本诗话丛书》卷二，第 253 页。

② 池田四郎次郎：《日本诗话丛书》卷二，第 440 页。

③ 池田四郎次郎：《日本诗话丛书》卷二，第 485 页。

④ 津阪东阳：《杜律详解》中，第 29 页。

⑤ 津阪东阳：《杜律详解》上，第 2-3 页。

⑥ 津阪东阳：《杜律详解》下，第 1-3 页。

⑦ 津阪东阳：《杜律详解》下，第 1 页。

而一饭未尝忘君也欤？嗟乎，此其所以圣诗，为万世宗师也。”[①]又《杜律详解》卷上评杜甫《送郑十八虔贬台州司户参军》“句句至情哀痛，一字一泪，结尤淋漓沉著，不可卒读。交道笔力，俱臻其极。真是诗家圣人，可以泣鬼神矣”。[②]评《宾至》“通篇以寻常语平平写来，一气圆灵，真大家数。读去似容易作，翻是难造之境”。[③]评《题桃树》“以堂中作天下观，以天下作堂中观。无任恻怛之至，殆欲流涕痛哭。然绝无理障，绝不涉议论，所以为妙也”。[④]卷中评杜甫《登楼》“通篇气象雄伟，笼盖宇宙，此杜诗之最上者”。[⑤]卷下评杜甫《秋兴八首》其五“关塞极天唯鸟道，江湖满地一渔翁”，“对法尤妙，以俯仰上下，一气拈出者，若出天造，观止矣”。[⑥]评杜甫《秋兴八首》“此八首自是古今绝调”。[⑦]东阳以“诗家圣人”、“可以泣鬼神”、“若出天造”、“笼盖宇宙”、“古今绝调”评杜甫，非“高调表彰”而何？卷中评杜甫《奉寄高常侍》“天涯春色催迟暮，别泪遥添锦水波”说：“‘遥’字怨深，吾独泣于此而彼不知也。‘锦水’与‘春色’通气用之，亦可会用字之法。”[⑧]又卷下评杜甫《秋兴八首》其四说：“余尝谓‘千家’篇以‘朝晖’‘翠微’起，故下皆语语清回。此篇以‘蓬莱’‘金茎’起，故通体极其富丽。良工苦心，诗律诚细。此间诗人，多昧乎章法，一联半章，尽足惊人。求首尾匀称者，则落落晨星耳。是操觚要诀，不可不讲也。”[⑨]东阳以读杜诗为“可会用字之法”，以杜诗章法为不可不讲之“要诀”，非“标榜正宗、树立典范”而何？

再次，张伯伟说，《夜航诗话》中对于杜诗“不时指出其某些不足，或警告效仿者注意”。他以“余谓虽杜工部、王右丞，间亦有粗俗可厌者，而学者一概效颦，不免于升庵之诮，甚或徒得其短而遗其长处矣。杜诗‘且看欲尽花经眼，莫厌伤多酒入唇’。虚字斡旋之妙，圆转如珠走盘。然学者好效此，则不胜破碎矣。杜诗《崔氏东山草堂》用‘真’韵，内压‘芹’字，盖出韵之失，当时诸家往往有之，盖一时趁笔之误耳”为证指出“这哪里像是在颂扬文坛典范呢？”。

其实，东阳评杜诗还有更严厉的言辞，例如《杜律详解》卷上《郑驸马潜

① 津阪东阳：《杜律详解》上，第 3-4 页。
② 津阪东阳：《杜律详解》上，第 9 页。
③ 津阪东阳：《杜律详解》上，第 33 页。
④ 津阪东阳：《杜律详解》上，第 24 页。
⑤ 津阪东阳：《杜律详解》中，第 24 页。
⑥ 津阪东阳：《杜律详解》下，第 10 页。
⑦ 津阪东阳：《杜律详解》下，第 11 页。
⑧ 津阪东阳：《杜律详解》中，第 37 页。
⑨ 津阪东阳：《杜律详解》下，第 7 页。

曜宴洞中》评"春酒杯浓琥珀薄，冰浆碗碧玛瑙寒"："此联殆不免痴肥……终非其至者也"。又评"已入风磴霾云端"句："'霾'字尤杀风景，虽比兴之词，抑不亦甚乎？且与起句犯复。"[1]尽管如此，这与尊杜甫为"文坛典范"之间并不矛盾。东阳虽尊杜诗，但并不讳言其中的瑕疵，所谓"爱而知其恶"。[2]东阳"间亦有粗俗可厌者"，沿袭的是王世贞的"子美多稚语、累语""少陵不成语者多"。[3]他戒"学者一概效颦""学者好效此"，也是仿效王世贞的"间为之可耳，不足多法也"。[4]《艺苑卮言》中此类颇多，例如："虽老杜以歌行入律，亦是变风，不宜多作，作则伤境"，"七言排律创自老杜，然亦不得佳"，[5]"老杜集中，吾甚爱'风急天高'一章，结亦微弱。'玉露凋伤''老去悲秋'首尾匀称而斤两不足。'昆明池水'秾丽况切，惜多平调，金石之声微乖耳"。[6]

但这与王世贞尊杜甫并不矛盾。因为在他看来，即使是《诗经》也难免有瑕疵："诗不能无瑕，虽《三百篇》亦有之，人自不敢摘耳。其句法有太拙者……有太直者……有太促者……有太累者……有太庸者……其用意有太鄙者……有太迫者……有太粗者。"[7]我们不能据此就说他不尊《诗经》为典范，这些瑕疵，并不影响他对《诗经》的评价："《诗》旨有极含蓄者、隐恻者、紧切者，法有极婉曲者、清畅者、峻洁者、奇诡者、玄妙者。骚赋古选乐府歌行，千变万化，不能出其境界。吾故摘其章语，以见法之所自……无一字不可法。"[8]同样，杜诗的瑕疵，也不足以影响王世贞对于杜甫的评价："有声有色，有气有骨，有味有态，浓淡深浅，奇正开阖，各极其则，吾不能不服膺于少陵。""五言律、七言歌行，子美神矣，七言律，圣矣。"[9]王世贞对于扬王抑杜或扬李抑杜都是坚决反对的："有一贵人时名者，尝谓予'少陵伧语，不得胜摩诘，所喜摩诘也'。予答曰'恐足下不喜摩诘耳。喜摩诘又焉能失少陵也。少陵集中不啻有数摩诘。能洗眼静坐三年读之乎'。"[10]并力驳杨慎讥杜诗之论："杨用修驳宋人'诗史'之说而讥少陵云……其言甚辨而覈，然不知向所称皆比兴尔。诗固有赋，以述情切事为快。语荒而曰……若使出少陵口，不知用修何如辨驳

---

① 津阪东阳：《杜律详解》中，第3页。

② 津阪东阳：《杜律详解》中，第8页："胡元瑞云'老杜好句中叠用字如：桃花细逐杨花落、便下襄阳向洛阳之类，颇令人厌。唐人绝少述者，而宋世黄、陈竞相祖袭，尤可厌也'。此信爱而知其恶也。"

③ ［明］王世贞：《艺苑卮言》，丁福保：《历代诗话续编》中，第1005、1009页。

④ ［明］王世贞：《艺苑卮言》，丁福保：《历代诗话续编》中，第1006页。

⑤ ［明］王世贞：《艺苑卮言》，丁福保：《历代诗话续编》中，第1009页。

⑥ ［明］王世贞：《艺苑卮言》，丁福保：《历代诗话续编》中，第1008页。

⑦ ［明］王世贞：《艺苑卮言》，丁福保：《历代诗话续编》中，第964-965页。

⑧ ［明］王世贞：《艺苑卮言》，丁福保：《历代诗话续编》中，第972页。

⑨ ［明］王世贞：《艺苑卮言》，丁福保：《历代诗话续编》中，第1006页。

⑩ ［明］王世贞：《艺苑卮言》，丁福保：《历代诗话续编》中，第1009页。

也。且‘慎莫近前丞相嗔’，乐府雅语，用修乌足知之。”[①]“近时杨用修为李左袒，轻俊之士往往付耳，要其所得，俱影响之间”。[②]对于李白、杜甫，王世贞是主张“不必病其累句，不必曲为之护”，因为“瑕瑜不掩”无妨其为“大家”。[③]

东阳《夜航诗话》论诗颇受王世贞启发。《夜航诗话》卷一说：“古诗之妙，其工可及也，其拙不可及也。若通篇皆拙，固无取矣。使其皆工，则恐终无古气。安在其为古诗哉？”[④]这段话表面上看，似对《后山诗话》“宁拙毋巧，宁朴毋华”而言。但如果将这段话与卷五“兖州评李长吉诗‘奇过则凡，老过则稚’。此方近今诗人，舍唐而趋宋，变雅而就俗，专尚尖巧，务逞诡怪，声调卑靡，旨趣猥琐。岂徒凡且稚哉。往往不胜痴呆，令人捧腹。余所以禁初学令不趋时风也”[⑤]合观就可以明白，这段巧拙论的背后有王世贞的影子。又如“沈休文八病弊法不足据，先辈辩之确矣。独鹤膝一病，律诗宜少避之”。[⑥]这段议论中以“四声八病”为“弊法不足据”，来自严羽“八病……弊法不足据也”。[⑦]但严羽并没有说过八病中的哪一种病，在哪类诗体中“宜少避之”的话。《艺苑卮言》卷三说：“沈休文所载八病……亦不免商君之酷……蜂腰……近体宜少避之，亦无妨。”[⑧]东阳不过改“蜂腰”为“鹤膝”，改“近体”为“律诗”而已。可见，东阳在谈论“四声八病”时，是参照了《艺苑卮言》的。

同样，在杜甫的问题上，东阳也赞同王世贞“瑕瑜不掩”无妨为“大家”之论。不惟东阳，林东溟、长野丰山也都沿袭王世贞的观点。东溟《诸体诗则》上说：“后世学杜者，以一字奇巧称字眼，寄精神与此者久矣。不知老杜大家，古今众体莫不有者，是此字眼，则六朝之纤巧，而盛唐诸公所无，老杜惟有之，亦诗中之一病，然杜而无之，何足为杜？亦所谓‘杜则可，学杜则不可矣’。”[⑨]丰山《松阴快谈》卷二说：“余谓李杜二公诗，固未免瑕累，然天下万世作诗者，无能出于二公之上者，是所以为诗圣也。”[⑩]

综上所述，无论是《夜航诗话》、还是《杜律详解》，均不惜以最高的赞美

---

① [明] 王世贞：《艺苑卮言》，丁福保：《历代诗话续编》中，第1010页

② [明] 王世贞：《艺苑卮言》，丁福保：《历代诗话续编》中，第1005-1006页。

③ [明] 王世贞：《艺苑卮言》，丁福保：《历代诗话续编》中，第1009页。

④ 池田四郎次郎：《日本诗话丛书》卷二，第222页。

⑤ 池田四郎次郎：《日本诗话丛书》卷二，第492页。“奇过则凡，老过则稚”一语见于《艺苑卮言》卷四，丁福保：《历代诗话续编》中，第1010页。

⑥ 池田四郎次郎：《日本诗话丛书》卷二，第218-219页。

⑦ [清] 何文焕：《历代诗话》上，北京：中华书局，1981年，第691页。

⑧ [明] 王世贞：《艺苑卮言》，丁福保：《历代诗话续编》中，第998-999页。

⑨ 池田四郎次郎：《日本诗话丛书》卷七，第518页。

⑩ 池田四郎次郎：《日本诗话丛书》卷四，第391-392页。

之词来评价杜甫，且明言李白不及杜甫。东阳对于杜诗，抱持的是“爱而知其恶”的态度，他指出杜诗中的瑕疵，与尊杜甫为“文坛典范”之间并不矛盾。

总而言之，日本江户时代，杜甫在诗坛受尊崇的程度，任何其他中国诗人都无从望其项背。而且，杜诗既是汉诗，也是和歌、俳句的典范，其独尊的地位，与江户时代相终始。张伯伟江户时代“杜诗充其量可以在数量众多的典范中占一席之地，可以在三百年的历史中领数十年风骚，却不能说享有独尊的地位”的说法，缺乏说服力。

蘇東坡の海棠詩に見える「肉」について

——津阪東陽の批判をめぐる中日の比較文化的考察[①]

はじめに

詩的言語としての「肉」が、人々にどのようなイメージを与えるかという点は、日中詩話、あるいは日中文化の一つの相違と考えられる。

同一の漢詩に対して、日中の学者による評価が、両国の風俗習慣や伝統観念を反映して、異なる場合はかなり多く存在する。日中の学者が一様に関心をよせている蘇東坡の海棠詩も、その一つである。本稿では、その海棠詩に見える詩的言語としての「肉」について、江戸時代の学者・津阪東陽（1757～1825）が『日本詩話叢書』（以下『叢書』と略称[②]）所収『夜航詩話』巻 5（以下『叢書』2 巻、第 466 頁）で行った批判を手かがりに、日中の食文化の相違を中心とする比較文化的考察を試みる。

1. 蘇東坡の海棠詩をめぐって

1.1　海棠詩に対する津阪東陽の批判

蘇東坡の海棠詩は、古来、高い評価を有する作品群である。例えば、その海棠詩中「寓居定恵院東、雑花満山、有海棠一株、土人不知貴也」と題する詩[③]には、「朱唇得酒暈生臉、翠袖巻紗紅映肉」（美しい口もとを通った酒は、ほろよいのあかみを顔にのぼせ、みどりの袖のうらのうすぎぬは、白い腕にまきついて、あけの色が肌に映えている）という対句[④]が見える。

海棠の花を酔った美人の顔や肉体に喩えるという表現技法については、朝鮮の徐居正（字は剛中、号は四住亭）『東人詩話』巻下（『叢書』5 巻、第 528-529 頁）が、「古之詩人托物取況、語多精切。如東坡詠海棠云、朱唇得酒暈生臉、

---

① 此文刊载于『日本・アジア言語文化研究』第 9 号，研文社，2002 年。

② 池田四郎次郎（1864～1933）『日本詩話叢書』全 10 巻（文会堂書店 1920-1921 年）。

③ 例えば、孔凡礼点校『蘇軾詩集』巻 20（中華書局 1982 年、第 1036-1037 頁）に見える。

④ 解釈は近藤光男『漢詩大系 17 蘇東坡』（集英社 1964 年、第 189-192 頁）に従う。

翠袖巻紗紅映肉。以婦人譬花也」(いにしえの詩人が比喩に用いる詩語は、大変精巧で適切である。例えば、蘇東坡が海棠を詠じて「朱唇得酒暈生臉、翠袖巻紗紅映肉」と言うのは、花を婦人に喩えたものである)と論じている。

また、近藤光男氏は東坡詩の訳註を行う際、その巻頭を飾る写真①に、「朱唇得酒暈生臉、翠袖巻紗紅映肉」を含む海棠詩の四句を添え、この詩句が東坡詩の中でもとりわけ秀逸であることを示唆している。

しかし、実は、そうした評価とは裏腹に、津阪東陽は『夜航詩話』巻 5 で、「紅映肉」について「肉謂人肌膚、俗甚、不可効顰也。……尤不堪穢矣」(「肉」とは人の肉体や皮膚をいう。「肉」の語は極めて下品なので、このような詩語を模倣してはならぬ。……「肉」の語を使えば、詩は大変穢れたものになる)という厳しい批判を行っている。

東陽は更に、「肉」の語を嫌う理由について、次のように述べる。「邦俗忌穢為禮、播磨宍粟郡②、長門宍戸氏③皆用古文。蓋肉字嫌瀆尊貴清覧、故避之也。況以花比肉乎」(わが国では穢らわしいものを忌み嫌うのが礼である。例えば、播磨の「宍粟郡」や長門の「宍戸氏」の「宍」という名は、この風俗習慣によって、「肉」の代わりに古文の「宍」を使う。「肉」の字が貴人の目を汚すのを嫌い、それを避けたのである。地名や氏名がそうである以上、詩で花を肉に喩えるのを避けるべきなのは当然である)と。

1.2 「肉」と「肉食」との関係

東陽が詩的言语としての「肉」の使用に対異議を唱えていることは明らかであるが、一体、こうした「肉」に対する嫌悪感はどこから生じるのか。それは恐らく、東陽が忌避する「肉」が単なる詩的言語ではなく、「肉食」という食文化と不可分の関係にあるからだろう。つまり、東陽は、この「紅映肉」という詩句から、食物としての「肉」を連想し、肉食は不潔で 汚らわしいと判断し、上品な詩には「肉」の語を絶対に避けるべきだという見解を示しているのである。そして、この「肉食」に対するマイナス・イメージは、単に東陽の個人的嗜好ではなく、当時の日本人に共通する意識であったと考

① 上掲書巻頭「はなかいどう」の写真。

② 竹内理三『角川日本地名大辞典 28』(角川書店 1988 年、第 716 頁)によれば、宍粟郡は、古代から現までの郡名で、完粟郡とも書く。播磨国北部、今の兵庫県の中央部に当る。

③ 丹羽基二『日本姓名大辞典(解説篇)』(角川書店 1985 年)第 4 章「地名から見た姓氏のルーッ」の「ししひと」(第 206 頁)によれば、宍人・宍戸・完戸は、『姓氏録』記載の古姓。古代の職業部、獣肉調理の品部の末裔である。「宍」の古い用例は、中国古典文献『呉越春秋』の「弾歌」に「断竹、続竹、飛土、逐宍」とある。この狩猟の歌謡「弾歌」では「宍」は動物の意味である。日本の宍粟郡、宍戸氏の人々は「肉」の字を避け、この「宍」で「肉」字の代用をしたのである。

えられる。

2. 花を肉に喩える中国漢詩

2.1 花を肉に喩える伝統

中国で、花を肉に喩える詩人は、決して蘇東坡一人でない。東陽が指摘するように、唐の杜甫の詩[①]にも「紅顔白面花映肉」（赤い花や白い花のように美人の顔が映える）とあり、また、宋の楊萬里の詩[②]にも「桃花洗出肉般紅」（雨に濡れた桃の花は美人の赤い肌のようだ）と歌う。

更に、唐の王建「題所賃宅牡丹花」[③]には、「粉光深紫膩、肉色退紅嬌」（濃い紫の花の色は美人が化粧した顔のようで、薄紅の花の色は美人の肌のようだ）という詩句があり、何と「肉色」の語を使って、牡丹の花の色を表現している。

加えて、宋の周叙『洛陽花木記』には、牡丹の色を「肉紅」と称する事例がある。「寿安有二種、皆千葉、肉紅色花也」（寿安には二種類の牡丹があり、いずれも千枚の葉、赤い肉色の花である）と。

一般的に、花を喩える「肉」とは、美人の肌や顔に当たる。そして、この比喩は、中国漢詩の源流すなわち『詩経』において、すでに始まっていたと言える。「周南・桃夭」は、嫁ぎゆく笑い娘を桃の花に喩え、「桃之夭夭，灼々其華」（桃の花が嫁ぎゆく娘の笑顔のように、赤々と輝く）という詩句では、娘の笑顔が桃の花の赤色に結びつき、自然物の花と人間の肉と詩の中で調和している。このように、桃の「花」を詠む詩には、美人の顔や肌などの「肉」が鮮やかなイメージとなって詩想を背後から支えている。

なお、唐詩には詩語としての「肉」が直接用いられていないものも含めると、花を肉体に喩える例が大変多い。特に美人の顔に関する「頬」「腮」「臉」などがよく使われる。例えば、李白「夜下征虜亭」の「山花如綉頬」（山花は美人の頬のようだ）、李賀「南園」の「小白長紅越女腮」（赤や白の花は美人の頬の色だ）、雍陶「状春」の「酔時紅臉舞時腰」（花の芯は酔った美人の赤い顔のようで、柳の姿は踊っている美人の腰のようだ）、崔涂「初識梅花」の「臙脂桃頬梨花粉」（女性の頬は桃の花のようで、化粧は梨の花の粉のようだ）、羅隠「梅」の「天賜臙脂一抹腮」（梅の色は天然の化粧品で塗られた

---

① 『夜航詩話』巻 5（『叢書』2 巻、第 466 頁）が引く杜詩。『全唐詩』巻 223「暮秋枉裴道州手札卒爾遣興寄近呈蘇渙侍御」。

② 北京大学古文献研究所編『全宋詩』（北京大学出版社 1998 年、第 26266 頁）所収「明發海智寺遇雨」。

③ 以下、本稿が特別注記することなく用例として引く唐詩は、劉卓英校点『唐人万首絶句』（書目文献出版社 1983 年）による。

女性の頬のようだ）がそれである。

2.2 「肉」の語を忌避しない中国漢詩

『詩経』とともに中国漢詩の源流の一つとされる『楚辞』大招①では、美人を描く際、よく「肉」の字を用いる。「豊肉微骨、調以娯只」（肉付き豊かに骨は細く、なごやかに楽しませる）、「豊肉微骨、体便娟只」（豊かな肉付き細い骨、からだはいかにもたおやかだ）と。

一見して明らなように、「大招」に見える「肉」の語は、美人の顔ではなく、その豊満の肉体を指す。しかも、それは花を肉に喩えるのではなく、専ら「肉」を賛美するものである。詩に「肉」の語を用いることは、中国漢詩では、決してマイナス・イメージではないのである。事実、詩語としての「肉」を避けることなく用いる詩が以後も多く作られている。とりわけ「肉」を比喩に用いる場合が多い。

また、歴代の中国詩話にも、東陽のような指摘が見出すことはできず、むしろ「肉」の語を人物評や詩の風格を論じる際に、比喩として用いる事例が目立つ。例えば、宋の『王直方詩話』には黄庭堅が張文潜の肥満を「六月火雲蒸肉山」という詩句②で嘲ったことが記され、明の王世貞『芸苑卮言』には宋景濂の詩風が「酒池肉林、直是豊饒」と評されている。「肉」の語を忌避しないのが中国漢詩の伝統と言えよう。

3.「忌穢為礼」の歴史的背景

3.1 「肉食の穢れ」について

ところで、津阪東陽がいう「邦俗は穢れを忌むを礼と為す」とは、日本社会の浄穢観、すなわち日本史上の「肉の穢れ」という伝統観念を意味する。日本では、天照大神とその血統を継ぐ天皇は「清浄」の象徴とされるので、肉食などの「汚穢」を極力排除する。日本の伝統的習俗では生肉を供えるのは神前を汚す行為であり、「清浄」を好む神々、とりわけ天照大神の忌避するところであるという。

例えば、山鹿素行（1622～1685）は、日中祭祀の相違について次のように言う。「牛羊をそなへていけにへとし、鶏豚を殺して是れを奉ずるは異朝の制也。本朝の今は牛羊鶏豚を用ふることなし。殊に世俗久しく浮屠に効って蔬食素饌を具へ奉ること又当時の例也」③と。

---

①『楚辞』解釈は目加田誠『詩經・楚辞』（平凡社、中国古典文学大系 15、1969 年）による。

② 黄庭堅「戯和文潜謝穆文松扇」。倉田淳之助『漢詩大系 12 黄山谷』（集英社 1967 年、第 165 頁）参照。

③ 山鹿素行『謫居童問』巻 3（『山鹿素行全集・思想篇』12 巻、岩波書店 1945 年、第 218 頁）。

中国（異朝）には、日本（本朝）において慣習化したような肉食の穢れという観念はない。中国の祭祀では、しばしば牛羊鶏豚などの動物肉を用いる。前述の『楚辞』大招には、霊魂を招き寄せるために、動物の肉で祭祀を行ったことが記されている。更に、『楚辞』招魂の「得人肉以祀」（人肉で先祖を祭る）という詩句には、人間の肉を穢れたものとは考えず、先祖の祭祀に供するという中国古代の風俗の一端が示めされている。

中国人は「肉食の穢れ」という観念を持っておらず、動物の「肉」や動物の「血」などを忌避しない。唐詩では、しばしば動物の血によって花を比喩する。例えば、詩僧斉己の「紅薔薇花」詩は、「狂風吹落猩猩血」（猩猩の血のような薔薇が疾風に吹き落された）と歌い、薔薇を猩猩（ショウジョウ）の血に喩える。また、皮日休「薔薇」詩にも「濃似猩猩初染素」（濃い赤色の薔薇は白い絹が猩猩の血に染められたのようだ）と詠じる。肉食の穢れを伝統とする日本人には思いもつかぬ比喩表現であろう。

3.2　日本人の食生活の伝統

そもそも、日本人は古来、肉を食べない習慣を持つ民族である。少なくとも、古代の中国人にはそう認識されていたようである。『三国志』魏書倭人伝が、当時の日本人の食生活を「肉を食わず」と記しているからである。

そして、その後も奈良時代には仏教に基づいて殺生を禁じたり、牛馬鶏猿の肉を食べることを禁じる命令が出たらしい①。のみならず、江戸時代になって完成した伝統的日本料理においても、まだ十分に肉を使いこなしてはいなかったという。明治の文明開化以前に、日本人による肉食が皆無であったわけではないが、相対的に見れば、日本人の食生活の伝統では四足獣の肉食を忌避する傾向にあり、それが肉食の穢れという伝統観念と重層していたと言える。

4. 鹿に対する中日の詩人の意識

4.1　「鹿鳴」を愛する日本の詩人

江戸時代後期の学者・梅辻春樵（1776～1857）は、鹿の鳴き声を愛し、「鹿を聞くの説」（『春樵隠士家稿』12）と題する一文で、鹿鳴に対する日本の詩人と中国の詩人の相違を興味深く論じている。例えば、「西人」すなわち中国人に「其の声を愛する者有を見ず」と言い、「西人は専ら獣味を嗜み、鹿や猪や皆食品なり」「但だ鹿跡の有無を認めて、……其の声有るを聞かず、

① 以下、石毛直道「食品と料理」（梅棹忠夫編『講座・比較文化 4 日本人の生活』研究社 1976 年）による。

其の跡有るを見る」[1]と指摘する。

日本人は鹿の肉を不潔なものと意識するので、それを食品とは見なさず、単なる鹿の鳴き声を愛し、詩の題詠に入る。例えば、梅辻の五言古詩には、「幸有麋鹿声、……真為好鼓吹」（幸いたまたま鹿の鳴き声を聞いたが、それはまさに素晴らしい音楽だ）とある。また、菊池五山（1769～1849）『五山堂詩話』巻 5 が引く皆川淇園の詩（『叢書』10 巻、第 531 頁）には、「鹿鳴山色幽」（鹿が鳴いて山の景色は奥ゆかしい）とあり、小畑行簡『詩山堂詩話』（『叢書』3 巻、第 473・481 頁）には、白竜道人「春夜」の「鹿鳴思澗深」（鹿の鳴き声を聞いて深い谷川を思い出す）や、阪井楨「山寺納涼」の「白鹿青鵝眠且聴」（私は眠りながら白い鹿と青いガチュウの鳴き声を楽しむ）などが見える。更に、大窪詩佛『詩聖堂詩話』（『叢書』3 巻、第 440 頁）が引く菅伯美の「謫居」詩には、「窓前聞鹿覚郷幽」（窓前で鹿の鳴き声を聞くと村の奥ゆかしさを感じる）という詩句も見出せる。いずれもが鹿の鳴き声に関心を寄せている。

4.2 「鹿跡」を顧みる中国の詩人

一方、中国の詩人の関心は「鹿鳴」にではなく、明らかに「鹿跡」に向かっている。例えば、斉己「寄南嶽秦禅師」には「山下猟人応不到、雪深花鹿在庵中」（狩人がふもとからやって来ないため、梅の花に似た皮をもつ鹿が深く雪に閉ざされた庵にいる）、陸亀蒙「頭陀僧」には「自掃雪中帰鹿跡、天明恐被猟人尋」（夜が明け狩人に見つからないように、自ら雪に残った鹿の足跡をはらう）、司空図「送道者」には「微微鹿跡入山林」（山森へと続く微かな鹿の足跡を見る）と歌う。

梅辻春樵が指摘するように、中国の詩人は「鹿」に対して、何よりもまず獣味を意識する。従って、鹿の鳴き声よりもその足跡に注意が払われ、「鹿」を猟師と結びつける傾向が見受けられる。中国人は日常的に鹿を食材と意識しているので、鹿の鳴き声よりも肉の方を重視するわけである。この鹿に対する意識の相違も、中日の食文化の相違を象徴するものであろう。

5. 日本の「肴」と中国の「肴」

5.1 魚を意味する日本の「肴」

江戸時代の日本人は、しばしば「肴」という字を魚類の総称として用い、

---

① 日野龍夫「桜と日本近世漢詩-和習について」（荒井健編『中華文人の生活』（平凡社 1994 年、第 571-572 頁）参照。次に引用する古詩は「陪真光院僧正游龍安寺観紅葉、得五古一篇。録呈僧正」（『春樵隱士家稿』巻 17）。

「肴」を「魚」と同じく「さかな」と訓じた。『日本大百科全書』の説明①によれば、「さかな」とは、酒を飲む時に供される魚肉・野菜・果物などの食物の総称である。「さかな」には「肴」や「魚」の字が当てられる。「さか」は酒、「な」は「魚菜」の意で副食物の総称であったが、近世以後、魚類の総称として用いられるようになったという。小畑行簡『詩山堂詩話』(『叢書』3 巻、第 501 頁）に見える「籬辺摘菜当魚肴」（垣根のあたりで野菜を摘んで肴に当てた）の「魚肴」という用例にも、日本人が「肴」を「魚」と同一視する傾向を持っていたことがうかがえる。

平安時代菅原道真（845～903）の詩には「病仮中尨少尹携魚酒相過」という詩題が見えるし、江戸時代の学者冢田大峰（1745～1832)『作詩質的』(『叢書』1 巻、第 379 頁）には「有酒有魚亦有銭」（酒があり魚があり、また金もある)、大窪詩佛『詩聖堂詩話』(『叢書』3 巻、第 456 頁）には「酒美因城近、魚肥為浦豊」(町が近いので酒は旨く、浦が多いので魚は肥えている）とある。また、加藤良白『柳橋詩話』巻上（『叢書』6 巻、第 394-395 頁）にも、客を招待する際には、皿には必ず魚が必要だという意味の詩句が見えている。要するに、日本人は、病気見舞いや新年の祝い、あるいは客を招待する際、いずれも「魚」を重じている。

5.2 「肉」を意味する中国の「肴」

一方、中国の「肴」は、常に「肉」を意味する。「肴」の字は、もちろん「肉部」に属するが、その「肴」を初めて用いた中国古典は『楚辞』である。すなわち、「招魂」には「肴羞未通、女楽羅些」（肴もまだ出揃わぬうちに、もう歌い女たちが並んで）とあり、一説によれば、この「肴」は「骨付き煮肉」②を意味するという。また、「九歌・東皇太一」には「肴蒸」という語も見えるが、この「肴蒸」を、例えば、『辞源』(商務印書館）は「把肉切成塊状放在俎内」(肉をぶつ切りにして、まないたに載せる）と解釈している。加えて、林瑜『梧窓詩話』巻 2（『叢書』10 巻、第 393 頁）が引く中国の陶九成「約語」に「山肴」の語が見えるのにも注目してよかろう。「山肴」という以上、それは日本人が好む「魚」の類ではなく、山に棲む野生動物の類を指しているはずである。同じ「肴」でも、中日ではその意味が大いに異なるのである。

6. 詩話に見える日中の美食意識

6.1 日本の食文化を代表する魚料理

東夢亭『鋤雨亭随筆』巻中（『叢書』5 巻、第 351 頁）には、『全浙兵制』

① 『日本大百科全書 10』(小学館 1986 年、第 31 頁。宇田敏彦· 多田鉄之助担当)。

② 藤野岩友『漢詩大系 3 楚辞』(集英社 1967 年、第 323 頁）参照。

の「日本風土記」から邦人（奝然）の詩「答風俗問」が引用されている。「君問吾風俗、吾風俗最淳。衣冠唐制度、禮楽漢君臣。玉甕蔵新醸、金刀割細鱗。年年二三月、桃李一般春」（貴方はわが国の風俗を尋ねるが、わが国の風俗は最も淳厚なものである。優れた政治制度・文化教育などは漢や唐のようで、新酒を玉の甕に蓄え、金の刀で魚を切って刺身にする料理は、わが国の誇りとする食文化である。毎年春になると、桃やすももの花が咲き、貴方の国に負けない自然もある）と。

この詩は、日本の風俗習慣に関する中国人の問いかけに、日本人が答えたものである。日本の政治・文化・自然などが歌われているが、その中の「玉甕蔵新醸、金刀割細鱗」（別伝では「銀甕篘新酒、金刀膾錦鱗」に作る）という対句には注目してよい。なぜなら、刺身料理を日本の食文化の中心は、伝統的に見て、やはり魚料理と言えそうである。

6.2　魚を中心とする日本人の美食観

日本人のご馳走と言えば、魚料理である。例えば、菊池五山『五山堂詩話』巻 1（『叢書』9 巻、第 549-550 頁）　が引く柏木如亭（1763～1819）『晩晴堂集』の「蕎麦歌」には「時新魚菜尚奢靡、……食魚方丈擬公侯」（新鮮な魚や野菜を食べられるのは贅沢で、……魚を食べる坊さんは貴族の食生活と同等だ）とあり、「新潟」には「魚膾蟹螯開酒懐」（魚の刺身や蟹などで酒を飲むと胸襟が開かれた感じがする）という詩句もある。

また、加藤良白『柳橋詩話』巻下（『叢書』6 巻、第 435 頁）には、大田晴軒「食貧」の詩「年来対案発長吁、不特無魚菜亦無。銀鱗玉膾酒如海、臥看朱門夜宴図」（私は年中いつも机に向って長嘆息する。わが家の食卓には魚も野菜もないからだ。横になって、銀玉のような魚や、海ほどの酒が描かれた貴族たちの夜宴図を見て楽しむことしかできない）とある。更に、小畑行簡『詩山堂詩話』（『叢書』3 巻、第 488 頁）には、太田春畊「豆腐」詩の「羹湯一飽無魚美、没歯衰翁好啜無」（豆腐汁をたらふく飲んでも魚ほどの美味はないが、歯がない爺さんならこれを好むだろうか）というユーモラスな詩句を記す。もちろん、豆腐よりも魚の方が美食である。

以上、柏木如亭「蕎麦歌」に見えるように、「奢靡」すなわち贅沢な料理とは、「時新魚菜」であり、貴族と同等に見えるのは「食魚」という食生活である。大田晴軒「食貧」が羨望する「朱門の夜宴」も、それは「銀鱗玉膾」、要するに刺身料理に他ならないのである。

なお、古賀侗庵（1788～11847）『劉子』巻 10「西土不貴魚」（『日本儒林叢書』9巻、第208-209頁）[①]、巻17「昔時都人食狗」（同上10巻、第393頁）、巻23「西土少嗜鰻鱺者」（同上10巻、第520頁）には、日本人が肉よりも魚を好むことについて、「邦人性尚潔浄、忌油膩、自不得不嗜魚耳」（日本人は性格的に清潔を尊び、脂っこいものを避けるので、魚が好きなのは当然である）、「方今士人商賈……見人之食獣肉者、斥以為夷蛮之俗」（今の役人や商売人たちは……他人の肉食を野蛮な風俗として排斥する）、「邦人好魚物……人莫不垂涎」（魚は日本人は魚が好物で……人々は鰻を垂涎するほど好む）と述べている。

また、日本詩話には日本人が「松魚」（鮭[②]）を好むという話をも多出する。例えば、加藤良白『柳橋詩話』巻下（『叢書』6巻、第455-456頁）には、加藤の自作「松魚歌」が見え、鮭に対し「市人一見喜且狂……、白屋朱門争先嘗」（市民たちは鮭を見ると狂喜し、……貧乏人も金持ちも先を争って鮭の味をみる）と歌う。

更に、大窪詩佛『詩聖堂詩話』（『叢書』3巻、第446頁）は、増田菫斎「四月」を引用して、「松魚以出鎌倉者為第一。都下賞之、……其初出也、至或売剣典衣以争之」（鎌倉産の鮭は最高とされる。都の人々はこれが大好きであり、……松魚の時節になると、人々は剣を売ったり、衣服を質に入れたりして、鮭を買いあさる）と記す。また、長野確『松陰快談』巻4（『叢書』4巻、第432頁）にも同様の記事が見える。「東都人嗜松魚、其出在春末夏初始出、一尾直萬銭、都人争買之。中下之戸、最先食之、以晩食為恥、傾嚢典衣、唯恐不得也」（江戸の人々は鮭が大好きで、鮭が始めて捕られる時期は春末夏初に当るが、その際、鮭の値段は一尾で万銭まで上がるけれども、都の人々は鮭を買いあさる。暮らし向きが中下の流の家が一番先に鮭を食べ、食べ遅れる人々は恥だと考える。人々は、みんな財布を空にし、衣服を質に入れたりして、ひたすら鮭を食べられぬことを恐れている）と。

要するに、日本人は、賓客を接待する場合、魚酒・魚菜・魚膾などを中心にご馳走する。しかも、魚料理は高級料理と認め、贅沢な貴族料理と考えている。のみならず、貴族だけでなく、庶民も鮭に象徴される新鮮な魚を食べることを願っている。

6.3　魚ではなく熊掌を美味とする中国人

普通、中国のご馳走は牛羊豕（豚）であり、魚や鳥も賞味されるが、ご馳

---

① 関儀一郎編『日本儒林叢書』6冊、続編3冊。引用は1971年鳳出版復刻本（全14巻）による。

② 松魚（鮭）については、畔田翠山『古名録-本文·研究·総索引』巻56（早稲田大学出版部1978年、第1016頁）引『倭名類集鈔』に、松魚は韓名。『東医宝鑑録』に「松魚……如松節、故為松魚」とある。

走の段階として魚がどの程度のものだったかと言えば、どうやらそれは牛羊豕や鳥などよりも、幾分下だったようである。これを示唆する顕著な事例は、やはり孟子の「魚と熊掌」の論であろう。すなわち『孟子』告子上篇①には、「魚我所欲也、熊掌亦我所欲也。二者不可得兼、舍魚而取熊掌也」（魚もほしい。熊の手のひらもほしい。だが、この両方を手に入れることができないとすれば、私は魚ではなく、それ以上に旨い熊の手のひらを選ぶ）と。なお、孟子は尽心下篇で「膾炙所同也」（膾や焼肉は誰もが好むものだ）と述べている。中国人が魚料理よりも肉料理を好むのは、古代からの伝統であったと言えよう。

事実、宋の范成大「秋日田園雑興」二十七には「朱門の肉食」という詩句が見え、「朱門」すなわち貴族の食事が「肉食」であったことを示唆する。前述の日本人の「朱門夜宴」における「銀鱗玉膾」が刺身料理を意味するのとは好対照である。

中国人も魚を食べないわけではないが、唐の張祜「将離嶽州留献徐員外」の「高斋長対酒、下客亦沾魚」という詩句を見ると、魚を口にするのは貴人ではなく、「下客」すなわち一般庶民である。魚を食べることを質素な生活として描いていることがそれを物語っている。唐の元稹「晨起送使病不能行因過王十一館」の「飯香魚熟近中厨、野人愛静仍耽寝」という詩が示すように、「魚飯」の食事は「野人」すなわち庶民の質素な生活の一部であった。それは、唐の李夢符「漁父引」の「椰榆杓子瘤杯酒、爛煮鱸魚満案堆」が、魚料理を粗末な（椰榆杓子、瘤杯、満案堆）料理として描くことからも見て取れる。

なお、前引の古賀侗庵『劉子』「西土少嗜鰻鱺者」には、中国人のご馳走について、次のような記述がある。「蓋西土習俗貪饞、酷嗜肥膩、故概以魚為淡薄而賤之、……而不覚其美耳」（およそ中国の食習慣では、味が濃くて脂肪が多いものが好むから、中国人は味が薄く脂肪もそれほどない魚を卑しい食べ物と考え、……美味だとは認めない）と。要するに、中国人は、日本人の食習慣とは異なり、魚よりも肉を好み、魚料理を贅沢な高級料理とは認めないのである。

6.4　熊掌を美味とは認めない日本人

なお、古賀の『劉子』には、前引の孟子の「魚と熊掌」の論に対する非難も見える。すなわち「西土不貴魚」では「如熊掌、在西土為絶旨之食、而予嘗啗之、乃與嚼蝋無異」（中国では、熊掌は旨いものと評価されるが、私は

① 『孟子』の解釈は、宇野精一『孟子』（集英社、全訳漢文大系 2、1973 年）による。

それを食べてみたところ、蝋をかむような味と変わらなかった）と述べ、補遺の「熊掌味劣」（『日本儒林叢書』10 巻、第 676 頁）では、更に「西土以熊掌為甘美極。孟子所謂二者不可得兼、舎魚而取熊掌者是也。……其味殊劣、如嚼蝋然」（中国では、熊掌は大変旨いものと見なされている。孟子は魚と熊掌の両方を手に入れることができないとすれば、魚ではなく、それ以上に旨い熊掌を選ぶと言う。……その味は蝋をかむような味と変わらず、とてもまずい）と言う。日本人の伝統的な美食観を代表する正直な感想であろう。

また、古賀は魚をめぐる日中両国の文化的相違についても、次のような興味深い見解を示している。「西土不貴魚、自是習俗為爾、非乏魚之故也。本草綱目収載、可謂纖悉、而鱗物之属、何其寥寥也。……論者或以為、西土多遠海之地、非如本邦環海而立国、国殊乏魚、故不得不貴獣。斯説似是而実非也。西土如関中巴蜀之地、固與海隔絶、若乃自遼東達広東、沿海万里、寧患乏魚。猶然獣肉是尚、習俗可見。……西土賤魚之甚、自古如此。乏魚之説、蓋亦井観之見耳」（中国で魚を尊ばないのは、本来の中国人の飲食習慣によるわけであり、中国に魚が不足しているからではない。『本草綱目』に収める食物の種類はとても多いのに、その中には魚の類が非常に少ない。……そこで一説に、中国は日本のような海に囲まれた国とは違い、海に遠い地方が多いので、全国的に魚が少なく、それ故に、中国人は獣肉しか尊ばないのだとする。この説は正しいようであるが、実は違う。もちろん、中国の関中や巴蜀などの地方は海に遠いところではあるが、しかし、遼東から広東に至る地方は、万里の沿海であって、どうして魚がないことなどあろう。それにもかかわらず、中国人が相変わらず肉食好きだという理由は、中国人の飲食習慣にある。……中国人は古代から確かに魚を卑しんでいるのである。魚が少ないからだという説は見識の狭い議論である）と。

古賀の議論は、日本人の魚好きと中国人の肉好きという両国の食文化上の相違を考える上で、重要である。それは、鹿鳴を好む日本の詩人と鹿跡を好む中国の詩人という詩作上の相違にも関連すると同時に、詩的言語としての「肉」を肯定するか否かという津阪東陽の提起した問題にも直結している。「東坡肉」の名でも知られる蘇東坡の比喩表現に、日頃から魚料理に舌鼓を打っていたであろう津阪東陽が抵抗を覚えたのは、その意味では極めて自然なことだったわけである。

おわりに

以上、蘇東坡の海棠詩中に見える「肉」という詩語をめぐって、津阪東陽の批判を手かがりに、中日の食文化の相違を中心とする考察を行ってきたが、中日の歴代詩話の中には、実は両国の文化的相違を際立たせてくれる資料がまだなお山積している。本稿では、『日本詩話叢書』中のそうした資料を紹介するような形に終始してしまったが、後日、更に資料を精選した上で、補訂の機会を持てればと考えている。

日本詩話における陶淵明論について

——虎関師錬の陶淵明批判[①]

はじめに

陶淵明は、中国では大変高く評価される一流の詩人である。特に中国の宋の時代に発生した詩話には、陶淵明への批判及び非難が殆ど見られない。詩論家たちは、各自の詩的な主張が異なるとはいえ、陶淵明に傾倒することでは一致した。日本詩話に見える陶淵明批判と中国の陶淵明推重とは対照的となっている。鎌倉時代の学僧の虎関師錬[②]『済北詩話』に始めて見出される陶淵明批判は、その代表的なものである。

なぜ中国の文人に好評と名声を博した陶淵明が日本の学者に批判されたのか。本稿はこの点について考察して見たい。

1. 虎関師錬の陶淵明批判

虎関師錬『済北詩話』[③]の陶淵明批判は大抵次のように整理しうる。1）陶淵明評価について、陶淵明は一流詩人ではない。「未尽善尽美」（全く非の打ちところがない詩人ではない）（中略）「只為長一格、不可言全才」（ただ一種の詩だけが得意、何でもやれる詩人とは言えない）。2）陶淵明の詩について、陶詩の平淡は詩の最高境界ではない。「詩格万端、陶氏只長沖澹而已、豈尽美哉」（詩の風格はさまざまあるが、陶淵明は、ただ沖澹の詩だけが得意で、何でもやれる詩人とは言えない）（中略）「蓋文辞施於野旅窮寒者易、敷於官閣富盛者難」（大抵、文人たちの文辞表現というのは、貧乏で窮屈な状態を描けば、うまくやれるが、富貴で官僚的な気風を描くと、うまくやれない）。3）陶淵明の隠遁について、陶淵明の隠遁を推重すべきではない。「為

---

① 此文刊载于『大阪大学言語文化学』Vol.12，2003 年。

② 虎関師錬（1278～1346）鎌倉南北朝時代の学僧。藤原氏。著に『済北集』20 巻、『元亨釈書』30 巻がある。

③ 虎関師錬『済北詩話』（池田四郎次郎『日本詩話叢書』巻 6，269–321 頁，文会堂書店 1920-1921 年、原漢文）。

彭澤令、纔数十日而去、是為傲吏、豈大賢之挙乎」（彼が彭澤の県令に就任してから僅か数十日の後、すぐに辞めてしまったということから見ると、陶淵明は傲慢な役人と言って良い。彼の行いも賢明とは言えない）（中略）「挾其傲狭、区区較人品之崇庳、競年歯之多寡、俄爾而去、其胸懐可見」（陶淵明は単に自分の傲慢や狭い心を抱き、地位の高低や年齢の上下などを細かく詮議し、やがて彭澤の県令を辞めてしまった。彼の器量もそこから見えるであろう）（中略）「守潔於身者易矣、行和於邦者難」（人が自分の身の純潔を守るのは簡単だが、国に良い政治をするのは困難なことである）（中略）「潜也可謂介潔沖朴之士、非大賢矣」（陶淵明は気骨のある士人とは言えるが、賢明な君子とは言えない）。

2. 虎関師錬の陶淵明論の考察

2.1　文学背景の考察

2.1.1　陶淵明の位置づけについて

古典漢詩は、主に二種類の詩風に分けられる。明の胡応麟は次のように述べる。「古詩軌轍殊多、大要不過二格。以和平、渾厚、悲愴、婉麗為宗者、曹、阮、左、陸、潘、鮑、李、杜。有以高閑、曠逸、清遠、玄妙為宗者、六朝則陶、唐則王、孟、常、儲、韋、柳」①（古詩の風格はさまざまで、主に和平、渾厚、悲愴、婉麗と高閑、曠逸、清遠、玄妙を二つに分けている。曹植、阮籍、左思、陸機、潘岳、鮑照、李白、杜甫などは前者に属する。陶淵明、王維、孟浩然、常健、儲光曦、韋応物、柳宗元などは後者に属する）。

中国では、陶淵明は超一流詩人とされる。つまり陶淵明は文学史上の曹植、阮籍、左思、陸機、潘岳、鮑照、李白、杜甫などの大詩人よりも尊ぶべきである。宋の蘇東坡は次のように述べる。「吾於詩人無所甚好、独好淵明之詩。淵明作詩不多、然其詩質而実綺、癯而実腴。自曹、劉、鮑、謝、李、杜諸人莫及也」②（私は、好んだ詩人が特にいないが、しかし陶淵明だけを好きになった。陶淵明の詩は、量が少ないけれども、質美なる如くにして、実は華やかであり、痩せたるが如くにして、実は脂ぎっているというのである。曹植、劉楨、鮑照、謝脁、李白、杜甫など名詩人の誰でも彼に及ばない）。

清の洪亮吉『北江詩話』③にも、次のように主張している。「陶彭澤詩、有化工氣象、餘則惟能摩山水、刻画風雲、如潘、陸、鮑、左、二謝等是矣」（陶

① 明の胡応麟『詩藪』内編巻 2、第 23 頁、中華書局 1962 年。
② 宋の蘇轍「子瞻和陶淵明詩集引」（「欒城後集」巻 21『三蘇全集』下冊、第 2245 頁、中文出版社 1986 年）。
③ 清の洪亮吉『北江詩話』巻 2、第 24 頁、陳邇冬校点、人民文学出版社 1983 年。

淵明の詩は入神の域に達したものであり、外の詩人たちは、潘岳、陸機、鮑照、左思、謝靈運、謝脁などの如き、ただ山水風雲を描くことだけができる)。

中国の「陶淵明は大詩人の誰よりも優れる」というような主張に対して、日本詩話では、「陶淵明は大したものではない」というような反論がしばしば見られる。

例えば、林東溟『諸体詩則』①巻下には次のように述べる。「宋人古詩、第沾沾靖節、蘇李曹劉邈不介意（中略）如蘇長公（中略）謂陶詩逾於子建、余可類推」（宋人が古詩を作る際、ただ陶淵明しか尊ばず、蘇武、李陵、曹植、劉楨などを全く気にかけない（中略）例えば宋の蘇長公は陶淵明が曹植よりも優れたと評している。宋人詩論の偏りはそれによって分かるであろう）（中略）「曹、劉、阮、陸之為古詩也、其源遠其流長、其調高其格正。陶孟韋柳之為古詩也、其源浅其流狭、其調弱其格偏」（曹植、劉楨、阮籍、陸機などの古詩は、源が遠く、流れは長い、調が高く、格は正しい。陶淵明、孟浩然、韋応物、柳宗元などの古詩は、源が浅く、流れは短い、調が弱く、格は偏る）（中略）「叔夜太濃、淵明太淡、律之大雅、倶偏門耳」（嵇康の詩は濃すぎて、陶淵明の詩は薄すぎである。この二人とも詩の正道からずれてしまう）。

芥川煥『丹丘詩話』②巻下には次のように述べる。「古詩之美、其唯陳思乎。含王吐劉、集而大成、無以尚焉。若夫宋人沾沾元亮、則亦不足與言詩矣」（古詩の最も優れた詩人は、曹植しかいないであろう。曹植の詩は、王粲、劉楨の特徴も含まれ、大成を集し群を抜けたものである。われわれは、陶淵明をばかり推賞する宋人とは詩を論じる余地がない）。

東夢亭『鋤雨亭随筆』③巻上には、杜甫、高適、岑参「登慈恩塔」の詩句を取り上げ、陶淵明詩と比べると「気力過之」（雄大な気勢が陶詩より優れている）と指摘している。

要するに、林東溟と芥川煥は宋人の「沾沾靖節」「沾沾元亮」（陶淵明をばかり推賞する）、つまり「陶淵明は誰よりも優れる」という観点に対しての反論は、陶淵明の評価を巡る日、中の詩話において大きな違いだと言いて良い。虎関師錬の「陶淵明は超一流詩人ではない」という主張は、単なる彼の個人的な偏見ではなく、日本の陶淵明の評価に関する普遍的な意見と思われる。

2.1.2　詩の平淡について

宋の人は朴古平淡を重んずる詩論は、虎関師錬の批判の対象ともなってい

---

① 林東溟（1708～1780）『諸体詩則』巻下（『日本詩話叢書』巻 9、第 267-269 頁）。

② 芥川煥（1796～1849）『丹丘詩話』巻下（『日本詩話叢書』巻 2、第 601 頁）。

③ 東夢亭（1796～1849）『鋤雨亭随筆』巻上（『日本詩話叢書』巻 5，第 276 頁）。

る。中国では、「平淡」すなわち清淡質朴が詩の最高境界とされる。宋の張表臣『珊瑚鈎詩話』[①]には、「以平夷恬澹為上、怪險蹶趨為下」（詩の上品となるのは、平淡質素の詩であり、下品となるのは、偏屈で不自然の詩である）という。宋の周紫芝『竹坡詩話』[②]にも、「作詩到平淡処、要似非力所能。東坡嘗有書與姪云、大凡為文字當使気象崢嶸、五色絢爛、漸老漸熟、乃造平淡」（作詩を平淡の境界に達することは、要するに人為的ではないようなことである。蘇東坡がかつての『與姪書』には次のように述べる。「大抵人々は、若い時には尋常でなく、彩のある文辞のほうが良いが、しかし年配になると、徐々に熟達に入り、平淡の文辞を造り始める」という。宋の葛立方『韻語陽秋』[③]には次のように述べる。「梅聖兪「贈杜挺之詩」有「作詩無古今、唯造平淡難」之句」（梅聖兪の「贈杜挺之詩」には、「詩を作るのは、古であろうが今であろうが、ただ、詩の平淡の境界を達することが一番難しい」というがある）（中略）「平澹而到天然処、則善矣」（人為でなく自然に平淡の至境に達するのが一番難しい）。

それに対し、日本では、平淡は詩のさまざまな風格の一つであって、詩の最高境界ではない。虎関師錬『済北詩話』[④]には次のように述べる。「趙宋人評詩、貴朴古平淡、賤奇工豪麗者、為不尽耳矣。詩之為言也、不必古淡、不必奇工、適理而已」（朴古平淡の詩風を重んじ、奇工豪麗の詩風を軽んずるという宋人の詩論はよく流行していたが、私から見ると、詩というのは、必ずしも古淡ではなく、奇工でもない。要するに詩が人情道理にかなうことは大事である）（中略）「達人君子、随時諷諭、使復性情、豈朴淡奇工之所拘乎、唯理之適而已。古人朴而不達者有矣、今人達而不朴者有矣、何例而以朴工為昇降哉」（達人君子が時によって事に説き、人々を本来の気性に返させるために詩を作る訳だから、詩が人情道理にかなうなら、どうのような風格でも良い。どうしてこの朴淡奇工だけに限られるのか。古人の詩には朴古平淡であっても人情道理にかなわないのもあり、今の人が作った詩には朴古平淡でなくでも人情道理にかなうのもある。どうして一切その朴淡奇工によってすべての詩の優劣を判断するのか）。

---

① 宋の張表臣『珊瑚鈎詩話』宋の何汶『竹荘詩話』巻 1「講論」第 2 頁。中華書局 1984 年，常振国、絳雲校点。

② 宋の周紫芝『竹坡詩話』宋の何汶『竹荘詩話』巻 1「講論」第 9-10 頁。中華書局 1984 年，常振国、絳雲校点。

③ 宋の葛立方『韻語陽秋』宋の何汶『竹荘詩話』巻 4「六代下」第 75 頁。中華書局 1984 年，常振国、絳雲校点。

④ 虎関師錬『済北詩話』（池田四郎次郎『日本詩話叢書』巻 6、第 294 頁）。

とにかく陶淵明の詩に現れた素朴平淡は、日本人の詩文観においてあまり評価されなかったのは事実のようである。

2.1.3　詩の雅俗について

（1）山林隠逸詩と「応制」「台閣」詩

従来、陶淵明の詩は「応制」「台閣」とは異質なものとされる。明の李東陽『麓堂詩話』[①]に「朝廷典則之詩、謂之台閣気、隱逸恬澹之詩、謂之山林気」（官僚たちの典雅の詩風は台閣気といい、隠遁者の素朴平淡の詩風は山林気という）とであるように、「応制」詩とは、詩人が皇帝の命令によって作った詩といい、「台閣」詩とは、朝廷の官僚たちが作った詩をいう。「台閣」とは政治を行う官庁、中央政府内閣を指す。明の高啓「独庵集序」には、次のように述べる。「淵明之善曠、而不可以頌朝廷之光」[②]（陶淵明の隠逸詩は優れたもので、朝廷の賛美詩に合うのではない）。

中国では隠逸詩が「雅」と見られ、「応制」「台閣」詩は「俗」とされる。清の薛雪『一瓢詩話』[③]には、次のように述べる。「応制、早朝等詩、従無佳作」（従来、応制、早朝等の詩には、佳作がない）（中略）「凡此等詩、竟将堂皇冠冕之字、累成善頌善祷之辞、献諛呈媚、豈有佳作」（大体これらの詩は、見掛けが堂々とする文字を使って、賛美や祈りなどの辞を積み重ねたこびをうるものだから、佳作がないのは、当然であろう）。清の呉雷発『説詩菅蒯』[④]にも次のように述べる。「詩以山林気為上。（中略）前人早朝、応制諸詩、其抜俗者不過十之一二。大抵此等題極易入俗、雖有能者、無所施其技也。（中略）於詩則山林気為貴矣」（大抵、山林隠逸の詩を尊ぶべきである。古人の早朝見の詩や応制の詩の中に、脱俗しできた詩作は一割、二割に過ぎない。なぜなら、官僚気風の詩はその内容によって俗に落ちやすい。だから、いくら折角の才能があっても用いるところがない）。中国では、六朝および初唐の文学風潮に対して徹底的に批判することは、むしろ唐宋以来の漢文学における一種の伝統であると言って良い。批判と共に、陶淵明の山林隠逸詩は世に再び重視されるようになったのである。陶淵明を「古今隠逸詩人の宗」として世に尊ばれたのは、彼の詩は六朝初唐「応制」「台閣」詩とは違って、一種の異質的なものであったからである。明の張蔚然『西園詩麈』[⑤]には、「在六朝無六朝習気者、左太沖、陶彭澤也」（六朝時代に生きたけれども六朝

---

① 明の李東陽『麓堂詩話』丁福保『歴代詩話続編』中華書局 2006 年、第 1384 頁。

② 明の高啓「独庵集序」蔡景康編『明代文論選』第 50 頁、人民文学出版社 1993 年。

③ 清の薛雪『原詩・一瓢詩話・説詩晬語』第 105 頁、人民文学出版社 1979 年。

④ 清の呉雷発『説詩菅蒯』（王夫之『清詩話』下冊、第 902 頁、上海古籍出版社 1978 年）。

⑤『説郛』続巻 34「西園詩麈」鄭奠編『古漢語修辞学資料彙編』第 452 頁、商務印書館 1980 年。

の風習に染まなかった詩人は、左太沖、陶彭澤二人だけである）と指摘したのもその故である。

それに対して、日本では、逆に官僚たちの典雅の詩風を「雅」として認め、隠遁者の素朴平淡の詩風は「俗」とされている。日本漢詩の精髄とされる『懷風藻』を見る限り、中でも最も多いのは「侍宴従駕」の詩（34 首）で、約『懷風藻』の四分の一に占められている。それに続く「讌集游覧」の詩（22 首）①である。要は伝統の日本漢詩においては、山林隠逸の詩の位置はそれほど高くなかったということを示しているのであろう。「応制」「台閣」詩を重視する日本漢文学の伝統によれば、日本漢文学者は、朝廷の官僚たちの典雅な詩作を推賞するのである。これに関する幾つかの具体的な例を挙るとすれば、次の通りである。祇園南海「題白石源公垂裕堂詩後」②には、「予嘗読唐詩、於貞観以来応制台閣諸作、喜之猶深」（私はかつて唐詩を読んだが、特に唐詩の中で、唐の貞観年以来の応制詩、台閣詩を大好きになった）という。また、那波活所「白氏文集後叙」③には、「禅林嗜枯槁蔬笋之気、不識台閣正雅之味」という。（僧侶たちは枯槁で蔬笋の気がある詩をばっかり好きて、台閣詩の上品で優雅な風味を全く理解できなかった）という。

『済北詩話』④には、虎関師錬は山林隠逸詩にほとんど触れておらず、むしろ杜甫などの詩人のいわゆる「台閣」の詩、例えば「早朝大明宮」などを大いに挙げて詳しく論じている。「早朝大明宮」詩の特徴としては、朝鮮の徐居正『東人詩話』⑤巻上に次のように述べている。「宮殿朝謁之類、詩家多用富貴綺麗之語。如老杜早朝大明宮（中略）皆極艶麗、無爐頭寒乞之声」（詩人たちは殆ど富貴や綺麗な詩語を使って「応制」「台閣」詩を作る。例えば、杜甫の早朝大明宮の詩は、非常に艶麗で、貧乏でみすぼらしいものとは違う）。五山の学僧は、たとえ禅僧でも実は朝廷の士大夫と同じような暮らしをしているのである。江村北海『日本詩史』⑥には、「其僧徒（中略）名是沙門、而富貴過公侯」（五山の僧徒らは、たとえ坊さんとはいえ、実際に朝廷の高官、

---

① 日本古典文学大系 69『懷風藻・文華秀麗集・本朝文粋』を参照。岩波書店 1964 年。

② 祇園南海（1677～1751）「題白石源公垂裕堂詩後」『南海先生集』初編巻 5。松下忠『江户時代の詩風詩論–明清の詩論とその攝取』中編、第 378 頁、明治書院 1969 年。

③ 那波活所（1595～1648）「白氏文集後叙」『活所遺稿』巻 8。松下忠『江户時代の詩風詩論–明清の詩論とその攝取』中編、第 251 頁、明治書院 1969 年。「蔬笋気」とは、坊さんの詩への軽蔑的な呼び名をいい、「酸餡気」をもいう。

④ 虎関師錬『済北詩話』（池田四郎次郎『日本詩話叢書』巻 6、第 302-302 頁）。

⑤ 徐居正（1420～1488）朝鮮王朝初期の学者。『東人詩話』卷上（池田四郎次郎『日本詩話叢書』巻 5、第 487 頁）。

⑥ 新日本古典文学大系 65『日本詩史・五山堂詩話』第 485 頁。岩波書店 1991 年。

貴族より富貴である）と記しているように、五山の学僧であった虎関師錬は「応制」「台閣」詩を推賞した理由も、彼の生活現状の実写によったものであろうと言って良い。

おそらく、中国で尊ばれた詩の「山林気」は日本人の詩文観では卑俗とされるであろう。

（2）困窮の詩と富貴の詩

陶淵明詩における一つ特徴といえば、やはり自分の生活の貧しさや精神の窮屈を詩において訴えることである。清の王闓運「論詩示王鏐」[①]には、「学阮陶可処乱世、若富貴閑適便無詩」（阮、陶の詩は、乱世にしか作れないものだので、富貴な生活を送る人々は、とても陶淵明のような詩を作れない）と論じているが正しくその通りである。中国では困窮を訴える詩が「雅」と見られ、富貴を誇る詩は「俗」とされる。

唐の韓愈『荊潭唱和詩序』[②]に、「文章之作、恒発於羈旅草野」（文章というのは、いつも作家の貧乏で他郷に留まる生活経験によって発想したものである）と述べる。明の胡震亨『唐音癸籤』[③]には次のように述べる。「夫貧老愁病、流竄滞留、人所不謂佳者也、然而入詩則佳。富貴榮顯、人所謂佳者也、然而入詩則不佳」（大抵人々は、貧乏や年老、憂い、病気、朝廷に追放され、他郷に身を寄せることなどを良いことと思わないが、しかし、貧乏などを訴える詩を良い作品と思う。人々は富貴を極めることを良いことと思うが、しかし、富貴を描いた詩を良い作品と思わない）。

それに対して、日本の詩文観では、困窮の生活を訴える詩を卑俗なものと見なす。従来、陶淵明や杜甫或いは孟郊などの詩人は、困窮の詩人と見られているが、宋の葛立方『韻語陽秋』[④]には、この三人を「巧みに自らの貧しさを訴える」詩人と評している。しかし孟郊に対し日本人の東夢亭の批判があった。『鋤雨亭随筆』[⑤]巻下には、孟郊「鬢邊雖有絲、不堪織寒衣」という名句について、「過巧失実、非大雅之音也」（巧みに過ぎて、事実と違う。大雅の音ではない）と酷評している。

---

① 清の王闓運『湘綺樓說詩』民国 23 年排印本卷 6、郭紹虞『中国歴代文論選』第 3 冊、第 308 頁、上海古籍出版社 1980 年。

② 唐の韓愈「荊潭唱和詩序」『朱文公校昌藜先生集』卷 20。鄭奠編『古漢語修辞学資料匯編』第 133 頁、商務印書館 1980 年。

③ 明の胡震亨『唐音癸籤』巻 28、第 297 頁、上海古籍出版社 1981 年。

④ 宋の葛立方『韻語陽秋』「若孟郊「借車載家具、家具少於車」、陶潜「敝襟不掩肘、藜羹常乏斟」、杜甫「天呉與紫鳳、顛倒在短褐」皆巧於説貧者也」（清の何文煥『歴代詩話』第 280 頁、中華書局 1981 年）。

⑤ 東夢亭（1796～1849）『鋤雨亭随筆』（池田四郎次郎『日本詩話叢書』巻 5、第 409 頁）。

また、杜甫に対しても同様で、日本人の冢田大峰や祇園南海などの批判もあった。冢田大峰『随意録』[①]には、「予少而好作詩、然亦不好杜詩。其所以不好焉者、其多悲嘆窮屈而少雄邁条暢、且苦於吟哦而巧出新奇也」（私は、小さい頃、作詩が好きたが、しかし杜詩が好きなかったのだ。その理由とは、杜詩には、悲嘆窮屈の言葉が多すぎて、雄邁条暢の風意気が感じられなく、しかも作詩に苦しめられ、巧みに新奇の詩語をばかり作るということだ）（中略）「杜甫之詩、多窮苦嘆慨之詞而寡飄逸雄壮之調」（中略）（杜甫の詩は、窮苦嘆慨の内容が多すぎて、飄逸雄壮の格調が少ない）　（中略）「虎也亦所以不好此者」（私がこのような詩が好きない理由はここにある）と論じる。

なお、李白に対しては日、中の見方も異なっており、その異同は次のように見て取られる。祇園南海「題白石源公垂裕堂詩後」[②]にはこのように述べている。「李白大雅（中略）余故曰、医俗莫如太白」（李白の詩は大雅となり（中略）李白の詩は俗の弊をただすものだと私は思う）。祇園南海の「李白の詩は俗の弊をただすものだ」と論じているのに対して、中国側はどうなっているのか。宋の王安石は「李白の詩こそ俗そのものだ」と論じる。明の胡震亨『唐音癸籤』[③]には「荊公『四家詩』不選太白、嫌其羨説富貴、多俗情」（王安石『四家詩』に李白の詩を選ばなかった理由とは、彼が富貴をうらやみ、俗情に落ちる李白詩を嫌うから）という。祇園南海『詩学逢原』[④]には、宋人「工俗趣」への激しい批判が見られる。中、日の詩に関する「雅」「俗」観において対立している点は、この例によって証明することができよう。

よって、日本人は陶淵明のような困窮を訴える詩に対して評価しないというのが伺うことができる。

2.2　歴史、文化背景の考察

2.2.1　歴史背景による文人意識の相違

漢民族を中心とする北宋政権は、つねに北方の異民族による軍事的な脅威と圧迫を受けていた。このことは、夷狄の教えとされる仏教に対して、保守派特に儒者を中心とする知識人の間で反感が呼び起こされたことからも察することができる。例えば、詩話の起源とされる『六一詩話』の作者である欧陽修は、『新五代史』を編集する際に、仏教に関する記事を極端に削除したことはその一例である。更に、北宋の李覯はその著書の『潜書』の中で、

---

① 冢田大峰（1745～1832）『随意録』（関儀一郎『日本儒林叢書』第 8 卷、第 276 頁。鳳出版社 1971 年）。

② 祇園南海『南海先生集』初編巻 5。松下忠『江户時代の詩風詩論—明清の詩論とその攝取』中編、第 378 頁、明治書院 1969 年。

③ 明の胡震亨『唐音癸籤』巻 25、第 265 頁、上海古籍出版社 1981 年。

④ 祇園南海『詩学逢原』（中村幸彦『近世文学論集』、第 250-251 頁、岩波書店 1966 年）。

儒教を大いに顕彰して、仏教に対して明らかに排斥しているのもその背景下の産物と見られる。陶淵明の「形影神」詩における「神」と「形」の関係に関する思想（「與君雖異物、生而相依附」[①]神と形とは異質的なものと雖も、決して分離する訳にはいかない）は、当時仏教「形尽神不滅」の思想への批判と見られる。それはおそらく虎関師錬の陶淵明批判の思想的背景となるものである。

北宋の知識人にしてみれば、陶淵明の「桃花源」への隱逸は、当時の政治闘争における災を避ける賢明な処世の知恵である。彼らは「桃花源」のような処は現実社会にもあると信じる。文人たちの間で、「桃花源」と類似した伝説が非常に流行っている。例えば、蘇東坡「和桃花源詩序」[②]には、陶淵明の「桃花源」と似たような物語があったのである。

しかし陶淵明の描いた「桃花源」の理想郷に対して、君権を尊崇すべきだという虎関師錬にとって容認できないところである。つまり陶淵明が君権を否定しようとする「桃花源」という理想は、虎関師錬の君臣論と対立しているのである。因みに、虎関師錬がかつて日本皇統一系の国体を絶賛したことは、『元亨釈書』[③]に見られる。

南宋政権の滅亡の前後、文人たちは異民族の統治から逃れようという心理的な理由で、陶淵明の描いた「桃花源」のような「避秦」（異民族の支配から避難することを指す）の処に惹かれ、強く求めた。南宋の方回「桃源行序」[④]には、「避秦之士非秦人也、乃楚人痛其君国之亡、不忍以其身為仇役、力未足以誅秦、故去而隠於山中耳」（避秦の人は秦人でなく楚人である。国が滅んだ楚人は敵国の秦に報復できなくても秦におとなしく従うわけにはいかず、そこで山の奥に隠れた）という。

日本は海に囲まれる島国のおかげで、歴史上異民族より侵略や支配したことはなかった。古賀侗庵『劉子』[⑤]下巻に見える森尚謙『儼塾集』に「日本勝唐八（中略）五、無外患」（日本は中国より優れたことは八か条がある。第五条は、外部からの侵略がない）と述べたように、日本人にとっては国家、

---

① 都留春雄・釜谷武志『鑑賞中国古典』第 13 巻『陶淵明』第 92 頁。角川書店 1988 年。

② 宋の蘇東坡「和桃花源詩序」（『三蘇全集』中冊、第 1571 頁。中文出版社 1986 年）。

③ 虎関師錬『元亨釈書』「君臣論」「我国雖小、開基之神也、伝器之靈也（中略）百王一種、未有改換、此国之所以多昇平也」。猪口篤志『日本漢文学史』第 4 章、第 198 頁。角川書店 1984 年。

④ 南宋の方回「桃源行序」程敏政『新安文献志』甲集，巻五十。銭鐘書『宋詩選』第 321 頁。人民文学出版社 1979 年。

⑤ 古賀侗庵（1788～1847）『劉子』下篇（関儀一郎『日本儒林叢書』第 10 巻、第 302 頁。鳳出版社 1971 年）。

民族の存亡危機という過酷な歴史背景下で生まれた宋人の仏教排斥や陶淵明への推賞などの特別な感情には理解できないのである。また、日本人は異民族の政権に屈さなかったため、陶淵明の「五斗米のために腰を折らず」という気骨を提唱してもあまり現実的な意義と必要性もなければ、いわゆる異民族の政権から逃れて隠逸しようとする意識もない。従って、陶淵明の「桃花源」を強く求めないのは当然なことと考えられるのである。

2.2.2　文化背景による文人意識の相違

（1）中、日隠逸に関する意識の相違

中、日両国の隠逸に関する文人意識の相違は、中国の南斉の孔稚珪「北山移文」[①]をもって日本の大江以言の「視雲知隠賦」[②]と比較すればよく分かる。

「北山移文」の場合は周顒[③]を偽隠者として決め付け、「鳴騶入谷、鶴書赴隴」「形馳魄散、志変神動」（朝廷よりの使者の馬がこの谷に入り、役所からの手紙が耕地のむこうから届けられる、身体は慌てふためき心も上の空、気は動転して心も定まらず）と述べ、偽隠者の周顒への当て付けが印象的である。大江以言「視雲知隠賦」の場合は、「北山移文」に描かれた山川の霊たちの嘲笑対象となっている周顒が出仕を喜ぶという気持に対して、「視雲知隠賦」に「随時浮沈、只承聖日之照」（時期によって、仕官と隠逸を選び、聖主に見出されることを望む）とあるように、反感も嘲笑もまったく見出されなく、隠遁者が聖主に見出されるのを期待しているという異を唱える。むしろ大江以言にとっては出仕することを素直に喜ぶという気持はあってもよく汚濁とは言いえないと主張している。「北山移文」は「視雲知隠賦」と供に山川、草木、日月などの輝きを失うことを描いたが、前者の場合に「風雲悽其帯憤、石泉咽而下愴。望林巒而若失、顧草木其如喪」（風も雲も悲しみ怒り、谷川の水は咽び、悲しみをあらわす、嶺の木々を望みみると、何かが消えたように空虚である。草木に目 をやってみると、何かを失ってしまったかのようである）「使我高霞孤映、明月獨挙、青松落陰、白雲誰侶、磵戸摧絶無與帰」（我が鍾山の朝焼けの光は主なくして独り映じ明月は独りの

---

① 南斉の孔稚珪「北山移文」：北山の神霊が隠逸の志向をすてて、官途につくためにこの地をすぎる周顒を非難するという形に借た「移文」。孔稚珪（447～501）字は德璋、会稽山陰人。『南斉書』巻 48 に伝がある。ここに引用した原文と訳文は、竹田晃『文選』「文章篇」中第 353-355 頁による。新釈漢文大系第 83 巻、明治書院 1998 年。

② 大江以言「視雲知隠賦」新日本古典文学大系 27『本朝文粋』第 130 頁。岩波書店 1992 年。

③ 周顒、作者孔稚珪と同じ南朝の斉の人。字を彦倫といい、はじめ鍾山に隠遁生活を送ったが、のち詔に応じて会稽海塩県の知事となり、国子博士に昇進するなど官僚として一生を終わった。周顒の伝は、『南史』巻 34、『南斉書』巻 41 にあるが、「北山移文」と符合する事実は記されていない。

ぼり、青松は陰を落とし、白雲は伴うものもない谷間の石くだけて共に帰る者もない）とあるように、山川の霊たちは偽隠者が隠逸をやめて仕官に出ることを怒る。後者の場合に「漢皓避秦之朝、望礙孤峰之月、陶朱辞越之暮、眼混五湖之煙」（秦の逸民が山の奥に隱居した際、峰の月の輝きは失った。范蠡が越王から辞官した際、五湖の景色も暗くなった）とあるように、賢人が仕官をやめて隠者になることによって自然がその輝きを失う。

伊藤仁斎『童子問』[①]巻下に「若山林隠士遺世無営之徒（中略）公卿将相学士大夫身有職務者」（山林に隠れて何の事業もない隠者たち（中略）朝廷で職務を担任している官僚、役人や儒者たち（後略））とあるように、伊藤仁斎は隠者への軽蔑、そして隠遁に対する否定的な姿勢を示している。

陶淵明の中国式の隠遁に対して、日本の文人にはあまり尊ばれていなかったことは事実のようである。

（2）中日国家に関する意識の相違

虎関師錬の「守潔於身者易矣、行和於邦者難」（人が自分の身の純潔を守るのは簡単だが、国に良い政治をするのは困難なことである）という議論の根拠は彼の皇室尊崇の思想にあると考えられる。これは単に虎関師錬の思想でなく、日本人の普遍的な国家観念とも言うべきであろう。

国家の中心としての天皇が絶対者として崇敬せられ、天皇に対する忠が特に重視せられたという日本儒教の顯著な特質が注目すべきである。日本において国家に対する「忠」が特に重視され、日本の儒教では、「孝」よりむしろ「忠」を重んずる。例えば、『続群書類従』巻 13 に見える崛田正俊「勧忠書」[②]に「忠孝之道、自古倫之、如車有両輪。余嘗想、忠最重矣。若以孝為重者、則父母存之間、不事君而可乎」（忠孝について古来の論では、忠と孝は車の両輪の如き、共に重要なことであるが、しかし私は、かつて忠が最も重要なこととして強調すべきだと思った。なぜなら、もし孝を一方的に強調すれば、人々は、自分の両親が生る間に親孝行を尽くすことしか考えず、君主と国に仕えることができないくでも良いのか）とあるように、日本では「先忠後孝」と主張する。また、市野光彦『詩史顰』[③]には、次のような議論が見られる。「人臣赴君父之急、有甚乎飢渴焉」（大臣、官吏が王室維持のために死ぬことも辞さない意識は、飢え渴きより甚だしい）。

これに対して、中国儒教では父に対する孝行は絶対的であり、国家や君主などに対しては忠を尽くすことは必ずしも絶対的ではないのである。つまり

---

① 日本古典文学大系 97『近世思想家文集』伊藤仁斎「童子問」巻下第 39 章、第 254 頁。岩波書店 1966 年。

②『続群書類従』第 13（詩文）第 39 頁。平凡社 1970 年。

③ 市野迷庵（1765～1826）『詩史顰』（池田四郎次郎『日本詩話叢書』巻 7、第 496 頁）。

中国は日本の「先忠後孝」と正反対で、「先孝後忠」という態度をとっているのである。例えば、『礼記』「内則篇」には君臣関係について、「道合則服従、不可則去」「君臣有意則合、無意則離」（君臣の志向するところが一致すれば、臣は君主に従う。そうでなければ、臣は君主から離れる）と説かれる。また、「曲礼下篇」鄭玄の注では、「三諫而不聴、則逃之」（君主が臣の説得を三回聞かなければ、臣は君主から逃げるべし）『公羊伝』「荘公二十四年」には、このような主張も見られる。「三諫不従、遂去之、故君子以為得君臣之意」（曹伯が羈の諫めることを三回聞かないので、羈が遂に曹伯から逃げた。君子はこれが君臣関係のあり方だと認める）。

要するに、中国の儒教では、忠より孝を重んずるという傾向があったのである。中国儒教の「君臣之意」に対して、日本人の市野光彦『詩史顰』①はこのように述べる。「藤房直言極諫（中略）而帝之不従其言也、則一旦憤世悼時、棄君父而帰緇徒」（藤房は直言してはばからなく、必死に帝を説得したが、しかし帝は依然として彼のいうことを聞かなかった。そして藤房は君主を離れ、山林隠居の坊主に帰属した）（中略）「謂之忠臣、則余不知也」（それは、忠臣のあり方ではない）（中略）「諫而不聴、則宜継之以死也。（中略）今夫脱然棄君父而不顧、高蹈遠引、與鳥獣為群、豈非一己之私哉、比之惜生苟免者、其何遠之有」（帝が彼の説得を聞かなければ、彼は続いて死ぬことをとるべきだ。しかし彼は君主のことを放っておく、山林に逃げって隠逸し、動物たちと共に暮らすことにした。そんな彼は、自分のことしか考えなく、生をむさぼる人とは同じようだ）。

日本人は、中国儒教の「窮則独善其身、達則兼善天下」（逆境にあっては、独り自分の一身を修め、栄達すれば、広く天下を善に導く）という文人の精神理念を支える重要な思想は、日本の国家観念には合わないものとし、受け入れていなかったようである。

話は陶淵明に戻るが、虎関師錬は陶淵明としてやるべき事はこうであると考えている。「受則令彭澤民見仁風於已絶、聞徳教於久亡、豈不偉乎哉」②（彼は、もう就任したうえは、彭澤県の民衆に当時すでになくなった仁政や道徳のあり方を見せてやらなければならない。それも素晴らしいことではないか）つまり陶淵明が彭澤の県令を続けてやるほかには選択肢はないという虎関師錬の結論である。また、陶淵明の隠遁や辞任に対して「豈大賢之挙乎」「非大賢」（賢明な君子とは言えない）と論じる。

---

① 市野迷庵『詩史顰』（池田四郎次郎『日本詩話叢書』巻 7、第 50 頁）。

② 虎関師錬『済北詩話』（池田四郎次郎『日本詩話叢書』巻 6、第 296 頁）。

陶淵明の国に対して責任感のなさは、平安時代から江戸時代にかけて固められた日本人の国家観念として相容られないであろう。

（3）中日社会組織に関する意識の相違

中国では、陶淵明「五斗米のために腰を折らず」[①]という気骨は大変評価されている。中国人にしてみれば、僅かな俸給のために郷里の小人に媚びてお辞儀をすることを拒絶したということは、陶淵明の超俗的な高逸さ示しているのであり、中国人は「五斗米のために腰を折らず」を推賞する。例えば、清の陳偉勛『酌雅詩話』[②]巻一には、「先生不為五斗米折腰、足令聞風者頑廉懦立、有功名教、百世下同不朽己」（陶淵明先生の「僅かな俸給のために、郷里のつまらぬ奴にぺこぺこする訳にはいかぬ」という人格は、恥じを知らぬ人を恐れさす、道徳教育には有功なことである。彼は百代以後の模範的役割を果たしている）と論じている。

では、日本人は陶淵明の「五斗米のために腰を折らず」といった気骨をどのように見ていたのか。虎関師錬は、陶淵明の辞職について、「傲狭」「傲吏」と評している。「為彭澤令、纔数十日而去、是為傲吏、豈大賢之挙乎」（彼が彭澤の県令を就任してから僅か数十日の後、すぐに辞めてしまったということから見ると、陶淵明は傲慢な役人と言えば良い、賢明な君子とは言えない）（中略）「挾其傲狭、区区較人品之崇庳、競年歯之多寡、俄爾而去、其胸懐可見矣」（単に自分の傲慢や狭い心を抱き、地位の高低や年齢の上下などを細かく詮議し、やがて彭澤の県令を辞めてしまった。彼の器量もそこから見えるであろう）。

では中日の文人の間で陶淵明をめぐってお互いの意見と見方はなぜこのようにズレが生じてきたのか。これは先ず日本人の社会組織に対する観念から理由を探るべきではないかと考えられる。日本人は普遍的な人間関係を重んずる意識を持っており、個人より社会組織のほうが尊ばれている。従ってその原因は日本人のいわゆる集団性を本位とする道徳観念にあると思われる。つまり日本人の集団性を本位とする道徳観念からすれば、「五斗米のために腰を折らず」は、陶淵明の個人主義を本位とする処世観で、言ってしまえば一種のわがままの表れに過ぎないのである。日本人は陶淵明が郡の監察官にお迎えしてお辞儀をすることは、部下としての基本的な礼儀であり、当然なことであると認識し、逆に郡の監察官に媚びるのを一切拒否することは、

---

① 『宋書』巻 93「隠逸伝」「郡遣督郵至、県吏白、應束帯見之。潜嘆曰、我不能為五斗米折腰向郷里小人。即日解印綬去職、賦帰去来」。

② 清の陳偉勛『酌雅詩話』『雲南叢書』本巻 1。郭紹虞『中国歴代文論選』第 1 冊蕭統「陶淵明集序」附録、第 183 頁。上海古籍出版社 1980 年。

むしろ人間関係をうまく築くことに苦手だということを示しているというふうに考えるしかない。言い換えると、日本人は人間関係を大切にするという伝統意識から、陶淵明の自己中心的な主張は性格上に反映されると、単に人と折り合いがないだというものとして、否定すべきである。

陶淵明の性格は、日本人の集団本位の道徳観念には相容れないであろう。

終わりに

以上、虎関師錬の陶淵明批判について幾つかの考察を加えてきた。それを要約すれば、陶淵明に関する評価については、中日の見方は、実に異なっていることが分かる。その異同は、両国の文学的、歴史的或いは文化的な背景が違っているから生じたものと思われる。虎関師錬の詩の平淡観や詩の雅俗観は、決して彼の個人的な見方ではなく、それはいずれも日本的な詩文観から生まれたものと考えられる。その観点は日本の歴史背景、日本人の隠逸思想、国家観念及び社会道徳などの様々な面に密接な関連をしていることを本論で示そうとしているのである。

『済北詩話』と『六一詩話』の関係について[①]

はじめに

日本において詩話の名を有する最初の著作は、鎌倉時代の五山の学僧、虎関師錬（1278～1346）の『済北詩話』一巻（『済北集』11 では「詩話」、『日本詩話叢書』第 6 巻では「済北詩話」）である。

一方、宋代に多く作られた詩話の中で、「詩話」の称は、欧陽修（1007～1072）の『詩話』（現在の通称は『六一詩話』）に始まる。今日の通説では『六一詩話』が詩話の起源とされている。

両者の関係については、日本における中国詩話研究の先駆者の一人、船津富彦氏が、すでに『済北詩話』が『六一詩話』の模倣である、という見解を示している[②]。その最大の根拠は、『済北詩話』と、『六一詩話』およびその模倣作（『白雲小説』『司馬温公詩話』）とでは、詩話の数が二九で一致する、という点にある。

しかし、数字を根拠とする船津氏の見解には、なお考察を加えるべき余地が残されているように思う。本稿で再検討を試みる所以である。

1. 詩話の数について

まず、船津氏が重視する二九という詩話の数について検討する。

郭紹虞『宋詩話考』[③]によれば、欧陽修の『六一詩話』の版本には、『欧陽文忠公集』本[④]、宋の左圭編『百川学海』本、明の陶宗儀・陶珽編『説郛』

① 此文刊载于『日本・アジア言語文化研究』第 12 号，研文社 2008 年。

② 船津富彦『中国詩話の研究』（八雲書房 1977 年，第 59、225、234、244 頁）。

③ 郭紹虞『宋詩話考』（中華書局 1979 年，第 2 頁）。

④ 郭は「『全集』本」と記すのみで、版本名に言及していない。本稿での引用は、参照の便宜上、『四部叢刊』所收『欧陽文忠公集』による。最善本は、東英寿『欧陽脩古文研究』（汲古書院、2003 年、333-350 頁）が考察を加える天理図書館本であるが、『六一詩話』にあたる部分は、豊福健二「『六一詩話』校勘記（上）（下）」（『武庫川国文』第 27、29 号、1986、1987 年）がすでに底本に用いている。

本、明刻『宋詩話五種』本、明の毛晋編『津逮秘書』本、清の何文煥編『歴代詩話』本、近藤元粋編『螢雪軒叢書』本などがあるという。そして、そうした諸版本について詳細な検討を加えた豊福健二氏によれば[①]、『六一詩話』の数は、二七条・二八条・二九条と、版本間で分け方に異同が存在する。二七条とする『欧陽文忠公集』本の分条には無理があるようだが、二八条か二九条かについては、論者によって見方が分けるところである。ちなみに、豊福氏の訳註[②]や興膳宏氏の考察[③]では、二八条説を採用している。

したがって、詩話の数を問題にするのであれば、少なくとも虎関が見た『六一詩話』の版本が二九条であったという根拠を示す必要がある。しかし、船津氏はその点を曖昧にしたまま、『済北詩話』の二九条という数字を根拠に、『六一詩話』の版本も二九条が正しいのであろうかと推測するが、それは循環論証に過ぎないであろう。

『済北詩話』が虎関師錬の詩文集である『済北集』巻 11 で「詩話」と呼ばれ、『六一詩話』が『欧陽文忠公集』巻 128 で「詩話」と呼ばれている点で、両者は確かに類似している。この点を重視すれば、『済北詩話』が『欧陽文忠公集』の影響を受けている可能性が否めないが、『欧陽文忠公集』の諸版本では、詩話の数は二九条ではなく、二七条もしくは二八条なのである[④]。

一方、『済北詩話』の詩話の数についても、実は種種の異説がある。

すなわち、船津氏が主張する二九説は、『日本詩話叢書』第 6 巻の原文の分け方と一致するが、同書の書き下し文では三〇条となっている。また、上村観光の『五山文学全集』[⑤]や、岡田正之氏[⑥]、千坂嵃峰氏[⑦]は二七条とし、

---

① 豊福健二「『六一詩話』のテキストについて」(『武庫川女子大学紀要(文学部編)』28 集、1981 年)『六一詩話』に関する豊福氏の一連の研究は詳細であり、大いに参考いなる。

② 豊福健二「『六一詩話』訳註 (1) - (5)」(『武庫川国文』第 16、20 号、1979、1982 年) 豊福氏には、さらに「「六一詩話付録」ノート(上)(中)(下)」(『武庫川国文』第 21、23、25 号、1983-1985 年) などの報告、並びに「六一詩話の成立」(『小尾博士古稀記念中国学論集』汲古書院、1983 年) などの関連論考が多数である。

③ 興膳宏「宋代詩話における欧陽脩『六一詩話』の意義」(『日本中国学会創立五十年記念論文集』汲古書院、1998 年、第 502 頁)。

④ 豊福「『六一詩話』のテキストについて」参照。二七条とするのは天理図書館本、『四部叢刊』本であり、二八条とするのは欧陽衡校刊『廬陵歐陽文忠公全集』本である。

⑤ 上村観光『五山文学全集』第 1 巻 (思文閣 1973 年, 第 168-181 頁)。未見の部分もあるが、稲田浩志「訳註詩話(済北集巻第十一) 第 1-16 回」(『解釈学』第 2-27 輯、1989-1999 年) は同書に基ずく分条のようである。

⑥ 岡田正之『日本漢文学史』(吉川弘文館 1954 年, 第 311 頁)。増訂版 (1996 年) も同様。

⑦ 千坂嵃峰『五山文学の世界 虎関師錬と中巖円月を中心に』(白帝社 2002 年、第 123 頁)。ただし、千坂氏は二七条の分け方には不適当と思われる箇所もあり、便宜上の措置とする。

福島俊翁氏[①]は二三条と明記している。さらに、日比野純三氏[②]は、諸説を踏まえた上で、「内容から章段を設けると三一条に区切ることができる」と主張している。

このように、『済北詩話』の数についても、『六一詩話』と同様、論者によって大幅な異同があり、必ずしも二九の数で一致する わけではない 。

加えて、船津氏が『六一詩話』の模倣とする朝鮮の李奎報（1168-1241）[③]の『白雲小説』の数についても、二九説には疑問がある。氏は『詩話叢林』に収められた『白雲小説』を見ることなく、『韓国古典文学大系』所収の車柱環氏の校注本によって、その数を二九条と論じているからである。

しかし、洪萬宗の『詩話叢林』（亜細亜文化社 1973 年 11 月版）では、『白雲小説』の数は三〇条となっており、同亜細亜文化社 1991 年 9 月『詩話叢林』を用いたと思われる張伯偉氏の記述では、『白雲小説』の数は三一条となっている[④]。

そもそも、『白雲小説』は李奎報が編集したものではないというのが、現在の通説である。例えば、金思燁氏は、「これは一貫性のある著書ではなく、後代の人が各本から李奎報の書いた短篇をかき集めて、一冊本にまとめたようである。内容は詩話や逸話類を主としており、小説と名づけられているが、今日的意義のそれとは、ほど遠いものである」と言う[⑤]。

また、韋旭昇『中国古典文学と朝鮮』に施された柴田清継· 野崎充彦氏の訳註[⑥]にも、「李奎報の『白雲小説』は、李朝後期の洪萬宗の詩話叢書『詩話叢林』に始めて登場するものであり、そこに引用される文献の中には李奎報よりはるかに後に刊行されたものが含まれている。したがって、『白雲小説』は李奎報自身の手になる作品ではなく、後世の誰かが『東国李相国集』の詩文を抜き出し、まとめたものと考えられる」とある。

とすれば、『白雲小説』の数は、李奎報本人の意思ではなく、編者の考えに基づくものであり、たとえ二九という数が合っていても、李奎報本人が意

---

① 福島俊翁『福島俊翁著作集』第 2 巻，（木耳社 1974 年、第 200 頁）。久須本文雄「虎関師錬の中国文学観」（『禅文化研究所紀要』第 12 号、1980 年）も同様である。

② 日比野純三「『済北集』巻十一「詩話」について」（『中世文学』第 23 号、1979 年）。

③ 李奎報（号は白雲居士） については、金思燁『朝鮮文学史』（金沢文庫 1973 年，第 176-181 頁） に概説がある。

④ 張伯偉『中国詩学研究』（遼海出版社 2000 年、第 65 頁） 。張氏は別の箇所（第 327 頁）で自からが用いた『詩話叢林』の書誌を注記している。

⑤ 金思燁『朝鮮文学史』（第 187-188 頁）。

⑥ 韋旭昇『中国古典文学と朝鮮』（研文出版 1999 年，第 41 頁） の訳註。柳在泳『白雲小説研究』（圓光大学校出版局、1979 年）に基づく記述のようである。

図的に『六一詩話』に倣ったとは考えにくい。

さらに、『六一詩話』の模倣とされる『司馬温公詩話』すなわち『温公続詩話』の数についても、同様の問題があり、『済北詩話』と『六一詩話』の模倣関係を傍証する根拠にはならないと思う。例えば、『増廣司馬温公全集』巻一〇六「詩話」①には、二九条を遥かに上回る三七条以上の詩話が収めている。また、通行の『歴代詩話』本『温公続詩話』や近年の呉文治編『宋詩話全編』本②でも三一条となっており、二九条ではない。加えて、蔡振楚氏③は三三条、馬良春・李福田編『中国文學大辭典』④では「三〇余則」と記すなど、編者や論者による振幅が著しい⑤。また、東英寿氏⑥のように、二八条を正しいとする見解もある。

以上、船津氏が模倣関係を主張する『六一詩話』と『済北詩話』『白雲小説』『司馬温公詩話』の数には、それぞれ異同があり、二九という数字の上だけで、『済北詩話』が『六一詩話』の模倣とすることには無理がある。

2. 詩話の形式について

そこで次に、両詩話の形式に顕著な共通点が認められるのかという問題を検討する。

詩話の最初の部分（第一条）で天子に関わる話題を述べるという形式は、司馬光の『司馬温公詩話』、劉攽の『中山詩話』および朝鮮の徐居正『東人詩話』など、すべて欧陽修の『六一詩話』に倣っている。だが、『済北詩話』の形式はそれとは一線を画する。

『済北詩話』では第一条で、周公と孔子の詩がほとんど残っていない理由

---

① 李裕民・佐竹靖彦解題『増廣司馬温公全集』（汲古書院 1973 年、第 355-359 頁）。中間の第 5 葉が欠てており、三七条とは本文が完全に残っている詩話の数である。

② 呉文治編『宋詩話全編』壹（江蘇古籍出版社 1998 年、第 367-373 頁）。なお、『歴代詩話』本には、許山秀樹ほか「『温公続詩話』訳註稿」（『言語と文化』第 9 号、2003 年）があり参考になるが、『増廣司馬温公全集』は参照していない。

③ 蔡鎮楚『中国詩話史』（湖南文藝出版社 1988 年、第 74 頁）。

④ 馬良春・李福田編『中国文學大辭典』第 8 巻（天津人民出版社、1991 年、第 5837 頁、担当は杨鑄氏）。

⑤ なお、張宗祥校『説郛』（台湾新興書局 1963 年、第 1207 頁）本では二〇条、『説郛三種』七（上海古籍出版社 1988 年、第 3756-3760 頁）所収『重校説郛』本では三〇条（『科場程試詩』の条と「鮑當善為詩」の条は二条と見る） となっている。

⑥ 東英寿「欧陽脩『六一詩話』文体の特色」（『中国文学論集』第 34 号、2005 年）。東氏は『歴代詩話』本から三条（他書からの混入とする）を削り、『続詩話』の数を「全二十八条」とする。しかし、郭紹虞『宋詩話考』（第 7 頁）が指摘する問題や『増廣司馬温公全集』所収「詩話」との関係を明らかにした上での見解ではないように思う。

と、漢魏以後の詩を「浮矯」と見なす不当性を論じており、『六一詩話』の第一条が、宋の太祖に関わる話題（「李文正公」の条）を取り上げるのとは異なっている。『六一詩話』の模倣とされる『司馬温公詩話』も、『中山詩話』も、朝鮮の『東人詩話』も、いずれも天子のことをまず記していることから見て、『済北詩話』が天子のことに言及しないのは、『六一詩話』と『済北詩話』の関係を考える上で示唆的である[①]。

さらに、『六一詩話』では詩や詩人の逸事・逸話の記録が基本的な特徴となっており、『六一詩話』は詩論書というよりは、むしろ逸事・逸話集と見る方がふさわしいように思う。『六一詩話』の模倣とされる『司馬温公詩話』の序にも「詩話尚有遺者、歐陽公文章名聲雖不可及、然記事一也、故敢續書之」[②]とあり、それは逸事の記録という点での『六一詩話』の補遺・継承を宣言したものである。

しかし、『済北詩話』には、詩や詩人の逸事・逸話といった記述が乏しく、中心は中国の詩や詩人に関する自己の見解を示すことに置かれている。司馬光のような『六一詩話』継承の意識は感じられない。

また、中国の詩話の表現形式を「自由型・題目型・詩学論型・詩人小伝型・問答型・編纂型」に分類する船津氏によれば[③]、『六一詩話』は「自由型」に属する。この型の詩話は、原則として各条がバラバラに成立しており、歴代詩話の中でもその数が極めて多いという。

一方、『済北詩話』の場合、それとは異なり、すべてではないが「問答型」の条が目立っている。つまり、問いを設定して虎関自らがそれに答えるという形式である。そのことを象徴するかのように、既述の『済北詩話』第一条は[④]、「或曰、古者言、周公惟作鴟鴞・七月二詩。孔子不作詩、只刪詩而已。漢魏以降，人情浮矯，多作詩矣。爾諸。予曰、不然。周公二詩者見于詩者耳。竟周公世，豈唯二篇而已乎。……」（或ひと曰く、「古者言ふ、周公は惟だ鴟鴞・七月の二詩を作るのみ。孔子は詩を作らず、只だ詩を刪るのみ。漢魏以降，人情浮矯にして、詩を作ること多しと。爾りや」と。予曰く、「然らず。周公の二詩は『詩』に見ゆる者のみ。周公の世を竟ふるまで、豈に唯に二篇のみならんや。……」）と始まっている。この型の詩話は、中国ではその数が極めて少なく、本格的な「問答型」の詩話として、清の郎廷槐らの『師友

① もっとも、この点については、『六一詩話』第一条が「李文正公」の条から始まることを前提とする。なお、船津氏も注目している（『中国詩話の研究』、第64-68頁など）。

② 何文煥編『歴代詩話』上（中華書局1981年、第274頁） による。『増廣司馬温公全集』も同文。

③ 船津富彦『中国詩話の研究』（第38-49頁）。

④ 池田四郎次郎編『日本詩話叢書』第6卷（文会堂書店1920年，第293-294頁）。

詩伝録』· 劉大勤らの『師友詩伝続録』が挙げられる程度である①。この点でも、『済北詩話』と『六一詩話』とは様相を異にしている。

もっとも注目すべきは、『済北詩話』には、『六一詩話』の引用や『六一詩話』に対する言及がほとんどないという点である②。『六一詩話』の模倣とされる『司馬温公詩話』や『東人詩話』では、『六一詩話』と共通の話題、あるいは『六一詩話』の引用がかなり多い。後世の詩話と『六一詩話』との模倣関係、影響関係が成り立つ条件として、船津氏自身が重視する『六一詩話』の引用③が必要であるとすれば、それを持たない『済北詩話』は『六一詩話』の模倣とは言えないことになる。

実は、『済北詩話』には『六一詩話』の引用と断言できるものはなく、共通の話題がわずか一例あるに過ぎない。すなわち、厳維「酬劉員外見寄」詩の「柳塘春水漫、花塢夕陽遲」④をめぐる議論がそれである。虎関は、その直前で欧陽修が林和靖の詩句を好んだことに言及するが、そのくだりは豊福健二氏が紹介する黄庭堅『豫章黄先生集』巻 26「書林和靖詩」と一致しており⑤、『六一詩話』の引用とは言えないであろう。加えて、厳維の詩句を問題にする唯一の事例についても、虎関はそれを「古今詩話に曰く」、すなわち宋の李頎『古今詩話』の引用と明記しており、後半部分で杜甫の「向夕」に言及する点や字句の類似などから、阮閲『詩話総亀』前集巻 5 の『古今詩話』引用を踏襲している可能性があろう⑥。また、『済北詩話』には、『古今詩話』以外にも、単に「詩話」と記す引用が二箇所あるが、両者は『六一詩

---

① 両書は、王夫之ほか『清詩話』上（上海古籍出版社 1978 年、第 125-160 頁）所収。船津氏が例示するのは『師友詩伝録』だけである。

② 欧陽脩に対する言及はあるが、後述する杜詩の註釈に疑問を呈するくだりでも「六一高才」と記すのみで、具体性に欠ける。

③ 船津氏は『中国詩話の研究』（第 74-78 頁）で、『六一詩話』の「影響の確実なるもの」を論じる際に「引用」を重視している。

④ 「厳維」を「玉維」「王維」に作る版本・研究は誤り。豊福「『六一詩話』訳註（2）」の第十二条に、厳維の詩の全文および関連詩話が紹介されている。なお、魏慶之『詩人玉屑』巻 11「細較詩病」の末尾に、「六一居士詩話」と見えるのは、全文の出処という意味ではなかろう。

⑤ 欧陽修が林和靖の詩句を好んだことは、豊福「「六一詩話付錄」ノート（上）」が解說する欧陽修の別著『帰田錄』巻 2 に見える。その影響として豊福氏が挙げる文献中に、黄庭堅「書林和靖詩」がある。

⑥ 同様のことを、千坂『五山文学の世界』（第 125 頁）がすでに注記している。なお、郭紹虞輯『宋詩話輯佚』上册（中華書局 1981 年、第 151 頁）は、李頎『古今詩話』の出処を劉攽『中山詩話』（「人多取佳句為句図」の条）とする。

話』の内容とは合致せず、他の詩話に見える話題である[①]。

『済北詩話』の形式面を検討してみると、『済北詩話』が『六一詩話』から受けた影響は極めて少ないことがわかる。

3. 詩論について

次に、欧陽修と虎関師錬の詩論は一致するのかという問題を検討する。

一般に、宋の文人たちは、詩を論じる際にも、文を論じる際にも、「平淡」を重視する。その「朴古平淡」の詩風を代表する宋の詩人と言えば、やはり欧陽修と関係の深い北宋の梅堯臣（字は聖兪）であろう。宋の詩人たちに推重された梅堯臣は、その詩風を見ても、詩論を見ても、「平淡」を代表する人物であり、彼の詩風を、欧陽修は「梅聖兪墓志銘」（『欧陽文忠公集』巻33）において、「其初喜爲清麗閒肆平淡、久則涵演深遠、間亦琢刻以出怪巧」と評している。「平淡」を主張する梅堯臣が欧陽修に推賞されたことは、「梅聖兪詩集序」（巻42）や「書梅聖兪稿後」（巻23）、「水谷夜行寄子美・聖兪」詩（巻2）などからうかがえるし、欧陽修の「病告中懷子華原父」詩（巻13）にある「世味唯存詩淡泊、生涯半爲病侵陵」という詩句なども、彼自ら「平淡」の詩風を重んじていた証左の一つである。

欧陽修は「朴古平淡」の詩風·詩論を代表する梅堯臣を称賛し、自らも「朴古平淡」を推重していたと考えてよい。

一方、虎関師錬は『済北詩話』において、『六一詩話』で重要な位置を占める梅堯臣[②]についてはほとんど言及していない。既述の『古今詩話』の引用文中に、梅聖兪の名が一度見えるだけである。のみならず、虎関は「朴古平淡」の詩風・詩論に対しても、独自の見解を示している。

『済北詩話』[③]には、「趙宋人評詩、貴朴古平淡、賤奇工豪麗者、爲不盡耳矣。夫詩之爲言也、不必古淡、不必奇工、適理而已。……達人君子、隨時諷諭、使復性情、豈朴淡奇工之所拘乎」（趙宋の人詩を評するに、朴古平淡を貴びて、奇工豪麗を賤しむは、盡さずと爲すのみ。夫れ詩の言たるや、必ず

① 「和韻者、詩話曰、始于元白」（池田四郎次郎編『日本詩話叢書』第6巻、第302頁） と「詩話、玉局文詠雪八首」（第308頁）である。前者については、蔭木英雄『中世禅林詩史』（笠間書院1994年、第144頁）が張表臣『珊瑚鈎詩話』（巻1「前人作詩」の条）に対する批判と指摘している。後者については、例えば阮閲『詩話総亀』前集巻20「西南地温少雪」の条が「玉局文」を引いている。なお、『済北詩話』（第298頁）には、さらに「玉屑集」（魏慶之『詩人玉屑』巻3「句豪而不畔於理」）を踏まえた議論もある。

② 興膳「宋代詩話に於ける欧陽脩『六一詩話』の意義」も、『六一詩話』において「八箇所」に登場する梅堯臣の重要性を指摘し、考察を加えている。

③ 池田四郎次郎編『日本詩話叢書』第6巻（第296-298頁）。

しも古淡ならず、必ずしも奇工ならず、理に適するのみ。……達人君子は、時に随ひ諷諭して、性情に復らしむ、豈に朴淡奇工の拘る所ならんや）とある。

詩の評価は「古淡」であるか「奇工」であるかで決まるものではない。虎関は宋人の「古朴平淡」を偏重する風潮を批判し、平淡は詩のさまざまな風格の一つに過ぎず、それだけを理想とするわけにはいかないと論じている。つまり、虎関は欧陽修の詩論･詩評を受け入れることなく、むしろそれに異を唱えたことになる。

以上、欧陽修と虎関師錬の主張は必ずしも一致せず、ある部分（宋人の「朴古平淡」論）では対立の様相さえ呈している。詩論の上で両詩話の模倣関係を立証することはできないであろう。

4. 中国詩人論について

最後に、欧陽修と虎関師錬の中国詩人論について検討する。

中国詩話で最もよく論じられる詩人と言えば、晋の陶淵明と唐の杜甫の二人であろう。欧陽修が陶淵明の詩を推重したことは、彼の「夜坐彈琴有感二首呈聖俞」詩（『欧陽文忠公集』巻 8）、宋の蔡正孫『詩林広記』後集巻 3「蘇東坡」の条、宋祁『宋景文筆記』、魏慶之『詩人玉屑』巻 13「晦庵論歸去来辭」「歐陽公論歸去来辭」の二条、などの資料から明らかである。欧陽修が「帰去来辞」を絶賛したということは、陶淵明の隠逸に対する称賛であると考えられよう。

しかし、虎関師錬の『済北詩話』における陶淵明観は、そうした欧陽修の陶淵明推重の姿勢とは大きく異なっている[①]。すなわち、虎関師錬の陶淵明観は、次の三点に総括できる。一、陶淵明は一流詩人ではない。二、陶淵明詩の平淡は詩の最上域ではない。三、陶淵明の隠遁を推重すべきではない。

事実、『済北詩話』[②]には、「爲彭澤令、纔數十日而去、是爲傲吏、豈大賢之擧乎」（彭澤の令と爲り、纔に数十日にして去るは、是れ傲吏たり、豈に大賢の擧ならんや）、「挾其傲狭、區區較人品之崇庳、競年齒之多寡、俄爾而去、其胸懐可見矣」（其の傲狭を挾み、區々として人品の崇庳を較べ、年齒の多寡を競ひ、俄爾として去る。其の胸懐見るべし）「潛也、可謂介潔沖朴之士、非大賢矣」（潜や、介潔沖朴の士と謂ふべきも、大賢に非ず）などとあり、陶淵明の「不能爲五斗米折腰」（五斗米の為に腰を折る能はず）という気骨[③]を評価することなく、

---

① 虎関師錬の陶淵明観については、拙稿「日本詩話における陶淵明論について—虎関師錬の陶淵明批判」（『大阪大学言語文化学』Vol.12，2003 年）のほか、本稿で引く種々の文献が考察を加えている。

② 池田四郎次郎編『日本詩話叢書』第 6 巻（第 294-295 頁）。

③ 『宋書』巻 93（隱逸伝）に、「郡遣督郵至、県吏白、應束帯見之。潜嘆曰、我不能為五斗米折腰向郷里小人。即日解印綬去職、賦帰去来」とある。

「傲狭」あるいは「傲吏」と否定的に評している。

「豈に大賢の挙ならんや」「大賢に非ず」という発言は、具体的には梁の蕭統の「(陶淵明) 自非大賢篤志、與道汚隆、孰能如此者乎」(「陶淵明集序」)への反論かと思われるが[①]、いずれにせよ、陶淵明の「帰去来辞」に関しても、「平淡」の詩風に関しても、虎関に欧陽修からの影響を見出すことは困難である。

また、欧陽修が杜甫の詩をあまり好まないのことについては、劉攽『中山詩話』、阮閲『詩話総亀』前集巻 6、陳師道『後山詩話』、『欧陽文忠公集』巻 129「筆説」の「李白杜甫詩優劣説」、などの種々の資料がそれを明らかにしている。さらに、そうした傾向を、明の胡応麟の『詩藪』外篇巻 5 は、「唐突李杜」(李白や杜甫に逆らうもの) と指摘する。『六一詩話』にも杜甫の詩才を認める記述はあるが[②]、欧陽修にとって、杜甫は最も推重する詩人ではなかったと言える。

一方、『済北詩話』では、杜甫の詩を取り上げる条が 6 例ある。「登岳陽樓」、「題巳上人茅斎」、「別賛上人」、「夔府詠懷」、「早朝大明宮」、「向夕」の 6 詩がそれである。とりわけ前の 4 例は、杜詩の注釈[③]に考証・質疑・解説を加えて論じたものであり、虎関の杜甫論には、単なる鑑賞の域に止まらぬ「杜詩に関する専門研究」とでも言うべき性格が備わっいる。そうした点については、例えば黑田洋一氏[④]に分析があるので繰り返さないが、氏が「杜詩を最初に深く読み、独特の見識を示めした大家」として虎関の解釈を評価し、「虎関こそは、実にわが国における杜詩研究の開祖であった」と述べているのは正鵠を射ていよう。

『済北詩話』が最も推重する詩人は杜甫なのであり、虎関の杜甫観は、杜甫に一定の距離を置く欧陽修のそれとは明らかに異なっている。両詩話には、中国詩人論の上でも模倣関係はないように思われる。

おわりに

日本の最初の詩話、虎関師錬の『済北詩話』一卷には、「詩話」という名称の共通性を除けば、形式面でも内容面でも、欧陽修の『六一詩話』を意識

---

① 鄭奠・譚其全編『古語学修辞学資料彙編』(商务印書 1980 年、第 83 頁)。

② 例えば「陳舍人従易」の条や「唐之晩年」の条で、杜甫の詩才を一応評価するものの、個人的に激賞という積極性はない。

③ 日比野「『済北集』巻十一「詩話」について」は、虎関が論駁を加える注釈は、具体的には『集千家註分類杜工部詩』ではないかと指摘する。

④ 黑田洋一『杜甫の研究』(創文社 1977 年、第 338-339 頁)。

的に模倣した形跡は見当たらない。その理由を整理すると、次のようである。

第一は、詩話の数である。両詩話の数にはともに複数の異説があるので、船津氏が言うように二九という数で一致するとは限らない。『六一詩話』の模倣とされる『白雲小説』や『司馬温公詩話』などの数も、必ずしも二九ではない。第二は、詩話の形式である。『済北詩話』には『六一詩話』の直接的な引用がなく、表現形式や記述方法にも共通点は認められない。第三に、両者の詩論は一致せず、宋人の「朴古平淡」論に至っては対立の様相さえ呈している。第四に、中国詩人とその作品に対する評論に顕著な相違がある。陶淵明と杜甫をめぐる異同がそれである。

したがって、今後、『済北詩話』成立の問題を考えるに際しては、『六一詩話』以外の中国詩話との詳細な比較が要請されよう。

『日本詩史』と『詩藪』との影響関係について①

はじめに

日本における漢詩の歴史を述べた詩話の中では、江村北海（1707～1782）の『日本詩史』5巻がその代表である。それは近江朝の大友皇子から、江戸の明和年間に至るまでの漢詩の歴史、その間の主な詩人たちの略伝を年代順に記述するものである。

中国の明の時代の胡応麟（1551～1602）の『詩藪』20巻は、極めて体系的な明代の文学評論の専著であり、巨大な詩話書でもある。

大谷雅夫の「日本詩史解説」は、『日本詩史』と『詩藪』との影響関係について、次のように主張している。1）両詩話の「気運説」について、『日本詩史』の徂徠論は『詩藪』の「気運」の語による歴史記述に触発されたものであった。2）両詩話の表現形式について、文学史としての体裁をはじめとして、『日本詩史』が『詩藪』に負うものは大きい。②

しかし、1）「気運」により詩文の歴史的変遷の必然を論じるというのは、『詩藪』の特色と言えるのか。『日本詩史』に影響を与えた「気運説」は、果たして『詩藪』なのか、という点に疑問が残る。2）また、両詩話の編集方式は果たして一致しているのであろうか。大いに疑問である。本稿は以上の問題点をめぐって考察を行なう。

また、大谷雅夫は胡応麟『詩藪』の詩観は、王世貞の復古派の詩論と違って、袁宏道の反復古論に通じるものである③と主張している。

さて、『日本詩史』に影響を与えたと言われる胡応麟の『詩藪』は、一体、どのような史観を持つのか。復古論であろうか、反復古論であろうか。両詩話の史観を具体的に比較してみた上で、『詩藪』が『日本詩史』に大きな影

---

① 此文刊载于『大阪大学言語文化学』Vol.16，2007年。

② 清水茂・揖斐高・大谷雅夫編『日本詩史・五山堂詩話』、岩波書店1991年、第600-603頁。

③ 『日本詩史・五山堂詩話』、第602-603頁。

響を与えたと言えるのであろうか。本稿では、江村北海と胡応麟の詩観の比較考察を通して、『日本詩史』と『詩藪』との影響関係を再検討してみる。

問題点の考察

1.「気運説」は『詩藪』の独創ではない

大谷雅夫の研究で、『詩藪』が『日本詩史』に大きな影響を与えたとする最も重要な根拠は、両詩話がともに「気運」の語を用いて詩論を展開しているという点である。

しかし、そもそも「気運」の語①は、明の胡応麟の発明ではなく、宋·元から清にかけての多くの文人たちが用いた用語である。例えば、宋の沈括の『夢渓筆談·象数』に「小則人之衆疾、亦隨氣運盛衰」（小さいことでは、例えば人のいろんな病気も、気運につれて変化する。）とある。元の戴良の『九霊山人房集』の「皇元風雅序」に「氣運有升降、人物有盛衰。是詩之變化、亦毎與之相爲於無窮」（気運には升降があり、人間万物には盛衰がある。故に詩の変化も、常に気運の升降と人物の盛衰とともに永遠に続いてゆく）とある。②また、明の袁宏道の「與丘長孺」に「殆是氣運使然」（殆ど気運によるものである）③とあり、同氏の「答梅客生開府」に「此自氣運使然、非才之過也」（時代の気運がそうさせるのが原因で、彼（蘇東坡）の才能とは関係ない）とある。④袁中道の「宋元詩序」に「文章關乎氣運」（文章は、気運に関わるものである）とある。⑤鍾惺の「詩帰序」に「詩文氣運、不能不代趨而下、而作詩者之意興、慮無不代求其高……操其有窮者以求變、而欲以其異與氣運争、吾以爲能爲異、而終不能爲高」（詩文の気運はやむを得ず時代が変われば変わるほど衰えていかざるを得ないものである……有限な方法で

---

① 気運は、運命の意味であり、「氣数」をもいう。『世説新語』の「傷逝」に「戴公見林法師墓、曰：徳音未遠、而拱木已積。冀神理綿綿、不與氣運俱尽耳」とある。『三国演義』第6回に「漢東都洛陽、二百余年氣数已衰」とある。また、「運会」すなわち時機の意味でもある。晋の羊祜の「譲開府表」に「身托外戚、事遭運会」とある。宋・元から清にかけて、多くの文人たちが用いた詩文論の用語とする「気運」は、文学体裁や文学思潮、風格を変える時代的勢いを指すものである。

② 陶秋英編『宋金元文論選』、人民文学出版社 1984 年、第 590 頁。

③ 蔡景康編『明代文論選』、人民文学出版社 1993 年、第 324 頁。

④ 銭伯城校『袁宏道集箋校』中、上海古籍出版社 1981 年、第 750 頁。

⑤『明代文論選』、第 335 頁。

気運に反して異を求めれば、結局、異は得られるが、優れた発想は得られないのである。）とある。[①]また、清の趙翼の『甌北集』巻 39 に見える「題周松靄杜詩雙声疊韻譜括略」と題する詩にも「從來文字縁、毎隨氣運開」（従来、文章の発生は、常に気運を伴なう）とある。[②]銭謙益の『列朝詩集』の「丁集」6 の「胡応麟小伝」には、「文章關乎氣運、不亦信乎」（文章は気運に関わるというのは、確かなことである。）と述べている。[③]

こうした「気運説」は、江戸時代の他の漢学者に影響を与えているのである。松村九山（1734～1822）の『詞壇骨鯁』に「且ツ夫レ文章ハ氣運ニ關ルモノナリ。」とある。[④]また、宝暦元年（1750）に刊行された北海の友人、芥川丹丘（1710～1785）の『丹丘詩話』に見える岡白駒の「丹丘詩話序」が、既に「気運」の語によって詩文の変遷を論じている。「詩者、天地元聲、誠非虚論。雖然、運数互移、情變應之、三代之温厚、漢魏之高華、六朝之麗縟、三唐之整秀、咸臻厥美、此蓋元聲之秀發也。夫天地之大、莫不有焉、腐宋胡元、亦氣運之偏至、皆不外於元聲也」（詩は、人の感情を自然に表現するものであるという説は、確かにその通りである。ところが、感情を表現するということは、時代の変遷に応じても変わるのである。趣き深いと評される三代の詩や、上品で、華麗であると評される漢魏の詩、こまやかな描写で、美しく情趣あふれる言葉使いも多いと評される六朝の詩、整然で、優れて麗しいと評される三唐の詩など、これらが高い水準に到達した原因は、詩人の感情を自然に表現したということにある。しかし、どの時代もいろいろな詩があるわけで、たとえ古臭い宋の詩と下品な元の詩でも、気運による現われた詩風の一つであり、感情を自然に表現するという点では前代の詩のそれとは相違ない）。[⑤]

大谷雅夫でも「気運」の語を用いた詩論は『詩藪』に限らず、ほかにもいくつかあることを認めている。しかし、それらの「気運」の語は「文章の盛

---

① 『明代文論選』、第 355-356 頁。

② 郭紹虞『中国歴代文論選』第 3 冊、上海古籍出版社 1980 年、第 498 頁。ここにある「文字」は、「文章」という意味で使われている。孫卓の「同宋薬州太史登藤王閣」詩に「子安文字当時体」とある。「縁」は、仏教の用語で、ものごとの生ずる原因を指す。唐の湛然の『止観輔行伝弘決』巻 1 に「親生為因、疎助為縁」とある。

③ 周駿富編『列朝詩集小伝』、台北明文書局 1991 年、第 486-487 頁。

④ 中村幸彦『近世文学論集』、岩波書店 1966 年、第 490 頁。

⑤ 池田四郎次郎『日本詩話叢書』巻 2、文会堂書店 1920-1922 年、第 553 頁。「靡縟」は、言葉が鮮やかで、描写も細かいことを指す。『史記』の「司馬相如列伝論」に「揚雄以為靡麗之賦、勧百而風一」とあり、また『周礼』「春官・大宗伯」の「侯執信圭、伯執躬圭」について、漢の鄭玄の注に「文有蠃縟耳」とある。この注にある「縟」の語意について、賈公彦の「疏」では「細也」と解釈する。

衰そのものではなく、それを結果としてもたらす世運の興廃を意味するように見える。」と指摘する。その例として、楊維楨などの元代の詩論を挙げ、『詩藪』「外編」巻5（宋）にある「気運」①と比較している。そして、『詩藪』に見える「気運」は、「時の政治状況に直接関わるよりも、むしろ、より抽象的な時の勢い……「時」と「勢」に近い語意となってはいまいか。それは天道に属して、人為の領域を超える力である。個々の詩人の努力によっては動かすことの出来ない、むしろ個々の詩人の詩作を大きく支配する時代の力である。」、「「気運」……の具体相を詳述するのは『詩藪』の特色であった。」などと述べている。②

しかし、大谷雅夫があげた元代の詩論に限って見ても、上述の『詩藪』の「気運」と極めて類似しているものもある。それは、劉将孫③の『養吾斎集』に見える「須渓先生集序」という一文である。

この文章の中で、作者は、劉辰翁が文壇に功績を残したことについて、このように述べている。「詞章翰墨自先生（劉辰翁）而後、知大家數筆力情性、盡掃江湖晩唐錮習之陋。雖發舒不昌、不能震於一世之上、如前聞人（韓愈、欧陽修、蘇東坡）、而家有其書、人誦其言、隠然掇流俗心髓而洗濯之、於以開将來而待有作」（須渓先生の努力によって、当時の文人たちは初めて韓愈、欧陽修、蘇東坡のような名人の詩文の風格特色などを知り、晩唐の詩を尊ぶ江湖詩派の文壇に長引く悪気風を一掃しようとした。たとえ、前代の韓愈らのように、一世を揺るがし、文壇に強い影響を及すことがなかったとはいえ、当時、先生の書はだれもがよく知っており、人々の思想に対して目に見えない影響を及ぼしている。こうした先生の努力によって、これ以後の文壇の気風の変革に大きな期待をよせるに至っていると思われる）。④

そして、唐の韓愈の仏、道排斥と宋の欧陽修の西崑体反対など、世間において多大な評価を受けたことにより、劉辰翁のそれらと比較している。「佛老、人知其為異端也。西崑体、世之所謂時文也。未有若学問之平沈、而文字之瀾倒也。且視韓欧所遇為何如哉？而振拔一時至此。則先生之文、豈不有關於氣運、力難而功倍。而其不幸、則可感者在是矣」（人々は仏教、道教の正

---

① 『日本詩史・五山堂詩話』、第 601-602 頁。

② 『日本詩史・五山堂詩話』、第 602-603 頁。

③ 劉将孫、宋末の人、生没年未詳。字は尚友、号は小須。宋の詩人の劉辰翁（1232～1297，字は会孟、号は須渓）の息子。

④ 『宋金元文論選』、第 548。「家數」は、学術或は芸術の流派を指すものである。兪正燮『癸巳存稿』巻の 12 に「古人学行皆称家数」とある。「江湖」は、「江湖派」の略称であり、宋代の戴復古、劉過を代表とする晩唐の李商隠を尊ぶ詩の流派である。

統でないことを知らなかったわけではないし、西崑体の詩でもただ一時に流行したものに過ぎない。学問、文章がそれらの悪影響によって滅んでしまうことはなかった。それに、先生は韓愈、欧陽修のような朝廷の官僚でもなかった。にもかかわらず、よくあんなに立派な人間になった。そういう意味では、先生の文章も、気運に関わるものではないか。先生の努力は、韓、欧よりさらに大きく、その成果も計り知れない。この点では、先生の不幸を感じられると思う)。[①]

つまり、劉辰翁の努力したこととその成果は韓愈、欧陽修のそれらより、いくら素晴らしくても、いくら大きくても、生きている時代が違う[②]以上、韓愈、欧陽修のような高い評価は得られない。この不幸の原因は気運にあるではないかと述べている。ここで、劉将孫のいう「気運」は、まさに「天道に属して、人為の領域を超える力である。個々の詩人の努力によっては動かすことのできない、むしろ個々の詩人の詩作を大きく支配する時代の力」である。

すなわち、劉将孫は、胡応麟より何百年も前に『詩藪』と同じく「気運」の語を使って詩文の変遷を論じているのである。言い換えると、劉将孫は、胡応麟より何百年も前に『詩藪』と同じく「気運」の語を使って詩文の変遷を論じているのである。

とすれば、「気運」の語を使うことは、『詩藪』独自の特色とは言えないので、『日本詩史』が『詩藪』に負うものは大きいという主張は、やはり成立しにくいと思われる。

日本詩話に対する中国詩話の影響については、日本の詩話は200年遅れて中国の詩話の流行に追従したという見方がある。例えば、揖斐高の「詩話大概」に「日本における詩話の名をもつ最初の著作は、五山の禅僧虎関師錬（1278～1346）の『済北詩話』である。『六一詩話』が作られてよりほぼ二百年後に当る。江村北海は『日本詩史』において、日本の詩文は二百年遅れて中国の詩文の流行に追随するという文学史的な見通しを述べたが、その通りの関係になっている。」[③]とある。大谷雅夫の「日本詩史解説」はまさにこの見方を取っている。「『詩藪』は、確実に北海の著述に大きな影響を与えた……『詩藪』、その内編と外編は明の万暦七年（1579）の刊行。『日本詩史』は明

---

①『宋金元文論選』。「西崑体」は、北宋の初期に流行している詩風であり、楊億らはその代表者である。「時文」は、現時に流行している文体である。「瀾倒」は、衰落の意味を指す。韓愈の『進学解』に「障百川而東之、回狂瀾於既倒」とある。「遇」は「君臣遇合」の意味で、官僚になることを指す。『史記』の「佞幸列伝序」に「善仕不如遇合」とある。

②「須渓先生集序」に「先生登第十五年、立朝不満月、外庸無一考。当晦明絶続之交」とある。

③『日本詩史・五山堂詩話』、第584-585頁。

和八年（1771）刊。これも二百年にして「気運」が至ったと言えようか。」[①]これをみると、『日本詩史』の「気運」が『詩藪』の「気運」によるしかないように思われる。つまり、大谷雅夫は「気運」が『詩藪』独自のものであり他に見えないと明言していないとはいえ、そこが彼の主張でもあると言える。しかし、このあくまでも推測に過ぎない[②]「文学史的な見通し」で両詩話の「気運」を結び付けるということは、やはり疑問視せざるを得ない。

2. 編集方式の違い

大谷雅夫は『日本詩史』は『詩藪』に影響を受けたものであるとする理由は、「文学史としての体裁」において、両詩話はともに詩の歴史を叙述する作品であるとあげた点にある。つまり、『詩藪』は宋代以来つぎつぎの詩話の中で、初めて詩の歴史を体系的に記述したものであることに対して、『日本詩史』は日本文学史上において初めて文学の歴史をふまえた詩話である、という点で両者の類似するところがある。

しかし、宋代以来の詩話書の中で、詩の歴史を体系的に記述する詩話書は、『詩藪』のみではない。

例えば、宋の魏慶之の『詩人玉屑』20 巻は、すでに『詩藪』のように、古今体に関する詩体別、周・漢・六朝・唐・宋の歴代詩に関する時代別の詩史を記述している。例えば、

『詩人玉屑』の目次	『詩藪』の目次
巻之 12　品藻古今人物　古詩　律詩　絶句 巻之 13　三百篇　楚詞　両漢　建安　六代　靖節 巻之 14、15、16　謫仙……晩唐（唐） 巻之 17、18、19　西崑体……中興諸人（宋） 巻之 20　禅林　方外　閨秀	内編　巻 1　古體上（雑言）巻 2　古體中（五言）巻 3　古體下（七言）巻 4　近體上（五言）巻 5　近體中（七言）巻 6　近體下（絶句） 外編　巻 1　周漢　巻 2　六朝　巻 3　唐上　巻 4　唐下　巻 5　宋　巻 6　元

① 『日本詩史・五山堂詩話』、第 603 頁。

② 呉晗の「胡応麟年譜」（『清華学報』第 9 巻第 1 期）は、『詩藪』の内編と外編は万暦 17 年（1589）の刊行であり、雑編と続編はその後の補遺であるという。（横田輝俊『詩藪』, 明徳出版社 1975 年, 第 10-11、6 頁に参照）『世界文学大事典』の「詩藪」の条には、「中国、先秦・漢から明代中期までの文学評論集。胡応麟の著。20 巻。1590（万暦 18 年）年の刊。」とある。（『世界文学大事典』第 2 巻、集英社 1996 年, 第 386 頁）。

詩話の編集体系から見ると、両者の類似点がある。また、『詩人玉屑』のほかにも、宋の葛立方の『韻語陽秋』20 巻、劉克荘の『後村詩話』14 巻、何汶の『竹荘詩話』24 巻なども、漢魏の時代から宋代まで、詩人の年代の順に編纂されている。

一方、『日本詩史』は、詩体別という叙述方法を取ってない。例えば、

『日本詩史』の「凡例」
五巻の中、初巻は中古近古の朝廷の文学、簪纓の辞藻を商搉す。白鳳の時より始めて、慶長の末に訖る。二巻は初巻の緒余、その論載する所、武弁と為し、医と為し、隠と為し、釈氏と為し、閨閤と為す。年代上に同じ。ただ閨閤多く得べからず。則ち近時も亦た附す。第三巻は元和以後の京師の藝文を論述し、兼ねて他州に及ぶ。第四巻は東都、兼ねて他州に及ぶ。　第五巻は第三·第四両巻の緒余、諸州に論及す。

『詩人玉屑』や『日本詩史』も、詩の作者を「禅林、方外、閨秀」のような職業別の叙述方法を取っている。この共通点から見ると、叙述の面においては、『日本詩史』は『詩人玉屑』に触發された可能性もあると言える。実際、『詩人玉屑』は早くも正中元年（1324）に日本に渡来した。『日本古典文学大事典』の「詩人玉屑」の条に「わが国へは鎌倉時代の末に渡来した。正中元年（1324）二月下旬に玄恵法印が「批点句読」を施した（五山版奥書）のは、渡来後間のない頃の事らしく『花園院天皇宸記』には、その翌年の一二月二八日の条に「近代有新渡書、號『詩人玉屑』、詩之脳髓也」と記されている。」とある。[①]とすれば、江村北海が『詩人玉屑』を読んだことも十分考えられる。

また、詩話の形式から見ると、『日本詩史』は「漢詩選集」を取っている。中国では、この形式を「別裁集詩話」と称する。南宋の何汶の『竹荘詩話』、蔡振孫の『詩林広記』、逸名の『聯珠詩格』、元の方回の『瀛奎律髄』などは、いずれも「漢詩選集」の詩話書に属する。この点から見ると、詩話の形式においては、『日本詩史』は詩の選集を主な特色とする『瀛奎律髄』などと極めて類似している。また、松村九山の『木石園詩話』によると、『聯珠詩格』と『瀛奎律髄』は、延宝·天和（1673～1684）の頃、かなり普及していたことがわかる。[②]

とすれば、『瀛奎律髄』などの漢詩の選集を特色とする中国詩話は、『日本

---

① 大曽根章介編『日本古典文学大事典』、明治書院 1999 年、第 563 頁。

②『日本詩話叢書』巻 7、第 518-519 頁に「至延天之際、宋詩盛行、瀛奎律髓、聯珠詩格、幾於家有其書矣」とある。

詩史』に影響を与たことも十分考えられる。

一方、『詩藪』は、「別裁集詩話」ではなく、漢詩研究者を対象とする「詩論型」の詩話である。明の時代に多く作られた詩話書、例えば、王世貞の『藝苑巵言』や王世懋の『藝圃擷餘』、徐禎卿の『談藝録』などは、いずれも「漢詩選集」の詩話書に属する。日本詩話の読者層の多くは、漢詩の初心者であるので、『日本詩話叢書』を見て分かるように、『詩藪』のような「詩論型」の詩話は日本詩話の主な形式ではない。また、叙述の面において、『詩藪』は『日本詩史』のように、詩人たちの略伝を記述することはしない。

大谷雅夫の『日本詩史』は『詩藪』に負うものは大きいと論じた根拠は、詩の歴史を叙述するだけではなく、「気運」の具体相を詳述するという点にあると思われる。

しかし、この点から見ても、両者の違いが見られている。

『日本詩史』の中で、詩の体裁を論じている場合、ほとんど「気運」の語を使っていない。例えば、「凡例」に「この編に論載する所の詩、大率近体、絶えて古詩に及ばざるものは、中古の朝紳の詠言、近体には間録すべきもの有るも、古詩に至りては殊にその旨を失ふ。元和以後、作者輩出し、近体の詩実に中土の作者に追歩せんと欲す。ただ五言古詩は未だその面目を得ず。蘐園諸子の文集、その首必ず多く楽府擬古の諸篇を載す。然れども余を以てこれを論ずれば、尚ほ議すべきもの有り」とある。①

また、『日本詩史』にある「気運」という語は、あくまでも詩壇の趨勢、あるいは文学思潮を論じる用語であり、詩の体裁の変遷を論じているわけではない。例えば、『日本詩史』巻 2 に「五山禅林の詩、固より論じ易からず。蓋し、古昔の文学、弘仁・天暦に盛んに、延久・寛治に陵夷し、保元・平治に泯没す。ここに於て世に所謂五山禅林の文学、代りて興る。亦た気運盛衰の大限なり」とあり、また、巻 3 に「余謂ふ、この時物徂徠古文辞を関東に唱へ、明の李于鱗、王元美を称揚す。軽俊の子弟靡然として争ひ従ふ。然れども京師には未だその説を為すもの有らず。今滄州の詩を誦すれば、駸駸乎として明人の声口なり。蓋し、気運の鼓す所、作者も亦たその然るを知ること莫くして然るなり」とある。さらに、巻 4 の「徂徠論」が用いる「気運」という語は、あくまでも詩壇の趨勢、あるいは文学思潮を意味する。例えば、六朝・初唐の綺靡、中唐（元稹・白居易）の平易、宋・元の素朴、明の擬古などは、いずれもがかつて中国で流行した一時代の文学思潮である。②

---

①『日本詩史・五山堂詩話』、第 43 頁。

②『日本詩史・五山堂詩話』、第 75、98、124-126 頁。

巻4の「徂徠論」に「詩体は毎に気運に随いて逓遷す」とあるが、しかし、ここにある「詩体逓遷」という論は、同巻の「梁景鸞論」に見える「詩体屢変」の論と同じように、あくまでも詩の風格、あるいは、詩壇の趨勢についての論であり、詩の体裁についての論ではない。[①]また、徂徠詩の「二体」について「痩勁雄深」または「高華」と論じている。[②]一見で分かるように、ここでいう「詩体」は、詩の風格を指すものに違いない。とすれば、『日本詩史』には、「気運」の語を用いて詩の体裁の変遷を論じることはほとんどない[③]と言える。

一方、『詩藪』は、詩の体裁（いわゆる「体」、詩の形式を指したもの）の必然的な変化を論じる場合、常に「気運」の語を用いる。

例えば、『詩藪』「内編」巻1では、「氣運推移」（訳：気運の移り変わり）の具体例として、詩の体裁的変遷を挙げている。「四言變而離騒、離騒變而五言、五言變而七言、七言變而律詩、律詩變而絶句、詩之體以代變也」（四言詩が変じて離騒となり、離騒が変じて五言詩となり、五言詩が変じて七言詩となり、七言詩が変じて律詩となり、律詩が変じて絶句となる。時代が移り変わるにつれて詩の体も変化する）。[④]

また、『詩藪』「内編」巻4に「五言律體、兆自梁、陳。唐初四子、靡縟相矜、時或拗澀、未堪正始。神龍以還、卓然成調、沈、宋、蘇、李、合軌於先、王、孟、高、岑、並馳於後。新製迭出、古體攸分、實詞章改變之大機、氣運推遷之一會也」（五言律詩という体裁は、梁、陳の時代に新しくできたものである。初唐四傑は、こまやかな描写や豊富な言葉使いで競い合い、それを美とした。しかし、中には律詩の規則に従わないものも偶にあるので、初

---

① 『日本詩史・五山堂詩話』第507頁に「余按蛻岩詩体屢変、為唐、為宋元、為初明、為七子、為徐文長、為袁中郎、為鐘譚」とあるように、蛻岩の「詩体」の「唐、宋元、初明、七子、徐文長、袁中郎、鐘譚」への「屢変」は、「徂徠論」に見える「詩体」の「三百篇、漢魏六朝、唐宋元明」への「逓遷」と同じように、詩壇の趨勢についての論であり、詩の体裁についての論ではない。「唐宋元明」や「七子、徐文長、袁中郎、鐘譚」などは、詩の体裁を意味するものではないからである。大抵、詩の体裁を論じる場合、「三百篇（四言）、楚詞（騒体）、楽府（雑言）、古体（五言）、近体（律詩、絶句）」というような並べ方が普通である。

② 『日本詩史・五山堂詩話』第509頁に「余按徂徠詩有二體。初年作痩勁雄深、后来影響李王、勤作高華之言。」とある。

③ 「徂徠論」は「五言四韻」には少し触れたが、それは、中国の斉、梁、陳、隋の影響を受けて、文武天皇時代の詩壇の気風を意味しており、詩の「古体」から「近体」への体裁的変遷を論じるわけではない。

④ 胡応麟『詩藪』、中華書局上海編輯所1962年 （以下『詩藪』と称す）第1頁。ここにある「格」は詩の風格である。

めて作られた標準的な五言律詩とは言えない。周の神龍年以来、五言律詩は抜群で、整然としたものである。沈佺期、宋之問、蘇味道、李白は先に律詩の規範に合うものを作り出し、のちに、王維、孟浩然、高適、岑参は、各人のそれぞれの五言律詩を作った。律詩という新しい体裁は、このうちつぎつぎと生み出され、古詩と律詩とを見分けられるようになる。その時期は、実に詩文変遷の重要なきっかけであり、気運の移り代わりの転機である）とある。①

つまり、『日本詩史』が用いる「気運」（詩壇の趨勢・文学思潮）という語は、『詩藪』「気運説」の主な内容である「体」（詩の体裁の必然的な変化、更新）とは異なっている。端的に言えば、両詩話では、「気運」の語が異なる意味で使われている。

以上の考察から、「文学史としての体裁」という点で、『日本詩史』は『詩藪』に関係するものは大きくないと言わざるを得ない。

3. 芥川丹丘の影響

江村北海は『日本詩史』では『詩藪』に言及せず、彼の別著『授業編』でも『詩藪』の名を挙げるに止まっている。大谷雅夫は『詩藪』が『日本詩史』に影響を与えた根拠の一つに、北海の友人である芥川丹丘（1710～1785）の『丹丘詩話』が『詩藪』を褒めている点を挙げる。「享保三年（1718）に和刻出版され、北海の友人の芥川丹丘がその唐詩の評論を「的白精確、以て加ふる無し」（丹丘詩話）と論じ、『授業編』にも書名を挙げられる『詩藪』は、確実に北海の著述に大きな影響を与えた。」②江村北海は芥川丹丘を通じて『詩藪』の影響を受けたというのである。

しかし、芥川丹丘の『丹丘詩話』巻下の『詩藪』に関する記述は、実は次のようである。「胡元瑞、唐詩を評論する、的白精確、以て加ふる無し、但、明人に於て頗其の好む所に阿る、與奪實に過ぐ、後學慎んで之を簡擇して可なり。胡元瑞、毎に濟南を抑へて琅琊を揚ぐ、……之を要するに、一隅に偏重す、論篤に非るなり」。③

芥川丹丘が『詩藪』の欠点や片寄りへの指摘も行なっているのであり、決して一方的に褒めているわけではない。しかも、後学にこの『詩藪』の詩論

---

① 『詩藪』、第 58 頁。訳文は筆者による。「唐初四子」は、王勃、楊烱、盧照隣、駱賓王のことを指す。「初唐四傑」をもいう。「神龍」は、周（705）の則天武后の年号である。「会」は時機の意味である。『後漢書』の「周章伝論」に「将従反常之事、必資非常之会」とある。

② 『日本詩史・五山堂詩話』、第 603 頁。

③ 『日本詩話叢書』巻 2、第 619 頁。

を慎重に選択すべきであると言っている。

実際、芥川丹丘が最も褒める中国詩話は、宋の厳羽の『滄浪詩話』であり、その次が陳師道の『后山詩話』である。「古今の詩話、唯、嚴儀卿が滄浪詩話、千古の公案を斷ず、儀卿自稱す、誠に誣ひざるなり。其他歐陽公の六一詩話、司馬温公詩話の類、率ね皆一時の談柄に資するのみ、詩學に於て實に干渉なし、初學之を畧して可なり。滄浪詩話の外、畧、取る可き者は、陳師道の后山詩話、其の識、上乗に非ずと雖、其の論時に妙悟に入る、故に高廷禮の品彙、多く之を収む、詩家最讀まざる可からざるなり」。①

以上のように、芥川丹丘が最も褒める詩話書の中には、『詩藪』の名は見えないのである。

とすれば、江村北海が芥川丹丘から受けた影響については、『詩藪』に対する批判や指摘も含めて考えるべきであろう。

4. 両詩話の文学史観の違い

大谷雅夫は『詩藪』の文学史観について、「それはむしろ、古文辞派の復古の主張を批判する性霊派の文人袁宏道（1569～1610）の論、すなわち唐から宋への詩風の変遷は「殆ど是れ気運の然らしむ」るものであり、「古へ何ぞ必ずしも高からん、今何ぞ必ずしも卑からん」（丘長孺）と論じる反復古の議論に通じるものなのである。」と主張している。②

さて、『日本詩史』に影響を与えたと言われる胡応麟の『詩藪』は、一体、どのような史観を持つのか。復古論であろうか、反復古論であろうか。両詩話の史観を具体的に比較してみた上で、『詩藪』が『日本詩史』に大きな影響を与えたと言えるのであろうか。

大谷雅夫は、胡応麟の文学史観は反復古の議論に通じるものであると主張している。その根拠は、『詩藪』は「気運」（抽象的な時の勢い）により詩文の歴史的変遷の必然を論じ、その具体相を詳述するということにある。

しかし、それだけでは、『詩藪』の文学史観は反復古論に通じると言いえるのか。

事実、復古論を唱えた後七子③の謝榛（1495～1575）も、詩文は詩体・文風を変遷させる「時の勢い」に従うと論じているが、復古論の立場であることは変わらなかった。例えば、『四溟詩話』巻 1 に「三百篇直寫性情、靡不高

① 『日本詩話叢書』巻 2、第 606 頁。

② 『日本詩史・五山堂詩話』、第 602-603 頁。

③ 「後七子」は、明の嘉靖、隆慶時期に活躍した文人李攀龍、王世貞、謝榛、宗臣、梁有誉、徐中行、呉国倫のことである。

古、雖其逸詩、漢人尚不可及。今學之者、務去聲律、以爲高古。殊不知文隨世變、且有六朝唐宋影子、有意於古、而終非古也」（詩経においてその優れた点は、人の感情をうまく表現しているところにある。たとえ詩経の散逸した作品と雖も、後の漢代の詩人らはそれに勝ることはできない。現代の詩経を倣う詩人らは、専ら詩から平仄と韻律を除ければ、詩経のような作品を作ることも可能であろうと考えている。それは要するに、彼らが文章は時代につれて変化するということをまったく知らないと言える。六朝や唐、宋の詩を念頭に置いた以上、作為して専ら詩経に倣ったとしても、とても詩経のような作品を作れない）とある。[①]

また、復古論の代表者である王世貞の『藝苑卮言』にも、「気運説」と極めて類似する論述が記されている。『藝苑卮言』巻 4 では、文章の循環的な盛衰を論じ、「此雖人力、自是天地間陰陽剥復之妙。」（これは人為、人力によるものとは言え、自然の不思議な盛衰、消失も考えられる）という。[②]これは、まさに大谷雅夫が定義した、いわゆる「世運の興廃を意味せず、時の政治状況に直接関わりなく、天道に属して、人為の領域を超える力であり、個々の詩人の努力によっては動かすことのできない、むしろ、個々の詩人の詩作を大きく支配する時代の力」である。

とすれば、「時勢」により詩文の歴史的変遷の必然を論じるだけでは、反復古論かどうかの見分けがつかないではないだろうか。

復古論と反復古論との違いは、後世の詩文は前の時代の詩文に勝るものであるか否かということで見分けられると思う。まず、復古論の根拠となった理論は、その文学退化観であると言える。それに対して、反復古論は文学進化論を唱えたのである。この点から見ると、胡応麟の詩文観と言えば、やはり文学退化観、すなわち、後世の詩文は前の時代の詩文に勝るものではない、という見方が挙げられる。

例えば、『詩藪』「内編」巻 1 に「四言變而離騷、離騷變而五言、五言變而七言、七言變而律詩、律詩變而絶句、詩之體以代變也。三百篇降而騷、騷降而漢、漢降而魏、魏降而六朝、六朝降而三唐、詩之格以代降也」（四言詩が変じて離騒となり、離騒が変じて五言詩となり、五言詩が変じて七言詩となり、七言詩が変じて律詩となり、律詩が変じて絶句となる。時代が移り変わるにつれて詩の体裁も変化する。詩経が降りて離騒となり、騒が降りて漢の

---

① 丁福保編『歴代詩話続編』下、中華書局 1983 年、第 1137 頁。

②「剥復」は、世の浮き沈み、或は消長を指す意味である。『宋史』の「程元鳳伝」に「極論世運剥復之機」とある。

詩となり、漢の詩が降りて魏の詩となり、魏が降りて六朝の詩となり、六朝の詩が降りて三唐の詩となる。時代が移り変わるにつれて詩の風格も退化する）とある。[①]

このことから分かるように、「詩之體以代變也」（時代が移り変わるにつれて詩の体裁も変化する）という点では反復古論と類似するが、「詩之格以代降也」（時代が移り変わるにつれて詩の風格も退化する）という点では、時代の変遷につれて詩は逆に劣っていくと主張している。

また、胡応麟は、「詩至于唐而格備、至于故宋而体窮」（唐代に至ると、あらゆる詩の風格をかね備えていた。宋代に至ると、今日の詩の体裁が出来上がっていた）と論じ、たとえ明詩を作ろうとしても、前代の唐詩・宋詞・元曲に勝ることはなく、それより漢魏・盛唐の詩を理想として復古を唱えたほうがよいと主張している。「明不致工於作、而致工於述、不求多於専門、而求多於具體、所以度越元宋、苞綜漢唐也」（明の詩人らは、独特の文学体裁、風格を作り出すことではなく、古人の優れた文学遺産を受け継ぐことに力を注いた。また、独自のものを作り出すことではなく、意欲的に多くの古人の優れた作品の影響を受けていった。このことから、美を求めるのである。そうすることによって、元曲・宋詞の水準を超え、漢・唐の詩のレベルを備えることはできたのである）。[②]ここで胡応麟は、「後世の詩は前の時代の詩に勝るものではない」ということを復古論の理由としている。

これについて、蔡振楚の『中国文学批評史』は「復古、是胡（應麟）氏論詩的真諦所在」（胡応麟詩論の真の意味は復古二字にある）と指摘している。[③]

また、霍松林は、「胡應麟……在『變』的理論上建立他的復古論。在他看来、『三百篇降而……唐』、『變』是『變』了、卻越『變』越壊、所以主張『取法欲遠』」（胡応麟は……「変」の理論の中で復古論を唱えている。彼から見れば、「詩経が降りて……唐の詩となる」詩体・詩風は変わるには変わるが、変われば変わるほどかえって悪くなる。それ故に、古代の詩文を学ぶべきだと主張するのである）と指摘する。[④]

また、郭紹虞の『中国文学批評史』は、「『詩藪』中論詩主變的話、觸目皆是、不可勝舉……似乎與前後七子的理論也站在反對的立場了。然而不然……

---

① 『詩藪』第 1 頁。ここにある「格」は「格調」を指すものであり、文章の風格を意味する。

② 『詩藪』「内編」巻 1。「述」は、前人の定説を述べて明らかにすることであり、「作」は、創作の意味である。『論語』「述而」に「述而不作」とある。「多」は、推重、賛美の意味である。『漢書』の「灌夫伝」に「士亦以此多之」とある。

③ 蔡鎮楚『中国文学批評史』、中華書局 2005 年、第 278 頁。

④ 霍松林校『原詩』、人民文学出版社 1979 年、第 2 頁。

他一方面承認體以代變、一方面卻指出格以代降……一般反對復古論者都以「變」爲中心、而他卻於變的理論上建設他的復古論」(『詩藪』では、詩の変化を主張しているところは非常に多い。……これらの論述から、胡応麟は前後七子の復古論に反対の立場に立っているように思われるが、実はそれとは異なる。……彼は詩の体裁は時代につれて変化すると是認すると同時に、詩の風格は前の時代より衰えて行くと主張している。……一般に反復古派の論説は、ほとんど「変」の理論を中心とする。しかし、胡応麟は彼らと異なり、「変」の理論の中に復古論を立てる)と指摘している[①]ように、胡応麟の詩論は、反復古派と似ているところがあったとは言え、実質的には復古論である。

私見では、王世貞の『藝苑卮言』に「気運」の語が見えなくても、胡応麟が王世貞の文学退化観に背いたわけではない。

以上の『詩藪』の論を性霊派の袁宏道の反復古論と比べてみよう。

袁宏道の「江進之」に「張、左之賦稍異揚、馬、至江淹、庾信諸人、抑又異矣。唐賦最明白簡易、至蘇子瞻、直文耳。然賦體日變、賦心益工、古不可優、後不可劣」(晋の張載、左思の賦は、漢の揚雄、司馬相如の賦とは異なっており、梁の江淹や庾信の賦に至ると更に異なる。唐の賦は明白簡易、内容本位となり、宋に至っては、賦は散文と殆ど変らなくなった。このように、賦の形式は時代によって変遷するが、一面、賦の心、賦の内容は益益工となり、古今による優劣はつけ得ないというのである)とある[②]ように、袁宏道も胡応麟も、文学体裁の時代的変遷について述べていたが、しかし彼の「古不可優、後不可劣」(古今による優劣はつけ得ない)という考え方は、文学退化観ではなく、むしろ文学進化論と唱えている。これは、胡応麟の上述の論と比べて見ると、両者の違いは明らかであろう。

袁宏道は、この文学進化論を根拠として、彼の反復古論を唱えたのである。

例えば、「錦帆集之四—尺牘」の「丘長孺」に、「夫詩之氣、一代減一代……詩之奇、之妙、之工……一代盛一代……然則、古何必高、今何必卑哉」(時代が下がるにつれて詩の気は下降するが、詩の奇とか妙とか工とかという点では、却って上昇する。だがら、決して古今によって何れが高く何れが卑いとは決められない)とある。[③]

要するに、胡応麟の「詩之格以代降也」(時代が移り変わるにつれて詩の風格も退化する)という論は、袁宏道の「一代盛一代」(後の時代の詩

---

① 郭紹虞『中国文学批評史』、上海古籍出版社 1979 年、第 379-381 頁。

②『袁宏道集校箋』巻 11、第 515 頁。訳文は松下忠『江戸時代の詩風詩論』、明治書院 1969 年、第 928 頁による。

③『袁宏道集校箋』巻 6、第 284-285 頁。訳文は松下忠『江戸時代の詩風詩論』、第 927-928 頁による。

は前の時代より盛になるはず）という反復古論とは違って、復古論を主張している。

胡応麟の復古論も、袁宏道の反復古論も、詩体・詩風を変遷させる「時の勢い」を論じているが、詩体・詩風が「時の勢い」によってどのように変遷するのかという点で、復古論と反復古論は区別できる。

一方、江村北海は『詩藪』の復古論をも取り入れたわけではない。彼はかつて『授業篇』を著わして李王の復古論を奉じた古文辞派に不満の意を表明したことと、『日本詩選』に非古文辞の詩が多く採られ、古文辞派に対する北海の反発は既に青木正児の「国文学と支那文学」、市古貞次の「漢詩文の世界」に指摘されている。

青木正児の「国文学と支那文学」には、「同時の江村北海も亦『授業篇』を著して古文辭派に不滿の意を表明して居るが、北山のやうに峻烈で無い。此両人の著書は天明年間に爲されて居るが、略ぼ此頃からして将に風氣一轉せんとする兆候を示して居るものである」[①]と述べられている。

また、市古貞次の「漢詩文の世界」では、「擬古主義を克服して自由な表現を回復しようとする試みは、古文辞派の勢力の比較的弱かった上方においてまず表面化した。京都の江村北海が編集した『日本詩選』には非古文辞の詩がたくさん採られていて、北海の古文辞派に対する反発をうかがわせる」[②]と論じられている。

江村北海の反復古派の態度は、彼の「入江若水」の詩評にもうかがえる。『日本詩史』巻之3に、「徂徠……その詩を論じて晩唐と為す。余を以てこれを観れば、その詩頗る宋の陸放翁に肖たり。ただ剪裁工を欠き、容易に筆を下す。故に動もすればこれを麤率に失ふ。惜しむべきのみ。然れども詩詩肺腑より出で、句句流動す。これを近時の諸人、口を盛唐に藉り、嘉靖七子の糟粕を勦窃し、飣餖陳腐なるものに較ぶれば、反りて観るべき有り」とある[③]ように、江村北海は明らかに復古派の嘉靖七子や、それを追従する近時諸人を退けている。江村北海の「詩詩肺腑より出で、句句流動す」という詩評は、まさに反復古派の袁宏道の「性霊説」の主張である。

また、江村北海の文学史観は『日本詩史』の「凡例」に述べてある。「夫れ詩は体裁時に随ひ、好尚人に従ふ……孟子曰ふ、「物の斉しからざるは物の情なり」と。五色各その色を色とし、未だ嘗てその明為るを失はず。夫の

---

① 青木正児『青木正児全集』第2巻、春秋社 1969年、第376頁。

② 市古貞次『日本文学全史』（2版）近世篇、学燈社 1979 年、第300頁。

③『日本詩史・五山堂詩話』、第498、102頁。

玄と黄と、孰れを是として取り、孰れを非として捨てん。余詭言異説を為して以て門戸を建つることを好まず。この編論ずる所、中古は即ち中古を以てし、近時は即ち近時を以てし、京師は即ち京師を以てし、東都は即ち東都を以てす。人人各その体を逐ひて評論す。冀はくは寸木岑楼の差無からん」。①

すなわち、江村北海も「三百篇・漢魏六朝・唐宋元明」の詩の変遷を述べるが、宋・元・明の詩文は、三百篇・漢魏六朝唐に勝るものではないという文学退化観は示していない。また、日本の中古、近世の漢詩についても論じているが、近時の漢詩が中古の漢詩に及ばないという見方は示していない。「中古は即ち中古を以てし、近時は即ち近時を以てす」という論②は、明らかに『詩藪』の「詩之格以代降也。」（訳：時代が移り変わるにつれて詩の風格も退化する。）の文学退化論と異なっており、『日本詩史』と『詩藪』との明らかな相違点と言えよう。

まとめ

以上、『日本詩史』と明の胡応麟の『詩藪』との影響関係を再検討した結果、一言で言えば、両詩話の史観を見ても、体裁を見ても、詩的主張を見ても、『詩藪』が『日本詩史』に与えた影響は、それほど大きくなかったと思われる。その理由は次の通りである。

(1)『日本詩史』と『詩藪』は、両者ともに「気運」の語を使っているが、「気運説」は胡応麟の独創ではなく、「気運」の語を使うことは、『詩藪』独自の特色とは言えないので、『日本詩史』が『詩藪』に負うものは大きいという主張は、成立しにくい。

(2)『日本詩史』と『詩藪』は、ともに詩の歴史を体系的に記述しているものであるが、両詩話の表現形式について、顕著な違いがあり、『詩藪』が『日本詩史』に影響を与えたとは考えにくい。

(3)『詩藪』の詩観は、王世貞の復古派の詩論と変わらず、袁宏道の反復古論に通じるものではない。『日本詩史』は、『詩藪』のような「気運説」の上に立てられた復古論を取り入れておらず、両詩話の「気運説」は必ずしも同じものではない。

なお、以上の再検討によって、『日本詩史』に与えた中国詩話からの影響の複合性が見られている。

大谷雅夫は、両詩話の間に「一対一」の対応関係を立て影響について論じ

---

①『日本詩史・五山堂詩話』、第 42-43 頁。

②『日本詩史・五山堂詩話』、第 39-40 頁。

ている。つまり、詩の歴史を述べる中国詩話の『詩藪』に対して、それに相当する日本詩話の『日本詩史』がある、というようにである。そして、このような「一対一」の対応関係を前提にして、影響について推論しているのである。しかし、このような対応関係に基づく両詩話の間の影響は、成立し得ない。一つの日本詩話に複数の中国詩話、一時代の日本詩話に複数の時代の中国詩話が同時に影響を与えているので、「一対一」の形で詩話の影響を論じるのは疑問である。

本书征引文献目录

（以出现先后为序）

【中文文献】

木宫泰彦：《日中文化交流史》胡锡年译，北京：商务印书馆，1980 年

朱谦之：《日本哲学史》，北京：人民出版社，2002 年

铃木范久：《宗教与日本社会》，牛健科译，北京：中华书局，2005 年

郭绍虞：《中国文学批评史》，上海：上海古籍出版社，1979 年

郭绍虞：《沧浪诗话校释》，北京：人民文学出版社，2005 年

郭绍虞：《宋诗话辑佚》，北京：中华书局，1980 年

何文焕：《历代诗话》，北京：中华书局，1981 年

吕祖谦：《吕东莱文集》，北京：中华书局，1985 年

黄霖、蒋凡主编：《中国历代文论选新编》宋金元卷，上海：上海教育出版社，2007 年

丁福保辑：《历代诗话续编》，北京：中华书局，1983 年

魏庆之：《诗人玉屑》，上海：上海古籍出版社，1978 年

郭绍虞：《清诗话续编》上，上海：上海古籍出版社，1999 年

郭绍虞、王文生：《中国历代文论选》一卷本，上海：上海古籍出版社，1982 年

翁方纲撰，陈迩冬点校：《石洲诗话》，北京：人民文学出版社，1981 年

方回：《桐江集》，阮元：《宛委别藏》影印本，台北：台湾商务印书馆，1981 年

秋山光和著：《日本绘画史》，常任侠、袁音译，北京：人民美术出版社，1978 年

兴膳宏：《中国古典文化景致》，李寅生译，北京：中华书局，2005 年

张龙妹：《日本古典文学大辞典》，北京：人民文学出版社，2005 年

由云龙辑，李慈铭：《越缦堂读书记》，上海：上海古籍出版社，2000 年

李御宁：《日本人的缩小意识》，张乃丽译，济南：山东人民出版社，2003 年

周作人：《周作人论日本》，西安：陕西师范大学出版社，2005 年

刘立善：《没有经卷的宗教—日本神道》，宁夏：宁夏人民出版社，2005 年

大隈重信：《日本开国五十年史》，上海：上海社会科学院出版社，2007 年

梅原猛著：《世界中的日本宗教》，卞立强、李力，译，成都：四川人民出版社，2006 年

邱紫华：《东方美学史》，北京：商务印书馆 2003 年
谭雯：《日本诗话的中国情结》，北京：中国社会科学出版社 2007 年
曹顺庆：《东方文论选》，成都：四川人民出版社 1996 年
王国维：《静庵文集续编》，长春：辽宁教育出版社，1997 年
佛雏：《王国维哲学美学论文辑佚》，上海：华东师范大学出版社，1993 年
温儒敏：《中国现代文学批评史》，北京：北京大学出版社，1993 年
郭绍虞、王文生：《中国历代文论选》，上海：上海古籍出版社，1980 年
王国维：《王国维文学论著三种》，北京：商务印书馆，2003 年
中华书局点校本：《史记》，北京：中华书局，1982 年
北京大学中国文学史教研室选注：《先秦文学史参考资料》，北京：中华书局，1980 年
陆侃如、冯沅君：《中国文学史简编》，北京：作家出版社，1957 年
余冠英：《诗经选》，北京：人民文学出版社，1979 年
游国恩等编：《中国文学史》，北京：人民文学出版社，1983 年
金雅主编：《中国现代美学家文丛》，梁启超卷，杭州：浙江大学出版社，2009 年
朱东润：《诗三百篇探故》，昆明：云南人民出版社，2007 年
郭沫若：《奴隶制时代》，北京：人民出版社，1973 年
北京大学荀子注释组：《荀子新注》，北京：中华书局，1979 年
章学诚：《文史通义》，北京：中华书局，1961 年
上海书店：影印《诸子集成》，上海：上海书店出版社，1986 年
敏泽：《中国文学理论批评史》，北京：人民文学出版社，1981 年
皮锡瑞：《经学通论》，北京：中华书局，1982 年
梁玉绳：《史记志疑》，北京：中华书局，1981 年
焦竑：《焦氏笔乘》，李剑雄点校，北京：中华书局，2008 年
朱东润：《中国文学批评史大纲》，上海：上海古籍出版社，1983 年
顾颉刚：《古史辨》第一册，上海：上海古籍出版社，1982 年
钱钟书：《管锥编》，北京：中华书局，1979 年
杨朝明：《出土文献与儒家学术研究》，台北：台湾古籍出版有限公司，2007 年
杨明照：《学不已斋杂著》，上海：上海古籍出版社，1985 年
孔凡礼点校：《苏轼诗集》，北京：中华书局，1982 年
北京大学古文献研究所编：《全宋诗》，北京：北京大学出版社，1998 年
刘卓英校点：《唐人万首绝句》，北京：书目文献出版社，1983 年
胡应麟：《诗薮》，上海：中华书局上海编辑所，1962 年
洪亮吉：《北江诗话》，陈尔冬校点，北京：人民文学出版社，1983 年
何汶：《竹庄诗话》，常振国、绛云校点，北京：中华书局，1984 年

蔡景康编：《明代文论选》，北京：人民文学出版社，1993 年
薛雪：《原诗·一瓢诗话·说诗晬语》，北京：人民文学出版社，1979 年
王夫之：《清诗话》，上海：上海古籍出版社 1978 年
郑奠编：《古汉语修辞学资料汇编》，北京：商务印书馆，1980 年
胡震亨：《唐音癸籖》，上海：上海古籍出版社，1981 年
钱钟书：《宋诗选》，北京：人民文学出版社，1979 年
郭绍虞：《宋诗话考》，北京：中华书局，1979 年
张伯伟：《中国诗学研究》，沈阳：辽海出版社，2000 年
吴文治编：《宋诗话全编》，南京：江苏古籍出版社，1998 年
蔡镇楚：《中国诗话史》，长沙：湖南文艺出版社，1988 年
马良春、李福田编：《中国文学大辞典》，天津：天津人民出版社、1991 年
张宗祥校：《说郛》，台北：台湾新兴书局，1963 年
《说郛三种》，上海：上海古籍出版社，1988 年
陶秋英编：《宋金元文论选》，人民文学出版社，1984 年
钱伯城校：《袁宏道集笺校》，上海：上海古籍出版社，1981 年
周骏富编：《列朝诗集小传》，台北：台北明文书局，1991 年
霍松林校：《原诗》，北京：人民文学出版社，1979 年
郭绍虞：《中国文学批评史》，上海：上海古籍出版社，1979 年

【日文文献】

太田青丘：《日本歌学和中国诗学》，东京：弘文堂，1958 年
市古贞次：《日本古典文学大辞典》，东京：岩波书店，1984 年
大曾根章介：《日本古典文学大事典》，东京：明德出版社，1999 年
伊地知铁男、表章、栗山理一：《连歌论集·能乐集·俳论集》，东京：小学馆，1980 年
池田四郎次郎：《日本诗话丛书》，东京：文会堂店，1920-1922 年
佐佐木信纲：《日本歌学大系》，东京：风间书房，1989 年
家永三郎：《日本文化史》，东京：岩波书店，1959 年
冈田正之：《日本汉文学史》，东京：吉川弘文馆，1997 年
日本随笔大成编辑部：《日本随笔大成》，东京：吉川弘文馆，1975-1976 年
市古贞次：《日本文学全史》，东京：学灯社，1978 年
松下忠：《江户时代的诗风诗论》，东京：明治书院，1969 年
山岸德平：《日本近世汉文学史》，东京：汲古书院，1966 年
中村幸彦：《近世文学论集》，东京：岩波书店，1966 年
市野泽寅雄注：《沧浪诗话》，东京：明德出版社，1993 年

吉川幸次郎、佐竹昭次、日野龙夫编：《本居宣长》，东京：岩波书店，1978年
清水茂、揖斐高、大谷雅夫：《日本诗史・五山堂诗话》，东京：岩波书店，1991年
诹访春雄、日野龙夫：《江户文学与中国》，东京：每日新闻社，1977年
船津富彦：《唐宋文学论》，东京：汲古书店，1924年
关仪一郎：《日本儒林丛书》，东京：凤出版社，1971年
林达也：《读江户时代的和歌—近世和歌史试论》，东京：原人舍，2007年
赖惟勤：《徂徕学派》，东京：岩波书店，1972年
家永三郎、清水茂等编：《近世思想家文集》，东京：岩波书店，1966年
中野三敏：《日本的近世—文学和美术的成熟》，东京：中央公论社，1993年
吉川幸次郎、丸山真男等编：《荻生徂徕》，东京：岩波书店，1973年
久松潜一编：《契冲全集》，东京：朝日新闻社，1927年
丸山真男：《日本政治思想史讲义录》第1册，东京：东京大学出版会，1948年
日野龙夫：《本居宣长集》，东京：新潮社，1999年
日野龙夫校注：《唐诗选国字解》，东京：平凡社，1982年
林罗山：《罗山林先生文集》，东京：平安考古会，1918年
荻生徂徕：《徂徕集》，大阪：松村九兵卫刊本，刊年未详
井上哲次郎、蟹江义丸共编：《日本伦理汇编》，东京：育成会，1901-1903年
猪口笃志：《日本汉诗》，东京：明治书院，1972年
中村幸彦：《近世的汉诗》，东京：汲古书院，1986年
尾藤正英：《日本文化与中国》，东京：大修馆书店，1968年
中西进：《日本文学与汉诗—关于外国文学的受容》，东京：岩波书店，2004年
广濑淡窗：《淡窗全集》，东京，日田郡教育会，1927年
津田左右吉：《现于文学中的我国国民思想研究》，东京，洛阳堂，1917-1918年
薮内清：《中国科学与日本》，东京：朝日新闻社，1978年
船津富彦：《中国诗话研究》，东京：八云书房，1977年
今井卓尔：《古代文艺思想史研究》，东京：早稻田大学出版部，1933年
久松潜一：《和歌史歌论史》，东京：樱枫社，1976年
揖斐高：《江户诗歌论》，东京：汲古书院，1998年
平野彦次郎：《唐诗选研究》，东京：明德出版社，1974年
久松潜一：《日本文学评论史》，东京：至文堂，1968年
桥本不美男、有吉保、藤平春男校译：《歌论集》
佐佐木信纲：《日本歌学史》，东京：本の友社，　1949年
德川光圀：《大日本史》，东京：大日本雄弁会，1928年
后藤昭雄、池上洵一等校注：《江谈抄・中外抄・富家语》，东京：岩波书店，

1979 年
陈舜臣：《日本人与中国人—对“同文同种”确信无疑的危险》，东京：祥传社，1991 年
寺田寅彦：《寺田寅彦随笔集》，东京：岩波书店，1948 年
松浦友久：《中国诗歌原论》，东京：大修馆书店，1986 年
Bernard krisher：《旅居日本—东西方能相互理解吗?》，仙名纪译，东京：サマル出版社，1986 年
荒井健：《中华文人的生活》，东京：平凡社，1971 年
金田一春幸：《日本语》，东京：岩波书店，1980 年
安田武、多田道太郎：《日本的美学》，东京：ぺりかん社，1982 年
朝鲜日报：《韩国人见到的日本》，名古屋：サイマル出版会，1984 年
外山滋比古：《日本的修辞学》，东京：みすず书房，1983 年
贺茂真渊：《增订贺茂真渊全集》，东京：吉川弘文馆，1930 年
久保天随：《支那文学史》，东京：人文社，1888 年
德富猪一郎：《日曜讲坛》，东京：民友社，1866 年
江上波夫：《日本民族与日本文化》，东京：山川出版社，1989 年
铃木修次：《中国文学与日本文学》，东京：东京书籍社，1985 年
古川诚次：《食文化论》，东京：建帛社，2006 年
原田信男：《历史上的米和肉》，东京：平凡社，1993 年
长崎福三：《肉食文化与鱼食文化—为了在日本列岛能够居住千年》，东京：农善渔村文化协会，1994 年
山鹿素行：《山鹿素行全集・思想篇》，东京：岩波书店，1940 年
金容云：《韩国人与日本人》，东京：サイマル出版会，1983 年
荒木见悟等：《贝原益轩・室鸠巢》，东京：岩波书店，1970 年
梅村惠子、小和田美智子：《婚姻与女性》，东京：吉川弘文馆，1998 年
定兼学：《近世生活文化史—地域诸问题》，大阪：清文堂，1999 年
有贺喜左卫门：《有贺喜左卫门著作集》，东京：未来社，1968-1975 年
桥本太郎：《汉民族与中国社会》，东京：山川出版社，1996 年
安藤彦太郎编：《近代日本与中国》，东京：汲古书店，1989 年
田冈岭云：《第二岭云摇曳》，东京：新声社，1899 年
田冈岭云：《有声无声》，东京：嵩山房，1908 年
田冈岭云：《壶中我观》，东京：博信堂，1906 年
人文会出版部编：《明治大正随笔选集》，东京：人文会出版部，1926 年
津田左右吉：《左传思想史的研究》，东京：岩波书店，1958 年
宫崎市定：《论语之新研究》，东京：岩波书店，1999 年

白川静：《白川静著作集》，东京：平凡社，2000 年
井上哲次郎、蟹江义丸：《日本伦理汇编》，东京：育成会，1901—1903 年
三宅正彦编：《近世儒家文集集成》，东京：ぺりかん社，1988 年
市河宽斋：《宽斋先生余稿》，东京：游德园，1926 年
朝川善庵：《乐我室遗稿》，东京：崇文院，1931 年
安藤州一：《修养诗话》，京都：西村护法馆，1913 年
津阪东阳：《杜律详解》，大阪：关西图书株式会社，1897 年
松崎慊堂：《慊堂全集》，东京：崇文院，1931 年
河东碧梧桐：《子规言行录》，东京：政教社，1936 年
近藤元精：《〈星岩诗抄〉精注》，东京：青木嵩山堂，1911 年
麻绩斐、樱井美成编：《云景龙雄全集：东北伟人》，东京：东阳堂，1894 年
幸田露伴：《诗话》，东京：东京出版社，1948 年
服部南郭、日野龙夫校注《唐诗选国字解》，东京：平凡社，1982 年
久保天随校：《汉文丛书》，东京：博文馆，1913 年
近藤光男：《汉诗大系（17）苏东坡》，东京：集英社，1964 年
竹内理三：《角川日本地名大辞典》28，东京：角川书店，1988 年
丹羽基二：《日本姓名大辞典（解说篇）》，角川书店，1985 年
目加田诚：《诗经·楚辞》，东京：平凡社、中国古典文学大系 15、1969 年
仓田淳之助：《汉诗大系 12 黄山谷》，东京：集英社，1967 年
梅棹忠夫编：《讲座·比较文化 4 日本人的生活》，东京：研究社，1976 年
《日本大百科全書》，东京：小学馆，1986 年
藤野岩友：《汉诗大系 3 楚辞》，东京：集英社，1967 年
畔田翠山：《古名録—本文·研究·总索引》卷 56，东京：早稻田大学出版部 1978 年
宇野精一：《孟子》，东京：集英社，全译汉文大系 2，1973 年
《三蘇全集》，京都：中文出版社，1986 年
日本古典文学大系 69：《怀风藻·文华秀丽集·本朝文粹》，东京：岩波书店，1964 年
都留春雄、釜谷武志：《鉴赏中国古典》，东京：角川书店，1988 年
猪口笃志：《日本汉文学史》，东京：角川书店，1984 年
竹田晃：《文选》，新释汉文大系第 83 卷，东京：明治书院，1998 年
新日本古典文学大系 27：《本朝文粹》，东京：岩波书店，1992 年
日本古典文学大系 97：《近世思想家文集》，东京：岩波书店，1966 年
续群书类丛完成会：《续群书类丛》，东京：平凡社，1970 年
东英寿：《欧阳修古文研究》，东京：汲古书院，2003 年

《小尾博士古稀记念中国学论集》，东京：汲古书院，1983 年
《日本中国学会创立五十年记念论文集》，东京：汲古书院，1998 年
上村观光：《五山文学全集》，东京：思文阁，1973 年
千坂嵱峰：《五山文学的世界—以虎关师炼与中岩圆月为中心》，东京：白帝社，2002 年
福岛俊翁：《福岛俊翁著作集》，东京：木耳社，1974 年
《禅文化研究所纪要》第 12 号、1980 年
《中世文学》第 23 号、1979 年
金思烨：《朝鲜文学史》，东京：金泽文库，1973 年
韦旭升：《中国古典文学与朝鲜》，东京：研文出版，1999 年
李裕民、佐竹靖彦解题：《增广司马温公全集》，东京：汲古书院，1973 年
《言语与文化》，第 9 号，2003 年
《中国文学论集》，第 34 号，2005 年
荫木英雄：《中世禅林诗史》，东京：笠间书院，1994 年
黑田洋一：《杜甫研究》，东京：创文社，1977 年
横田辉俊：《诗薮》，东京：明德出版社，1975 年
世界文学大事典编集委员会编：《世界文学大事典》，东京：集英社，1996 年
青木正儿：《青木正儿全集》，东京：春秋社，1969 年

后　记

本书是笔者过去十余年在国内外公开发表的有关中日诗学研究的 16 篇学术论文的合集。包括在《清华大学学报》、《文史哲》、《山东社会科学》、《暨南学报》、《大连理工大学学报》等中文核心期刊（CSSCI 来源期刊）及其他期刊发表的论文 12 篇，在《大阪大学言語文化学》、《日本・アジア言語文化研究》等日文期刊发表的论文 4 篇。内容涉及中日诗话诗论的影响关系、中日诗学比较研究方法论、中国古代诗论、中日比较文化等。其中，中日诗话、诗论的影响关系 10 篇：《〈沧浪诗话〉与日本镰仓、室町时代歌论》、《〈沧浪诗话〉与日本江户时代歌论》、《江户汉诗人打通和、汉壁垒的尝试》、《江户初期汉诗人对于〈沧浪诗话〉的拒斥》、《日本诗话的民族性、启蒙性及集团性特征》、《王国维与日本明治时期的文学批评》、《杜甫在日本江户诗坛的地位》、《日本詩話における陶淵明論について》、《〈済北詩話〉と〈六一詩話〉の関係について》《〈日本詩史〉と〈詩藪〉との影響関係について》；中日诗学比较研究方法论 1 篇：《近年来中日比较诗学研究中存在的问题》；中国古代诗论 2 篇：《孔子"删诗"与季札观乐》、《〈左传〉中的季札观乐评〈诗〉》；中日比较文化 3 篇：《蘇東坡の海棠詩に見える「肉」について》、《从津阪东阳〈夜航诗话〉的唐宋诗评看中日文化之差异》、《日本人的"隐藏意识"》。

本书的主要内容是中日诗话、诗论的影响关系。笔者试图避免将考察仅限于汉文学范围之内，主张将视野扩大到日本和歌论、俳论与中日汉诗论的关系。在讨论中日汉诗论相互关系之际，也试图避免局限于日本诗话、诗论对于中国诗话、诗论的接受，而主张探究前者对于后者的拒斥。同时，既讨论日本诗论中来自中国的影响，更关注近代以来，中国诗论所受到的来自日本的影响。研究中日诗学，必然要涉及诸如诗学比较研究方法论、中日文化比较及个案研究等，本书在这方面也有专论。笔者力求追踪学术界最前沿的研究动态，关注最前沿的研究课题，从宏观与微观两个视角，在充分吸收现有研究成果的基础上，在对既有的定论成说充分质疑和批判的同时，提出笔者自己的观点。

中日诗学，尤其是二者相互关系的研究，是一片值得不断开拓耕耘的学术园地，笔者尽管在这方面作了一些探索，但自知才疏学浅，书中的错漏在所难免，尚冀饱学之士、大方之家有以教我。

2015 年是我留日归国并执教于对外经济贸易大学的第十个年头。在这一年即将结束之际，又获对外经济贸易大学的学术著作出版资助。对我本人来说，这部专著的出版具有纪念意义。

最后，诚挚地向对外经济贸易大学出版社的各位编辑表示由衷的感谢，是他们的专业运作和辛勤付出，本书才能顺利地付梓印行。

2015 年 11 月 4 日于西山寓所